Eva Maaser

Tod unter Whisky-Freunden

Eva Maaser, geboren in Reken (Westf.), studierte in Münster Kunstgeschichte, Germanistik und Theologie, seit 1999 als freie Schriftstellerin tätig. Sie verfasst Krimis, historische Romane und Kinderbücher. Besonders beliebt sind die Rohleff-Krimis mit dem Steinfurter Kommissar. Sie ist Mitglied des VS-NRW, war von 2009 bis 2016 Vorsitzende des Landesverbands, Mitglied des WDR-Rundfunkrats und ist seit 2009 Kuratoriumsmitglied des deutschen Literaturfonds. 2001 Stipendium des Ministeriums für Städtebau und Wohnen, Kultur und Sport NRW für *Der Paradiesgarten*, 2003 Reisestipendium des Verbands deutscher Schriftsteller für *Der Clan der Giovese* und 2006 Kulturpreis des Kreises Steinfurt.

Eva Maaser

Tod unter Whisky-Freunden

Kommissar Rohleff ermittelt
auf dem schottischen Whisky Trail

KBV

1. Auflage 2018
2. Auflage 2019
3. Auflage 2021

www.kbv-verlag.de
E-Mail: info@kbv-verlag.de
Telefon: 0 65 93 - 998 96-0
Umschlaggestaltung: Ralf Kramp
unter Verwendung von © Adam, © Michael Walker
und © FreeProd - alle Fotolia.de
Lektorat: Volker Maria Neumann, Köln
Druck: Druckhaus Nord GmbH, Bremen
Printed in Germany
ISBN 978-3-95441-433-8

März

Rohleff hatte sich Ertrinken nicht so unangenehm vorgestellt. Vor allem nicht so langatmig, wobei er nicht zu sagen vermochte, wie lange er bereits in den verdammten Wellen herumschaukelte. Nur dass ihm das Geplätscher ringsum schrecklich auf die Nerven ging. Jedes Mal, wenn er sich im Ringen mit den widerspenstigen Elementen nach oben gekämpft hatte, blieb sein Magen unten und nahm ihm die Reise furchtbar übel. Überhaupt war es nicht gerade leise, von rechts kam ein grässliches Schnaufen. Beim nächsten Wellengang tastete er mit ausgestrecktem Arm neben sich und bekam etwas Siffiges, Haariges zu fassen, das, wenn er richtig vermutete, zu einem Walross gehörte. Er hielt sich mit zwei Fingern am Schnauzbart fest. Das Walross würde, hoffte er, die Prozedur des Absaufens verkürzen, er musste es nur genügend auf sich aufmerksam machen. Mit der nächsten Welle hob er mühselig den Kopf, versuchte die Augenlider einen Spaltbreit aufzureißen und schielte seitwärts. Der Schnauzbart glitt ihm aus den Fingern, dafür drehte sich neben ihm ein riesiges Hinterteil in sein Gesichtsfeld, was die These vom Walross bestätigte.

Genau in diesem Moment gab es ein Pochen, das laut in seinem Kopf direkt unter der Schädeldecke dröhnte, sodass er zu platzen drohte. Mit äußerster Anstrengung wandte er den

Blick zur anderen Seite, während das Wasser unter ihm aufrauschte und er Schlagseite nach links bekam.

Da war auf einmal eine Stimme, die sagte: »Zimmerser…«, und dann abbrach.

Rohleff stellte den Blick schärfer.

Ja, da lugte jemand zu ihm herüber, genauer gesagt an ihm vorbei. Eine junge Frau. Das Gesicht ein Bild des Schreckens. Rohleff fuhr halb in Sitzposition hoch, drehte sich, spähte nach rechts, sah wieder dieses abnorme Hinterteil, verlor das Gleichgewicht und tauchte zurück in die Wellen.

»Entschuldigung, ich komme später …«, sagte die Frau.

Rohleff schrie auf, griff mit beiden Händen neben sich und kam nochmals schwankend hoch. »Halt!«

Die Frau verharrte auf dem Fleck, zur Salzsäule erstarrt.

»Sie müssen sich da nichts bei denken«, nuschelte Rohleff.

»Ich denk mir nichts«, sagte die Frau mit flacher Stimme, »ich geh dann.«

Mit einem Ruck schwang Rohleff sich herum und hatte auf einmal festen Grund unter den nackten Füßen. Während er sich in die Höhe stemmte, erfasste ihn neben der Übelkeit Drehschwindel, aber das war ihm egal. »Bitte!«

Die Miene der Frau wurde immer ausdrucksloser.

Rohleff lugte an sich herab. Doch, er trug eine Schlafanzughose, aber vorn sah es aus, als ragte die Spitze der Cheopspyramide hervor. Jetzt die Hand auf die Ausbuchtung zu legen, würde nur noch mehr Aufmerksamkeit erregen. Besser ignorieren.

»Ich muss jetzt weiter.«

Rohleff registrierte trotz des Nebels in seinem Hirn aufkeimende Nervosität in der Stimme der Frau.

»Kaffee!« Er schrie fast. »Eine Kanne Kaffee, Mineralwasser, Orangensaft, Alka Seltzer, doppelte Portion hier aufs Zimmer. Und schnell. Wir frühstücken dann später richtig.« Langsam erwachte sein Kampfgeist, gestählt in unzähligen anstrengenden Nachteinsätzen, die ihm gegenüber dem letzten allerdings läppisch vorkamen. »Bitte«, fügte er manierlich hinzu.

Die Antwort der Frau ging im Dröhnen unter seiner Schädeldecke verloren, Rohleff merkte nur, dass sich die Zimmertür schloss. Hoffentlich kam die Frau nicht gleich mit der Sittenpolizei zurück.

Rohleff stutzte. Er war ja selbst Polizist, wenn auch nicht bei der Sitte. Sturzbachartig meldeten sich ein paar Erinnerungen. Mit aufflackernder Wut wandte er sich an die reglose Gestalt auf der anderen Seite des geräumigen Doppelwasserbetts, der er die ganze Misere zu verdanken hatte. »Gustav, bedeck endlich deinen Arsch.«

Dann stutzte er, kroch vorsichtig wieder aufs Bett, bemüht, nicht zu viel Wellenschlag in der Matratze zu erzeugen, und beugte sich über den nackten Hintern. Tatsächlich, auf der einen Backe, oben rechts, prangte ein Tattoo. Ein unanständiges.

Aufstöhnend schob sich Rohleff wieder vom Bett, und dann verließen ihn die Kräfte. Mit letzter Anstrengung warf er sich in einen der beiden Korbsessel am Fenster, krallte sich an den Armlehnen fest und starrte den Rauchmelder an der Decke an, um dem Kreiseln Einhalt zu gebieten.

Das Hotel machte durch und durch einen Eindruck hanseatischer Nüchternheit. Ihr geräumiges Zimmer wies einen gewachsten Holzboden aus breiten Dielen auf, die an Schiffsplanken denken ließen, einen beinahe echt wirkenden, grauen Marmorkamin, über den der übliche, riesige Flachbildschirm an die Wand montiert war, graue, lange Vorhänge aus dickem Stoff und matt silbrig-graue glänzende Bettwäsche. Was vollkommen fehlte, waren grellrote Leuchten, üppige Goldschnörkel und neckische Drucke mit eindeutig pornografischen Szenen an den Wänden. Die einzige Extravaganz bildete das

Wasserbett, sah man von einem grün glasierten Buddha auf dem Kaminsims ab, der Rohleff jedes Mal, wenn er zu ihm hinsah, leutselig zunickte, als wollte er ihm einige Weisheiten nahebringen. Wie etwa die, sich vor einem Saufgelage mindestens zwei Aspirin reinzupfeifen. Leider kam die Mahnung zu spät.

Kaum zu glauben, dass das Hotel nur einen Steinwurf von der berüchtigten Reeperbahn entfernt lag. Die hatte Rohleff in der vergangenen Nacht gründlich kennengelernt, außerdem einige Gassen mit schrillen Etablissements, an deren Namen er sich nicht mehr erinnerte, und viel Volk, darunter unglaublich schöne, an näheren Kontakten interessierte Frauen, die gar keine waren, wenn er Gustavs Versicherung glauben mochte. Überhaupt Gustav! Der wandelte wie berauscht auf den Spuren eines wesentlich jüngeren, stattlichen Selbst mit roter Wikingermähne, das von Zeit zu Zeit die fränkische Alb verließ und ein Wochenende lang in das sündige Hamburger Nachtleben abtauchte, um den braven Dorfdoktor für eine Weile zu vergessen. Eine Art erotischer Dr. Jekyll und Mr Hyde, mutmaßte Rohleff.

»Was hat Tante Else denn gedacht, was du in Hamburg machst?«, hatte Rohleff sich erkundigt, um etwas Asche auf das alte Lotterhaupt zu streuen.

»Fortbildung«, war die lakonische Antwort. »Und das war's auch irgendwie«, setzte er nachdenklich hinzu.

Rohleff wollte sich bei Gelegenheit erkundigen, in welche Richtung er sich die Fortbildung denken sollte. Gynäkologische Eingriffe? Tripperbehandlung?

Nach fast einer halben Stunde, in der es ihm nicht gelang, sich ins Badezimmer zu schleppen, und unausgesetzt Erinnerungen an die Nacht sein Hirn marterten, klopfte wieder jemand an die Tür.

Erst als der Kellner mit dem Tablett eintrat, fiel Rohleff erneut Onkel Gustavs bloßer Hintern ein und dass er wenigstens die Bettdecke hätte drüber- oder die heruntergerutschte Schlafanzughose hochziehen können.

Der grüne Buddha nickte wieder.

»Das ist mein Onkel, der da schnarcht, und nicht, was Sie denken«, sagte Rohleff matt und wedelte in Richtung Bett, »stellen Sie das Tablett einfach irgendwo ab.«

Dass der Kellner nicht zum Bett sah, sprach dafür, dass er bereits darüber informiert war, was es dort zu sehen gab, und die ganze Geschmeidigkeit, mit der er das Tablett abstellte und sich Rohleff zuwandte, ohne ihn direkt anzuschauen, erhöhte die Peinlichkeit.

»Ich denk mir nie etwas«, bekannte der Kellner voller Würde. »Noch Wünsche? Soll ich die Vorhänge aufziehen?«

Rohleff schauderte. »Nicht, wenn draußen die Sonne scheint.«

Das Licht, das durch einen Vorhangspalt hereindrang, ließ vermuten, dass sich draußen über dem alten und neuen Hamburg ein seidig blauer Himmel mit klarer, frischer Luft spannte – und er, Rohleff, hockte hier als von der Nacht übrig gebliebene Schnapsleiche mit wehem Magen, pelziger Zunge, dröhnendem Schädel, einem fortgesetzten Klingeln im Ohr und verquollenen Augen mit einer Phobie vor Licht. Und wem verdankte er das?

Dem Nacktarsch neben ihm.

Der Kellner war stehen geblieben, als wartete er auf etwas, und da fiel es Rohleff ein. Suchend sah er sich um. »Werfen Sie mir mal mein Jackett herüber.« Es hing unordentlich über einem Stuhl.

Ungeschickt fingerte er in seiner Brieftasche herum, fand einen knittrigen Schein. Als er ihn dem Kellner reichte, ging ihm auf, dass es sich nicht um zehn, sondern um fünfzig Euro handelte. Er wollte noch »Moment, hab mich geirrt« rufen, aber da war der Schein bereits zusammen mit dem Kellner verschwunden.

So zementiert man seinen Ruf als Lustknabe alter, einundachtzigjähriger Säcke, dachte Rohleff verbittert. Selber alter Sack, fügte er noch hinzu. Im Sommer würde er dreiundsechzig, und ganz oben auf dem Schädel gingen ihm allmählich die Haare aus.

Der Buddha war tatsächlich eine Nickfigur, jeder Luftzug im Raum setzte den Kopf sacht in Bewegung. Rohleff hielt ihm das Schächtelchen zur Begutachtung hin, das ein Geschenk für den Kollegen Patrick Knolle darstellte, der sich gern und oft über das Geschrei seines jüngsten, etwa zwei Monate alten Kindes beklagte. Das Geschenk hatte Rohleff in einem Lädchen erworben, das nur einen Artikel führte, den aber in zweihundert verschiedenen Ausführungen, darunter solche mit Erdbeergeschmack und andere mit lustigen Tentakeln.

Der kleine Buddha nickte weise.

Das Frühstück nahmen sie eineinhalb Stunden später im Speisesaal ein, als das Personal das Büfett bereits abräumte. Es ging streng auf Mittag zu. Die eineinhalb Stunden hatte Rohleff genutzt, um sich erst einmal gründlich zu übergeben, anschließend einen Liter Kaffee zu trinken, zu duschen, Gustav wachzurütteln, sich anzuziehen, und als sein Bettgenosse Anzeichen des Wiedererkennens zeigte, ihn systematisch, wenn auch mit Unterbrechungen, wegen der nächtlichen Ausschweifungen zur Minna zu machen – ein lustvoller Vorgang, den Gustav schließlich mit dem Satz beendete: »Ich hab dir das ganze Zeug, das du geschluckt hast, nicht eingeträufelt, Karl. Ich hab dir gesagt, lass die Finger von Absinth,

Cuba Libre und solchen Sachen, die vertragen sich nicht mit Whisky. Also beklag dich nicht, wenn du einen Kater hast.«

Am Kater war er selbst schuld, das war Rohleff klar, aber für die Buchung des Doppelzimmers war Gustav verantwortlich, ebenso für das Wasserbett, das es schon vor zwanzig Jahren gegeben hatte, als Gustav das erste Mal hier in diesem Hotel im Hamburger Rotlichtviertel abgestiegen war. Rohleff hatte beim Einchecken vehement nach einem Einzelzimmer verlangt, hatte aber erfahren müssen, dass das Hotel, wie jedes Wochenende, vollkommen ausgebucht sei.

Wenn ihm doch wenigstens das Wasserbett erspart geblieben wäre. Beim Gedanken an das Schaukeln wurde Rohleff noch beim Frühstück seekrank.

Gustav selbst litt offensichtlich viel weniger unter einem Kater und hatte auch eine Erklärung dafür: »Bei mir verteilt sich das besser.«

Und da war was dran. Mit heimlichem Neid betrachtete Rohleff den Onkel, der zwar einen hübschen Bauch vor sich hertrug, aber alles in allem groß, kräftig und unendlich robust wirkte. Beinahe fünfundvierzig Jahre als Landarzt in der fränkischen Einöde hatten ihn nicht kleinkriegen können. Im Gegenteil. Volles, lockiges, weißes Haar mit einem Hauch von Rot, das manchmal im Gegenlicht wie ein brennender Heiligenschein aufschimmerte, und der phänomenale Walrossschnauzbart gaben ihm das Aussehen eines freundlichen Weihnachtsmannes. Wäre da nicht dieses Tattoo gewesen …

»Sag mal, Onkel Gustav, was meinte denn Tante Else zu dem Tattoo auf deiner Hinterbacke?«, fragte Rohleff hinterhältig und hatte zwei akkurat gestochene, rammelnde Karnickel vor Augen.

Gustav blinzelte nicht mal. »Else fand die sehr hübsch. Sie mochte Kaninchen.«

»Was meinte Else, was die beiden Karnickel machen?«, hakte Rohleff beharrlich nach.

»Bockspringen.« Gustav köpfte gekonnt sein Ei und lächelte in sich hinein.

Draußen schien immer noch die Sonne, für einen März in Hamburg wohl eher eine Seltenheit. Die Helligkeit brannte Rohleff in den Augen. Sie tränten so, dass er sie immer wieder schloss, und jedes Mal waren da die Bilder der Nacht; viel Geglitzer, Gesichter in dämmrigen Kaschemmen, Gerede von alten Kiez-Berühmtheiten, Gläserklirren, mal schrilles, mal raubeiniges Gelächter und dazwischen ein Onkel Gustav, der sich königlich amüsierte, wenn er nicht gerade umherspähte, damit ihnen niemand die Brieftaschen stahl. Der Polizist Rohleff kam sich wie der Neffe von früher vor, der vom großen Onkel beschützt wurde.

Auch jetzt ließ Gustav den Blick schweifen. »Gut, dass wir die Letzten sind.«

»Wieso?«

»Ich wäre ungern auf«, er zögerte unmerklich, »Bekannte getroffen«, gab er mit einem letzten, forschenden Rundblick zu.

»Dann packen wir nun unseren Kram zusammen und machen uns auf die Heimreise«, knurrte Rohleff ungnädiger, als er wollte.

Früher hatte er den Onkel sehr gemocht. Aber heute? Seit Jahren hatten sie nur noch sporadisch Kontakt miteinander. Fünf Jahre zuvor war Tante Else gestorben, Gustavs Frau, auf der Beerdigung hatte er ihn das letzte Mal gesehen. Eigentlich hätte sich Rohleff danach mehr um den alten Mann kümmern sollen, bestimmt hatte er ihm damals versprochen, bald wiederzukommen. Der Onkel stand ja nun allein da, Kinder gab es keine, jedenfalls keine, von denen Rohleff wusste. Unversehens spürte er einen Anfall von schlechtem Gewissen, und diesem war es wohl zu verdanken, dass er sich breitschlagen ließ, vor der Heimreise noch einen Abstecher in den Hamburger Hafen zu unternehmen.

»Was ich dir noch sagen wollte, du schuldest mir fünfzig Mäuse, Gustav. Die musste ich dem Kellner, der den Kaffee aufs Zimmer brachte, als Schweigegeld in den Rachen schmeißen, damit er nicht auf Facebook postet, was er bei uns zu sehen gekriegt hat«, sagte er, als sie das Hotel verließen. Bis zur Abfahrt des Zuges hatten sie ihr Gepäck im hoteleigenen Abstellraum untergebracht.

»Facebook? Kenne ich nicht.« Gustav spähte ausgiebig die Straße hinauf und hinunter, er hielt wohl Ausschau nach dem bestellten Taxi, das sie in den Hafen bringen sollte.

Im Hafen blühte er, nachdem er sich bisher wortkarg gegeben hatte, sichtlich auf. Tief atmete er ein und aus, und schon beim zweiten Mal machte Rohleff es ihm nach.

Ja, die leichte Meeresbrise, falls es denn eine war, war wundervoll. Die Luft von Licht erfüllt und von den Düften einer fernen Welt, die der Wind mit Dieselöl getränkt herantrug. Vor ihnen glitt in majestätischer Langsamkeit ein gigantisches Containerschiff heran, eine kleine Bugwelle vor sich herschiebend. Rohleff setzte in Gedanken riesige Segel, die sich wie Brüste blähten. Auf einmal drang ein sonores Tuten herüber – das hatte noch gefehlt, um sich so richtig nach der Ferne zu sehnen, wie früher als kleiner Junge, nach verlockenden Abenteuern in der großen, weiten Welt. Rohleffs Seele schlug Purzelbäume, Leichtigkeit breitete sich wie eine rosige Wolke in seinem Hirn aus.

»Na, siehst du«, sagte Onkel Gustav, der ihn heimlich beobachtet hatte, befriedigt. »So einen wundervollen Morgen im Hafen erlebst du nur nach einer ordentlich durchzechten Nacht.«

»Morgen?«, brummelte Rohleff, grinste aber. »Mittag ist längst vorbei.«

Ja, die Weite faszinierte ihn. Wann hatte er sich zuletzt so frei, so gedankenlos zufrieden gefühlt? In seinem Privatleben herrschte seit seiner Scheidung von seiner schönen Frau Sabine nichts als gesetzte Langeweile mit gelegentlichen Kartenspielabenden, einem Kinobesuch in Steinfurts einzigem Lichtspielhaus, dem jährlichen Besuch eines Rockkonzerts in Gronau – und das war's dann auch so ziemlich. Urlaub? Er konnte sich kaum noch daran erinnern.

Gustav bückte sich mit leise knackenden Gelenken, hob etwas von der Straße auf und steckte es in einer flüssigen, gedankenverlorenen Bewegung ein, ohne einen prüfenden Blick darauf zu werfen.

Unversehens überkam Rohleff Rührung. Schon früher hatte der Onkel jeden Pfennig, jeden Knopf, Stift oder anderen kleinen Gegenstand aufgehoben, den er auf der Straße fand. In seinem Haus hatte es in Rohleffs Kindheit ganze Schachteln voll der seltsamsten Fundstücke gegeben, darunter ein winziger, vollständig erhaltener Spitzmausschädel, der es dem kleinen Rohleff von damals sehr angetan hatte. War der Schädel nicht wundervoll gruselig gewesen? Anscheinend war Gustav der alten Sammelleidenschaft treu geblieben. Rohleff wollte sich schon erkundigen, um was es sich diesmal handelte, da kam ihm Gustav mit einer Bemerkung zuvor.

»Lass uns ein paar Schritte laufen, bevor wir zu Mittag essen.« Er berührte ihn knapp am Arm und setzte sich bereits in Bewegung, auf die Niederbaumbrücke zu.

Während sie darüber wandelten, gluckerte unter ihnen ölig die breite Wasserstraße. Ein Stück weiter ragten altehrwürdige Speicherhäuser aus roten Backsteinen mit Fenstern wie Schießscharten auf, die aber im Licht wie blank gewaschen funkelten. Rohleff ließ den Onkel vorgehen und sah, wie er stehen blieb und sich umsah.

»Bist du hier mit jemandem verabredet?«, fragte Rohleff, einer plötzlichen Eingebung folgend, sobald er ihn eingeholt hatte.

Zuckte Gustav nicht leicht zusammen?

»Nein, nein, nur mit mir selbst«, wehrte dieser ab.

Ein wenig nervös kam er Rohleff vor. Vielleicht waren das auch nur die verspätet einsetzenden Reaktionen auf die lange Nacht. Mittlerweile hatte er ihm den nackten Hintern, das Wasserbett und den größten Teil der Sauftour verziehen, schwor sich aber, sich nie wieder auf Whisky und See einzulassen, so großartig das Hamburger Hafenpanorama auch sein mochte.

Unter ihnen zog ein kleiner Lastkahn dahin, sie guckten genau aufs Deck, auf dem sich sorgfältig gestapelte Holzkisten befanden, die alt aussahen, gut durchgewittert in der salzigen Meeresluft, und drei Fässer.

»Hochprozentiges«, sagte Gustav blinzelnd, »da wette ich drauf.«

Ja, das sah nach Versprechungen lang gereifter Genüsse aus, die kostbaren Einzelteile in den Kisten traditionell in Stroh und Holz verpackt. Ein paar Strohhalme trudelten übers Deck.

»Hoffentlich gut verzollt«, bemerkte Rohleff nüchtern. Aus den Augenwinkeln nahm er eine dunkel gekleidete Gestalt wahr, die am Kai auf den Kahn zu warten schien. Plötzlich kam ein wenig Hektik in die Gestalt, sie hob einen Arm und bewegte ihn in eigenartigen Achterschleifen, wohl um den Kapitän auf sich aufmerksam zu machen.

Erst später, viel, viel später sollte ihm der Kahn samt Fracht wie ein düsteres Omen vorkommen.

Gustav lenkte ihn von der Gestalt und dem Kahn ab. »Komm, Zeit zu gehen. Mir knurrt der Magen. Lass uns ein Taxi suchen.«

Das Hafenpanorama genossen sie noch einmal ausgiebig beim Mittagsmahl in einem Nobelrestaurant im Fischereihafen mit Blick auf die maritime Pracht, die Rohleff im Geist für sich ad acta legte. Sehr schön, das alles, aber nie wieder. Nicht mit ihm.

Auch daran sollte er sich später häufiger erinnern.

Weiter hinten im Lokal, weitgehend verdeckt von wedelartigen Grünarrangements in hohen Kübeln, saßen zwei Herren, von denen Rohleff einer vage bekannt vorkam. Er sah aber nicht genug von ihm, um es genau sagen zu können, außerdem mutmaßte er, dass sich hier Erinnerungsbilder der Nacht einmischten. Gustav hatte einen Tisch in einer Ecke gewählt, hier hatten sie Aussicht durch die Fenster nach zwei Seiten, die Aussicht ins Lokal fiel dagegen ab. Das Lokal war zu dieser Zeit nicht mehr gut besucht. Es kam Rohleff so vor, als hätte Gustav das alles mitbedacht, das Essen war jedenfalls hervorragend und der Service auch. Mit jedem Gang versank Rohleff tiefer und tiefer in eine Genussorgie, die ihren Abschluss in einer Kreation aus pürierten Esskanien, Vanillesahne, knusprigen Keksen und in reichlich Whisky getränkten Orangenfilets fand, bekrönt mit einem Spitzendeckchen aus Karamell. Nur der Whisky störte ein wenig.

Rohleff trank viel Mineralwasser zu allem.

Die lange Heimreise ins fränkische Dorf machte es nötig, dass Gustav wie vor ihrem Aufbruch nach Hamburg eine Nacht bei Rohleff in Steinfurt verbrachte, bevor er ihn am Montagmorgen eilig in den Zug setzte.

Erst abends, bei der Heimkehr vom Dienst, entdeckte er auf seinem Schreibtisch, sorgfältig glatt gestrichen und mit einem gläsernen Briefbeschwerer fixiert, einen Fünfzigeuroschein.

Onkel Gustav hatte nicht nur die Zug- und die zahlreichen Taxifahrten bezahlt, sondern auch das Hotel, das Essen und jeden verdammten Drink, den Rohleff konsumiert hatte, und er hatte sich nur einmal lau für alles bedankt. Nun traf ihn die Scham tief und ließ seinen Nacken brennen. Gustav war auch früher immer großzügig gewesen, genau wie seine Else, die darunter gelitten hatte, kein eigenes Kind zu haben, und daher nur zu gern die Kinder von Gustavs älterer Schwester in den Ferien zu sich einlud und sie wochenlang verwöhnte.

Ja, Rohleff schämte sich nun heftig. Erst jetzt ging ihm auf, dass Gustav noch immer der Onkel war, den alle Kinder liebten, kein Kind aus dem Dorf hatte jemals Angst vor dem Besuch beim Doktor gehabt, alle vertrauten ihm. Rohleff kam sich im Nachhinein wie ein klein karierter Armleuchter vor.

Und es fiel ihm ein, dass Gustav einige Male zum Sprechen angesetzt, es aber immer wieder sein gelassen hatte, vor allem, als sie im Hafen herumspaziert waren. Hatte er etwas Spezielles auf dem Herzen gehabt? Und nur nicht die richtige Gelegenheit gefunden, darüber zu reden? Warum hatte er, Rohleff, nicht nachgefragt? Weil er zu sehr in seinem Groll versunken und mit der eigenen Befindlichkeit befasst gewesen war. Was sollte er also tun?

Er würde ihn später anrufen. Er würde sich erst einmal angemessen bedanken und dann zu der Frage vortasten, ob Gustav etwas auf dem Herzen gehabt habe.

Dumm, sehr dumm sogar, dass er das dann doch vergaß oder verdrängte, aber das sollte ihm erst später aufgehen.

Eine Woche nach dem Hamburgausflug brachte der Postbote ein Paket, dem Rohleff zwei Flaschen siebzehn Jahre alten

Whiskys der Marke *Balvenie* entnahm, der der Erklärung auf dem Etikett zufolge in extra angefertigten Eichenfässern und anschließend noch eine gute Zeit lang in alten Sherryfässern der Vollendung hatte entgegendämmern dürfen. Das Aroma sollte unter anderem an Pfirsiche erinnern. Das zu überprüfen lehnte Rohleff schaudernd ab, unversehens hatte er wieder einen pelzigen Geschmack auf der Zunge. Und außerdem enthielt das Paket einen kleinen, faustgroßen, grün glasierten Buddha. Rohleff rätselte, ob Gustav die Figur heimlich hatte mitgehen lassen oder ob er sie dem Hotel abgekauft hatte. Aber vielleicht gehörte sie ja auch gar nicht zum hoteleigenen Inventar und war von einem früheren Gast vergessen worden. Wie auch immer, Gustav musste sehr geschickt vorgegangen sein, sodass Rohleff von der Transaktion nichts mitbekommen hatte. Er stellte den Buddha oben auf seinen uralten Röhrenfernseher und ließ sich von ihm hypnotisieren.

Anders war nicht zu erklären, dass er sich zwei Monate später auf eine Reise einließ, die er gar nicht hatte antreten wollen.

Für den Whisky und die Figur bedankte sich Rohleff mit einer Ansichtskarte von Steinfurt, die die Burg zeigte, ein durch und durch uraltes Gemäuer, eine Sehenswürdigkeit, beinahe ein Sehnsuchtsort.

Vielleicht war die Karte ein Fehler gewesen.

- 1 -

Mai

Rohleffs Hamburger Mitbringsel für Patrick, den leidgeprüften, ewig übernächtigten Vater, das Schächtelchen aus dem Laden namens *Condomerie* mit seinem farbigen, verspielten Inhalt aus strapazierfähigem, dehnungsfreudigem Gummi, rief nur mäßige Erheiterung hervor. Dennoch wollten die drei engsten Mitarbeiter aus Rohleffs Team immer wieder Einzelheiten des Wochenendtripps hören, und mit jeder Wiederholung (Rohleff ließ den übermäßigen Kater, das Doppelzimmer und einiges andere aus) gewann der Ausflug an Farbigkeit und Exotik. Endlich, nach Jahren hatte er überhaupt wieder etwas aufregend Privates zu erzählen.

Patrick Knolle und Lilli Gärtner gehörten seit Langem zu seinem Ermittlungsteam, Harry Groß dagegen hatte sich, nachdem er Rohleffs Exfrau Sabine geheiratet hatte, von der Steinfurter Kreispolizeibehörde nach Münster in die dortige Mordkommission versetzen lassen, was alle aufatmen ließ. Statt seiner gehörte nun Sandra Kupfer zu ihnen, erst achtundzwanzig Jahre alt, hübsch, effizient, eine richtige Schnelldenkerin, die sich gut eingefügt hatte, ohne sich im Mindesten anzubiedern. Bei Schießübungen traf sie fast immer ins Schwarze.

Mit ihr war das Team, das Rohleff seit vielen Jahren als Kriminalhauptkommissar leitete, wieder komplett.

Anfang April hatte sich Gustav wieder bei ihm gemeldet, sie hatten ein wenig am Telefon geplaudert, wobei sich Rohleff zurückhaltend gab, vermutete er doch, dass es den Onkel wieder nach Hamburg zog. Ein entsprechender Vorschlag blieb aber aus, dennoch hatte Rohleff den Eindruck, dass Gustav etwas auf dem Herzen hatte. Einige Tage später erkundigte er sich nach Rohleffs Urlaubsplänen. Der Urlaub musste ja, wie bei Behörden üblich, lange vorher festgelegt und genehmigt werden. Rohleffs begann im späten Mai. Der Termin rückte ohne konkrete Planung näher, da sprach Gustav die nächste Einladung aus.

Rohleff war perplex. Und erbat sich Bedenkzeit.

»Nach Schottland eingeladen? *All inclusive* wie in Hamburg?«, fragte Patrick aufgeregt, den blanken Neid in der Stimme. Rohleff hatte die Einladung beiläufig erwähnt, als alle wie so oft in letzter Zeit über Urlaubspläne sprachen. Rohleff hatte immer noch nichts Konkretes in Aussicht. Was auch? Zwei Wochen ins Gebirge oder an die See? Jeden Tag allein an einem Tisch im Restaurant sitzen, ein einsamer Wolf ohne Anhang? Dann doch lieber die Zeit in seinem Schrebergarten verbringen mit Bier und Würstchen vom Grill. Der Zaun musste dringend erneuert werden, sein Nachbar mahnte immer nachdrücklicher. Und er könnte ja mal wieder Tomaten anpflanzen.

»Ich überleg mir's noch«, wiegelte Rohleff ab, weil er sich plötzlich genierte. Es gab nichts, womit er sich so eine Reise verdient hätte.

»Du überlegst es dir? Bist du bescheuert?«, ereiferte sich Patrick und fasste sich theatralisch an die Stirn. Er würde wohl wieder zwei Wochen samt Frau und drei Kindern auf Ameland verbringen zwischen Sandburgenbau und Windelwechsel. Aus dem Draufgänger von einst, dem Motorradfreak, war ein braver Schreibstubenhengst mit leichtem Bierbauchansatz geworden.

»Wieso?«, hielt Sandra dagegen. »Ich hätte keine Lust auf so eine Rundreise. Das ist was für betagte Leute. Jeden Morgen beim Frühstück packen die ihre Pillenschachteln aus und machen einen Krankheitenabgleich. Dreimal Bandscheibenvorfall gegen einmal hoher Blutdruck mit Tendenz zum Herzinfarkt. Und außerdem sind da nur Ehepaare dabei. Mir würde das auf die Nerven gehen, ich weiß das.« Sandra war mit ihrem Freund im Vorjahr nach Kuba zum Tauchurlaub geflogen, die beiden allein. Sie streifte Rohleff mit einem nachdenklichen Blick. »Aber vielleicht ist es ja die letzte Gelegenheit, mit deinem Onkel noch was zu unternehmen. Mit einundachtzig, na ja, da …«

Tickte die Uhr lauter?

War Gustav etwa schwerkrank? Siedend heiß fiel Rohleff diese Möglichkeit ein. Hatte er deshalb so bedrückt geklungen bei ihren letzten Gesprächen? Etwas beschäftigte den Onkel, etwas Schwerwiegendes, über das zu sprechen er Mut brauchte. Er hatte ein wenig hilflos und anlehnungsbedürftig gewirkt. Ja, die Uhr tickte, mutmaßte Rohleff, aber nicht nur für Gustav.

»Wie heißt denn der Reiseanbieter?«, fragte Patrick eifrig nach. »Hast du die Reise denn überhaupt schon gecheckt? Reiseroute, Hotels und so?«

Von den Einzelheiten wusste Rohleff gar nichts, erkundigte sich aber beim nächsten Telefonat mit dem Onkel danach, trotzdem sagte er die Teilnahme immer noch nicht fest zu. Allein schon die Nachfrage heiterte Gustav auf.

Die Recherche im Internet ergab, dass der Preis für zehn Tage Schottland in etwa vier Wochen Karibik im Luxusresort entsprach. Gustavs teure Reiseambitionen erschienen Rohleff bedenklich. Ein letztes Aufbegehren vor dem nahen Ende?

Gegen viel inneren Widerstand sagte er schließlich zu.

Die Reise, so hatte er nachgelesen, würde entlang eines Whisky Trails verlaufen. Wollte Gustav seiner Leber den Gnadenstoß versetzen?

Der Bus, der im Rotterdamer Hafen auf sie wartete, sah glänzend und windschnittig aus, die moderne Vision eines Rennkamels, gut geeignet für Haarnadelkurven, Schlaglochgruben, Schotterpisten und weiche, tückische Torfmooruntergründe. Der Reiseanbieter hatte laut Gustav unvergessliche Erlebnisse abseits ausgetretener Pfade versprochen. Erst viel später sollte Rohleff aufgehen, dass *unvergesslich* nicht automatisch etwas Gutes bedeuten musste.

Der Parkplatz, auf dem der Bus stand, war eine große, asphaltierte Fläche, auf der die wenigen Busse und die Autos, die dort abgestellt waren, verloren wirkten. Über ihnen kreisten aggressiv schreiende Möwen und erinnerten Rohleff daran, dass er unmittelbar davorstand, sich aufs Meer zu wagen – und ein leichtes Schaudern befiel ihn.

Am nahen Kai – in einer Lücke zwischen zwei nüchtern wirkenden Hafengebäuden zu erspähen – ragte ein mehrstöckiges Schiff auf, in dem, zweckdienlich einsortiert, die halbe Bevölkerung von Steinfurt hätte Platz finden können. Rohleff sah sich bereits auf der Suche nach seiner Kabine durch ein Labyrinth von engen Korridoren irren, und ein deutlicher Anflug von Klaustrophobie überkam ihn. Auf was für eine Blödheit hatte er sich da eingelassen?

Einige Schritte vom Bus entfernt stand eine Gruppe von Menschen, lebhaft ins Gespräch vertieft. Hauptsächlich Männer, mutmaßte Rohleff, oder Männer wie Frauen waren annähernd gleich gekleidet. Er machte ziemlich viel tristes Olivgrün aus, eine Farbe, die er seit jenem Moment, in dem ihm Patrick Knolle eine gebrauchte Windel in die Hand gelegt hatte, zuverlässig mit gut verdautem Spinat in Verbindung brachte. Der optische Eindruck stimmte, nur der Gestank fehlte.

Möglicherweise war diese Tarnfarbe gut für die Moorhuhnjagd. Moorhühner kamen, Rohleffs Reiseführer zufolge, in den weglosen, regendurchweichten Moorgebieten, die etwa achtzig Prozent Schottlands ausmachten, häufiger vor.

Hier und da standen neben voluminösen Gepäckstücken einige schmale Rollbehälter herum, die allerdings keine Schrotflinten enthielten, sondern Golfschläger. Vielleicht waren das gar nicht die Whiskypilger, die sich dort versammelt hatten, und er und Gustav strebten auf den falschen Bus zu.

Nahe der Stelle, wo sie vom Taxi abgesetzt worden waren, stand eine Frau und sah abwartend zu der Gruppe hinüber. Als sie sich halb zur Seite drehte, wahrscheinlich weil sie sie kommen hörte, wurde Rohleff langsamer und ließ Gustav mit seinem Koffer an sich vorbeiziehen. Ein Blick aus strahlend blauen Augen hielt ihn wie vom Blitz getroffen auf der Stelle fest.

»Auch nach Schottland?«, fragte die Frau mit einem zögerlichen Lächeln, das besonders liebliche Grübchen auf ihre Wangen zauberte.

Unter den nicht ganz echten Damen im Hamburger Rotlichtviertel war Rohleff eine aufgefallen, die in einem kurzen Blickaustausch die heftige Sehnsucht nach Zärtlichkeit, nach lustvollem Unter-die-Bettdecke-Kriechen aufkommen ließ. Der Moment war aber ziemlich schnell vorbeigewesen, als die Frau ohne weitere Umstände ihren Preis nannte.

Diese Frau nun, die ihn so unvermittelt angesprochen hatte, trug eine schwarze Hose zu hochhackigen Schuhen und ein rosiges, locker sitzendes Oberteil, am Hals schwarz abgesetzt, darüber ein vorne weit offenes, grünes Lodencape, und alles zusammen ergab eine lässige Eleganz, zu der nur der etwas abgetragene Rucksack, der ihr über einer Schulter hing, nicht passen wollte. Die Frau war mit all ihren Rundungen durch und durch attraktiv und kaum älter als Mitte vierzig. Ihr aschblondes Haar war oben auf dem Kopf zu einem Strubbelnest zusammengedreht, aus dem ein paar Korkenzieherlocken herausfielen und ihr hübsches Gesicht umrahmten. Eine anheimelnde Schlafzimmerfrisur, fand Rohleff, von einer weiteren erotischen Aufwallung überfallen.

Eigentlich war die Frau nicht sein Typ, er stand seit jeher auf schlanke, gemeinhin als »rassig« bezeichnete Dunkelhaarige. Das Äußere seiner Exehefrau Sabine war für ihn immer noch das Maß aller Dinge, was Frauen betraf. Dass er sich von dieser Frau spontan angezogen fühlte, verwirrte ihn. Und was hatte die Unbekannte veranlasst, gerade ihn anzusprechen?

»Ja, schon. Aber die Gruppe da sieht für mich nach Golfclub aus. Golf in Schottland hab ich nicht gebucht. Meine Reise hat mehr was mit Whisky zu tun.«

Die Frau lächelte. »Golf ist nur ein Nebenaspekt. Es ist schon die richtige Gruppe.«

»Überlegen Sie ein letztes Mal, ob Sie überhaupt mitwollen?« Das war Rohleff so herausgerutscht.

Er überlegte das schon, dabei wollte er sich noch nicht eingestehen, dass sein bockiges Festhalten an Vorbehalten endlich ein wenig nachließ.

Um die Augen herum traten bei der Frau hübsche Lachfältchen auf, dem konnte er schon gar nicht widerstehen.

»Ich glaube, das sollte ich wirklich«, sagte sie verschmitzt.

»Kennen Sie jemanden von denen?« Rohleff blickte wie die Frau zur Reisegruppe hinüber, die sich inzwischen vergrößert hatte. Noch mehr Olivgrün. Gustav hatte die anderen fast erreicht, gleich würde er, ebenfalls tarnfarben gekleidet, eine Baskenmütze auf dem Haupt, von der Gruppe aufgesogen werden. Rohleff, mit seinem alten, kamelhaarfarbenen Duffelcoat über dem Arm, kam sich jetzt bereits als Außenseiter vor.

Unverkennbar war auch die Frau leicht angespannt, das machte sie ein wenig zur Verbündeten, was ihm gefiel.

»Nein, niemanden.«

Rohleff sah sich um. »Aber Sie sind doch bestimmt nicht alleine hier.« Unversehens hatte sich Hoffnung in ihm geregt, die er aber niederzuknüppeln suchte. So viel Glück konnte er nicht haben – er doch nicht! Er erinnerte sich an Sandras Bemerkung, dass mehrtägige Busreisen fast ausschließlich von Ehepaaren gebucht wurden. Einen elenden Moment lang sah er sich abgehängt all den Paaren hinterhertrotten, die sich in ihrer Zweisamkeit nicht stören lassen wollten.

»Doch, das ist ja das Problem. Ich trau mich allein nicht weiter. Die wirken jetzt schon alle so gut bekannt miteinander.«

In Rohleff wallte Mitgefühl auf, dann besann er sich.

Dass eine so elegante, hübsche Frau schüchtern war, konnte er sich beim besten Willen nicht vorstellen. Dass sie allein reiste, allerdings erst recht nicht. Er hatte das Gefühl, gleich jetzt zu Beginn dieser seltsamen Reise den Boden unter den Füßen zu verlieren.

»Dann sollten wir zusammen weitergehen. Ich heiße übrigens Karl Rohleff.«

Die Frau zögerte einen Moment, während sie Rohleff prüfend ansah. Dann hob sie leicht und locker die Schultern. »Rosa Wurm.«

Rohleff unterdrückte den Impuls, »Wie bitte?« zu fragen. Absurd, die Frau konnte nicht Rosa Wurm heißen, niemand hieß so. Rosa vielleicht, aber *Wurm*?

Gerade noch rechtzeitig bemerkte Rohleff, wie sich das Gesicht der Frau verschattete, vermutlich war sie allerhand blöde Reaktionen auf ihren Namen gewöhnt, hatte aber bei ihm auf mehr Esprit gehofft.

»Der Herr, der eben an uns vorbeigezogen ist, heißt Gustav Gans«, sagte Rohleff betont nüchtern, »er hat mich auf diese Reise eingeladen.«

Wie dumm von ihm! Nun musste sie denken, dass er sich die Reise selbst nicht hätte leisten können, was natürlich nicht stimmte. Er hätte schon, nur wäre er nie auf die Idee gekommen, so eine teure Reise zu buchen. Er sprach rasch weiter: »Er hat mir mal erklärt, dass die Comicfigur, die auch so heißt wie er, bei seiner Geburt noch nicht so allgemein bekannt war wie heute. Seine Eltern wussten nicht, was sie taten.«

Hatte er zu viel gesagt?

Rosa riss die Augen weit auf, starrte ihn an, dann schlug sie die Hand vor den Mund und begann laut zu lachen. Erleichtert stimmte Rohleff in das Lachen ein. Gemeinsam zogen sie, Seite an Seite, auf die Gruppe vor dem Bus zu.

Auf Gustav hatte er nicht mehr geachtet, aber anscheinend hatte dieser bereits, wie vermutet, Anschluss an die Gruppe gefunden. Er stand mit dem Rücken zu Rohleff und hörte jemandem zu, der auf ihn einsprach.

Rohleff war im Begriff, ihm auf die Schulter zu tippen, um sich bemerkbar zu machen, da sah er aber Gustav um den Bus herumbiegen, anscheinend hatte er seinen Koffer auf die andere Seite gebracht, und kam zurück. Der Mann, den er für ihn gehalten hatte, trug ebenfalls die allgegenwärtige, wetterfeste, kakifarbene Outdoorjacke, außerdem hatten die weißen

Locken am Hinterhaupt und die Baskenmütze Rohleff in die Irre geführt. Vorne trug der Mann keinen Schnauzbart, unter der Mütze lugten keine Locken hervor, und die Wangen hingen schwer und traurig herab wie bei einer Bulldogge. Nicht die Spur von Ähnlichkeit mit Gustav.

Unter den Reisenden gab es doch einige weitere Frauen. Sie standen dicht neben Männern, mit denen sie vermutlich verheiratet oder wenigstens liiert waren. Rohleff nahm erst einmal nicht an, dass sich außer Rosa noch eine Frau allein auf die Reise traute.

Er winkte Gustav kurz zu und folgte Rosa zur Rückseite des Busses, wo sich der Stauraum für das Gepäck befinden musste. Als er sie beinahe eingeholt hatte, hörte er sie leise *Miau* sagen.

»Was haben Sie gesagt?«, fragte er verblüfft.

»Gar nichts. Wie kommen Sie darauf?«

Rohleff schüttelte nur den Kopf.

Der Busfahrer nahm ihnen die Koffer ab und reichte sie an seinen Assistenten weiter, der sie sorgfältig verstaute.

Rosa stieg in den Bus, Rohleff folgte ihr, um die neue Reisebekanntschaft zu vertiefen, das gab ihm vielleicht einen Vorsprung vor anderen Mitreisenden – Gustav eingeschlossen. Außerdem würde der bis auf Weiteres schon allein klarkommen.

»Sie müssen wieder aussteigen, Sie gehen zu Fuß aufs Schiff«, hörte er den Busfahrer hinter sich, achtete aber nicht weiter darauf.

Rosa schaute erstaunt auf, als er sich ihr gegenüber auf den Platz jenseits des Ganges setzte. Hoffentlich hielt sie ihn nicht für aufdringlich.

»Die anderen lerne ich bestimmt noch früh genug kennen«, meinte er leichthin und lächelte gewinnend. »Wenn Sie nichts dagegen haben, leiste ich Ihnen noch ein wenig Gesellschaft. Ich kann Sie nicht einfach allein hier sitzen lassen.«

»Doch, natürlich. Ich hab mich in den Bus gesetzt, weil es mir draußen zu windig ist, ich friere leicht.«

Allerdings hing ihr grüner Umhang über der Lehne des Sitzes vor ihr, und im Bus war es kein bisschen wärmer als draußen. Wegen der offen stehenden Türen eher noch zugiger. Der Mai hatte sich von Anfang an von einer freundlichen, aber nicht unbedingt warmen Seite gezeigt. Nur in den nächsten Tagen sollten die Temperaturen entschieden ansteigen, über dem Münsterland würde ein strahlendes, sonniges Hoch heraufziehen, dann, wenn Rohleff im notorisch verregneten Schottland durch die Heidekrautwüsten stapfte, von wütenden Moorhühnern verfolgt, die ihre Nester verteidigten. Er zog die Schultern hoch und bemerkte in diesem Moment, wie sich Rosas Rucksack auf dem Sitz neben ihr unmerklich etwas mehr nach vorn ausbeulte. Wahrscheinlich war er durch sein eigenes Gewicht in sich zusammengesackt.

Bevor Rohleff die Erklärung für das Phänomen einfallen konnte, lenkte ein Quietschen seine Aufmerksamkeit ab.

Rosa schraubte einen Flachmann auf und hielt ihn ihm hin. »Zwölf Jahre alter *Balvenie*, nehmen Sie einen Schluck, tut gut gegen das Frieren.«

»Whisky?«, fragte Rohleff ungläubig. *Balvenie* hieß doch auch das Zeug, das Gustav ihm geschickt hatte.

»Aber ja. Als kleine Einstimmung auf die Reise.« Ein merkwürdiger, gedämpfter Laut mischte sich in ihren Satz, der Rohleff wieder an das *Miau* erinnerte, das er bereits gehört hatte. Vielleicht litt Rosa an einer seltsamen Variante des Tourette-Syndroms? Wer davon befallen war, konnte ja nicht immer kontrollieren, was er an Worten oder auch Geräuschen von sich gab. Solange sie aber nur miaute, war es gut mit ihr auszuhalten.

Unter ihrem auffordernden Blick konnte er nicht anders, als gehorsam nach der Flasche zu greifen und sie wie unter Zwang an die Lippen zu setzen. Wahrscheinlich verzog er angewidert das Gesicht beim Trinken.

Rosa lachte laut und fröhlich auf. »Sie scheinen ja ein echter Kenner zu sein, Karl.«

Mein Gott, war die Frau attraktiv, wie ein einziger, lichter Sonnenstrahl, durchfuhr es ihn. »Sind Sie denn eine Expertin?«

Rosa neigte nachdenklich den Kopf zur Seite. »Ich hab mich ein bisschen damit befasst. Aber ich hatte mal einen Nachbarn, der war richtig verrückt nach Whisky. Ich selbst nicht, nein.«

»Und dennoch machen Sie so eine Reise mit?«

Sie lächelte versonnen in sich hinein. »Warum nicht? Wissen Sie, solche Spezialreisen werden nicht ausschließlich von Ehepaaren gebucht, da sind auch immer einige Alleinreisende dabei, die ihrem speziellen Interesse nachgehen und auf Gleichgesinnte hoffen. Das macht es, wenn man selbst allein reist, sehr viel angenehmer. Die ganze Gruppe ist entschieden lockerer. Regelrechte Singlereisen wären nichts für mich, die haben etwas von verkappter Partnervermittlung an sich. Finden Sie nicht?«

»Sind denn auf dieser Reise so viele ohne Partner dabei?«

»Jedenfalls genug für mich«, antwortete Rosa, strahlte ihn verheißungsvoll an und zog dabei ihren Rucksack mit einer Hand etwas näher zu sich. Dass Rohleff in Begleitung aufgetaucht war, hatte sie anscheinend vergessen. Er nahm sich vor, daran zu arbeiten, als sehr eigenständig Reisender wahrgenommen zu werden.

Ungünstigerweise tauchte in diesem Moment Gustav schnaufend im Bus auf. Rohleff sah ein paar Felle davonschwimmen, sicheres Indiz dafür war Rosas nun reservierter Gesichtsausdruck und die Art, wie sie im Sitz näher ans Fenster rückte, auf Distanz nämlich.

»Hier steckst du, stimmt also doch, dass du in den Bus …« Gustav warf einen langen, interessierten Blick auf Rosa und lüpfte seine Kopfbedeckung. »Gustav Gans, und Sie sind?«

Rosa lachte unvermittelt, Grübchen im Gesicht.

Doch, Rohleff freute sich nun auf die Reise. Die hübsche Rosa, das hatte er bemerkt, trug keinen Ehering.

Nachdem sie den Bus verlassen hatten, stellte Rohleff fest, dass sich die Reisegesellschaft noch einmal vergrößert hatte, aber nicht sehr. Der Bus bot wenigstens fünfzig Reisenden Platz, da blieben noch immer viele unbelegte Sitze übrig. Die Gesellschaft konnte sich ungeniert ausbreiten, das war ihm überaus recht. Bloß keine drangvolle Enge. Alles in allem, das hatte ihm Gustav auf der Zugfahrt nach Rotterdam erklärt, würden sie nicht mehr als zwanzig sein, zuzüglich des Busfahrers und seines Assistenten. Und in Schottland würde eine extra engagierte Reiseleiterin zu ihnen stoßen, eine Fachfrau in Sachen Whisky. Rohleff stellte sich eine resolute Dame mit ausgesprochen männlichem Charme vor, die deutlich nach verbranntem Torf roch und jeden unter den Tisch trank.

Der Busfahrer heischte nun nach Aufmerksamkeit, das allgemeine Gemurmel erstarb allmählich. »Ich bin der Robert«, tönte es mit kräftiger Stimme aus einem strammen Oberkörper über den Platz, »und das hier ist der Kevin, unser Mädchen für alles.«

Verhaltenes Gelächter erklang.

»Gebt ihm eine Schürze!«, schrie jemand.

Rohleff hätte gern erfahren, wie *der* Robert mit Nachnamen hieß.

Kevin, das Mädchen für alles, war ein Schlacks von etwa ein Meter neunzig mit kräftigem, rotblondem Haar, das streng aus dem breitflächigen Gesicht nach hinten gegelt war. Ansonsten fand ihn Rohleff nicht weiter auffällig, umso mehr erstaunte es ihn, mit welchem Interesse Gustav den jungen Mann musterte.

»Glaub mir«, flüsterte ihm Rohleff zu. »Er ist ein Junge, da bin ich mir sicher.«

Ungeduldig winkte Gustav ab. »Hör lieber zu«, raunzte er.

Robert erläuterte, dass sie nun unter Kevins Führung alle aufs Schiff gehen würden, während er später mit dem Bus nachkomme, denn Fahrzeuge würden als Letztes verladen. Und er erinnerte noch einmal daran, dass für die Nacht auf See alle Mitreisenden nur eine kleine Reisetasche mit in die Kabinen nehmen sollten, das große Gepäck verbleibe im Bus.

Rohleff schielte auf Rosas Rucksack, den sie zu ihren Füßen abgestellt hatte. Daher dieses unförmige Ding.

Auf die geforderte kleine Übernachtungsausrüstung hatte ihn Gustav bei ihrem letzten Telefonat ausdrücklich hingewiesen, widerwillig hatte Rohleff eine Segeltuchtasche mit dem Allernötigsten gefüllt und ärgerte sich nun, dass sein gutes Jackett im Koffer blieb. Für Rosa hätte er sich herzlich gern etwas schick gemacht.

Sie würden mit der Nachtfähre von Rotterdam nach Newcastle übersetzen. Bisher hatte diese Aussicht ihn eher mit Schrecken erfüllt, nun dachte er an einen ausgiebigen, langen Aufenthalt in nettester Gesellschaft an der Bar, während ein malerischer Sonnenuntergang in schönsten Rottönen durch die Fenster lugte und die See sich unmerkbar in Wellen legte. Und hoffentlich ging Gustav früh schlafen.

Die meisten der männlichen Reisegefährten durften mindestens die sechzig, wenn nicht die siebzig hinter sich haben, eine Ansammlung von Graubärten, Weißhäuptern und Kahlköpfigen, manche waren sich bei flüchtigem Hinsehen schon verflixt ähnlich. Aber es gab mindesten einen jüngeren Mann. Dem glatten Gesicht nach war er höchstens Mitte vierzig, und er hatte volles, wenn auch angegrautes Haar, einen gepflegten Bart mit dunkleren Schattierungen, eine kräftige Statur, aber kein bisschen Fettansatz. Haltung und Aussehen waren die eines lässigen Abenteurers. Ob Rosa auf so einen Typen stand?

Der Busfahrer fiel allerdings auch mehr oder weniger in diese Kategorie, nur dass seine Haare länger und lockig waren und noch Farbe hatten, ebenso wie der Bart, der das kräftige Kinn eindrucksvoll umrahmte. Ein Wikinger-Typ.

»Wie heißt Robert denn weiter?«, murrte Rohleff, als sich die Gruppe in Bewegung setzte. »Ich bin es nicht gewöhnt, Menschen mit Vornamen anzusprechen, mit denen ich nicht näher bekannt bin.«

»Kasinsky, aber sag einfach Robert, das tun alle, glaub mir«, antwortete Gustav, noch immer den Blick auf den rotblonden Kevin geheftet. »Und guck in deine Reiseunterlagen, da gibt es auch eine Liste mit allen Mitreisenden.«

Die Unterlagen hatte Rohleff zwar drei Tage vor der Abreise erhalten, aber nicht näher studiert, denn im Büro war für die Zeit seiner Abwesenheit zu viel zu regeln gewesen. Steinfurt wurde von einer Reihe schwerer Einbrüche in Atem gehalten. Kriminelle Banden hatten herausgefunden, dass Kleinstädte mit Anbindung an die nächste Autobahn und dem dank des Schengenabkommens unkomplizierten Grenzübertritt nach Holland ein solides und risikoarmes Aktionsfeld boten. Die ganze letzte Woche war Rohleff immer erst spät heimgekommen, und nun war die besagte Liste in der Hektik der letzten Stunden zu Hause geblieben, ebenso wie der Reiseplan.

Gustav hatte für sie eine Doppelkabine gebucht. Kaum hatte er das begriffen, ging Rohleff zum Zahlmeister und verlangte energisch nach einer Einzelunterkunft, kam aber schnell davon ab, als er einen Blick in die Innenkabine warf, die man ihm anbot. Sie kam ihm wie ein geräumiger Sarg vor. Es störte ihn mächtig, dass die sogenannte Kabine kein Guckloch nach außen besaß. Rohleff sah sich bei einer Kollision mit einem anderen Schiff oder einem zufällig vorbeischwimmenden Eisberg hilflos dem Ertrinken preisgegeben, eingesperrt in der Finsternis.

Reumütig nahm er Abstand von der Einzelkabine, die ihn für den Luxus, sich eine Nacht lang mutterseelenallein zu Tode zu gruseln, eine Stange Geld gekostet hätte. Gustav hatte sofort erklärt, dass solche Zusatzausgaben in der Einladung nicht enthalten seien.

Die Doppelkabine wies ein Fenster auf, sogar ein relativ großes, und überhaupt lag sie auf einem der oberen Decks und gehörte zur ersten Klasse. Rohleff spürte Erleichterung. Für eine Nacht mochte die Unterkunft für sie beide ja reichen.

Auf dem Weg in den Speisesaal verirrten sie sich genauso, wie Rohleff es sich ausgemalt hatte: in endlosen Korridoren, die unvermittelt abknickten und nirgendwohin als in die Irre zu führen schienen, vorbei an Tausenden von eng aneinandergereihten Zellentüren, die das Schiff als labyrinthischen Knast erscheinen ließen.

Auf einmal waren sie wieder direkt bei ihrer Kabine angekommen. Beim zweiten Versuch nahmen sie eine andere Abzweigung. Gustav schnaufte vernehmlich, als sich vor ihnen eine der Zellentüren öffnete und ein verwuschelter Blondschopf herauslugte.

Rohleff stieß einen Seufzer der Erleichterung aus. »Rosa!«

Der Kopf schien im Begriff, wieder zu verschwinden. Mit langen Schritten eilte Rohleff auf die Tür zu. »Wir wollen zum Abendessen. Kommen Sie mit?«

Die Tür schloss sich wieder. »Ich komme nach«, drang Rosas Stimme leise nach draußen und endete in einem Laut, der ein bisschen wie *Miau* klang.

Verdutzt blieb Rohleff vor der Tür stehen.

»Vergiss sie«, bemerkte Gustav, »die ist nichts für dich.«

»Wie kommst du denn darauf?«, gab Rohleff mit unterschwelliger Entrüstung zurück, während sie sich zögernd weiterbewegten. »Ich finde sie sehr sympathisch.«

Gustav schüttelte den Kopf. »Frauen mit niedlichen Stupsnasen bringen nur Ärger, glaub mir, ich kenne den Typ. Weich und ein bisschen konfus, wenn ich mich nicht täusche. Außerdem lacht sie zu viel.«

Dass Rosa gern lachte, war Rohleff aufgefallen. »Was meinst du damit? Meinst du, sie hat einen Vogel?« Er tippte sich an die Stirn.

»Bloß eine Katze.«

Rohleff ließ das erst einmal so stehen. Gustav bog in den nächsten Quergang ein, wo sie auf Kevin trafen, der ihnen den richtigen Weg wies.

Robert, der Busfahrer, trug gut sichtbar einen Ehering an der rechten Hand, der Abenteurertyp trug keinen, saß Rosa schräg gegenüber und sah sie häufiger an, während sie sich mit mehreren aus ihrer Reisegruppe im Salon der ersten Klasse mit spektakulärer Aussicht aufs Meer von gegrillter Lachsforelle erholten. Die cremige Nachspeise hatte Whisky enthalten, es schien, als hätten das alle außer Rohleff erwartet.

Draußen über dem Meer glühte tatsächlich ein feuriges Abendrot, wie es schöner nicht sein konnte: ein Rot, das an den Rändern in tiefes Violett und schließlich in Dunkelblau überging, ein weiter Himmel, der sich endlos über dem ruhigen Meer wölbte, als wollte er beweisen, wie dumm alle Vorbehalte Rohleffs gewesen waren. Rosa saß neben ihm, ihren Sessel hatte sie eng an seinen gerückt. Für die Mitreisenden musste es so aussehen, als ob sie zusammengehörten. Rohleff gedachte, den Eindruck noch zu verstärken, indem er sich ihr zuwandte und nicht allzu leise, aber in vertraulichem Ton fragte: »Soll ich dir etwas von der Bar holen?«

Rosa war bereits beim Abendessen umstandslos zum Du übergegangen, das schien auf Gruppenreisen so Sitte. Rohleff wusste dennoch nicht, wie ihm geschah, war aber willens, alles anzunehmen, was ihm das Schicksal zugedacht hatte. Mit Einschränkungen. Gustavs nicht eben freundliche Bemerkung über sie wirkte nach, aber anders als beabsichtigt. Nicht einen Moment nahm Rohleff das unsinnige Urteil ernst, aber ihm war bewusst, dass er im Begriff stand, sich in einen bedürftigen, liebeshungrigen Narr zu verwandeln, wenn er seine aufwallende Sympathie nicht zähmte und ihre Freundlichkeit überinterpretierte. Natürlich suchte sie Anschluss an die Gruppe, und er war ihr nun mal als Erster begegnet.

Mehr Leichtigkeit, mahnte er sich, mehr spielerisch an alles herangehen, mehr Coolness bewahren, wie der Abenteurertyp, der Rosa zwar Aufmerksamkeit, aber nicht allzu viel davon schenkte, vielleicht gehörte das zu einem durchtriebenen Anschleichmanöver. Vor dem Mann stand ein Glas Rotwein.

»Kann ich empfehlen«, mischte er sich ein. »Ein Primitivo aus Montepulciano d'Abruzzo.« Wenigstens trank er nicht den schottischen Nationalfusel.

Rosa hatte noch nicht geantwortet.

Einige aus der Gruppe erhoben sich gerade. »Wir gehen nach draußen, Sonnenuntergang gucken. Wer kommt mit?«

Mit einem nachdenklichen Blick in die Runde stand auch Rosa auf, blieb aber erst noch stehen. »Ja«, sagte sie weich, mit einer Art feierlichem Ernst, »wer weiß, wann wir so einen wunderbaren Sonnenuntergang wieder erleben. Lass uns die Gelegenheit nutzen«, wandte sie sich zuletzt an Rohleff. Sie sah den anderen nach, die zu zweit oder zu dritt gemächlich den Türen zustrebten, zuletzt der Abenteurertyp. Er hatte sich als Fabian Dupré vorgestellt, aber als Allerletzter kam der Mann mit den ausgeprägten Hängebacken auf die Füße, der außerdem als zweites markantes Merkmal eine kolossale Stirnglatze aufwies. Da er seine Baskenmütze nicht mehr trug, fiel sie nun auf. Er hieß Rainer Fietzig und war Architekt, wie er bereits allen mitgeteilt hatte, Experte für bauliche Großprojekte. Großmaul, hatte Rohleff die Angabe für sich übersetzt.

Er und Rosa schlenderten aus dem Salon, aber draußen auf dem Gang, der quer durchs Schiff verlief, blieb sie stehen und wies auf eine Tür mit einem dick geschriebenen *D* darauf.

»Ich geh erst dahin, warte nicht auf mich, es dauert ein bisschen. Ich finde dich dann schon«, sagte sie mit einem Hauch von Verlegenheit.

Rohleff tippte auf Verdauungsprobleme. Unschlüssig verharrte er einen Augenblick auf der Stelle und ging dann zurück in den Salon und an die Bar. Er musste ein Weilchen warten, bis der Barkeeper Zeit für ihn hatte. Beinahe hätte er auf die Bestellung verzichtet und sich auf die Suche nach Rosa gemacht.

»Einen doppelten Whisky, aber einen anständigen«, forderte er entschlossen.

Der Barkeeper, was auch immer er von seinem Englisch verstanden hatte, nickte gleichmütig, griff nach einem Glas und füllte aus einer fest über Kopf installierten Flasche eine dunkelgelbe Flüssigkeit ab.

Dem Preis nach musste es etwas *sehr Anständiges* sein, ein nicht unerheblicher Teil von Rohleffs britischen Barreserven ging dafür drauf, und ihm tat die unüberlegte Handlung bereits bitterleid, als er das Glas an die Lippen setzte.

Mit dem ersten Schluck rann ihm Feuer die Kehle hinab, nach dem zweiten tränten seine Augen, und nach dem dritten begann er zu keuchen und zu husten. Halb blind taumelte er durch den Salon bis zum Fenster und suchte Halt, indem er eine Hand gegen die Scheibe presste. Im Tränenschleier verschwamm ihm die Sicht. Die Sonne hatte beinahe den Horizont erreicht, ihre letzten Strahlen blendeten zusätzlich. Im Gegenlicht, in dieser gleißenden Bahn, nahm Rohleff am rechten Blickfeldrand des Fensters undeutlich die Silhouette einer großen, dunklen Gestalt wahr, die sich draußen tief über die Reling beugte.

Dem ist der Fisch nicht bekommen, dachte Rohleff, hoffentlich wird mir nicht auch gleich schlecht.

Eigentlich sah er kaum die Hälfte von dem Mann, eines der Rettungsboote versperrte ihm weitgehend die Sicht. Außerdem beschlug unter seinem Gehuste in Windeseile die Scheibe. Dennoch nahm er nun eine rasche Bewegung hin zu der Gestalt an der Reling wahr, blitzartig tauchte etwas Helles auf.

Hektisch machte er sich daran, die Scheibe freizuwischen.

Und hustete wieder.

Auf einmal spürte er, wie ihm jemand auf die Schulter klopfte. Unwillig drehte er sich um und erblickte unter Tränen den Kellner, der ihm ein Glas Wasser hinhielt. Wieder wandte er den Kopf und schaute erneut nach draußen. Direkt vor dem Fenster schob sich von links ein Grüppchen von plaudernden Leuten in sein immer noch nicht sehr klares Blickfeld und nahm ihm die Sicht auf die Reling. Rohleff schüttelte sich wie ein nasser Hund, griff nach dem Glas und leerte es auf einen Zug.

Hatte er tatsächlich gesehen, wie jemand einen anderen Passagier im Schatten des Rettungsboots über Bord schubste?

Hätten die Leute, die gerade aufgetaucht waren, nicht Zeugen der Tat sein müssen?

Allem Anschein nach hatten sie aber nichts mitbekommen – vielleicht wegen des Rettungsboots.

Vermutlich hatte er sich alles bloß eingebildet.

Und warum war ihm das Opfer irgendwie bekannt vorgekommen? Eventuell spielte ihm sein schlechtes Gewissen einen Streich, dass ihm vage Gustav in den Sinn kam, der sich so früh bereits zurückgezogen hatte. Vielleicht weil es diese kleine Verstimmung wegen Rosa zwischen ihnen gegeben hatte?

Wäre tatsächlich jemand über die Reling in die Tiefe gestürzt, hätte es bereits einen Aufruhr geben müssen. Sicheres Indiz für die bloße Einbildung waren die Leute vor dem Fenster, die auch weiterhin ganz unaufgeregt miteinander zu reden schienen. Einer von ihnen war Fabian Dupré, den erkannte Rohleff nun, und da standen noch weitere Mitglieder der Reisegruppe, er konnte allerdings nicht alle sehen, sie standen zu dicht beieinander.

Rosa fand er erst nach einigem Herumsuchen, er war noch immer ganz aufgewühlt.

Es war ihm nicht gelungen, sich auf direktem Weg auf das Außendeck vor dem Salon zu begeben, das ärgerte ihn maßlos. Um dorthin zu gelangen, musste er anscheinend erst eine Etage tiefer, dann irgendwo eine Treppe höher, aber das wurde ihm zu unübersichtlich.

Zu gern hätte er über die Reling geschaut, nur um sich zu vergewissern, dass er sich alles eingebildet hatte. Es musste so gewesen sein.

Dann konzentrierte er sich lieber auf die Suche nach Rosa.

Sie war allein und blickte aufs Meer hinaus. Anscheinend kannte sie sich auf solchen Fährschiffen aus. Unter ihrer Führung wechselten sie mehrfach die Seiten, standen mal rechts, mal links an der Reling, auch auf verschiedenen Etagen und neben Rettungsbooten, sahen hier und da einige der anderen und winkten ihnen zu. Rohleff beruhigte sich allmählich.

Je mehr er sich auf dem Schiff bewegte, zwischen all den Touristen, desto unwahrscheinlicher erschien ihm seine Beobachtung. Von vielen Zeugenbefragungen wusste er, wie wenig ihre Aussagen oft mit der Wirklichkeit zu tun hatten. Sie täuschten sich in Alter, Geschlecht und Größe von Personen, Beobachtungen waren immer von Erwartungen, Vorwissen und Fantasie geprägt, Objektivität war nur eine Idee, ein Annäherungswert, nichts Reales.

Schließlich befand er sich ganz allein mit Rosa an einer Stelle mit besonders guter Sicht aufs weite Meer. Die Luft roch angenehm frisch, der Wind war gerade noch zu ertragen, und dieses Rot am Himmel übertraf seine Erwartungen, es war zauberhaft. Der Glanz des Himmels spiegelte sich im Wasser wieder.

Rohleff spürte tiefe, dankbare Zufriedenheit, er wollte keineswegs etwas in die Situation hineininterpretieren, er wollte sie nur genießen. Ergriffen schwiegen sie eine ganze Weile. Sie hatten ohnehin nicht viel miteinander geredet. Rosa schien die bei Frauen seltene Fähigkeit zu besitzen, im richtigen Moment die Stille auf sich wirken zu lassen. Rohleff fühlte, wie sich sein Inneres aus einer jahrelangen Lethargie befreite. Endlich wieder richtig leben.

»Nun hätte ich doch gern ein Glas Rotwein, irgendetwas, das von innen wärmt«, wandte sich Rosa leise an ihn und zog ihr Wollcape enger um sich. Merkwürdigerweise trug sie nun ein anderes in einem satten, dunklen Blau. Und anscheinend hatte sie ihren Flachmann nicht bei sich, oder er war inzwischen leer.

Rohleff trug nur ein leichtes Jackett, aber ihm war überhaupt nicht kalt, vom Whisky glühte er geradezu. »Ja, natürlich.« Er fragte sich allerdings, wie zum Henker er ohne sie den Salon wiederfinden sollte und die Bar, die es dort gab. »Und, was ich noch fragen wollte, was ist mit dem grünen Cape passiert?«

Rosa lächelte und schlug das Cape auf einer Seite zurück. »Ich hab's gewendet. Es ist ein Wendecape, die grüne Seite ist wärmer als die blaue. Holst du mir nun den Wein?«

»Aber sicher«, antwortete Rohleff leicht verwirrt. Ein Wendecape! Darauf wäre er nie gekommen.

»Danke. Ich warte hier auf dich.« Rosa sah ihn an, und in ihrem Blick lag mehr als nur die übliche, vorweggenommene Dankbarkeit für einen Gefallen, sondern wundervolle Zugewandtheit. Rohleff verlor sich in dem Blick. Ein Hauch von Intimität kam auf. Er spürte es ganz genau.

Weiter vorn, gerade noch aus den Augenwinkeln wahrnehmbar, regte sich etwas, eine große Gestalt, die Rohleff glatt übersehen hatte. Sie waren doch nicht für sich. Oder er hatte nicht bemerkt, dass jemand dieses Außendeck betreten hatte. Vielleicht von der anderen Seite. Langsam kam die Gestalt näher.

»Na, auch hier?«, fragte Gustav mit gedämpfter Stimme. »Mir reicht es jetzt, es wird zu kalt draußen. Ich geh ins Bett.«

Sprachlos ließ Rohleff ihn an sich vorbeistapfen.

»Ja, das klingt vernünftig. Wir sollten wieder hineingehen, und ich denke, ich gehe auch schlafen«, stimmte Rosa Gustav zu.

»Bist du sicher?«, fragte Rohleff überrascht und sah Gustav mit aufkommendem Grimm hinterher.

»Aber ja«, Rosa lachte, »wir haben morgen einen langen Tag vor uns, und ehrlich, ich hab einen langen hinter mir, einen sehr langen, ich spüre die Müdigkeit nun in allen Gliedern.«

Der Zauber des Moments war verflogen.

Gustav wartete auf sie an der nächstgelegenen Tür, die ins Schiffsinnere führte, und hielt sie galant für Rosa auf.

Rohleff wollte nun auch ins Bett, landete aber mit Gustav an einer der vielen Bars, wo sich bereits andere aus der Reisegruppe eingefunden hatten. Unter anderem Fabian Dupré und das Großmaul Fietzig. Im Laufe des Abends ließ sich Fietzig so unterhaltsam und gar nicht großkotzig über seine Architekturprojekte und die oft unwahrscheinlichen Schwierigkeiten durch falsch oder nicht rechtzeitig gelieferte Baumaterialien und widrige Wetterverhältnisse aus, dass Rohleff in Gedanken Abbitte leistete.

Auch Fabian Dupré erwies sich als netter und verständiger Kerl, anteilnehmend klopfte er Fietzig immer mal wieder auf die Schulter, wofür der ihm einen Whisky spendierte. Erstaunlich, wie schnell sich eine gewisse Vertrautheit miteinander einstellte. Um auch etwas zur Unterhaltung beizutragen, erzählte Rohleff von seinem doppelten Whisky (aber nicht vom Blick aus dem Fenster). Der allseits anerkannte Whiskyexperte Dr. Victor Murnau erläuterte ihm daraufhin ganz ohne Herablassung, dass er wahrscheinlich ein *Cask Strength* erwischt hatte, eine unverdünnte Whiskyabfüllung von mehr als sechzig Prozent Alkohol. Doppelte Stärke, nicht doppelte Menge. Daher das Gehuste. Rohleff war an *Sasses Korn* gewöhnt, der in der Gegend von Steinfurt gebrannt wurde und höchstens sechsunddreißig Prozent hatte.

Wahrscheinlich war das, was er durch das Fenster gesehen hatte, nichts anderes als eine Halluzination unter Alkoholeinfluss gewesen.

Erstaunt erkannte er, wie sehr sich die Situation entspannte, wenn keine hübschen Frauen an der Unterhaltung beteiligt waren. Nun fühlte er sich uneingeschränkt wohl. Mittlerweile waren sie mehrheitlich zum Du übergegangen. Auch das trug zur lockeren Atmosphäre bei.

»Tut mir leid, was ich über Rosa gesagt habe«, murmelte Gustav irgendwann, »das war blöd von mir. Nimm's nicht ernst.«

Rohleff war nur zu bereit, alles zu verzeihen, was es zu verzeihen gab, wenn Gustav das Gleiche tat.

Erstaunlicherweise schlief Rohleff recht gut, er empfand das sachte Geschaukel sogar als angenehm. Genau genommen hatte er sich auf dem Hamburger Wasserbett viel eher auf hoher See befindlich gefühlt als auf dem Meer selbst. Eine merkwürdige Erfahrung.

Nach den Formalitäten der Ausschiffung und der Passkontrolle bei der Einreise, die Rohleff mit Gustav und Rosa an seiner Seite überstanden hatte, hatte es sich Rosa im Bus überraschenderweise auf der hintersten Sitzreihe mit Rucksack und Buch bequem gemacht und gab damit zu verstehen, dass ihr erst einmal nicht nach Konversation zumute sei. Rohleff nahm das überraschend leicht und gesellte sich aufgeräumt zu Gustav. Sie standen ja erst am Beginn der eigentlichen Reise.

Leider hatte das Wetter gedreht. Echt schottischer Regen klatschte an die Scheiben, der Himmel verhieß mit seinem schweren Grau für lange Zeit nichts Gutes. Es war daher nicht sonderlich überraschend, dass bereits ab zehn Uhr in der Früh die Flachmänner kreisten. Außer Rohleff hatte offenbar jeder so ein Ding dabei. Einige schienen bereits seit langer Zeit in Gebrauch, darunter solche mit verschlungenem Monogramm und etlichen Beulen, die wie Erbstücke anmuteten. Rohleff lehnte jeden angebotenen Schluck zur inneren Erwärmung und Aufmunterung kategorisch ab. Noch zu stark hatte er den *Cask Strength* und den Hustenanfall im Gedächtnis. Allerdings kam auch unversehens die Erinnerung an die erschreckende Beobachtung, wie eine Gestalt über Bord geschubst wurde, wieder hoch. An sich war er ein zu gut geschulter Beobachter, um das Geschehen tatsächlich als Missinterpretation oder gar Halluzination abzutun. Rohleff, der erfahrene Ermittler, fühlte sich der Fahrlässigkeit schuldig, weil er der Sache nicht nachgegangen war.

Aber das war er doch! Indirekt wenigstens, auf seinem Rundgang mit Rosa. Und nichts hatte auf einen Unfall oder gar ein Verbrechen hingewiesen.

Der Bus nahm vom Fährhafen in Newcastle die Straße an der Ostküste entlang nach Norden, immer wieder einmal eröffnete sich die Aussicht auf das regenverhangene, graue Meer auf der einen Seite, während auf der anderen nasse Weiden und trübsinnig im Regen stehende Rindviecher oder Pferde das Blickfeld dominierten. Bis auf das Meer sah das kaum anders als im Münsterland aus, bei entsprechendem Wetter.

Ihr erstes Ziel sollte die Glenkinchie-Destillerie nahe Edinburgh sein. Um die Zeit bis dahin totzuschlagen, blätterte Rohleff einige Male halbherzig in dem kleinen Schottlandführer, den er am letzten Tag vor der Reise noch erstanden hatte. Gustav schnarchte in der Sitzreihe vor ihm leise vor sich hin.

Einen kurzen Stopp gab es an einer Raststätte, zu der außer einer Tankstelle eine Toilettenanlage gehörte, vielleicht der wesentlichere Punkt. Gustav rappelte sich auf und stieg wie alle anderen aus dem Bus. Auch Rosa hob ihren Rucksack auf, ging aber damit nicht in Richtung Toiletten, sondern quer über den Platz davon. Am Rand standen ein paar Bänke unter

Bäumen, von struppigen Büschen gesäumt. Der Regen war in Geniesel übergegangen.

Rohleff wollte ihr folgen und bemerkte erstaunt, dass Fabian, der Abenteurer, dasselbe im Sinn zu haben schien.

»Zieht es dich eher in die Büsche?« Rohleff stellte sich ihm scheinbar absichtslos in den Weg.

Schon im Bus hatte er bemerkt, wie Fabian irgendwann zu Rosa nach hinten gegangen war, sie hatten sich kurz unterhalten. Rosas Lachen klang auf, aber dann musste sie ihn wohl abgewimmelt haben. Schadenfroh hatte Rohleff seine gar nicht glückliche Miene registriert, als er kurz darauf wieder seinem Platz zustrebte.

Fabian blieb bereitwillig stehen und lehnte sich an den Bus. »Ich muss nicht pinkeln. Bis mir alle zwei Stunden die Blase drückt, hab ich noch ein paar Jahre. Ich will nur eine rauchen. Und du?«

Rohleff verkniff sich sein noch nicht so stark ausgeprägtes Bedürfnis, den anderen zu den Toiletten zu folgen. »Ich rauche nicht, ich will mir nur die Beine vertreten.«

In aller Gemütsruhe drehte sich Fabian eine Zigarette, fasziniert sah Rohleff ihm zu.

»Du reist mit diesem Alterchen mit dem Schnauzbart? Gustav, nicht war? Netter Typ. Ein Freund von dir?«

Rohleff war sich nicht sicher, auf was die Frage abzielte, und beschloss, sie nicht zu beantworten. »Kanntest du vorher schon welche von den anderen?«

Fabian zündete die Zigarette an und nahm genussvoll einen tiefen Zug. Der Regen, der sie beide langsam, aber stetig durchweichte, störte ihn offensichtlich nicht.

»Victor, also Dr. Victor Murnau ist ein Kenner, der weiß alles über Whisky, aber das hast du gestern Abend mitgekriegt, nehme ich an. Und der Staatssekretär a.D., Dr. Eckart Pischner, hat die Reise schon mal mitgemacht, wie er sagte, aber ohne seine Frau, die jetzt dabei ist. Und Dr. Detlev Winkler ist seit drei Jahren in Rente, er war als Oberstaatsanwalt und ein paar Jahre als Vorsitzender Richter tätig. Im Saarland.«

Rohleff musste wohl derart blöd dreingeschaut haben, dass Fabian breit grinste. »Du hast doch die Liste der Teilnehmer. Hast du die nicht gegoogelt? Das macht doch jeder heute. Das ist mein erster Versuch mit so einer Rundreise. Ich weiß noch nicht, ob es mir gefällt. Kommt ganz darauf an ...«, Fabian seufzte kurz auf, »was sich so ergibt.«

Rohleff fragte sich, ob er von ihm ebenfalls gegoogelt worden war und ob mit Erfolg. Hoffentlich nicht. Er und Gustav hatten sich darauf geeinigt, nichts von ihren Berufen zu verraten. Gustav fürchtete, ständig wegen Wehwehchen konsultiert zu werden, und er selbst wollte im Urlaub weder auf die angebliche Zunahme krimineller Handlungen durch Ausländer noch überhaupt auf Kriminalstatistiken angesprochen werden. Ihm war herzlich egal, was die Mitreisenden (bis auf eine) beruflich und außerberuflich trieben, er hatte nur Fabian im Gespräch festhalten wollen.

Die ganze Zeit über hatte dieser den Blick über den Platz schweifen lassen, was Rohleff, da er sich ihm gegenüber positioniert hatte, nicht möglich war. Wahrscheinlich hielt er nach Rosa Ausschau. Nach einem letzten tiefen Zug warf Fabian die Kippe mit einer entschiedenen Geste weg und trat sie aus, anscheinend wollte er Rosa nun doch noch nachgehen.

Wer Murnau war, wusste Rohleff seit dem letzten Abend, aber die beiden anderen Namen verband er noch nicht zuverlässig mit Gesichtern. Er war eigensinnig entschlossen, das sonderbare Gespräch fortzuführen.

»Pischner, Winkler? Kannst du die mir mal beschreiben?«

»Wirklich? Die waren doch gestern Abend auch an der Bar.«

»Da waren zu viele für mich dabei. Einmal sehen reicht bei mir nicht«, gab Rohleff zu bedenken. Doch, die beiden hatten mit ihnen zusammengesessen, die Erinnerung an sie trat immer deutlicher hervor.

Fabian lehnte sich wieder gegen den Bus.

»Eckart Pischner ist der Mann mit Vollbart, grauem, kurzem Haar und der Gattin mit dieser altertümlichen Hochsteckfrisur, Liliane.«

Die Gattin war Rohleff aufgefallen, eine elegante, silberhaarige Frau, die sich sehr gut gehalten hatte. Er schätzte sie auf Anfang siebzig, sie war aber abends spät in der Bar nicht mehr dabei gewesen, nur beim Abendessen. Und ihren Mann hatte er nun auch vor Augen. Ein ehemaliger Staatssekretär, soso. Daher die energischen Gesichtszüge, so ein Job prägte sicher nachhaltig. Und der andere, der Detlev, ein Oberstaatsanwalt! Rohleff schwante, in was für eine wohlsituierte, illustre Gesellschaft er geraten war. Als hätten die teuren Golfschläger das nicht längst verraten.

»Und Winkler?«, fuhr Fabian fort. »Einer von den Glatzköpfen. Der Eierkopf mit dem kleinen Schnäuzer und den dicken, schwarzen Augenbrauen. Sehen wie pelzige Raupen aus.«

Rohleff bewunderte Fabians anschauliche Personenbeschreibung, dank derer er die Männer genau vor Augen hatte. Detlev war außerdem einer von denen in Olivgrün und mit mächtiger Wampe.

»Und du, was machst du so beruflich? Ich hatte keine Zeit, dich zu googeln«, erkundigte sich Rohleff, um weiterhin Fabians Aufmerksamkeit zu fesseln.

»Kannst du ja noch machen, nimm dein Smartphone.« Fabian drehte sich die nächste Zigarette, er würde also noch bleiben, Rohleff hatte sein Ziel erreicht.

Gleich darauf gesellte sich noch eine der Mitreisenden zu ihnen, eine Frau mit weißem Bubikopf, einem runden Gesicht und freundlichen, wasserblauen Augen. Sie hatte sich beim Frühstück ohne große Umschweife mit Rohleff und Gustav bekannt gemacht. Birgit Häuser, ohne Doktortitel und ohne Ehemann unterwegs. Wenig später stieß Gustav zu ihnen und nach und nach die übrigen, das Gespräch drehte sich um die Brennereibesichtigung und das Mittagessen, das sie irgendwo an der Küste einnehmen würden.

Robert, der Busfahrer, forderte sie schließlich auf, wieder einzusteigen. Kevin ging murmelnd die Reihen durch und zählte.

Jemand fehlte.

Rosa, ging Rohleff nach einem Blick nach hinten auf.

Er war drauf und dran, auszusteigen und sie suchen zu gehen, am Rand des Gebüschs, wo sie verschwunden war, als Robert laut und aggressiv die Hupe erklingen ließ. Fast augenblicklich tauchte Rosa am Rand des Platzes auf und lief, den Rucksack vorsichtig an sich gedrückt, auf den Bus zu. Ihre Haare waren zerzaust, sie selbst wirkte atemlos und verstört, als sie schwerfällig den Bus bestieg. Etwas musste mit ihr geschehen sein.

Schneller als Rohleff stand Fabian am oberen Ende der kurzen, aber steilen Treppe in den Bus bereit, um die Vermisste in Empfang zu nehmen.

»Gib mir mal den Rucksack«, meinte er fürsorglich.

»Das ist aber nett von dir.« Rosas Lächeln blühte auf, sie nahm die erste Stufe und blieb stehen. Fabian beugte sich ihr entgegen, eine Hand ausgestreckt.

Rosa strich sich mit einer lasziven Geste die Locken aus dem Gesicht und schüttelte den Kopf. »Danke, es geht schon.«

»Bist du sicher?«, Fabian griff sich mit der Hand an den Nacken. »Wo warst du? Ist was passiert?«

Balzverhalten, reinstes Balzverhalten. Rohleff war empört. Zu gern hätte er selbst die Frage gestellt, und außerdem störte ihn der vertrauliche Unterton in Fabians Stimme.

Der ganze Bus hörte zu.

»Nein, nichts, ich hab nur die Zeit vergessen, ich bin ein bisschen herumgelaufen.« Sie hob den Kopf und schaute die Sitzreihen entlang bis zu Robert, dem Fahrer. »Tut mir leid, dass alle auf mich warten mussten.« Mit einer halben Drehung schob sie sich geschickt an Fabian vorbei, fing Rohleffs Blick auf und schüttelte nur sacht den Kopf, wie um anzudeuten, dass kein Grund zur Sorge bestand.

Rohleff überlegte, ob er ihr nachgehen sollte, aber da legte ihm Gustav mahnend die Hand auf den Arm. »Lass sie in Ruhe, misch dich nicht in ihre Angelegenheiten.«

Wessen Angelegenheiten? Die von Rosa *und* Fabian? Gab es die?

»Ach nee? Und was geht dich das an?«, blaffte Rohleff. Morgens, beim Frühstück auf der Fähre, hatte Gustav unauffällig auf Kevin, den Assistenten, gedeutet.

»Frag ihn doch mal, woher er stammt.«

»Was soll ich?«, hatte Rohleff zurückgefragt.

»Krieg doch mal heraus, woher er stammt«, wiederholte Gustav mit leiser, drängender Stimme, »ich möchte es gern wissen.«

»Wieso? Gefällt er dir? Hast du was mit ihm vor? Ich wusste gar nicht, dass du jetzt auf Jungs stehst«, sagte Rohleff anzüglich.

»Sei nicht blöd. Er heißt Höltl mit Nachnamen, klingt doch süddeutsch oder nicht? Könnte auch fränkisch sein.«

»Und wenn es so wäre? Macht ihn das attraktiver? Frag ihn gefälligst selbst, wenn du was über ihn erfahren willst. Was soll der Schwachsinn?« Damit war für ihn das Thema erledigt gewesen. Aber der Ton hatte ihn irritiert, dieses Drängende, beinahe schon Furchtsame, das gar nicht zu Gustav passte, nicht zu dem Gustav, den er kannte. Vielleicht sollte er ihm den Tipp geben, es mal mit Googeln zu versuchen, wenn er etwas über Kevin herausfinden wollte.

Gerade, als der Bus in dem alten Fischerort Dunbar in Hafennähe zur Mittagspause hielt, hörte der Regen schlagartig auf. Dunbar, hatte Birgit Häuser kurz davor noch für alle aus einem umfangreichen Reiseführer zitiert, sei der regenärmste Ort von ganz Schottland, was sich soeben zu bestätigen schien.

Wuchtige, fast schwarze Wolken standen noch über dem Meer, aber durch ein Loch in dieser bedrohlich wirkenden Masse fielen blendende Strahlen auf die Häuser an der Mole, die mit ihren roten Backsteinen wie frisch gewaschen aussahen. Jedes Grasbüschel in den Fugen des Kopfsteinpflasters leuchtete in intensivem Grün, und das Beste war natürlich die Burgruine auf einem Felsen oberhalb des Hafens, eher die Ruine einer Ruine, ein gerade noch aufrecht stehender Steinhaufen. Sie war das anrührende Zeugnis einer langen, bewegten Geschichte, zu der ein Mord gehörte, der Mord am Ehemann der Mary Stuart, der berühmten letzten schottischen Königin. Lord Bothwell, der Mörder, brachte sie hierher, um sie zur Heirat mit ihm zu zwingen. All diese historischen Hintergründe wurden lässig und nicht sehr vollständig erörtert, während sie *Fish and Chips* aus fettigen Papiertüten aßen. Zu Rohleff und Gustav hatten sich Birgit Häuser und Dr. Victor Murnau gesellt, Birgit war die Geschichtsexpertin.

Die ganze Reisegruppe hatte sich in kleinen Gruppen zerstreut, die auf eigene Faust den Ort erkundeten und sich ein passendes Lokal suchten.

Erstaunlich, dass sich auch der Whiskyexperte Murnau mit *Fish and Chips* begnügte. Der musste doch Besseres gewöhnt sein. Eigentlich war Rohleff nicht danach zumute gewesen, schon wieder Fisch zu essen, er hatte sich aber überreden lassen. Der *Fish* war köstlich, unter einer fragilen Knusperhülle verbarg sich ein aromatischer, wunderbar auf den Punkt gegarter, saftiger Fisch unbekannter Art, der sich womöglich noch ein paar Stunden zuvor draußen im Meer herumgetrieben hatte.

Auch die *Chips* waren ein ehrlicher Genuss. Rohleff durchrieselte ein seltsames Hochgefühl. Sie aßen draußen am Hafen im Stehen. Vor ihnen breitete sich ein Panorama von uralten Kaianlagen aus Backsteinen und gewachsenem, grauem Fels aus, die ein weiträumiges Hafenbecken säumten, und grellbunten, schaukelnden Booten. Der Kai war voll von Netzen und anderem Gerät, das bezeugte, dass hier noch das Fischen als Handwerk betrieben wurde. Von der Schlossruine warfen sich laut kreischend Möwengeschwader in die Luft. Rohleff ließ sich, weil ihm nichts anderes übrig blieb, wie die anderen vom scharfen Wind durchpusten und tat so, als wäre er ein gestandener Veteran, der für Zipperlein und Klagen nur Verachtung übrig hatte.

Über der See standen immer noch die Wolken, als würden sie nur darauf warten, den Ort zurückzuerobern, sobald die Touristen weitergereist waren.

Rosa kehrte wieder als Letzte zum Bus zurück. Gustav sah nachdenklich, wenn nicht besorgt drein, als sie einstieg. Anscheinend hatte auch er den Eindruck, dass etwas bei ihr nicht stimmte.

Es war nun nicht mehr weit bis Glenkinchie und der ersten Whiskyverkostung.

Der Bus machte noch einen Schlenker, damit sie einen Blick auf *Tantallon Castle* werfen konnten, ein weitere, aber viel größere und besser erhaltene Ruine, auf einem steilen Felssporn hoch über dem Meer gelegen. Der rote Stein glühte im Licht, jede Zinne hob sich scharf gegen ein Stück unwahrscheinlich blauen Himmels ab, ein hochdramatischer Anblick. Die Burg war im 14. Jahrhundert von einem schottischen Lord aus altem Geschlecht, einem Douglas, als Bastion gegen die Engländer errichtet worden, den schottischen Erzfeind, und hatte beinahe drei Jahrhunderte ihren Angriffen standgehalten, bis sie endlich doch erobert worden war. Von ihrer Würde hatte sie kein bisschen verloren, sie stand dort oben als ein angeschlagenes, aber immer noch aufrechtes Nationaldenkmal. Eins von vielen, wie Rohleff schwante.

Unwillkürlich hatten alle bei seinem Anblick vor Ergriffenheit geschwiegen.

Fehlte zur Untermalung der Stimmung nur die Dudelsackmusik.

Die Destillerie wirkte dagegen ausgesprochen unspektakulär.

Nur der extrem hohe, schlanke Schornstein aus Backsteinen, der bereits aus einiger Entfernung zu sehen war, wirkte extravagant.

Das ganze Ensemble von mehreren Gebäuden war umgeben von sanft gewellten Feldern mit sprießendem Grün und umsäumt von kleinen Wäldchen oder Baumgruppen. Bauernland, so weit der Blick reichte. Die Gegend gehörte noch zu den Lowlands, was sich romantisch anhörte, fand Rohleff.

Irgendwo musste es auch einen Bach geben, den *Kinchie Burn,* der weiter weg Hügeln entsprang, den *Lammermuire Hills,* wieder so ein klangvoller schottischer Name. Er hatte in seinem kleinen Reiseführer gelesen, dass es beim Whisky eine wesentliche Rolle spiele, mit welchem Wasser er gebraut wurde.

Kevin blieb beim Bus, im Gänsemarsch wandelte die Reisegesellschaft auf die recht schmucklosen Gebäude zu. Rohleff fragte sich, wie viel von dem Whisky er trinken musste, um nicht als Ignorant aufzufallen.

Es war dann doch nicht so schlimm. Ein freundlicher, Deutsch mit Akzent sprechender Führer erwartete sie und schleuste sie auf verschlungenen Pfaden und über halsbrecherische, scheppernde Stahltreppen durch die Anlage, während er seine Erläuterungen abgab. Rohleff schnüffelte. Ja, da hing hier und da ein zarter Duft in der Luft, mal stärker wahrnehmbar, mal schwächer. Gar nicht so übel insgesamt. Mit einer Ausnahme.

Die Ausnahme bildeten die Gerüche, die aus den *Wash Backs*, den Gärbottichen aufstiegen, sechs riesige, runde Waschwannen, vier aus Oregon-Kiefer und zwei aus Kanadischer Lärche, wie ihr Führer ihnen mit unverkennbarem Stolz verriet. Zusammen fassten sie gut und gern zweihunderttausend Liter, das war eine gewaltige Menge. Es blubberte vernehmlich in den Bottichen, der Geruch nach vergärendem, mit Hefe versetztem Maischebrei musste jedem, der ihn das erste Mal einatmete, auf den Magen schlagen. Beim Blick in eine der *Wash Backs* überlief Rohleff ein Schaudern. Das Zeug sah unappetitlich aus, er stellte sich vor, wie es wäre, aus Versehen in so einen Bottich zu fallen. Kam man da lebend wieder heraus? Wahrscheinlich nicht. Der Gestank direkt an der Oberfläche, mitten in all dem bräunlichen, dicken Schaum brachte einen sicherlich in Sekunden um. Wie in einer Jauchegrube. Sechs tödliche Fallen.

Danach brauchte er dringend einen Whisky, um die unangenehmen Eindrücke loszuwerden. Er war nun bereit für die Verkostung.

Nach der Verkostung, die in einem kühlen, schlichten Extraraum stattfand, fühlte er sich angenehm benebelt. Denn die Portionen, die angeboten wurden, waren recht großzügig bemessen. Überhaupt hatte man sich seitens der Leitung der Destillerie sehr um die Besucher bemüht. Außer Whisky wurden Ingwerkekse und das klassische *Short Bread* angeboten, schlichte, aber überraschend leckere Butterplätzchen, und man ließ ihnen eine Menge Zeit.

Der Whisky war eigentlich genießbar gewesen. Die Lowland-Whiskys galten als lieblich, von Kräuter- und Blumenaromen dominiert, Rohleffs Geschmackszellen waren noch nicht genug trainiert, um das bestätigen zu können. Aber selbst der zwölf Jahre alte *Glenkinchie* aus der Standardflasche kratzte nicht ganz so schlimm hinten am Hals, wie er befürchtet hatte. Murnau, der Spezialist, konnte es nicht lassen, einige Erläuterungen abzugeben, die Rohleff nicht weiter interessierten. Der Fachsimpelei zu lauschen, war er noch nicht bereit, mitreden konnte er schon gar nicht.

Erst als sie in den Verkaufsraum geführt wurden, wurde er aufmerksamer. Da standen Flaschen herum, die sie vorher im Verkostungsraum gesehen hatten.

»51,90 Euro, für eine einzige Flasche! Gustav, hast du gewusst, dass das Zeug so teuer ist?«, fragte er überrascht und deutete auf eine der Flaschen vor ihnen. Im Edeka, wo Rohleff einzukaufen pflegte, war eine Flasche Whisky schon für etwa zwölf Euro zu haben.

Auf dem Etikett der Flasche vor ihm stand, dass es sich um einen im Amontillado-Fass gereiften Whisky handele. Anscheinend sprach das für besondere Güte, aber davon verstand er nichts.

»Pfund, Karl, hier wird mit Pfund bezahlt.«

»Also noch teurer. *Johnnie Walker* bei Edeka kostet nur zwölf Euro, im Sonderangebot knapp zehn«, erwiderte er eigensinnig. Er hatte noch nie eine Flasche gekauft, weil ihn schon die Erinnerung an die penetrante Werbung ärgerte. *Der Tag geht und …* Das war längst ein Ohrwurm.

»Das ist Verschnitt, Karl, hier handelt es sich um *Single Malt.*«

Aber der war auch nur kratziges Gesöff. »Ist mir schnurz. Für das Geld kriege ich gut und gern vier Kästen Bier.«

Unversehens tauchte Fabian neben ihm auf. Er musste ihren Wortwechsel mitbekommen haben. »Ja, und die säufst du dann mit deinen Kumpels auf einer Grillparty weg«, mischte er sich gut gelaunt ein. »Wenn du die richtige Flasche kaufst und die ein paar Jahre liegen lässt, dann ist sie das Doppelte wert. Aber wenn du an Whisky als Wertanlage denkst, nimm lieber eine von den limitierten Sonderabfüllungen oder gleich eine Flasche *Special Release*. Kostet mehr, lohnt sich aber. Der Markt dafür wird immer lukrativer.«

Rohleff schüttelte, erstaunt über die Einmischung, nur den Kopf. »Ist nicht so mein Stil.«

Die Gruppe hatte sich zerstreut. Rohleff sah, wie Dr. Murnau mit einem Mann sprach, der sie im Verkostungsraum begrüßt hatte, es war einer der Geschäftsführer. Anscheinend ging es um wichtige Dinge, die beiden waren vollkommen in ihr Gespräch vertieft und verließen schließlich gemeinsam den Raum. Rohleff wollte keinen Whisky kaufen, daher schlenderte er davon, um die Räumlichkeiten noch einmal zu durchstreifen – offiziell um seine Eindrücke zu vertiefen, insgeheim jedoch auf der Suche nach Rosa.

Viele der Gebäude waren für die Besucher bis zur Abfahrt noch frei zugänglich, er streifte ziellos umher und fand es erholsam, mal allein zu sein. Er war einfach kein Gruppentyp. Nur mal durchatmen, den Whiskydunst aus den Lungen bekommen. Natürlich traf er auch auf andere, die herumwandelten.

Gerade, weil er sie so monströs fand, suchte er nochmals den Raum mit den *Wash Backs* auf und hielt tapfer dem widerlichen Geruch stand, voller Verwunderung darüber, was Edles und Wertvolles am Ende daraus werden würde. Ein bisschen erinnerte das alles an eine Abwasserkläranlage, da gab es auch oft diese runden Becken, aber am Ende noch längst kein appetitliches, trinkbares Ergebnis.

In den *Wash Backs* wurde das heiße Wasser, das vorher mehrmals über das gemälzte und gemahlene Korn gegossen worden war und den Zucker daraus gelöst hatte, samt einiger anderer geschmackstragender Stoffe gesammelt, abgekühlt und mit Hefe versetzt. Die Hefe vergor den Zucker zu Alkohol, die Brühe vor ihm habe bereits acht bis zehn Prozent und erinnere an Bier, hatte ihr Führer behauptet.

Früher, bevor es Steuern und vor allem Steuerfahnder gab, brannten viele Bauern ihre eigenen Hausmarken am Bach hinter dem Haus, wie früher die Bauern im Münsterland ihr Bier brauten, das sie auch selbst tranken. Da trafen sich die Kulturen. Allerdings war das Münsterländer Bier damals viel gesünder als das Wasser aus den Brunnen. Inwieweit das auch für Whisky gegolten hatte, konnte Rohleff nicht beurteilen. Whisky wurde. auch früher schon hochtrabend als *aqua vitae* bezeichnet, gälisch *uisge beatha*. Das vernuschelten die wenig sprachbegabten Engländer zu Whisky, und das Wort hatte sich durchgesetzt. Nicht nur seine Leber würde auf dieser Reise an ihren Aufgaben wachsen, Rohleff war bereits kräftig dabei, seinen geistigen Horizont zu erweitern.

Von irgendwoher drangen Geräusche bis zu ihm, Stimmen, ein Gerumpel, er achtete nicht weiter darauf, weil sich alles harmonisch in die Rülpskaskaden aus den Gärbottichen einfügte. Hier war einfach alles in Bewegung. Rohleff verlor für eine ganze Weile jedes Zeitgefühl.

Kurz bevor er den nächsten Raum betrat, hörte er einen gedämpften Aufschrei.

- 2 -

Der Raum diente zum Lagern von Whiskyfässern, betagten, staubbedeckten Fässern aus Holz, von rostigen, alten Eisenbändern zusammengehalten. Fässern mit dick aufgedruckten Nummern und Jahreszahlen vorne drauf. Früher hatten sie mal Bourbon enthalten oder Sherry, den letzten Hauch dieser Flüssigkeiten gaben sie samt den Holzaromen dem gemächlich reifenden Whisky mit. Die Fässer waren liegend übereinandergestapelt, hinten drei, in einer breiten Lücke vorn nur zwei, und an einem war an der Kante des obersten Fassreifens eine dunkle Stelle zu sehen. Aber Letzteres sollte Rohleff erst später auffallen.

Der ganze Raum lag in schummriges Licht getaucht, der Reifeprozess benötigte ja keine intensive Beleuchtung. Es gab nur einige halb blinde, vergitterte Fenster. Wenige kleine Lampen brannten in einer Art Mittelgang, die dafür sorgen sollten, dass Besucher sahen, wohin sie traten, die aber nebenbei zusätzliche Schattenzonen schufen. Der Raum war dezent von malzigem Whiskyduft getränkt, ein vielschichtiges Aroma, das in der diffusen Atmosphäre besonders stark wirkte. Es war gemischt mit dem Geruch der feuchten Felder draußen, ein bisschen verbrannter Torf war als Unternote auch dabei, und abgerundet wurde das alles von der Salzluft, die von der nicht weit entfernten Nordsee bis hierher wehte. Eine scheunentorartige Tür stand an einer Seite weit offen und sorgte für Belüftung.

In der Lücke, direkt vor den Fässern, mit dem Gesicht zum Boden, ein Bein seitwärts abgewinkelt und seltsam verdreht, lag ein Mann, bekleidet mit einer langen, olivgrünen Outdoorjacke. Seine Baskenmütze lag zwei Schritte weiter – weißes, lockiges Haar leuchtete im Dämmerlicht.

Rohleff stand unter Schock.

Gustav!

Wie war er hierhergelangt? War er auf der Suche nach ihm gewesen? Die unbequeme Körperhaltung, die Unbeweglichkeit, die eiserne und unerschütterliche Ruhe der Gestalt sprach von Unabwendbarkeit des Schicksals, grell drängte sich der Eindruck auf. Ein Herzanfall? War es das? Hatte Gustav das Wissen um eine schwere Herzerkrankung bedrückt?

Rohleff musste etwas tun. Es konnte noch nicht zu spät sein.

»Sollen wir erst nach einem Arzt fahnden, oder sollen wir ihn umdrehen?« Birgit Häuser sprach mit klarer Stimme, das brachte ihn vollends zu sich. Außer ihr standen noch die Pischners da und noch ein weiteres Ehepaar, dessen Namen er nicht kannte, der Mann mit dem Smartphone am Ohr.

Rohleff sah kurz in die Gesichter, auf denen sich Verwirrung spiegelte und ein bisschen Neugier.

Nicht weit von der Gestalt am Boden lag ein silberfarbener Gegenstand, die Feldflasche.

Die Hände krallten sich in den Boden, zwischen die unregelmäßigen Pflastersteine, als hätte Gustav versucht, mit letzter Kraft auf eine der Türen zuzukriechen.

»Einen Moment.« Pischner ging in die Hocke, bevor Rohleff dazu kam, fasste vorsichtig nach einer Hand, fingerte nach dem Puls.

Die Locken reichten nicht über den ganzen Oberkopf bis zur Stirn, das hätte Rohleff sofort bemerken müssen. Natürlich. Nun wurde er etwas ruhiger.

Pischner blickte mit blassem Gesicht auf. Kein Puls, besagte sein Blick.

»Ich hol Hilfe«, bot Birgit Häuser an und ging davon.

»Sollten wir ihn nicht umdrehen?«, fragte Pischner, »aber ich weiß nicht, ob das gut ist für das Bein. Sieht gebrochen aus«, beantwortete er gleich selbst seine Frage.

Einige weitere aus ihrer Gruppe fanden sich ein, in einem dichter werdenden Ring umstanden sie den Mann auf dem Boden, kamen ihm aber nicht allzu nah. Nur Rohleff und Pischner standen direkt daneben.

Nun tauchte Gustav auf und drängte sich nach vorn, aber noch bevor er ganz heran war, schob sich ein anderer resolut an ihm vorbei. »Ich bin Arzt«, sagte er knapp.

Rohleff konnte sich an den Mann gar nicht erinnern. Er wollte ihm aber gern alles Weitere überlassen, er war nur zu froh, Gustav zu sehen. Gustav sehr lebendig. Der trat nun drei Schritte näher, warf einen Blick auf den Liegenden und wich rasch wieder zurück, einen seltsamen Ausdruck im Gesicht.

Rohleff hatte jetzt keine Zeit für ihn. Er beugte sich hinab, als der Mann neben dem stillen Patienten auf die Knie ging.

»Sie sind wirklich Arzt?«

»Ja«, sagte der andere knapp. Allerdings hatte er nichts dabei, was ihn einwandfrei als solchen auswies. Kein Stethoskop um den Hals, kein weißer Kittel, keine geräumige, in der Mitte aufklappbare Tasche mit weiteren Utensilien wie Verbänden, Einwegspritzen und Notfallmedikamenten. Nur Autorität in der Stimme.

Rohleff war nun ziemlich sicher, dass er gar nicht zu ihrer Reisegruppe gehörte. Er hatte den Mann noch nie gesehen.

Unter dem Kopf des Liegenden hatte sich ein nicht sehr großer, dunkler Fleck ausgebreitet. Da war etwas in die breiten Fugen der Pflasterung gesickert. Ein sehr ungünstiges Pflaster, unregelmäßig, holperig.

»Und was für einer?«, erkundigte sich Rohleff beharrlich weiter und überlegte, woher der Fleck kam. Genauer, wie er zustande gekommen war.

»Urologe, aber das spielt hier keine Rolle«, antwortete der andere leicht genervt.

Und da erspähte Rohleff Rosa, die sich im Hintergrund hielt, eine Hand an der Wange, als Geste der Betroffenheit, Betroffenheit aber auch im Blick der weit aufgerissenen Augen – und Angst.

Er wollte zu ihr, sie beruhigen, sie in den Arm nehmen, wenn sie das zuließe, aber er blieb, wo er war, weil er wissen musste, was der Arzt zu sagen hatte.

»Kein Puls, nicht am Hals, nicht am Handgelenk, nirgends.«

Der Kopf des Liegenden war in Richtung der Fässer ein kleines Stück zur Seite gedreht. Der Arzt holte sein Smartphone heraus, schaltete es ein, beugte sich noch tiefer und leuchtete der liegenden Gestalt mit dem Telefon in den schmalen Teil, der vom Gesicht freiliegen musste.

Rohleff befand sich auf der anderen Seite, er konnte also nichts von dem sehen, was der Arzt gesehen hatte.

Der richtete sich nun wieder auf. Er sah zu Rohleff herüber.

»Helfen Sie mir, ihn umzudrehen.«

»Und das Bein? Sieht gebrochen aus«, wandte Rohleff ein. Seine letzte Auffrischung des Erste-Hilfe-Kurses lag schon eine Weile zurück. Er fürchtete sich davor, einen Fehler zu begehen.

»Das macht nichts. Fassen Sie nur kräftig zu.«

»Sicher sind schon Sanitäter unterwegs«, wandte jemand aus der Menge ein.

»Sollten Sie nicht versuchen, ihn wiederzubeleben?«, meldete sich Pischner leicht barsch. Man hörte den Staatssekretär in der Stimme.

»Ja, genau das will ich. Also, fassen Sie den Mann bei der Hüfte, auf drei drehen wie ihn um, Sie unten, ich oben.« Der Arzt sah Rohleff an.

Unvermittelt brach diesem der Schweiß aus. »Sie meinen mich?«, fragte er überflüssigerweise.

»Ja, Sie. Sie sehen kräftig genug dafür aus.«

Langsam ging Rohleff in die Hocke. Hoffentlich machte er nichts falsch.

»Wie lange liegt er schon hier?«, fragte der Arzt, während er eine Hand dem Verletzten unter eine Schulter schob.

Eckart Pischner zuckte die Achseln. »Das wissen wir nicht. Wir haben ihn so gefunden. Zusammen mit Birgit. Aber nicht sofort, als wir hier eintraten.« Er wandte sich an seine Frau. »Wie lange waren wir bereits hier?«

Liliane winkte beinahe panisch ab, zu keiner Antwort fähig.

»Wissen wir nicht«, wiederholte Pischner stoisch seine Antwort. »Eine Viertelstunde aber mindestens.«

Der Raum war annähernd so groß wie der benachbarte mit den Bottichen und unübersichtlich. Wer geduldig die Fässer eins nach dem anderen inspizierte und die Aufdrucke las, konnte eine Weile damit zubringen, bis er an die Stelle kam, wo der Mann lag.

Es war nun so weit, auch Rohleff hatte sich in Position gebracht. Der Arzt begann zu zählen. Aber erst beim zweiten Anlauf gelang es ihnen, den Toten umzudrehen, der Mann war schwer, sehr schwer, sein Körper eine Masse, die sich jeder Manipulation zu widersetzen schien. Am Ende hatten sie es geschafft.

Das gebrochene Bein sah nun noch fürchterlicher aus: wie das mutwillig verdrehte einer Gliederpuppe. Schlimmer war aber etwas anderes.

Blicklos starrten die Augen ins Leere.

Die ganze Trostlosigkeit des Todes lag in den erloschenen Augen.

Nun erkannte Rohleff den Toten, es war Rainer Fietzig, der Architekt. Auch andere mussten ihn erkannt haben, ein Raunen und Geflüster setzte ein, das nicht mehr verstummen sollte.

Der Arzt beugte sich erneut über den Toten, legte ihm die Hand auf die Brust, schüttelte unmerklich den Kopf und streckte die andere Hand aus. »Ich brauche ein Taschentuch.«

Jemand reichte eins herüber, er faltete es auseinander.

Eine Wange Fietzigs war aufgeschrammt, aber das war nicht die auffälligste Verletzung.

An der Stirn leuchtete ein Schnitt oder vielmehr eine tiefe Kerbe, aus der es stark geblutet haben musste.

Der Arzt begann mit der Herzmassage, methodisch, ruhig, hielt inne, danach fuhr er mit Mund-zu-Mund-Beatmung fort, durch das Taschentuch, das er dem Verletzten auf das Gesicht gelegt hatte. »Am besten räumen Sie mal alle hier das Feld«, sagte er ruhig, bevor er wieder mit aller Kraft auf den Brustkorb drückte. Der Arzt war etwa sechzig und hatte anscheinend Erfahrung mit solchen Vorfällen.

Zögerlich kam Bewegung in die Umstehenden.

Nur Gustav rührte sich nicht von der Stelle, etwas fesselte seine Aufmerksamkeit. Er machte ein, zwei Schritte seitwärts, bückte sich, während andere neben und hinter ihm nun tatsächlich zurücktraten, in dieser ganzen Bewegung fiel seine kaum auf. Er griff nach etwas und steckte es ein, und gleich darauf machte er das noch einmal. Wie in Hamburg. Merkwürdig, da rang jemand um das Leben eines Mitreisenden, und Gustav klaubte Fundstückchen auf, statt dem Kollegen seine Unterstützung anzubieten.

Rohleff kniff die Augen zusammen. War da nicht etwas zwischen den Fässern herumgehuscht?

Gustav trat neben ihn, starrte auf die leblose Gestalt hinab und zuckte wieder furchtbar zusammen. »Also doch«, murmelte er fassungslos, eine Hand in der Tasche.

Rohleff konnte sich keinen Reim auf die Bemerkung machen.

Rosa war auch noch dageblieben. Sie bückte sich, hob die Feldflasche auf, drückte sie einen Moment an sich, besann sich dann aber und hielt sie Rohleff hin. »Nimm du das, Karl«, sagte sie flehend. Eine beklemmende Aura von Hilflosigkeit umgab sie.

Er nahm die Flasche, schüttelte sie, schüttelte dann den Kopf, während ihn eine Erinnerung überkam. Die Erinnerung an einen aus ihrer Gruppe, der als einer der Letzten im Verkostungsraum geblieben war und seinen Flachmann gar nicht mal besonders verstohlen aus einer Whiskyflasche auf dem Tisch nachfüllte. Das war Fietzig gewesen.

Murnau hatte den Vorgang genau wie er beobachtet. Ihre Blicke trafen sich, Murnau zog vielsagend die Brauen hoch. Manche waren eben einfach gierig oder unverschämt.

»Jetzt sind Sie gleich dran, Sie lösen mich ab«, sagte der Arzt nun.

Rohleff steckte langsam den Flachmann ein.

»Aber nehmen Sie ruhig einen Schluck, so lange halte ich noch durch.« Der Arzt lächelte mild. Als Rohleff der Aufforderung nicht nachkam, streckte er ihm kurz die Hand hin. »Dr. Fischer.«

»Ja«, antwortete Rohleff hölzern und ergriff sie, »aber ich kenne Sie nicht. Sie gehören nicht zu unserer Gruppe.«

Der Arzt nahm die Massage wieder auf, die Stirn gerunzelt. »Nein, offensichtlich nicht, ich mache Urlaub hier, ich arbeite seit zwanzig Jahren in einer Klinik in London. Hab damals nach England geheiratet. Wir treffen hier zufällig aufeinander. Können Sie jetzt?« Er deutete nochmals auf den Liegenden, Schweiß auf der Stirn.

Rohleff sah, wie Gustav Rosa am Arm nahm und sie hinter den anderen her zu einer der Türen führte. Da erst bückte er sich und drückte mit aller Kraft auf den Brustkorb, genau an derselben Stelle wie Dr. Fischer.

Der tippte Fietzig kurz auf eins der starren Augen, runzelte die Stirn, dann sah er sich die Stirnwunde näher an.

Als Fischer wieder übernahm, zog Rohleff den Flachmann heraus und schraubte ihn auf. Unverkennbar Whiskydunst. Er schüttelte die Flasche erneut. Sie enthielt höchstens noch einen Rest von Flüssigkeit. Rainer Fietzig hatte bei der Verkostung bereits gut zugelangt, mit dem, was sein Flachmann enthalten hatte, musste er eine nicht unerhebliche Menge getrunken haben.

In Gedanken folgte Rohleff dem noch Lebenden in den Raum mit den Fässern und sah ihn herumlaufen. Angelegentlich betrachtete er den unebenen Boden ringsum, stand auf, trat an die nächsten Fässer heran, und da entdeckte er den dunklen Fleck an dem Fassreifen, was eine Kaskade von Schlussfolgerungen auslöste.

Mühelos konnte er sich nun einen Reim auf den ganzen Vorfall machen, würde sich aber hüten, seine Überlegungen mitzuteilen, nicht, solange er nicht dazu aufgefordert wäre. Er war hier nicht im Dienst. Allerdings bezweifelte er stark, es überhaupt mit einer Polizeiangelegenheit zu tun zu haben. Sich umschauen konnte dennoch nicht schaden.

Wieder wechselten sie sich ab.

Der Arzt war nun seinerseits aufgestanden, schüttelte die verkrampften Beine aus, blickte dabei um sich, starrte längere Zeit das Fass an, tupfte mit einem Finger an die Stelle, die Rohleff vorher ins Visier genommen hatte, und hielt ihm den Finger zur Begutachtung hin. »Eindeutig Blut, Platzwunde an der Stirn infolge eines Sturzes und eines Aufpralls auf diesem Fass.«

»Und dabei stirbt man gleich?«, fragte Rohleff keuchend vor Anstrengung.

Fischer kniete sich wieder neben den Toten.

Ja, Rainer war tot, ihre Bemühungen hatten bisher keinen Erfolg gehabt.

Während Dr. Fischer den Nacken abtastete und sehr aufmerksam in das leblose Gesicht sah, pumpte Rohleff unermüdlich weiter. Er würde nicht eher aufgeben, bis Fischer ihn dazu aufforderte. Er arbeitete quasi für den flüchtigen Gustav mit, gegen die Zeit, für das gute Gewissen. Rohleff tropfte Schweiß in die Augen.

Auf einmal fasste ihn Dr. Fischer am Arm. »Hören Sie auf. Es hat keinen Zweck weiterzumachen. Wir erreichen nichts.«

Nach Luft schnappend, ließ sich Rohleff auf die Fersen sinken. Tiefe Traurigkeit überschwemmte ihn. Er betrachtete den Toten. Nichts hatte sich an ihm verändert.

»Beruhigen Sie sich. Wir haben uns genügend eingesetzt«, sagte Fischer bedächtig, »würde er gegen jede Wahrscheinlichkeit in der nächsten Minute wieder atmen, hätten wir ihm mit der Wiederbelebung nicht einmal einen Gefallen getan.«

»Irreparable Hirnschäden?«, mutmaßte Rohleff.

Fischer schaute sich wieder um und nickte nur flüchtig, als verstünde sich das von selbst.

Rohleff zögerte einen Moment, rang mit einer Eingebung, vor allem mit Bedenken, und ließ am Ende seine Hand in Rainers Taschen gleiten. Methodisch nahm er sich eine nach der anderen vor, zuletzt eine Innentasche.

»Was machen Sie da?« Robert, der Busfahrer, war aufgetaucht, zusammen mit dem Geschäftsführer der Destillerie, Schärfe in der Stimme. »Die Ambulanz ist gleich hier, der Wagen ist in einen Stau geraten und kam nicht gleich davon los. Er ist doch nicht wirklich tot, nicht wahr? Das hätte mir noch gefehlt.«

Rohleff hielt inzwischen die Brieftasche in der Hand und eine kleine Packung mit Tabletten. Er kannte das Medikament nicht.

»Und Sie, Sie gehen besser zu den anderen, die sind alle im Vorkostungsraum«, blaffte Robert aufgebracht. »Geben Sie das her.«

Fischer kam ihm zuvor, griff nach den Tabletten und besah sich die Aufschrift. »Makumar, na, da wird die Sache schon klarer.«

»Und wieso?«, fragte Robert.

Fischer betrachtete noch einmal den Toten wie zu einer abschließenden Diagnose. »Das Mittel wird zur Blutverdünnung eingesetzt bei Bluthochdruckpatienten, aber auch in anderen Zusammenhängen. Der Mann könnte an Herzrhythmusstörungen gelitten haben. Würde mich gar nicht wundern, wenn er einen Herzschrittmacher hat. Hat wahrscheinlich sein Medikament heute Morgen nicht genommen. Kann das sein?« Er blickte fragend um sich.

»Das wissen wir nicht«, antwortete Robert barsch.

»Nein«, bestätigte Rohleff bedächtig, »aber es war heute kein normaler Start in den Tag, wir sind mit der Nachtfähre gekommen, haben auf dem Schiff gefrühstückt, alles war anders, als er es gewohnt war. Da ist es durchaus denkbar, dass er sein Medikament vergessen hat.« Er wunderte sich selbst über seine Erklärung.

Fischer nickte aber zustimmend. »Das und eine Menge Alkohol«, er blickte missbilligend auf die Fässer, »das dürfte gereicht haben. So ein Idiot.«

»Und wer sind Sie?« Roberts Stimme klang immer gereizter.

»Jetzt beruhigen Sie sich mal ein bisschen, Robert. Das ist Dr. Fischer, er wird uns gleich sagen, woran Rainer Fietzig gestorben ist. Dr. Fischer arbeitet seit zwanzig Jahren in einer Londoner Klinik«, erklärte Rohleff betont sachlich.

Als Urologe, er fummelt den Leuten nicht gerade am Kopf herum, dachte er, hütete sich aber, den Gedanken publik zu machen. Er selbst hegte nur leise Zweifel an der Kompetenz Fischers in diesem speziellen Fall. Nur zu froh, dass Gustav nichts zugestoßen war, konnte er nun den Dingen ihren Lauf lassen. Aber mit Gustav würde er später reden, einiges an seinem Verhalten irritierte ihn.

»Der Mann hatte wohl einen schweren Aussetzer, verlor das Bewusstsein, ist gegen das Fass geprallt«, Fischer hielt einen Moment inne und starrte die Decke aus dunklen Holzbalken an, »und hat sich mutmaßlich das Genick gebrochen.«

Robert sah dem Toten ins Gesicht. »Ich dachte, das Genick sitzt hinten.«

Das war auch für Rohleff der Stand der Dinge. Genick war hinten, das hieß, der Genickbruch setzte einen Schlag an genau diese Stelle voraus und nicht an die Stirn. Hinten gab es keine Wunde, das wäre ihm aufgefallen. Oder nicht? Ein stumpfer Schlag ins Genick und dann der Fall gegen das Fass? Auch möglich. Nun wurde die Angelegenheit doch noch kompliziert.

»Ein Schlag ins Genick?«, fragte Rohleff ungläubig.

Der Geschäftsführer wandte sich Robert zu und verlangte nach einer Erklärung. Er hatte sie zwar auf Deutsch begrüßt, aber sehr weit schienen seine Sprachkenntnisse nicht zu reichen. Robert radebrechte unbeholfen drauflos.

Fischer wartete, bis er fertig war, und ging danach erst auf Rohleffs Frage ein. »Nein, kein Schlag ins Genick. Der Mann ist schon älter, übergewichtig, anscheinend auch Trinker, da ist es sehr wahrscheinlich, dass er außer unter Herzproblemen auch unter einer verschlissenen Halswirbelsäule litt. Osteoporose, verstehen Sie? Teufel auch, hätte nicht gedacht, dass ich mal auf so einen Fall stoße«, Fischer sprach immer rascher und hauptsächlich zu sich selbst. »Der Mann ist entweder gestolpert oder hatte, wie gesagt, einen Herzaussetzer, der zu sofortiger Bewusstlosigkeit führte, schlug im Fallen heftig mit der Stirn auf das Fass auf und überdehnte dabei automatisch die Halswirbelsäule nach hinten, bevor er auf den Boden fiel und dort liegen blieb. Er hat eine Densfraktur, darauf könnte ich fast wetten, das ist eine häufige Verletzung der Halswirbelsäule. Vorn am zweiten Halswirbel sitzt eine Art knöcherner Dorn, auch Zahn oder Dens genannt. Der ist abgebrochen und hat sich ins Rückenmark gebohrt. Das ist der besagte Genickbruch. Er führt zu augenblicklichem Atemstillstand. Nein, dem Mann war nicht mehr zu helfen, nicht hier.«

Fischer holte tief Luft.

Dann musste er die ganze Erläuterung wiederholen, weil inzwischen ihr Führer von vorhin eingetroffen war und alles noch einmal erklärt haben wollte, um es korrekt zu übersetzen. Er übernahm nun auch das weitere Gespräch.

»Sie sind ganz sicher?«

Fischer wog die Packung Makumar in der Hand. »Nein, natürlich nicht, sicher wäre ich erst, wenn eine Computertomografieaufnahme vorläge. Dann wüsste ich es genau. Vor einer Woche hatten wir so einen Fall bei uns in der Wirbelsäulenambulanz. Ein Kollege, der dort arbeitet, hat mir in der Mittagspause davon erzählt. Ein netter Bursche, Deutscher wie ich, wir tauschen uns öfter aus.«

Als die Ambulanz eintraf, ging Rohleff hinaus. Hier gab es für ihn nichts mehr zu tun. Die Brieftasche und den Flachmann würde er später Robert aushändigen, sollte sich dieser doch weiter mit dem Todesfall beschäftigen.

In einem Hof zwischen zwei Gebäuden traf er auf Gustav, Rosa war bei ihm.

»Ich dachte, alle sind im Verkostungsraum versammelt. Da sollten wir auch hingehen, wahrscheinlich gibt es noch eine Befragung zu dem Todesfall. Tut mir leid, Rosa.« Rohleff griff nach ihrem Arm, als er sah, dass sie wieder blass geworden war. Er sollte endlich den Polizisten abstreifen, sie hatten es hier nicht mit einem ungeklärten Mordfall zu tun, sondern mit einem Unglück, und außerdem kannten sie den Toten erst seit Kurzem. Da hielt sich die Anteilnahme in Grenzen.

Gustav hielt immer noch die Hand in der Tasche, die sich merklich ausbeulte, es wirkte ein bisschen unanständig, weil sich die Hand bewegte, als würde er sich zur Entspannung eine Genitalmassage gönnen. Dabei sah Gustav so aus, als könnte er etwas Zuwendung brauchen, aber es musste ja nicht gleich so etwas sein. Er machte einen verstörten Eindruck, genau wie Rosa. Zwei Leidensgefährten, die sich zusammengefunden hatten.

»Was machst du …« Er kam nicht weiter.

Etwas lugte einen flüchtigen Moment aus der Tasche.

»Ach, hol ihn raus, hier sieht ihn doch keiner«, sagte Rosa.

Rohleff stockte der Atem, den Blick auf die Stelle von Gustavs massigem Körper gerichtet, die er keinesfalls entblößt sehen wollte.

Oder?

»Was hast du in der Tasche? Ja, bitte, hol es raus.«

Gustav sah von einem zum anderen, zog die Hand hervor und verschränkte die Arme vor der Brust. »Keine gute Idee, wenn ihr mich fragt.«

Rohleff trat neben ihn und schob seinerseits eine Hand in die Tasche. Er bekam etwas Weiches, Pelziges zu fassen und zog sehr behutsam die Hand wieder heraus.

Nun erinnerte er sich daran, wie etwas um die Fässer herumgehuscht war. Sorgsam wischte er die Hand an seinem Mantel ab, von einem leichten Ekelgefühl getroffen.

»Also, wenn es ein Nagetier ist, dann behalt es da, wo es ist.«

Rosa schüttelte den Kopf. »Hol ihn raus.«

»Na, wenn ihr meint, ich hab ja nicht die Verantwortung, nicht wirklich«, bemerkte Gustav.

Es handelte sich um eine sehr kleine, sehr seltsame Katze. Das eine Ohr war schwarz, das andere rot, eine Backe weiß, die andere rot und das Mäulchen halb schwarz, halb rot, eine vollkommen asymetrische, clowneske Färbung, nicht nur im Gesicht, sondern am ganzen Körperchen, wie sie Rohleff seiner Erinnerung nach noch nie erblickt hatte.

Das Katzenkind hüpfte herum, kreiselte um sich selbst und haschte dabei nach seinem Schwanz, lief aber nicht fort. Eine Ratte hätte das sicher umgehend getan, und damit wären sie sie losgeworden.

»Am besten passt Elvis zu ihm, hab ich mir gerade überlegt«, bekundete Gustav.

»Tommy«, widersprach Rosa, »ich hab ihn Tommy genannt.«

»Das geht nicht«, entgegnete Gustav, »Tommy ist ein Synonym für Engländer, so kann eine Katze, die durch Schottland reist, nicht heißen. Damit bringst du die Schotten gegen ihn auf.« Es klang nach einer munteren Kampfansage.

»Und woher stammt Tommy-Elvis?«, fragte Rohleff ahnungsvoll und warf Rosa, die vor Verlegenheit wieder etwas Farbe ins Gesicht bekam, einen forschenden Blick zu. Neben Rosa stand ihr Rucksack, oben offen.

»Sie hat ihn aus Deutschland mitgebracht, darin«, antwortete Gustav und deutete auf das Gepäckstück.

Ein Rucksack als Katzenkäfig?

Rohleff versuchte gelassen zu bleiben, was ihm nicht recht gelang. »Ich möchte das nur klarstellen: Du willst sagen, sie hat einen Kater illegal nach England eingeschmuggelt?«

»Schmuggel ist immer illegal, das hättest du nicht extra erwähnen müssen. Sie weiß, dass das blöd war.«

Rohleff hatte Ähnliches schon bei Ermittlungen erlebt. Eine Wendung, die in einem Moment vergessen ließ, was gerade noch wichtig gewesen war. Ein Mitglied ihrer Gruppe war unerwartet aus noch keineswegs geklärten Ursachen gestorben, und sie befassten sich nun mit einem nicht menschlichen, illegalen Einwanderer nach England, der ein schwarzes und ein rotes Ohr hatte. Es war verrückt, vollkommen verrückt, aber Rohleff stürzte sich auf den Fall in dem sicheren Wissen, dass es ihnen allen guttat und ihnen eine Frist verschaffte, um Abstand zu dem anderen, viel schwerwiegenderen Fall zu erhalten. Rosa war nicht ganz bei Trost. Aber deswegen nicht weniger attraktiv.

»Und was hat dich bewogen, Kevin mit auf eine Rundreise durch Schottland zu nehmen?«, erkundigte er sich einigermaßen sachlich und ruhig. »Meinst du, er sollte seinen Bildungshorizont erweitern?«

»Kevin?«, fuhr Gustav auf, »Wie kommst du jetzt auf Kevin? Hast du ihn gesehen? Wo?«

»Nicht Kevin, auch nicht Elvis, er heißt Tommy, falls du den Kater meinst«, wandte Rosa halsstarrig ein.

Das Gespräch driftete ins Absurde. »Ich hab mich bloß versprochen, sicher meinte ich den Kater. Kevin oder Elvis, das ist doch vollkommen egal. Warum hast du ihn mitgebracht?«, fragte Rohleff mit leiser Ungeduld in der Stimme.

Das Tierchen konnte nur ein paar Wochen alt sein. Acht oder neun, mehr sicher nicht, so winzig, wie es war.

Gustav wirkte wieder angespannt. »Das kann sie dir später erläutern. Aber sag, hast du Kevin gesehen?«

Kevin, erinnerte sich Rohleff nun, hieß der Assistent des Busfahrers. Warum fragte Gustav jetzt nach ihm?

Es nieselte erneut, kalt rann der Regen Rohleff in den Kragen. Wenn er hier noch länger verharrte, würde sich sein Dufflecoat mit Regen vollsaugen. Er spürte jetzt schon einen Hauch von unangenehmer, feuchter Kälte auf den Schultern.

»Nein, hab ich nicht«, wehrte er ab. »Am besten gehen wir zu den anderen. Umso eher bringen wir die ganze Sache hinter uns und können weiterfahren.«

Gustav hob Elvis auf und setzte ihn in Rosas Rucksack. Sie machten sich zusammen auf den Weg, aber kurz bevor sie das Empfangsgebäude erreichten, drehte Rohleff ab und ging ohne Erklärung davon. Er mochte es sich keineswegs eingestehen, aber der Kommissar in ihm hatte nun doch die Oberhand über den Urlauber gewonnen.

Kevin lief im Fasslager herum. Und zwar allein. Die schlaksige Gestalt setzte die Füße bei jedem Schritt nach außen, er ging wie eine Ente. Fasziniert sah ihm Rohleff eine Weile dabei zu, wie er herumwatschelte und hier und da den Boden und die Fässer betrachtete.

Den Boden betrachten, das hatte sich Rohleff auch vorgenommen. Er ging Kevin nach, der ihn noch nicht bemerkt hatte. Plötzlich blieb dieser aber stehen, er hatte das Fass mit dem Fleck erreicht.

Die Leiche war aus der Halle entfernt worden, auf dem Weg hierher hatte Rohleff den Ambulanzwagen passiert. Dieser war noch nicht abgefahren, er stand auf dem Zufahrtsweg, die hinteren Türen weit geöffnet. Ein Mann, der Kleidung nach ein Sanitäter, stand an der Fahrerseite und rauchte. Einige Schritte entfernt verhandelte Robert mit dem Geschäftsführer und dem Mann, der die Führung übernommen hatte und nun als Dolmetscher diente.

Rohleff hatte sich vorsichtig an der Gruppe vorbeibewegt und war nicht angehalten worden.

Kevin bückte sich und betrachtete den Fleck auf den Pflastersteinen.

»Besichtigst du den Ort des Schreckens?«, sprach ihn Rohleff an und sah mit Genugtuung, wie der junge Mann zusammenfuhr.

»Mann, müssen Sie mich so erschrecken?«

»Tut mir leid«, antwortete Rohleff scheinheilig. Die Neugier Unbeteiligter an menschlichen Katastrophen hatte ihn schon immer gefuchst. »Aber lass dich bloß nicht stören.«

Er beachtete Kevin nicht weiter und besah nun aufmerksam überall selbst den Boden, soweit es das spärliche Licht zuließ. Wegen der Pflasterung aus rundlichen Natursteinen waren Fußspuren kaum auszumachen. Nur auf den Steinen direkt vor den Fässern war der Staub nicht zertreten, sonst hatten viele Füße dafür gesorgt, dass einzelne Abdrücke nicht mehr erkennbar waren. In den Fugen, vor allem denen im Mittelgang, gab es hier und da kleine, runde Vertiefungen. Das war schon alles. Wahrscheinlich war Rosa nicht die einzige Besucherin, die Schuhe mit hohen, spitzen Absätzen trug. Wegen der Übernachtung auf der Fähre hatte sie die Schuhe ja nicht wechseln können. Sie trug auch dieselbe Kleidung wie am Tag zuvor.

Rohleff hatte sich erneut der Lücke genähert, wo nur zwei Fässer übereinandergestapelt waren. Und dort stieß er auf recht winzige, aber durchaus erkennbare Pfotenabdrücke. Er erinnerte sich wieder daran, wie Gustav etwas aufgehoben hatte, und wusste nun, dass es das Katerchen gewesen war. Elvis musste Rosa entlaufen sein. Bloß wann und warum hier? Oder war er unbeobachtet auf der Suche nach Futter eigenständig hierhergelangt? Er nahm sich vor, Rosa danach zu fragen, dann aber sagte er sich, dass das vollkommen belanglos sei. Soweit bis jetzt feststand, hatte sie den toten Rainer nicht gefunden, die Pischners und Birgit Häuser waren vor ihr da gewesen – und er auch.

Unauffällig zog er sein Smartphone heraus und machte ein paar Aufnahmen.

»Na, beguckst du dir den Ort des Schreckens?« Die gleiche Frage, die Rohleff kurz zuvor gestellt hatte, und wie Kevin zuckte er zusammen. Nur hatte diesmal Fabian die Frage gestellt. Vollkommen auf die Umgebung der Pfotenabdrücke konzentriert, hatte er ihn nicht kommen sehen.

Rasch steckte er das Smartphone weg. »Und du nicht?«

Fabian bedachte ihn mit einem belustigten Blick. »Wo sind denn all die anderen?«

»Das weißt du nicht? Wo warst du denn die ganze Zeit?«

Fabian deutete hinter sich. Dort, in der weit geöffneten Tür, erschien Robert, sichtlich angeschlagen, die Schultern nach vorn gezogen. Nach ihm traten der Geschäftsführer, der dolmetschende Touristenführer und ein kleiner Mann mit spärlichem Haupthaar und Spitzbauch ein, der Rohleff aus dunklen Knopfaugen musterte. Der hellbraune, abgetragene Wollmantel des Unbekannten glich seinem Dufflecoat. Es war nicht nur dieser aus der Form geratene Mantel, sondern etwas am Blick, an der Haltung, das ihm zweifelsfrei verriet, um wen es sich bei dem Knopfauge handelte.

Kevin hatte das Lager noch nicht verlassen, er stand ein Stück entfernt, an ein Fass gelehnt, und kam nun näher.

Das Knopfauge stellte Robert eine Frage, dieser nickte mit grämlicher Miene.

Danach stellte sich der kleine Mann als Detective Chief Inspector Fraser vor. Rohleff wunderte sich über den Rang des Mannes.

»Verwandt mit den Highlandfrasers?«, erkundigte sich Fabian heiter.

Fraser fand die Frage wohl nicht passend. Er grunzte nur.

Wie sich herausstellte, hatte die Geschäftsleitung den Todesfall bei der Polizei gemeldet, es war ein auch in Deutschland übliches Verfahren. Bei einem plötzlichen Todesfall wie diesem musste die Polizei hinzugezogen werden, um die äußeren Umstände zu untersuchen. Mehr oder weniger hatte Rohleff das ja erwartet. Nur warum trat hier ein Chief Inspector auf? Ein Constable hätte doch völlig genügt. »Wohin ist Dr. Fischer verschwunden?«, erkundigte er sich. »Wäre es nicht sinnvoll, ihn zu befragen? Er hat den Toten untersucht.«

Fraser ließ sich das übersetzen, ging aber nicht darauf ein.

Da niemand weiter auf Rohleff achtete, blieb er und beobachtete, was sich tat. Fraser rief über sein Handy zwei Mitarbeiter herein, die wie er im Lager herumliefen und den Ort inspizierten, allerdings mehr oder weniger planlos, als würden sie eine lästige Pflicht erfüllen. Das Fass mit dem Blutfleck wurde fotografiert, auch der Fleck am Boden und die nähere Umgebung. Von Spurensicherung im eigentlichen Sinn konnte allerdings nicht die Rede sein. Es blieb eine oberflächliche, im Ergebnis vorab feststehende Untersuchung.

Tod ohne Fremdeinwirkung.

Nachdem die Untersuchung an Ort und Stelle abgeschlossen war, begaben sich alle, Frasers Aufforderung folgend, in den Verkostungsraum zu den übrigen Mitgliedern der Reisegesellschaft.

Gerade als Rohleff mit den anderen eintrat, ging die Tür zum Nebenraum auf, und Victor Murnau trat heraus. Als er die Neuankömmlinge sah, blieb er stehen, holte sein Handy hervor und hielt es hoch. »Das hatte ich vergessen«, sagte er an den Geschäftsführer gewandt, auf Englisch.

Der Angesprochene runzelte kurz die Stirn und winkte dann ab. Offensichtlich beschäftigten den Mann andere Dinge.

Wohl im Auftrag der Geschäftsleitung waren wieder Kekse aufgetischt worden, dazu runde, kleine Kuchen, mit kandierten Früchtchen bekrönt, und weitere Flaschen Whisky. Daran konnte Rohleff unschwer ablesen, wie nervös der Fall des plötzlich verstorbenen Rainer Fietzig das leitende Personal der Destillerie machte. Vielleicht befürchteten sie ungünstige Kommentare im Internet. *Tödliche Wirkung von Glenkinchie-Whisky* oder Ähnliches.

Wie betrunken war Rainer wirklich gewesen?

Rohleff setzte sich zu Rosa und Gustav, der ihn herangewunken hatte und sich sofort an ihn wandte, den Blick auf Kevin geheftet, der nach ihm eingetreten war. »Wo hast du ihn gefunden?«

»Am Ort der Tat«, antwortete Rohleff mit Grabesstimme und sah überrascht, wie Gustav ein wenig in sich zusammensackte.

»Hätte ich wissen müssen.«

Direkt darauf einzugehen, hätte die Stimmung des Onkels nur verschlimmert, dachte Rohleff, und es hieße, sein melodramatisches Gehabe unnötig ernst zu nehmen.

Kevin, die Ruhe selbst, stand abwartend neben Robert, in seiner Haltung deutete nichts darauf hin, dass er in einen Konflikt involviert war, der bei Fietzigs Tod irgendwie eine

Rolle gespielt hatte. Seine roten Haare waren entweder nass geworden, oder er hatte sie mit einer neuen Portion Gel nach hinten gestrichen. Wahrscheinlich hatte er sich draußen die Beine vertreten und war, als ihm der Regen zu viel wurde, in das Fasslager gegangen und dort herumgewandelt. Es lohnte sich nicht, sich über ihn Gedanken zu machen.

»Fabian war auch da, und überhaupt trampelten da viele herum, alle, die mit mir gerade hereingekommen sind. Robert auch. Geht es eurem kleinen Freund Elvis gut?«, wandte er sich an Rosa, um das Thema zu wechseln.

»Tommy, er heißt immer noch so. Oder ich nenne ihn Felix.«

Erst jetzt fielen ihm die kleinen Löcher vorne am Rucksack auf, die wie fortgeschrittener Mottenfraß aussahen. Ein leises Mauzen war zu hören.

Der Geschäftsführer bat um Aufmerksamkeit. Gleich darauf begann die Fragerei durch die Polizisten, sie wollten wissen, wann wer Rainer das letzte Mal gesehen und wer ihn gefunden habe.

Rohleff stand auf, ging halb um den Tisch herum und beugte sich so weit vor, dass er die Flaschen, die in der Mitte aufgereiht waren, besser sehen konnte. Die Befragung, bei der es seiner Ansicht nach zu keinen wesentlichen Ergebnissen kommen würde, nahm er nur noch mit halbem Ohr wahr. Aber als die Pischners ihre Aussage machten, hörte er einen Augenblick genauer hin. Er dachte an die Stimmen, die bis zu ihm gedrungen waren, als er sich in dem Raum mit den Gärbottichen aufgehalten hatte. Wahrscheinlich hatte er die beiden Pischners gehört. In der Erinnerung lauschte er den Tonfrequenzen. Ja, es waren eine männliche und eine weibliche Stimme gewesen.

Die Flaschen faszinierten ihn. Whiskyflaschen wirkten so kolossal anders als Weinflaschen. Grundsolide, sehr standfest, untersetzt, mit breiten Schultern und muskulösem Hals.

Sie strahlten ausgesprochen männlichen Charme aus. Jede Flasche ein Symbol von Kraft, Stärke und Ausdauer. Das mochte er. Und dann die Farbe! Reinster Bernstein, mal heller, mal dunkler, aber immer von strahlender Klarheit, wie von innen erleuchtet.

Detlev Winkler, der auf dem Stuhl direkt neben ihm saß, stupste ihn an und deutete auf eine Flasche. »Probier einen Schluck von dem. Rauchig, wuchtig, erstklassig. Hab zwei davon gekauft. Das lohnt sich. Stammt von einem besonderen Fass. Gibt nicht mehr viel davon.« Er schob die Flasche zu Rohleff hinüber.

Die Flaschen sahen sich natürlich alle ähnlich, abgesehen von den unterschiedlichen Bernsteintönen und davon, dass es welche mit einem halben Liter Inhalt und andere mit einem dreiviertel Liter gab. Winklers Favorit gehörte zu den größeren. Auch die sehr schlicht gehaltenen Aufkleber waren kaum zu unterscheiden, das Firmenlogo sprang als Erstes ins Auge. Es bedurfte wohl eines genaueren Hinsehens, um zu erkennen, welches die beste, die teuerste, und am Ende die gewinnträchtigste Abfüllung war.

»Und die Flasche kostet?«, fragte Rohleff leise.

»Knapp vierhundert.«

»Was? So viel?« Rohleff hatte die Flasche halb aufgeschraubt, hielt nun aber inne.

Winkler lachte leise.

Inzwischen wurde danach gefragt, wie gut die Anwesenden den Toten gekannt hatten. Die Frage interessierte Rohleff, er hörte wieder hin und beäugte dabei die Flasche. Bedächtig drehte er sie vollständig auf und goss eine Winzigkeit des flüssigen Bernsteins in eins der leeren Gläser. Erst einmal den Whisky kreisen lassen, sehen, wie er sich träge, beinahe ölig die Wandung hinauf und hinunter bewegte. Es sah aus wie im Glas eingefangene Sonnenenergie.

Unterdessen schritt die Befragung voran. Ganz allgemein kam heraus, dass praktisch niemand Fietzig näher kannte.

Rohleff schnüffelte. Er versuchte das Geruchserlebnis für sich in Worte zu kleiden und scheiterte elend daran. Blumenaromen? Was für Blumen denn? Und Heu? Oder Torf? Er roch das alles nicht.

Fraser schwieg inzwischen, schaute aber beharrlich in die Runde. Wahrscheinlich zufällig fixierte er schließlich Murnau. Nach einigem Zögern äußerte dieser, dass er Fietzig ein- oder zweimal bei einer Whiskyverkostung begegnet sei. »Vor ein paar Jahren«, fügte er hinzu. Fraser wartete geduldig, bis Murnau von sich aus weitersprach. Es könne drei Jahre her sein, und ja, sie hätten sich länger über Whisky unterhalten, Fietzig habe sich sehr interessiert und wissbegierig gezeigt, er habe sozusagen an diesem Tag sein Faible für schottischen *Single Malt* entdeckt. Die Erklärungen kamen immer flüssiger.

»Und danach?« Fraser hatte ein Heft herausgezogen und machte sich Notizen. Aber eigentlich sah es für Rohleff so aus, als würde der Kommissar Kringel malen. Alles nur, um Eifer vorzutäuschen?

Danach hätten sie hin und wieder Mails ausgetauscht, sagte Murnau. Er habe ihn auf günstige Gelegenheiten zum Einkauf hingewiesen. Nun ja, er, Murnau, kenne viele, die sich für Whisky interessierten. Aber, Murnau hob mit einem unglücklichen Seufzen die Schultern, eng sei der Kontakt nie gewesen.

Fraser gab sich mit dieser Erklärung zufrieden.

Rohleff setzte das Glas an die Lippen und trank.

Dr. Fischer befand sich ebenfalls unter den Anwesenden. Während er seine Untersuchung und deren Ergebnis schilderte, schaute Fraser in ein Papier, das er in der Hand hielt, und nickte, sobald ihm der Arzt geantwortet hatte. Dieser Teil der Unterhaltung wurde nur auf Englisch geführt, Rohleff verstand sie aber einigermaßen.

»Wie schmeckt dir der?«, erkundigte sich Winkler.

»Teuer.«

Rohleff war soeben zu dem rechnerischen Ergebnis gelangt, dass er den Gegenwert einer ganzen Kiste Bier vertrunken hatte und dass ihm das zu schnell gegangen war.

Mittlerweile war es später Nachmittag geworden. Eine Angestellte, die im Shop bedient hatte, brachte ganz anständigen Tee herein, eine andere neue Kekse. Rohleff hatte bereits alle Zahnzwischenräume mit Krümeln gefüllt, die er mit Tee herauszuspülen versuchte. Im Gegensatz zu den meisten seiner Reisegefährten rührte er den Whisky nicht mehr an.

Winkler wandte sich wieder an ihn, sprach aber ziemlich laut. »Wie lange soll das noch gehen? Wir wissen doch alle: Besser hätte der alte Rainer gar nicht abtreten können. Bis obenhin voll. Der hat seinen Abgang gar nicht mitbekommen.«

Rohleff bemerkte aufschauend, wie sich Gustavs Blick verschleierte. »Das ist auch wieder wahr«, murmelte sein alter Onkel.

Es verging noch eine Weile, bevor sie die Destillerie verlassen durften. Bis dahin hatte ein Polizist ihre Personalien notiert und sich ihre Ausweise zeigen lassen, die er so auffallend gründlich studierte, dass es aufgesetzt wirkte. Eine Show, um Gewissenhaftigkeit zu demonstrieren. Eigentlich interessierte sich hier in Schottland kein Schwein für das Ableben eines alten Sacks wie Fietzig.

Fischer war kurz verschwunden, kam aber zurück und verabschiedete sich sehr herzlich von Rohleff. Er hatte seine Frau mitgebracht und stellte sie kurz vor. Vermutlich gehörten sie beide zu der Gruppe von Besuchern, die sich für die nächste Besichtigung angemeldet hatte und nun schon so lange darauf wartete, dass sie endlich begann. Rohleff hatte die Leute um den Shop herumlungern sehen.

»Und vielen Dank für Ihre Unterstützung, Herr Kollege«, sagte der Arzt.

»Kollege?«

»Sind Sie nicht?«

»Ich bin nur ein ganz gewöhnlicher Tourist.«

Fischer fand das amüsant. Er lachte kopfschüttelnd. »Aber Sie machten einen so kompetenten Eindruck.«

Lehrer erkannte man sehr schnell als solche, die meisten jedenfalls, sie konnten es einfach nicht lassen, andere zu korrigieren oder zu belehren. Was hatte Rohleff Auffälliges getan? Die Frage machte ihm zu schaffen, auch wenn Fischer mit seiner Mutmaßung falschgelegen hatte. In Zukunft würde er sich sehr viel vorsichtiger verhalten müssen. Andererseits: Es würde ja kaum weitere Todesfälle geben.

Fischer und er tauschten Telefonnummern aus. Der Arzt hatte Verbindung zur Klinik in Edinburgh und würde Rohleff über das Ergebnis der Untersuchungen an der Leiche informieren. Damit war Rohleff einverstanden.

Am Ende übernahm Kevin die Weiterfahrt, während sich Robert um die nötigen Formalitäten bezüglich des toten Rainer Fietzig kümmerte. Er fuhr im Wagen der Polizisten mit nach Edinburgh. Der Tote sollte in der dortigen Universitätsklinik untersucht werden, dann würde man weitersehen.

Zur Entspannung und Beruhigung legte Kevin eine CD mit Dudelsackmusik ein, die sie bis Edinburgh begleiten sollte. Genauso wie der Nieselregen.

Rohleff begab sich zu Rosa nach hinten, jetzt, da das Geheimnis um Elvis gelüftet war, würde sie gegen Gesellschaft wohl nichts einzuwenden haben.

»Geht es dir gut?«, fragte er vorsichtig.

Sie sah besser aus, weniger mitgenommen. Beinahe schon entspannt.

»Ja, ich bin froh, dass es weitergeht. Wir konnten ja doch nichts tun.«

»Nein, konnten wir nicht. Und ich weiß nicht, was diese ausführliche Befragung durch die Polizei für einen Sinn hatte. Eine unnötige Quälerei.«

Rosa hatte die Beine auf die Sitze gelegt und machte keine Anstalten, ihm Platz zu machen. Ihr Cape hatte sie wie eine Schutzdecke über sich gebreitet. Nun schloss sie die Augen. »Ich bin so müde.«

Eigentlich hatte Rohleff erfahren wollen, warum sie den Kater nach Schottland mitgenommen hatte. Das war nach wie vor eine völlig verrückte Idee. Wieder fühlte er sich abgewimmelt, aber statt das Feld zu räumen, öffnete er vorsichtig den Rucksack.

Tommy-Elvis lag zusammengerollt in einem ausgepolsterten Körbchen, das in die obere Hälfte des Rucksacks eingepasst war. In der unteren musste sich das Gepäck für die Übernachtung auf der Fähre befinden und vermutlich etwas zur Versorgung des Tierchens. Das Katerchen blinzelte kurz zu Rohleff auf, gähnte einmal und schloss wieder die Augen. Anscheinend hatte er nichts gegen diese Art der Unterbringung.

»Es ist eine Glückskatze«, sagte Rosa leise.

»Eine Glückskatze? Woher weißt du das? Hat sie dir schon Glück gebracht?«

Rosa lächelte versonnen und räkelte sich sacht. »›Freunde, die von weither kommen, ist das nicht Glück?‹ Sagt jedenfalls Konfuzius. Ich kenne jetzt dich und Gustav. Ob ihr weit von mir weg wohnt, weiß ich allerdings nicht.«

War das ironisch gemeint? Rohleff war sich dessen nicht sicher, er beugte sich über sie und strich ihr sehr sanft über die Wange. Mit den Fingern berührte er dabei ihr Ohrläppchen, spürte einen kleinen, harten Knubbel und dann nur noch weiche Haut.

»Du liest Konfuzius?«

»Er sagt auch: ›Mich kümmert nicht, wenn andere mich nicht kennen, mich kümmert, wenn ich andere nicht kenne.‹ Das klingt gut, nicht wahr?«

Und ob! Das hörte sich doch vielversprechend an. Ein bisschen zu philosophisch für seinen Geschmack, aber immerhin.

Rosa legte ihre Hand über seine. »Du passt auch auf uns auf, ja?« Ihr Blick wurde leicht spöttisch, aber nicht minder zärtlich.

Gern hätte er nachgefragt, wie das *auch* zu verstehen sei und überhaupt das Aufpassen, aber er ließ es sein, weil es ihm kleinkariert vorgekommen wäre und nicht zur Stimmung passte. Er hatte das deutliche Gefühl, gerade Fortschritte bei ihr zu machen.

»Ich will jetzt nur noch schlafen. Weck mich, wenn wir Edinburgh erreicht haben«, fuhr sie fort, schloss wieder die Augen – und damit war das Gespräch beendet.

Leicht enttäuscht machte er sich auf den Rückweg zu seinem Platz. Wieso las sie Konfuzius? Er selbst wusste gerade mal, um wen es sich dabei handelte.

Pischners hatten die Sitze auseinandergestellt, der am Gang gelegene ragte nun ein Stück weiter in den Gang hinein. Rohleff blieb kurz stehen, um sich seitwärts zu drehen und an dem Hindernis vorbeizuschieben.

»Du hättest es sagen sollen«, hörte er Liliane.

»Das hätte uns nur noch länger aufgehalten, und es spielt wirklich keine Rolle«, hielt ihr Mann dagegen.

»Aber wir sind danach gefragt worden.«

»Na und? Glaubst du, die anderen hätten sich große Mühe mit der Wahrheit gegeben? Und jetzt ist die Sache vorbei. Denk nicht mehr daran, streich ihn aus deinem Gedächtnis.«

»Oh.« Liliane schaute auf und entdeckte Rohleff.

Er hätte sich längst bemerkbar machen müssen, statt unfreiwillig zu lauschen. Beruhigend lächelte er sie an. »Geht es Ihnen gut?« Etwas anderes fiel ihm gerade nicht ein, um zu signalisieren, dass er sich keine Gedanken um das Gehörte machte. Da sie beim späten Herumsitzen in der Bar auf der Fähre nicht dabei gewesen war, siezte er sie noch.

Sie antwortete nicht, sondern drehte sich zum Fenster, sodass er nur noch ihren wohlfrisierten Hinterkopf erblickte. Allein in dieser Drehung des Kopfes lagen Anmut und Unnahbarkeit. Sie war Dame in jeder Geste, das machte ihn ein bisschen hilflos ihr gegenüber und unsäglich täppisch.

Ihr Mann Eckart schaute ihn nun durchdringend an.

»Ich fürchte, Liliane braucht Zeit. Die Sache mit Fietzig hat sie mitgenommen. Gibt es noch etwas?«

»Der Gang ist ein bisschen eng«, sagte Rohleff unglücklich und wies auf den vorkragenden Sitz.

Eckart schaute um sich. »Tut mir leid, ich mach dir sofort Platz.« Umständlich ruckelte er den Sitz wieder nahe an den anderen heran.

»Sie haben doch dem Arzt beigestanden.« Liliane hatte sich wieder umgedreht. »Das hätte ich nie gekonnt, und ich sollte mich dafür schämen. Sie haben Courage gezeigt, als Einziger von uns.« Sie hatte eisblaue Augen und feine Gesichtszüge, von zarten, aber vielen Fältchen durchzogen. Und nun lächelte sie schwach. Er konnte sie sich gut auf Empfängen vorstellen, wundervoll gekleidet.

»Ja, Liebes, das wirst du mir noch den ganzen Abend vorwerfen, dass ich nur nach dem Puls gefühlt und sonst nichts getan habe«, mischte sich Eckart ein. »An den Erste-Hilfe-Kurs kann ich mich eben kaum noch erinnern.«

»Geht mir auch so. Ich bin froh, dass sich dieser Dr. Fischer eingemischt hat«, antwortete Rohleff friedfertig. »Und dann war ja doch alles vergebens.«

Liliane wandte wieder ruckhaft den Kopf zur Seite. Pischner hatte es auch bemerkt. »Sie kommt darüber hinweg, wir alle hoffentlich. Hast du Whisky gekauft?«

Einige der Mitreisenden hatten sich wie Detlev Winkler mit Flaschen eingedeckt, aber vielleicht nicht mit so kostspieligen, die vierundzwanzig Jahre alten Whisky enthielten. Sorgfältig verpackt waren sie in der Gepäckablage oberhalb der Sitze verstaut worden. Gustav hatte nur eine Flasche erworben, aber von einer der gängigeren, preiswerteren Abfüllungen.

»Ich trink lieber an Ort und Stelle oder gar nicht, mir geht's um das Flair«, meinte Rohleff bescheiden.

Eckart lachte. »Aber von Whisky verstehst du schon was?«

»Überhaupt nichts. Ich hab mich von dem da auf diese Reise mitschleppen lassen«, bekannte Rohleff freimütig und wies mit dem Kinn auf Gustav, der ein paar Reihen vor ihnen saß.

»Ah, ja.« Eckart nickte sinnend. »Nun, du brauchst mich nur zu fragen, wenn du was wissen willst.«

»Gern, und wahrscheinlich bin ich der Einzige, der nichts davon versteht.«

Fabian plauderte über den Gang hinweg mit Dr. Murnau, dem Experten.

»Victor weiß alles und Fabian fast alles, glaube ich. Doch, der kennt sich aus, den Eindruck hatte ich gestern Abend schon«, erklärte Eckart.

Er wand sich aus dem Sitz, klappte die Gepäckablage auf und kramte dort herum. Schließlich hielt er Rohleff ein schmales Buch hin. »Hier, das leih ich dir, schau mal rein, da findest du eine kleine Einführung zum Thema.«

So rasch konnte Rohleff den Titel nicht lesen, nur die Worte *Single Malt Whisky* sprangen ihm sofort ins Auge.

Mehrmals saß der Bus im frühen Abendverkehr der *Rush Hour* fest, was dazu führte, dass sich der Reisegruppe, als sie sich von Südwesten dem Zentrum näherte, unversehens eine der klassischen Panoramaansichten von Edinburgh darbot: das graue Ungetüm der Burganlage.

Noch von dem Anblick in Bann geschlagen, erreichten sie kurz darauf ihr Hotel in der Princes Street. *The Balmoral* erinnerte nicht nur durch seinen Namen an den schottischen Feriensitz der Queen, sondern auch durch das viktorianische Gepränge der Fassade mit steinernen Balustraden und Balkonen und altertümlichen Steinkreuzen zur Unterteilung der Fenster. Ein Bruder von Big Ben, ein beeindruckend wuchtiger und verschnörkelter Uhrturm, ragte in der Mitte in die Höhe und reckte als Spitze eines mehrstöckigen Dachaufbaus einen Fahnenmast in die Höhe. Überhaupt schien Edinburgh eine Stadt der Türme und Türmchen zu sein. Filigran, kompakt, verspielt, heroisch, Türme in jeder Form und Ausgestaltung. Ein Freiluftmuseum der Turmkunde.

Kaum im Hotel angekommen, sammelte Kevin die Pässe ein, übergab sie am Empfang, übernahm im Gegenzug von einem reserviert dreinblickenden Hotelangestellten die Schlüssel der vorbestellten Zimmer und verteilte sie anhand einer Liste, von der er die Namen der Mitreisenden ablas. Rohleff hatte den Eindruck, dass ihre Reisegruppe von den Hotelangestellten an der Rezeption mit einem gewissen Vorbehalt betrachtet wurde. Vielleicht waren dem Hotel Individualreisende lieber als Pauschaltouristen, zu denen sie sich zählen mussten.

Er wartete ein bisschen abseits der Gruppe, die sich um Kevin scharte, und schaute sich erst einmal in der gediegen wirkenden Hotelhalle um. Sein Schlüssel würde schon zu ihm finden.

Überraschend blieb er als Letzter ohne Aufruf übrig.

»Und mein Schlüssel?«, rief er Kevin nach, der zurück an den Empfangstresen eilte.

»Hat Herr Gans«, antwortete Kevin nach einem raschen Blick über die Schulter.

Gustav zockelte mit seinem Koffer in Richtung der Aufzüge, hinter den anderen her.

Rohleff beeilte sich, ihn einzuholen. »Mein Schlüssel«, forderte er.

»Ja gleich, komm erst mal mit.« Vor ihnen glitt die Tür zu einem der geräumigen Aufzüge auf, sie drängten mit anderen hinein.

Im dritten Stock stiegen die meisten aus, auch Gustav, Rohleff blieb nichts anderes übrig, als ihm nachzutrotten. Vor ihm hielten die Pischners an einer Tür, Rosa zog an ihnen vorbei, vier Türen weiter.

Gustav blieb gegenüber den Pischners stehen, hantierte etwas umständlich mit der Schlüsselkarte, aber dann hatte er es geschafft. Rohleff hielt ihm die Tür auf.

»Gustav, gib mir endlich meinen Schlüssel, ich weiß ja nicht mal meine Zimmernummer, vielleicht logiere ich gar nicht auf diesem Stockwerk«, zischte er gedämpft. Ihm schwante Schlimmes.

Inzwischen waren die Pischners in ihrem Zimmer verschwunden, Rosa winkte noch kurz, bevor auch sie ihre Tür hinter sich zuzog.

»Komm erst einmal herein.« Gustav ließ sich nicht aus der Ruhe bringen.

Verärgert ließ Rohleff seinen Koffer auf dem Gang stehen und trat ins Zimmer. »Also, was ist jetzt?« Der Raum enthielt ein großes Doppelbett, einen klassischen Kamin, eine Sitzgruppe am Fenster und erinnerte ihn irgendwie an das Hamburger Hotel.

Gustav setzte sich aufseufzend aufs Bett. »Willst du die Fensterseite oder die andere? Welche ist dir lieber?« Er sah ihn dabei nicht an, sondern auf seine Hände.

Rohleff schloss die Augen, um den aufwallenden Zorn unter Kontrolle zu halten. »Willst du damit sagen, dass …«

Aus der linken Tasche von Gustavs Outdoorjacke kroch Tommy-Elvis hervor, streckte sich, schüttelte die Hinterbeinchen aus, stellte den Schwanz senkrecht und machte sich daran, das Bett zu erkunden. Vorsichtig setzte er Pfote für Pfote auf den weichen Untergrund aus Bettüberwurf und Bettdecke.

»Das kann nicht wahr sein«, sagte Rohleff außer sich.

Elvis miaute zustimmend.

»Rosa musste ihren Pass aus dem Rucksack holen, sie hat ihn dummerweise in einer der Innentaschen aufbewahrt. Sie hatte Angst, dass Elvis herausspringt, wenn sie länger herumkramt. Deshalb hat sie ihn mir gegeben, die anderen haben nichts davon mitbekommen. Ich hab den Kleinen wieder in meine Tasche gesteckt und vergessen, ihn zurückzugeben.«

»Darüber reden wir später.« Rohleff ließ den Kater nicht aus den Augen. Er hielt ihn für ruchlos genug, sein Geschäft direkt ins Bett zu verrichten. Das geschähe Gustav recht. Was kümmerte er sich auch um das Tier. Allerdings, und darum ging es ja, wäre eventuell nicht nur er betroffen. Es gab nur diese eine riesige Bettdecke.

»Es ist dir auch aufgefallen, nicht wahr?«, Gustavs Stimme klang bedrückt.

»Was? Dass du anscheinend wieder ein Doppelzimmer für uns gebucht hast? Willst du mir das auf dezente Art mitteilen? Ich bin gerade dabei, es zu bemerken.«

Gustav schüttelte den Kopf. »Nein, die Verwechslung.« Er sah auf, und Rohleff erschrak, wie angeschlagen der Onkel auf einmal wirkte.

»Ich versteh überhaupt nichts mehr.« Vielleicht wollte Gustav ihn milde stimmen, indem er den gebrechlichen Alten gab.

»Der Tote, Rainer Fietzig. Eigentlich war ich gemeint, weißt du? Er ist mit mir verwechselt worden. Ich hab's genau gesehen. Er sah aus wie ich, wie er da am Boden lag. Ich dachte, ich seh mich selbst.«

Unbehaglich stellte sich Rohleff an eines der Fenster. Das Zimmer ging auf die Princes Street hinaus. Nicht sehr aufmerksam musterte er den Verkehr auf der Straße. Vor dem Gebäude gegenüber erhob sich ein imposantes Reiterstandbild. Das Abbild eines legendären schottischen Königs?

»Gustav, du spinnst.«

Nur zu gut erinnerte sich Rohleff an seinen eigenen Schreck. Viel zu gut. Und an das Erschrecken Gustavs, als der den Toten betrachtete. An der partiellen Ähnlichkeit war nicht zu zweifeln. Am Rest schon. Das würde kein ersprießliches Gespräch werden. Natürlich war die Idee einer Verwechslung absurd.

»Ich versteh dich nicht. Wieso verwechselt?« Er wehrte sich dagegen, die krude Vorstellung, die sich abzeichnete, auch nur in Betracht zu ziehen. Hätte es eine Verwechslung gegeben, dann wäre Fietzig nicht durch einen Unfall gestorben.

In seinem Reiseführer stand, dass irgendein Edwin, einer der ganz frühen schottischen Könige, sich auf dem Burghügel eine Festung errichten ließ, *Edwins Burg* eben. Daraus war dann Edinburgh geworden. Das klang plausibel. Gustavs irre Bemerkung über eine Verwechslung dagegen überhaupt nicht. Ein anderer früherer Name für die Stadt lautete *Auld Reekie,* was nichts anderes hieß als »die alte Verräucherte«. Ja, außer den Türmen beherrschten ab einer gewissen Höhe prächtige Schornsteine das Stadtbild. Gut vorzustellen, wie es in vergangenen Zeiten daraus gequalmt hatte, bis man abends nicht mehr die Hand vor Augen sah.

»Er ist geschubst worden, begreifst du? Eigentlich galt der Schubs mir.«

Gustav hatte den Punkt erreicht, bei dem Rohleff der Kragen platzte. Die Ablenkung durch den Blick nach draußen funktionierte nicht mehr. »Das ist idiotisch. Ich bin Polizist, falls du das vergessen hast. Es gab keine Verwechslung, vergiss es. Aber kommen wir mal auf die Sache mit dem Zimmer zurück. Was denkst du dir dabei, wieder ein Doppelzimmer zu buchen? Sieh dir doch das Bett an. So ein Bett teilen sich Ehepaare. Nur eine Bettdecke! Soll ich mit dir darunterkriechen, mich an dich kuscheln und die ganze Nacht deinem Schnarchen lauschen?«

Elvis machte bei seinem Zornausbruch einen Satz in die Höhe und floh in Richtung Kopfkissen.

»Du schnarchst selbst. Ich hab wochenlang darauf gewartet, dass du mir endlich sagst, ob du mit nach Schottland kommst oder nicht. Ich musste buchen, da hab ich halt ein Doppelzimmer gebucht. Die Zimmerreservierung ist immer das Wichtigste für den Reiseunternehmer. Wärst du nicht mitgekommen, hätte ich nicht so viel draufgezahlt.«

Unversehens fühlte sich Rohleff schuldig. Ja, es war alles seine Schuld, er hatte viel zu lange gezögert. Aber Gustav hätte ihn ja mal auf das Problem mit der Zimmerbuchung hinweisen können. »Das heißt, du hast für die ganze Reise Doppelzimmer für uns gebucht?« Sie würden wie ein schwules Liebespaar reisen. Am besten posaunte er beim Abendessen gleich in die Runde, dass Gustav sein Onkel war, nur *sein blöder Onkel.*

Gustav sah sich nach Elvis um. Der hatte sich, als die Stimmen wieder leiser wurden, beruhigt und untersuchte nun die Kopfkissen. »Ja, ich dachte …«, Gustav seufzte wieder, »dann kannst du ja auch besser auf mich aufpassen.«

Rohleff sah keinen Grund dafür, auf den noch sehr rüstigen Onkel aufzupassen, es wäre denn, dieser litte an einem nicht eingestandenen Leiden, aber das hielt er inzwischen für nicht sehr wahrscheinlich. Eher zeigte sich ein latenter Verfolgungswahn, also ein geistiges Leiden. Da waren sie wieder beim Thema. Er sollte nicht wieder darauf eingehen, nicht ernst zumindest. »Na schön. Wenn dich jemand mit dem Hackmesser bedroht, sag mir einfach Bescheid. Ich rufe dann die Polizei.«

Gustavs Miene verschloss sich.

»Gustav«, seufzte Rohleff unwillig auf, »das ist doch dämlich anzunehmen, Fietzig wäre an deiner Stelle geschubst worden, wie du dich ausdrückst. Warum sollte jemand so etwas tun? Nur so zum Spaß? Um Ärger zu machen? Nach einem Schubs fällt man in aller Regel nicht sofort tot um, das heißt, wer geschubst hat, hätte damit rechnen müssen, hinterher identifiziert zu werden. Das hier ist ein Unglücksfall.«

Gustav winkte müde ab. »Schon gut, lassen wir das.«

Schubsen. Vor Rohleffs geistigem Auge tauchten zwei Hände auf, die genau das taten. Helle Hände vor dunklem Hintergrund, in der Nähe ein Rettungsboot. Unsinn, Einbildung, das würde kein gutes Ende nehmen, wenn er sich in Gustavs

Hirngespinste hineinziehen ließ. Rohleff, der Kommissar, befand, dass er es hier mit zu viel Fantasie zu tun hatte, leider auch mit seiner eigenen.

Gustav hatte sich das Katerchen geholt und hielt es nun auf dem Schoß.

»Und was den Kater betrifft, Rosa behauptet, er sei eine Glückskatze.«

»Früher hat man das geglaubt. Denn dreifarbige Katzen sind selten. Und dreifarbige Kater sind noch viel seltener. So selten wie das Glück.« Mit einem Finger kraulte Gustav das Tierchen hinter dem Ohr, ein sachtes Schnurren war zu hören.

»Wann ist deine letzte Katze gestorben?« Rohleff bemühte sich um einen versöhnlicheren Ton. Bei aller Vitalität des Onkels durfte er doch nicht dessen Alter vergessen und die Tatsache, dass es niemanden mehr gab, der sich richtig um ihn kümmerte. Alleinsein im Alter war sicher kein Spaß. Nach dem Tod von Tante Else hatte Gustav die Praxis an einen Nachfolger abgegeben. Wahrscheinlich fehlte ihm nun auch die Beschäftigung, die sinnvolle, erfüllende Tagesroutine. Gustav hatte immer eine Katze gehabt, immer eine schwarze und meistens eine männliche. Alle diese nacheinander auftretenden Katzen hatten Nero geheißen.

»Nero? Vor drei Monaten. Er hörte und sah nichts mehr und hatte starke Arthrose in den Gelenken. Er konnte sich vor Schmerzen kaum noch bewegen. Ich hab ihn einschläfern lassen.«

Eine Weile beobachtete Rohleff die beiden. Den großen, alten Mann und das winzige Tier, das sich an ihn schmiegte.

»Und warum nennst du diesen hier Elvis?«

»Das war nur so ein Einfall. Er hampelt herum, und er ist bunt. Wie Elvis.«

»Er hampelt herum? Das ist eine Schlafkatze.«

Tatsächlich hatte Rohleff noch nie ein so lammfrommes, friedliches Tier gesehen. Die jungen Katzen in seiner Erinnerung, die in Gustavs altem Garten aufgewachsen waren, hatten viel eher herumgehampelt wie der bekannte Schnulzensänger.

Rohleff holte seinen Koffer herein, während sein Onkel Elvis wieder in die Tasche steckte und zu Rosa hinüberging, um den Kater dort abzugeben. Bei Gustavs Rückkehr stand auf dem hellen Kamin in ihrem gemeinsamen Zimmer ein kleiner, grün glasierter Buddha und nickte bedächtig.

Gustav lächelte erleichtert.

Rohleff duschte ausgiebig. Die Ausstattung des Badezimmers wirkte nicht viktorianisch: Es gab weder eine mit Blümchen dekorierte Kloschüssel noch eine riesige, frei stehende Badewanne auf Klauenfüßen, die Einrichtung wirkte so nüchtern wie modern. Er sang, während aus einem tellergroßen Duschkopf warmer Regen auf ihn niederging, er sang laut genug, damit er im Schlafzimmer gehört wurde. Es lag ihm daran, mit seinem Gesang frohe Laune und gänzliche Entspanntheit zu demonstrieren. Kein Grund zur Sorge, nirgends. Und auch mit dem Doppelbett sollten sie für die kurze Zeit zurechtkommen. Falls Gustav allzu störend schnarchte, würde er ihm einen kräftigen Stoß mit dem Ellbogen verpassen.

Falls sich jemand von hinten an den armen, ahnungslosen Fietzig herangeschlichen hatte, hätte er nach dem Stoß sicher rasch hinter den nächsten Fässern Deckung suchen und sich unbemerkt davonschleichen können, ohne Gefahr zu laufen, vom Opfer erkannt zu werden. Bei nicht tödlichem Ausgang, wohlgemerkt, mit dem bei einem solchen Angriff ja eher zu rechnen gewesen wäre. Aber hätte es darum gehen können? Jemanden zu töten? Dumpf erinnerte er sich, in diesem endlosen Lager auch ein langes Rohr gesehen zu haben, mit dem man aus den Fässern Whiskyproben entnahm. Durchaus als Instant-Waffe zu gebrauchen, so ein Rohr.

Misstöne hatten sich in seinen Gesang geschlichen, deshalb hörte er auf zu denken und seifte sich zum dritten Mal ein.

Auf seiner Betthälfte (der am Fenster) lag ein Zettel, auf dem ihm Gustav in durch vierzig Jahre Rezepteschreiben kunstvoll verschliffener Handschrift mitteilte, dass er zum Abendessen vorausgehe und Rohleff einen Platz frei halten werde. Anscheinend hatte er im Badezimmer länger getrödelt als vorgesehen. Es ging schon strikt auf sieben zu, der vereinbarten Abendbrotzeit. Draußen läuteten Glocken. Das tiefe Geläut trieb ihn ans Fenster, von dort sah er jemand Grüngekleidetes die Straße entlanghasten, einen Rucksack auf dem Rücken. Wer das war, konnte er sich unschwer denken.

Im Restaurant hatten sich Vierergruppen zusammengefunden. An einem Tisch saß Gustav mit Birgit Häuser zusammen, die anderen beiden Plätze waren noch frei geblieben.

»Na, endlich sauber?«, begrüßte ihn Gustav, »dann warten wir jetzt nur noch auf Rosa. Sie wollte kurz in den Park, ein Stück die Straße runter.« Gustav hielt kurz inne und zog vielsagend die Brauen hoch. »Die Beine vertreten.«

Rohleff war stehen geblieben und umklammerte die Lehne seines Stuhls. Statt diesen vom Tisch wegzuziehen und Platz zu nehmen, hob er eine Hand und spreizte die Finger. »Ich geh ihr nach, meine Beine könnten auch etwas Bewegung vertragen. Fünf Minuten, dann sind wir zurück.«

Ein vornehm dreinblickender Kellner nahm die Bestellungen für die Getränke auf und machte dabei den Eindruck, als wäre es eine Gnade, dass er überhaupt nach den Wünschen der Gäste fragte. Das würde dauern, bis er an allen Tischen gewesen war, und noch länger, bis er die Getränke serviert hatte. Rohleff tippte ihm auf dem Weg nach draußen freundlich auf die Schulter.

»Und mir bringen Sie bitte ein Bier, ein schönes, großes, dort an den Tisch, wo der weißhaarige Gentleman mit der weißhaarigen Lady sitzt, ich muss noch mal raus. Und vielen Dank auch.« Er fand, das klang doch ganz verständlich, daher hielt er sich nicht länger auf und eilte hinaus. Der Kellner hatte irgendwie komisch dreingeblickt, Rohleff kümmerte das nicht, er wandte sich Wichtigerem zu.

An der nächsten Straßenecke begann ein Park. Hauptsächlich bestand er aus gepflegten Rasenflächen, breiten Wegen und einer Unzahl an Bänken. Mittendrin erhob sich ein riesiges Denkmal aus rußigem Stein, eine Art offene Halle aus monumentalen Spitzbögen, übersät mit schnörkeligem Zierrat, der an verkrustete Muschelbänke erinnerte, bekrönt mit einem gotisch anmutenden Turm, unter dem in der Mitte der Halle eine im Vergleich zum Überbau winzige Figur hockte, weiß wie mit Mehl bepudert.

Rasch trat Rohleff an das Gitter heran, das sich um das Denkmal herumzog, und las die Inschrift auf einer am Gitter angebrachten Tafel. Die kleine Figur sollte Sir Walter Scott darstellen, den Verfasser von »Rob Roy«, einem Nationalepos der Schotten. Ein Hund saß ihm zu Füßen, der in inniger Treue zu ihm aufschaute.

Als Rohleff zurücktrat, ließ er seine Blicke wieder schweifen. Bänke, Rasen, noch mehr Bänke, ein paar Bäume.

Warum Rosa den Park aufgesucht hatte, war Rohleff sonnenklar. Er begann immer angestrengter, nach ihr Ausschau zu halten.

Hoffentlich gelang es ihr nicht, den Kater wieder einzufangen, dachte er inbrünstig. Dann wäre mindestens ein Problem gelöst. Dem Tierchen würde sicher die Integration in einen der schottischen Katzenclans gelingen, es war ja jung genug dazu.

Nahe beim Denkmal kniete Rosa im Gras und machte gerade den Rucksack zu. Ein protestierendes Mauzen war daraus zu hören.

Eine Hoffnung weniger.

»Vielleicht möchte er lieber hierbleiben. Wahrscheinlich sogar. Guck dich doch um. Hier gibt es bestimmt Mäuse oder aus dem Nest gefallene Singvögeljunge, und wenn er nicht auf Rohkost steht, ausreichend Pommesreste, das reinste Paradies für Katzen«, gab Rohleff seiner Enttäuschung Ausdruck.

Auf den Bänken saßen hier und da Besucher, einige nahmen einen Imbiss zu sich. In den Abfallkörben häuften sich die zusammengeknüllten Papiertüten, das war Rohleff bereits aufgefallen, wie auch der Geruch nach Currysauce und anderen schottischen Spezialitäten.

»Idiot«, sagte Rosa gar nicht mal unfreundlich und stand auf. »Er kann sich noch nicht selbst ernähren. Dafür ist er zu klein. Es wäre unverantwortlich, ihn nicht wieder einzufangen.«

»So unverantwortlich, wie ihn zu Hause zu lassen?« Die ironisch gemeinte Bemerkung war ihm so herausgerutscht. Erst hatte er sich mit Gustav gestritten, nun war er dabei, Rosa Stress zu machen. Dabei lag ihm doch sehr daran, von ihr gemocht zu werden.

Rosa schulterte ihren Rucksack und setzte sich in Bewegung. »Ich konnte ihn nicht zu Hause lassen. Ich hätte ihn ins Tierheim geben müssen, und dafür war er mir zu schade.«

Rohleff hielt sich neben ihr, von neuer Hoffnung erfüllt. Allem Anschein nach lebte Rosa allein. So wie er. Hätte sie einen Lebensgefährten, hätte der sich ja um die Katze kümmern können. Es sei denn, dieser litte an einer Katzenallergie, die ihn veranlassen würde, den Kater zu entsorgen, solange er die Gelegenheit dazu hatte. »Verstehe, du wolltest deinen Glücksbringer nicht aus der Hand geben. Aber warum hast du dir so kurz vor einer Reise eine Katze angeschafft? War das eine seltene Gelegenheit oder ein Schnäppchenangebot?«

Sie hatten den Rand der Straße erreicht und spähten nach einer Lücke im Verkehr.

»Lästere nur weiter, das steht dir. Tommy ist mir zugelaufen. Ganz kurz vor Reiseantritt.« Sie stockte und legte in einer beschwörenden Geste die Hand auf die Brust. »Ich konnte wirklich nicht anders. Ich musste ihn mitnehmen, das war so wichtig.«

Für wen, fragte sich Rohleff im Stillen, für dich oder für die Katze? Und überhaupt: Sie musste den Kater keineswegs mitnehmen. Das kannte er von Verhören. Die Verdächtigen hatten meist ihre ganz eigene Sicht auf die Dinge und ließen sich nur schwer eines Besseren belehren.

»Da bist du aber ein großes Risiko eingegangen. Eigentlich hätte der Kater bei der Einreise in Quarantäne gemusst. Für mindestens sechs Wochen, der Zoll ist da ziemlich unnachgiebig. Die Engländer haben eine Scheißangst vor eingeschleppter Toxoplasmose, die hauptsächlich von Katzen übertragen wird. Und ich weiß nicht, was sie mit dir veranstaltet hätten, wenn er bei der Einreise gefunden worden wäre. Um eine Strafanzeige wärst du sicher nicht herumgekommen. Wie gesagt: Die Engländer haben strenge Gesetze. Ist der Kater überhaupt geimpft?« Viel zu ernst der Ton, viel zu belehrend, einfach dämlich von ihm, ihr damit zu kommen.

»Was geht dich das an! Und was die Einreise betrifft: Ich hab dir doch gesagt, Tommy ist eine *echte* Glückskatze«, entgegnete Rosa aufgekratzt und machte Anstalten, die Straße zu überqueren.

Mit einer Hand hielt er sie zurück. »Na, schön. Kennst du dich gut mit Katzen aus?«

»Aber sicher. Früher bei uns zu Hause liefen immer Katzen herum. Mindestens drei gleichzeitig, ich bin mit Katzen aufgewachsen. Aber eine Glückskatze war nie dabei.«

Rohleff war das Thema Katze nun leid. »Hat Gustav dir gesagt, wer ich bin?« Er wollte sie unbedingt über das Verwandtschaftsverhältnis aufklären. Damit es keine Missverständnisse wegen des Doppelzimmers gab.

»Ja, natürlich. Ich hab ihn gefragt. Du bist sein Leibwächter, hat er gesagt.« Rosa löste sich vom Straßenrand und schlängelte sich geschickt durch den Verkehr.

»Ich bin sein Neffe, bloß sein Neffe«, schrie er gegen den Lärm an.

Während sie den Kater zurück in ihr Zimmer brachte, ging Rohleff in den Speisesaal und nahm auf einem der von Gustav frei gehaltenen Stühle Platz.

Birgit deutete auf einen der Nachbartische. »Schaut mal: Victor Murnaus Ehefrau Regine ist eingetroffen. Sie ist nach Edinburgh geflogen und hat sich die Nacht auf der Fähre erspart. Sie schaut drein, als hätte sie gerade eine schlechte Nachricht erhalten.«

Rohleff sah nicht hinüber, etwas anderes fesselte seine Aufmerksamkeit.

Die Vorspeise war bereits serviert worden. Erst einmal beäugte er sie interessiert. Es war nicht zu erkennen, um was es sich handelte. Nur die Dekoration rund um das Mittelstück, die aus drei kleinen, grünen Spargelspitzen und etwas dahingekleckerter orangefarbener Sauce bestand, konnte er identifizieren.

»Vielleicht hat sie gerade vom Tod Rainer Fietzigs erfahren.«

»Na und?« Erstaunen klang aus Birgits Stimme.

»Wahrscheinlich kannte sie ihn.«

»Nicht besser als die meisten von uns. Und er hatte doch einen prima Abgang. Keine lange Krankheit, kein großes Leiden. Voll mit Whisky, bums und aus.«

Das hatte Rohleff schon mal gehört, schrecklich, wie abgebrüht das klang. Unschlüssig nahm er die Gabel in die Hand und legte sie gleich wieder hin. »Moment mal. Ich denke, außer Victor kannte ihn niemand. Das heißt, du kanntest ihn auch? Oder woher weißt du, dass er nicht ernsthaft krank war?« Er sah auf.

Über Birgits Gesicht huschte ein flüchtiges Lächeln. »Habe ich das gesagt?«

»Nicht so direkt. Aber du kanntest ihn?«, hakte Rohleff anklagend nach. Es war ihm sehr daran gelegen, den Tod ihres Reisegefährten nicht länger als lästiges Malheur dastehen zu lassen. Etwas Pietät, mochte sie auch geheuchelt sein, war ja wohl angebracht.

»Was heißt gekannt? Ich hab ihn mal auf einer Verkostung gesehen, kann auch sein, auf einem Vortrag über Whisky.«

»Das sind schon zwei Begegnungen. Das hättest du bei der Befragung aber angeben müssen«, mischte sich Gustav ein.

»Ach, woher denn«, gab sie leichthin zurück, »das ist doch vollkommen unwichtig.«

»Du bist ihm also schon früher begegnet. Und da du dich an ihn erinnerst, hast du bestimmt auch mit ihm geredet.« Rohleff blickte so streng wie möglich drein. »Und die anderen?«

Birgit ließ sich nicht aus der Ruhe bringen. Sie sah sich um. »Die lügen, alle miteinander. Und du redest wie ein Kommissar.«

Abwehrend schüttelte Rohleff den Kopf. »Nur weil ich mal nachfrage?«, erkundigte er sich scheinheilig. »Und was ich noch gern wissen wollte, was ist das?« Er wies mit der Gabel auf die Tellermitte.

»Das weißt du nicht? Dann lies doch die Menükarte.« Birgit hielt sie ihm hin.

Wie sich herausstellte, war das graubraune Etwas ein Stück vom *Häuptling aller Würste,* so hatte jedenfalls Robert Burns die schottische Nationalspeise *Haggis* genannt. Es handelte sich dabei um klein gehackte Schafsinnereien, in einen Schafsmagen gepresst, eine gruselige Vorstellung. Klang wie Selbstverdauung.

Die Details hatte Birgit nachgereicht. Kaum war sie mit ihrer Erläuterung fertig, begann Rohleff zu essen. Es schmeckte annähernd wie Wurstebrot, eine uralte Münsterländer Spezialität, aber der Wursthäuptling hätte etwas mehr Majoran vertragen können. Beglückt stellte er fest, dass seine Geschmacksnerven langsam auf Touren kamen. Das musste an der Herausforderung durch den Whisky liegen.

»Schon komisch, Fietzigs Tod scheint bei denen, die in Glenkinchie dabei gewesen sind, keine Erschütterung ausgelöst zu haben – oder sehe ich da was falsch?«

»Wundert dich das wirklich?«, fragte Birgit erstaunt nach.

»Er war doch ein ganz netter Kerl, mir erschien er jedenfalls sympathisch.«

Murnaus Frau Regine sah gut aus und musste annähernd zwanzig Jahre jünger als ihr Mann sein. Vermutlich machte der Altersunterschied nichts aus, denn er gehörte zu den Männern, die mit zunehmendem Alter nicht an Attraktivität verloren hatten. Die Falten in seinem markanten Gesicht machten ihn rein optisch bloß interessanter.

Warum sollte Regine Murnau um einen hässlichen Klops wie Rainer Fietzig trauern, wenn sie einen Mann wie Victor an ihrer Seite hatte?

Rohleffs Handy klingelte, erstaunt zog er es aus der Tasche und sah auf das Display. Eine Nummer aus Steinfurt.

Er stand auf und ging drei Schritte beiseite, als Rosa gerade den Saal betrat. Kurz winkte er ihr zu und deutete auf den letzten freien Platz an ihrem Tisch.

»Patrick?«, meldete sich Rohleff gedämpft. »Du rufst mich in Schottland an? Hast du die Kinder schon im Bett?« Mit einem Anruf Patrick Knolles, seinem Mitarbeiter in Steinfurt, hatte er nicht gerechnet. Sie waren übereingekommen, dass er und die anderen nur in den allerdringendsten Notfällen Kontakt mit ihm aufnahmen.

»Ich wollt nur mal hören, wie es dir geht. Du warst ja fast nicht wegzukriegen aus Steinfurt«, entgegnete Patrick. Neid klang wieder einmal aus seiner Stimme, das hob Rohleffs Laune, obwohl die eine Steigerung gar nicht nötig hatte.

Rosa hatte ihn im Vorbeigehen sehr warm angelächelt.

»Mir geht es hervorragend. Das Essen ist spektakulär gut. Vor allem der Fisch.« Gerade wurde ein Teller mit gebratenem Fisch an ihm vorbeigetragen. »Man spürt die See bei jedem Bissen. Und der Whisky! Also der Whisky ist unbeschreiblich.« Das stimmte, er brauchte noch sehr viel mehr davon, um sich an eine Beschreibung auch nur halbwegs kompetent wagen zu können.

»O Mann, erzähl mir nicht so was«, stöhnte Patrick auf. »Wusstest du eigentlich, dass wir einen Whiskyclub in Steinfurt haben? Hat mir ein Kumpel aus meinem Sportverein erzählt. Er ist selbst Mitglied, der weiß alles.«

»Wird sich in Grenzen halten, was der weiß«, meinte Rohleff geringschätzig, »wir reisen hier mit einem der führenden Experten, Dr. Victor Murnau. *Der weiß alles.* Ich brauch ihn nur zu fragen.«

»Murnau? Wie schreibt sich das? Ich frag meinen Kumpel nach dem.«

»Ja, mach das.« Rohleff buchstabierte anschließend geduldig.

»Und du hast richtig Spaß auf der Reise?« Es klang ein bisschen ungläubig.

Seit mindestens acht Jahren hatte Rohleff keinen halbwegs spaßigen Urlaub mehr gehabt, von dem er hätte berichten können.

»Ungeheuerlich, bis auf einen kleinen Zwischenfall. Einer der Mitreisenden ist tot. Rainer Fietzig, F – i – e – t – z – i – g. Rainer mit ai. War Architekt, hat in Großprojekten gemacht. Hat sich in der ersten Destillerie, die wir besuchten, volltrunken den Kopf angeschlagen – und das war's dann. Sauberer Abgang.« Er klang so abgebrüht wie Birgit, und diesmal wollte er es auch.

»Volltrunken, sagst du? Rainer Fietzig? Schlag du bloß nicht auch noch über die Stränge.« Patricks Stimme war eine Oktave höher gerutscht.

Rohleff fand das Gespräch alles in allem sehr zufriedenstellend.

Nach dem Abendessen machte sich der größte Teil der Reisegesellschaft zu einem Absacker in die Altstadt nahe der Burg auf. Rohleffs Bier war lauwarm gewesen, ohne Schaum. Typisches Ale, musste er sich sagen lassen, eine furchtbare Plörre. Danach hatte er erst recht Durst, es trieb ihn eine hemmungslose Genusssucht, den Fehler mit dem Ale wettzumachen. Birgit hakte sich bei Gustav ein, Rohleff legte wie selbstverständlich den Arm um Rosa, und sie ließ es geschehen.

Die Reise ließ sich sehr, sehr vielversprechend an. Für sie beide, für Gustav und ihn.

Vor dem Portal des Hotels bückte sich Gustav und hob etwas auf, das er wie gewohnt in seine Manteltasche steckte und auf das Rohleff vermutlich nie einen Blick geworfen hätte, wenn ihre nette Vierergruppe nicht unerwartet angesprochen worden wäre.

»Ich hab gehört, es geht in die Altstadt in eine Kneipe. Victor Murnau kommt nach, hat er gesagt, seine Frau will noch aufs Zimmer. Er meinte, ich soll mich euch anschließen. Wisst ihr, wo es hingeht?«

Den Mann kannte keiner von ihnen. Er war von etwa mittelgroßer, kräftiger Statur, hatte rotes, welliges Haar, eine fleischige Nase und ein etwas fliehendes Kinn. Rohleff schätzte ihn auf etwa fünfzig. Unsicher umstanden sie ihn in einem Halbkreis.

Niemand antwortete, aber Gustav straffte sich sichtlich.

»Ihr gehört doch zu der Schottland-Whiskytour?«, legte der Mann rasch nach. Seine ungewöhnlich hohe Stimme passte wenig zu seinem kompakten Körper. Sie klang gepresst, nervös. Wahrscheinlich war sie normalerweise einige Töne tiefer.

»Wir schon«, entgegnete Gustav mit Würde. Seine rechte Hand fuhr in die Manteltasche, holte etwas hervor, warf es in die Luft und fing es wieder auf. Was immer es war, es klimperte.

Rosa fasste sich ans Ohr.

Rohleff hatte eine Eingebung. »Sind Sie der Reiseleiter, auf den wir noch warten? Der mit den Whiskykenntnissen, der uns ab morgen herumführen soll? Ich dachte, es sei eine Frau.« Er rekapitulierte im Stillen seine Vorstellung: hartgesottene Trinkerin mit rauer Stimme und Torfparfüm. Die Stimme stimmte schon mal nicht.

Gustav spielte immer noch mit seinen Fundstückchen, Rohleff sah etwas golden aufschimmern, guckte aber nicht lang genug hin, um genau zu erkennen, was es war.

Birgit und Rosa verfolgten beide Gustavs Tun, das wie ein Tick wirkte, offensichtlich machte sie das Zuschauen nervös. Vielleicht auch nur der Mann, den keiner von ihnen als Anhängsel ihrer Gruppe dabeihaben wollte.

Ein entschuldigendes Grinsen huschte über dessen Gesicht. »Verdammt. Ja, ich bin erst heute hergekommen, ich hatte noch zu tun. Mein Name ist Boris Reul, ich gehöre mit zur Gruppe.«

Gustavs Miene spiegelte immer mehr Misstrauen, er ballte die Hand mit dem Klimperkram zur Faust.

»Ich glaube, ich geh schlafen.« Er löste sich von Birgit, aber die griff sofort fester zu.

»Kommt nicht infrage, hier wird nicht gekniffen.«

Rosa legte sich ebenfalls ins Zeug, und so zogen sie am Ende doch zu fünft los. Sie mussten sich beeilen, weil die anderen aus der Gruppe längst vorausgegangen waren. Zum Glück wusste Birgit den Weg.

Deacon Brodie's Tavern lag in dem malerischen Gewirr von Gässchen und Binnenhöfen um den *Lawnmarket* unterhalb der Burg. Dort gab es diesen einen Hof, in dem im 18. Jahrhundert Deacon William Brodie gehaust hatte, ein Tischler und angesehener Ratsherr Edinburghs, der es sich bestimmt nicht hatte träumen lassen, dass er mal an einem Galgen enden würde, dem er höchstselbst den letzten Schliff verpasst hatte. Denn Mr. Brodie ging des Nachts einem nicht gerade standesgemäßen, aber dafür lukrativen Hobby nach: Er betätigte sich als Einbrecher. Fünf Kinder, eine Ehefrau und zwei Geliebte wollten anständig versorgt werden. Außerdem war Brodie spielsüchtig, und *überhaupt* reizte ihn der dunkle Kitzel des Verbrechens.

Der schottische Dichter und Autor Louis Stevenson hatte dann fast ein Jahrhundert später Mr. Brodie ein Denkmal gesetzt mit seiner Erzählung vom *Seltsamen Fall des Dr. Jekyll und Mr Hyde*. Sehr anschaulich zeigte das Kneipenschild auf der einen Seite Brodie, den Ratsherrn, anständig gekleidet mit Zweispitz und rotem Rock als Tagfigur, und auf der anderen

Seite Brodie, den Finsterling, mit schwarzer Augenmaske und erbeutetem Geldsack – als Nachtfigur.

Rohleff wusste nun eins gewiss: Schottland war nicht nur das Land des *Single Malt Whiskys,* sondern auch der Dichter und Verbrecher. Eigentlich konnte er sich nun ganz zu Hause fühlen. Leider störte der Neuzugang Boris Reul, der sofort allen das Du anbot – »Ich bin der Boris«, sagte er –, noch bevor die ersten Getränke auf dem Tisch standen. Rosa fasste sich immer mal wieder ans Ohr und wirkte alles andere als entspannt, auch Gustav zeigte viele Anzeichen von Nervosität und Unbehagen. Nur Birgit blieb aufgeräumt und gelassen und beäugte Boris wie ein seltenes Tierchen, das unvermutet aus einer Mauerritze gekrabbelt war und zum allgemeinen Entsetzen Gestank verbreitete. Wahrscheinlich gab es nichts, was sie aus der Ruhe bringen konnte.

Für Rohleff und Gustav war der Abend hingegen gestört.

Es ging bereits auf Mitternacht zu, als sie sich endlich auf den Heimweg machten, diesmal nur zu viert. Boris waren sie an Dr. Murnau losgeworden, das schien Gustav zu erleichtern. Es war fast peinlich gewesen, wie er auch noch in der Kneipe den neuen Mitreisenden angestarrt hatte. Sie nahmen einen anderen Weg zurück. Edinburgh leuchtete, der Blick die *Royal Mile* hinunter, die berühmte Promeniermeile zwischen Burg und *Holyrood Palace,* konnte sich nirgendwo festhalten, die Häuser reihten sich wie blank geputzte Orgelpfeifen aneinander, alle aus kostbarem Material, maßlos vornehm. Edinburgh war im Glanz der Lichter, was es am liebsten war: Edwins Burg, die königliche Stadt. Und außerdem selbst zu dieser Stunde bunt, quirlig und laut.

Gustav hatte Birgit wieder untergehakt. Zu viert hatten sie Mühe, sich nebeneinander gehend durch die immer noch zahlreichen Gruppen von Nachtschwärmern zu schieben.

Rohleff brachte Rosa bis zu ihrer Zimmertür und drückte ihr einen langen Kuss auf die Wange. Mehr wagte er noch nicht.

»Schlaf nur schön.«

Damit war der letzte angenehme Teil des Tages vorbei.

Gustav hockte vornübergebeugt auf der Bettkante, das Gesicht in den Händen verborgen. »Glaubst du, dass dieser Boris Reul wirklich erst seit heute in Schottland ist?«, nuschelte er.

»Und was wäre die andere Möglichkeit?« Die Antwort konnte sich Rohleff selbst geben. Gustavs Verfolgungswahn flackerte wieder auf, die ganze Haltung sprach dafür. Erst Kevin, nun dieser Boris. Was hatten die beiden an sich, das Gustav aus dem inneren Gleichgewicht brachte? Eigentlich, dachte Rohleff einigermaßen verblüfft, nur die Haarfarbe.

Sein Handy meldete sich noch einmal. Es war Dr. Fischer, der ihn mit einem späten Anruf beglückte. Um den verstörten Gustav nicht länger vor Augen zu haben, ging Rohleff mit dem Handy am Ohr vor die Tür.

»Wir sitzen hier noch in Edinburgh in einer Kneipe«, tönte es aus Rohleffs Handy, »und da fiel mir ein, dass ich Sie noch informieren wollte, Herr Kollege.«

Mit einiger Mühe konzentrierte sich Rohleff auf das Gespräch. Eigentlich regte er sich immer noch über Gustav auf. »Und über was?«, brachte er heraus.

»Na, die Diagnose. Ich hab mich erkundigt. Der Tote ist wie vorgesehen in die Rechtsmedizin überführt worden, die der hiesigen Uni angegliedert ist, und ich hab erfahren können, was auf der MRT-Aufnahme zu sehen war. Ich hatte vollkommen recht mit meiner Vermutung. Densfraktur. Sofortiger Atemstillstand, genau wie ich gesagt habe.« Aus der Stimme troff nur so die Befriedigung. Man sollte eben einen Urologen nie unterschätzen, hieß die Botschaft, der kannte sich nicht nur in einer der unteren Etagen der menschlichen Anatomie aus.

Nun war Rohleff ganz bei der Sache. »Und wie lange war er bereits tot, als wir mit der Wiederbelebung begonnen haben?«

Fischer zögerte. »Das können auch die beiden Rechtsmediziner nicht auf die Minute genau sagen. Aber sie gehen von einer knappen halben Stunde aus, vielleicht auch etwas weniger. In diesem Lager war es eher kühl, aber er war ja warm angezogen, und als wir mit unseren Maßnahmen loslegten, haben wir doch nicht feststellen können, dass die Körpertemperatur bereits spürbar gefallen war.«

Das kam mit Rohleffs eigenen Überlegungen hin. Eine knappe halbe Stunde, nicht mehr. Wer befand sich in dieser Zeit in der Nähe des Fasslagers?

»Und im Nacken gab es keine Hinweise auf einen Schlag oder Ähnliches?«

»Was? Aber nein. Keine Prellung, nichts. Der Mann ist gestürzt, und zwar nach vorn, ganz einfach.« Es blieb einen Atemzug lang still. Dann sprach Fischer weiter. »Nein, nein, es gibt nur die Verletzung an der Stirn und den Bruch des Dens.«

»Fietzig muss erheblich unter Alkohol gestanden haben. Das ist mir aufgefallen. Eine Blutuntersuchung müsste das klären.« Rohleff starrte die geschlossene Zimmertür an, hinter der sich Gustav seltsamen Befürchtungen hingab.

»Eine Blutuntersuchung, soso! Mit Alkoholtest. Da werde ich mal nachfragen, gleich morgen früh. Hätten Sie sonst noch einen Hinweis, Kollege?«

Nicht dass die permanente Anrede als Kollege Rohleff wirklich störte, im Gegenteil, sie brachte sein träges Hirn auf Trapp. »Nun, das Blut sollte man gründlicher untersuchen, wenn man schon mal dabei ist. Es könnte ja noch Hinweise geben …«, Rohleff stockte kurz, »auf andere relevante Substanzen.«

»Andere relevante Substanzen?« Aus Fischers Stimme klang unbändiger Frohsinn. »Na, Sie machen mir wirklich Spaß.«

Geräusche drangen bis zu Rohleff, die verrieten, dass es in der Kneipe ebenso lebhaft wie lustig zuging. Plötzlich setzte Musik ein, anscheinend trat gerade eine Folkband auf.

»Sind noch andere Ärzte da bei Ihnen, Dr. Fischer?«

»Ich versteh Sie nicht, hier wird es jetzt laut.«

Rohleff wiederholte seine Frage mit größerer Lautstärke. Die Tür gegenüber ging auf, und Pischner streckte den Kopf heraus. Rohleff winkte heftig ab zum Zeichen, dass es nichts Besonderes gab. Pischner verschwand wieder.

Beinahe hätte Rohleff die Antwort Fischers nicht mitbekommen.

»Ein Herzchirurg, ein Lungenspezialist und der Leiter der Gerichtsmedizinischen Abteilung von Edinburgh, alles Freunde von mir«, schrie Fischer zurück.

»Na, hoffentlich hatte Fietzig nicht auch noch was an der Lunge. Danke, dass Sie sich darum kümmern, Dr. Fischer.« Rohleff ging ein paar Schritte den Gang hinunter.

»Mach ich doch gern. Ich ruf Sie wieder an. Und übrigens, der tote Fietzig hatte natürlich einen Herzschrittmacher, aber das haben Sie sich ja auch gleich gedacht.«

Rohleff bedankte sich noch mal, legte auf und kehrte entschlossen zu Gustav zurück, im Gefühl, sich gerade Dr. Fischer gegenüber zum Narren gemacht zu haben. Blutuntersuchung? Blödsinn! Reiner, beschissener Blödsinn!

»Ich will jetzt sofort wissen, was du mir bisher noch nicht erzählt hast. Die ganze Geschichte. Warum gehst du davon aus, dass Fietzig nicht durch einen Unfall starb, und warum sollte dich irgendjemand mit ihm verwechselt haben? Hat Kevin damit etwas zu tun oder Boris?«

Gustav stand auf und ging ans Fenster. »Ich bin bedroht worden, genügt dir das? Und nicht nur einmal. Ich bin nicht bescheuert, wenn du das meinst.«

Doch, dafür sprach einiges.

»Was heißt bedroht worden? Erläuterst du das mal näher? Hat dir jemand mit dem Spaten in der Hand aufgelauert?«

»Solange du mich nicht ernst nimmst, kann ich nicht mit dir reden«, sagte Gustav verdrossen.

Bisher hatte das Räderwerk in Gustavs Hirn einen grundsoliden Eindruck gemacht. Aber bei jeder Maschine wurden irgendwann ein paar Schrauben locker. »Solange du in Rätseln sprichst, kann ich dich nicht ernst nehmen. Also geh endlich in die Details.«

Gustav machte sich auf den Weg ins Badezimmer. »Das kann ich nicht, das wäre mir zu peinlich.«

»Gustav!«

Gustav blieb stehen, die Türklinke in der Hand.

»Was hat du dir dabei gedacht, mich auf diese Reise einzuladen, wenn du wirklich bedroht worden bist und annehmen musst, selbst hier, in Schottland, in Gefahr zu sein?«, fragte Rohleff barsch.

»Dass du auf mich aufpasst. Um mehr bitte ich dich ja gar nicht. Halt einfach die Augen offen.«

Mehr war ihm nicht zu entlocken.

Rohleff schlief nicht gut, das lag nicht an Gustavs Schnarchen, auch nicht daran, dass dieser einige Mal gut hörbar Luft abließ. Konnte etwas am Tod Fietzigs faul sein – und wenn ja, was? Wahrscheinlich hatte er sich den Verdacht durch das Telefonat mit Fischer nun selbst eingeredet. Immer, wenn er mitten im Grübeln die Augen aufmachte, sah er den grünen Buddha, der im fahlen Licht, das durch die Fenster hereinfiel, beharrlich nickte.

- 3 -

Pünktlich zum Frühstück waren alle da, manche mit verquollenen Augen, andere merklich blass oder wortkarg. Aspirin wurde von Tisch zu Tisch herumgereicht, auch andere Schmerzmittel, jeder schwor auf sein spezielles. Rohleff nahm ein Alka Seltzer zu sich. Die Büfettauswahl hatte olympische Ausmaße, da fiel die Wahl – zumal unter den Nachwirkungen des Abends – nicht eben leicht.

Nach einigem Zögern speiste Rohleff neben dem üblichen gebeizten Lachs auch Stücke von geräucherten und ausgepulten Krabbentieren. Und auf Gustavs Rat einen Löffel *Baked Beans* samt Rührei, eine ideale Eiweißmischung, um für den ersten hochprozentigen Programmpunkt des Tages gerüstet zu sein. Sämtliche Porridgevarianten ließ er aus, auch das Obst, diverse Fruchtsäfte, geschmorte Tomaten, Pilze und Würstchen, dafür nahm er fantastische Orangenmarmelade mit Bitteraromen, die seinem wehen Magen guttaten, auf *Scones*, die schwindelerregend nach echter Vanille dufteten.

Zum vereinbarten Zeitpunkt fanden sich alle mit dem Gepäck vor dem Hotel ein. Rohleff sah, wie sich Gustav kurz mit Rosa unterhielt, dann schwungvoll Birgit am Arm nahm und mit ihr zusammen davonging, während Robert und Kevin noch die Koffer für das Einladen in den Bus auf dem Bürgersteig vorsortierten. Nur ein einzelner heller Metallkoffer stand bereits in einer Ecke des Laderaums.

Gerade als Rohleff sich zu Rosa durchdrängeln wollte, klingelte sein mobiles Telefon. Es war wieder Patrick.

»Was gibt es jetzt wieder?«

»Bist du schlecht gelaunt?«

Rosa unterhielt sich nun mit Fabian, er nahm sie bei der Schulter, beide bewegten sich vom Bus fort.

»Nein, überhaupt nicht, ganz im Gegenteil. Aber es passt jetzt gerade nicht.«

»Na schön, ich wollte dir nur sagen, dass du recht hast. Dieser Murnau ist eine ganz große Nummer im Whiskygeschäft.«

Rohleff stutzte. »Im Whiskygeschäft?« Über Murnaus beruflichen Hintergrund hatte er sich noch keine Gedanken gemacht. Der Mann war im Rentenalter, also spielte der Beruf wahrscheinlich ohnehin keine Rolle mehr. Allerdings konnte man Whiskyexperte ja nicht unbedingt als Beruf auffassen. Oder doch? Hatte er etwa in Whiskykunde promoviert?

Rohleff bemerkte, dass er Rosa und Fabian aus den Augen verloren hatte, was ihn maßlos ärgerte. Langsam setzte er sich in Bewegung; er ging der kleinen Gruppe nach. Sie würden vor der Weiterfahrt ein Museum besuchen, ein sehr spezielles.

»Ja, aber das erkläre ich dir später, hier kommt gerade eine Meldung rein, ich muss was tun. Über deinen Fietzig habe ich auch was Interessantes erfahren. Bis später mal.«

Das Gespräch brach ab, Patrick hatte aufgelegt.

Rohleff beeilte sich nun, wurde aber nochmals aufgehalten.

»Nehmen Sie mich mit?«, sprach ihn jemand von hinten an.

Erstaunt drehte er sich um. Es war Regine Murnau.

»Mein Mann kommt nach, er muss noch telefonieren und meinte, ich sollte schon mal mit den anderen vorgehen. Und

Sie gehören doch auch dazu, ich hab Sie gerade noch am Bus gesehen und gestern ja auch in der Kneipe, da waren Sie dabei.« Sie sprach ein wenig abgehackt, Rohleff merkte, dass er zu schnell lief. Sie konnte kaum Schritt mit ihm halten.

»Ja, gern, kommen Sie, wir müssen uns ranhalten, dass wir die anderen nicht aus den Augen verlieren. Ich weiß ja auch nur ungefähr, wo es langgeht. Das Museum muss ganz in der Nähe der Kneipe von gestern liegen.«

Neben ihnen brauste der Verkehr durch die Princes Street, eine der führenden Einkaufsstraßen Edinburghs mit großen Kaufhäusern. Einige Minuten hasteten sie schweigend weiter.

»Ich muss immer wieder an Rainer Fietzig denken. Ich bin noch ganz durcheinander davon, dass er tot sein soll«, begann Regine Murnau das Gespräch von Neuem.

Rohleff ging auf einmal langsamer. »Ja, armer Kerl. Kannten Sie ihn näher?«

Regine sah ihn von der Seite an. »Ach nein. Nein, wirklich nicht, das kann man so nicht sagen. Victor kannte ihn natürlich, er hatte noch eine Rechnung mit ihm offen, das sagte er jedenfalls.« Sie sprach immer noch sehr schnell. »Nein, so plötzlich möchte ich nicht sterben, so ohne Vorwarnung. Und wie das passiert ist, weiß man ja auch nicht wirklich. Die Polizei war da, habe ich gehört, das finde ich schon merkwürdig.«

Sie waren an der Ecke zum Park angekommen, Rohleff hielt nach Rosa Ausschau, entdeckte sie aber nicht. Er meinte dagegen, Gustav zu sehen, ein ganzes Stück weiter weg, aber da verschwand er bereits hinter einem der Pfeiler des monströsen Denkmals für Walter Scott. Ob Birgit noch bei ihm war, hatte er nicht erkennen können. Er blickte kurz auf die Uhr. Bis zum Beginn der Führung hatten sie noch reichlich Zeit. Entschlossen bog er in den Park ab, Regine folgte ihm bereitwillig. Irgendwie würden sie schon zum Museum finden.

»Wissen Sie, um was es sich bei der Rechnung handelte, die Fietzig bei Ihrem Mann noch offen hatte?« War die Erwähnung der offenen Rechnung metaphorisch gemeint, oder ging es tatsächlich um ein konkretes Geschäft?

»Ich habe keine Ahnung. Fietzig war ja sehr an Whisky interessiert, ich überhaupt nicht, ich kann Whisky nicht ausstehen, ich trinke Wein, ich komme ja aus einer Weingegend. Wissen Sie, ich war mal Weinkönigin im Rheingau, aber das ist lange her. Rheingauriesling trinke ich immer noch …«

Ihr Redestrom war schlecht zu bremsen, Rohleff versuchte es dennoch. »An Whisky muss ich mich auch erst noch gewöhnen«, fiel er ihr ins Wort, »ist schon schwierig, als Nichtkenner an so einer Whiskytour teilzunehmen. Pischners kannten Fietzig wohl auch?«

»Aber sicher, die hatten doch einen Streit mit ihm, aber ach, lassen wir das. Es ist wirklich schön hier. Und was stellt das dar, dieses komische Ding?«

Sie deutete auf das *Scott Monument.*

Rohleff erspähte durch die luftigen Spitzbögen weiter entfernt Gustav und Birgit. Die beiden redeten angeregt miteinander und schauten immer wieder in ein Gebüsch am Wegesrand. Gustav bückte sich. Widerwillig wandte Rohleff seine Aufmerksamkeit wieder Regine zu.

»Das ist das Denkmal für einen der schottischen Nationaldichter, der hier sehr verehrt wird. Walter Scott. Hat Romane wie *Rob Roy* geschrieben. Das Buch handelt von einem der führenden Outlaws in der schottischen Geschichte, die ja viel mit Mord und Totschlag zu tun hat. Der Mann war hauptsächlich Viehdieb und im Nebenberuf Rebell, wobei sich das eine vermutlich prima mit dem anderen verknüpfen ließ. Wissen Sie, ich fand den Rainer Fietzig eigentlich sehr umgänglich, und es verwundert mich, dass sein Tod so wenig Anteilnahme hervorruft. Ich kann mir gar nicht vorstellen, dass Pischners Streit mit ihm hatten. Ging es dabei um Whisky oder um Architektur?«

Verblüfft sah ihn Regine an und schwieg.

Rohleff zuckte mit den Schultern. »Ich meine ja nur. Mich hat sein Tod nicht kaltgelassen, trotz der kurzen Bekanntschaft.« Aber vorwiegend deshalb, weil Gustav sich so dämlich aufgeführt hatte.

Jetzt nickte sie nachdrücklich. »Na ja, komisch, wie manchmal über Tote geredet wird, nicht wahr? Die einen loben sie in den Himmel, die anderen lassen kein gutes Haar an ihnen. Pischners hatten Fietzig mit dem Umbau ihres Hauses beauftragt, wahrscheinlich weil sie dachten, sie kennen ihn ja von den Whiskyseminaren, da vertraut man sich. Da freundet man sich an, und dann denkt man, bei so einer Auftragsvergabe Vorteile zu haben. Hatten sie aber nicht, im Gegenteil.«

Rohleff dachte nach. »Ging's um falsch gelieferte Baumaterialien? Oder den Verdacht, dass er ihnen wissentlich Drittklassiges zum Preis von Erstklassigem verkauft hat?« Es war ein Schuss ins Blaue. Fietzig hatte am Abend auf der Fähre ausführlich von Schwierigkeiten bei seinen Bauvorhaben erzählt, von Widrigkeiten, an denen er aber nie schuld sei, und Pischner hatte dabeigesessen und ausgiebig geschwiegen. Waren die ganzen Erläuterungen für seine Ohren bestimmt gewesen? Damit während der gemeinsamen Reise keine Animositäten aufkamen? Vielleicht war Eckart Pischner trotz der Botschaft handgreiflich geworden. Schweigen war ja nicht immer Gold.

Regine lachte kurz auf. »Du lieber Himmel, haben Sie eine schlechte Fantasie. Ich weiß nicht, um was es ging, das müssen Sie sie schon selbst fragen.«

Rohleff fühlte sich ertappt. »Na, jedenfalls ging's nicht um Whisky.«

In Regines Miene zeigte sich Nachdenklichkeit. »Nein, um Whisky ging es bei Detlev Winkler, soweit ich weiß. Aber ich finde, wir sollten das Thema jetzt lassen. Ich rede nicht gern über andere Leute.«

Das überraschte Rohleff.

Mehr Wissenswertes über Fietzig erfuhr er nicht, das weitere Gespräch drehte sich um Belanglosigkeiten. Regine informierte ihn ungefragt darüber, dass sie die zweite Frau Murnaus sei und dass sie erst drei Jahre zuvor geheiratet hätten. Sie war in einem Tourismusbüro angestellt gewesen und hatte die Stellung wegen der Heirat aufgegeben. Nun lebten sie beide in Wiesbaden in einer schönen, alten Villa aus der Gründerzeit. Und ja, Victor war nur noch mit Whisky beschäftigt, früher hatte er mal in einem Verlag gearbeitet, der einen bekannten Gourmetführer herausgab. Rohleff hatte den Verdacht, dass Gruppenreisen ähnlich wie Kuraufenthalte vorübergehend enthemmend wirkten, was die Freimütigkeit der Kommunikation betraf, und nahm sich eisern vor, seine Zunge zu hüten. Allerdings wollte Regine ohnehin nichts von ihm wissen.

Obwohl sie sich im Park mehrmals verliefen, kamen sie noch einigermaßen rechtzeitig zur Museumsführung. Gustav stand mit Birgit und einigen anderen vor der Tür, die Hand in der Tasche vergraben, die sich wieder verdächtig ausbeulte. Gustav machte einen beneidenswert heiteren, aufgeräumten Eindruck, als hätte er seinen Verfolgungswahn als reines Nachtgespenst weit hinter sich gelassen. Vielleicht übte Birgit diesen wohltuenden Einfluss auf ihn aus. Darüber war Rohleff herzlich froh, gleichzeitig ärgerte er sich, dass ihn Gustavs Ängste verleitet hatten, Regine über den armen Fietzig ausgehorcht zu haben, als gäbe es einen Fall aufzuklären.

»Ist mein Mann schon da?«, erkundigte sie sich. »Wir haben uns im Park verlaufen, deshalb kommen wir so spät.«

Birgit wies auf die große Eingangstür, und Regine huschte ins Gebäude.

Gustavs Hand in der Tasche bewegte sich wieder so unanständig, dass Rohleff kaum hinsehen konnte. »Halt bloß die Hand still!«, zischte er.

»Wieso?«, fragte Birgit erstaunt. »Der Kleine mag das, es beruhigt ihn.«

»Der Kleine? Was meinst du damit?« Rohleff hatte vorübergehend einen leichten Denkausfall, dann deutete er die Bemerkung richtig. Er mochte nicht glauben, dass nun eine weitere Person über Elvis Bescheid wusste.

»Wir haben ihn im Park laufen lassen, jetzt ist er hübsch müde.« Birgit lächelte verschmitzt. »Gustav hat ihn gut im Griff, den kleinen Illegalen.«

Sacht klopfte Gustav auf die Tasche. »Die Glückskatze«, korrigierte er versonnen.

Die Glückskatze schnurrte kaum vernehmlich.

Ja, es sah danach aus, als hätte das Katerchen dem alten Onkel Glück gebracht. Daran hatte Rohleff ein wenig zu knabbern, er schaute sich nach Rosa um. Das fehlte ihm noch, dass Gustav früher als er mit einer waschechten Eroberung aufwarten konnte.

Rosa befand sich nicht bei der Gruppe vor dem Haus.

Rohleff trat ein paar Schritte zurück, um einen besseren Überblick zu erhalten.

Das Gebäude war aus hellem Naturstein erbaut, die weißen Sprossenfenster wiesen eine rötliche Steinumrandung auf. Kästen mit bunten, üppig blühenden Blumen auf den Fensterbänken gaben dem Ganzen einen heiteren Anstrich. Schräg gegenüber erhob sich ein hoher, mittelalterlich anmutender

Bau mit Zinnen und auskragenden Türmchen, ein feudaler Hauch lag über all diesen Bauwerken, der daran erinnerte, dass sie sich ganz in der Nähe der Burg befanden.

Das Edinburgher Whiskymuseum hieß *The Scotch Whisky Experience,* das war deutlich über dem Eingang zu lesen und verriet Ungewöhnliches; sich darauf einzulassen, erforderte eventuell Wagemut, wenn nicht gar Leichtsinn. Rohleff dachte flüchtig an Komasaufen. Aber war *Single Malt* dafür nicht zu teuer?

Eine Frau trat heraus. »Wären Sie jetzt so weit?«

Sie sah gut aus – beim zweiten Hinsehen beinahe noch besser: dunkelhaarig, schlank, mit klassischen Gesichtszügen. Rohleff starrte sie an, als würde er träumen.

»Ja, wir kommen«, Gustav nahm ihn am Arm. »Das ist unsere neue Reiseleiterin, Mrs Eileen MacDonnell, sie gibt uns eine kurze Einführung, und dann beginnt die eigentliche Tour durchs Museum, sie hat sich vorhin schon kurz vorgestellt«, erklärte er halblaut. »Ganz hübsch nicht? Müsste dir gefallen.«

Ein bisschen fühlte sich Rohleff ertappt.

Eileen MacDonnell hielt ihnen die Tür auf.

»Und Sie sind wirklich Whiskyexpertin?«, fragte er sie verblüfft.

»Hauptberuflich habe ich einen Lehrstuhl an der hiesigen Universität inne. Für Geschichte. Und ja, von Whisky verstehe ich wirklich viel. Nicht nur in historischer Hinsicht.« Sie lächelte amüsiert.

Mrs MacDonnell trug elegante Lederstiefel mit hohen Hacken, einen sehr schönen, engen Rock aus kariertem Stoff und eine dazu passende Jacke. Auf ihrem glatten, glänzenden Haar lag ein rötlicher Schimmer, und ihre Augen leuchteten eindeutig grün.

»Schade«, sagte Rohleff trocken, »dass Sie als Whiskyexpertin so gar nicht meiner Vorstellung entsprechen.«

Eileen lächelte immer noch. »Und die ist?«

»Ich dachte Sie mir als alte Landlady in Gummistiefeln, die nach Pferd, verbranntem Torf und deutlich nach Whisky riecht.«

Eileen MacDonnell lachte. Rohleff lächelte verschmitzt, während sie mit einer Hand ihr Haar zurückstrich, eine hübsche weibliche Geste. An ihrer rechten Hand blinkte ein breiter, goldener Ehering.

Hinter Rohleff drängelte sich Boris Reul ins Museum und heftete sich an seine Fersen.

»Sie ist eine richtige Lady«, raunte er wichtigtuerisch, »eine Cousine des Clanchefs der MacDonnells, ich hab sie gefragt.« Er drehte sich zu Gustav um. »Und du heißt wirklich Gustav Gans, hab ich das richtig gehört? Bist du mit Donald Duck verwandt?«

Gustav ließ Birgit den Vortritt, bevor er antwortete. »Der ist ein Cousin von mir, dritten Grades, und ich bin *Dr.* Gustav Gans«, sagte er eisig.

Mrs MacDonnell hielt ihnen einen kurzen einleitenden Vortrag über die Geschichte des Whiskys. Demnach hatten irische Mönche im sechsten Jahrhundert *aqua vitae,* das Wasser des Lebens, bei ihren Missionsreisen dabeigehabt. Rohleff stellte sich vor, wie sie mit Whisky die heidnischen Urschotten erst betrunken machten und dann bekehrten, ganz wie man früher in zwielichtigen Kaschemmen Matrosen für die Seefahrt aufgabelte. Bevor sie wieder nüchtern waren, befanden sie sich auf dem Meer – ohne Rückkehrgarantie.

Mit dem Whisky hatten die Mönche mehr Erfolg, als sie sich hatten träumen lassen. Jeder Bauer brannte bald seinen eigenen Fusel, bis Charles I. 1644 beschloss, zur Finanzierung seiner Armee auf jedes Pint Alkohol Steuern zu erheben. Das trieb die Whiskybrenner in die Illegalität. Ende des achtzehnten Jahrhunderts zahlte nicht mal ein Dutzend von ungefähr vierhundert Betrieben Steuern. Erst 1823 beendete der sogenannte *Wash Act* den Steuerkrieg.

Wash Act klang für Rohleff sehr anschaulich nach Reinwaschen. Hatte Fietzig gegenüber Pischner am Abend auf der Fähre tatsächlich vergeblich versucht, sich reinzuwaschen?

Die eigentliche »Führung« bestand darin, dass sie zu zweit in ein oben offenes Whiskyfass stiegen, in das seitlich eine kleine Tür eingelassen war. Birgit schob Gustav in eines hinein. Rohleff hatte endlich Rosa erspäht, wollte sich gerade zu ihr durchdrängen, als Fabian auftauchte, sie um die Taille fasste, ins nächste Fass setzte und hinterhersprang. Und Rohleff sah sich unversehens mit Boris zusammengesperrt.

Das Fass bewegte sich schleudernd, schlenkernd und in sich drehend auf Schienen durch eine Ausstellung, die die ganze Whiskyproduktion veranschaulichte. Rohleff kam sich vor wie in der Geisterbahn. Aus dem Fass direkt vor ihm klang Rosas Lachen bis zu ihm, davor fuhren die Murnaus durch die Ausstellung, anscheinend in einen Streit vertieft. An die Ausstellung selbst konnte sich Rohleff später kaum erinnern.

»Hab ich deinen Freund beleidigt?«, fragte Boris.

»Er ist nicht mein Freund, er ist mein Onkel. Und wieso beleidigt?«

»Mit Donald Duck.«

»Ach woher denn. Gustav ist es gewöhnt, dass man ihn wegen seines Namens auf den Arm nimmt.«

Rohleff drehte Boris den Rücken zu und hielt sich an der Bordwand ihres schlingernden Gefährts fest.

Nach der Fahrt im Fass wurden sie in den zweiten Teil der Ausstellung gebeten, einen funkelnden, glitzernden Raum, vollgestellt mit Regalen voller Flaschen, die das Licht tausendfach wiedergaben. Es handelte sich um eine fantastische Sammlung von mehr als dreitausendfünfhundert verschiedenen Whiskysorten und Abfüllungen, hinter Glastüren sauber aufgereiht.

Rohleff las Namen wie *Auchroisk, Balmanach, Cragganmore, Dalwhinnie, Edradour,* es schien das ganze Alphabet in Whisky geschrieben zu sein. Die Namen klangen wie eine lange Ode, wie ein Heldengesang, dem die Schotten seit Jahrhunderten huldigten. Edel, erhaben und unendlich heroisch. Und so überaus wirkungsvoll. Mit mindestens sechsundvierzig Prozent Alkohol.

Unbemerkt war Mrs MacDonnell zu ihm getreten.

»Sie können an Hand der Whiskysorten sehr bequem durch ganz Schottland reisen, ohne sich aus dem Sessel zu erheben, von den westlichen Inseln wie Islay mit *Bunnahabhain* …«

»Bitte?«, fuhr Rohleff dazwischen, »den Namen hab ich nicht verstanden.«

Mrs MacDonnell wiederholte.

»Bun-an-haf-an?«, stotterte Rohleff.

»Hier, das ist er, nimm einen Schluck aus dem *Nosing Glass.*« Winkler hielt ihm ein kleines, bauchiges Glas unter die Nase.

»Bisschen torfig?«, fragte Rohleff vorsichtig.

Mrs MacDonnell strahlte ihn an wie einen besonders lernwilligen, aber leicht begriffsstutzigen Schüler. »Aber ja. Seit einigen Jahren verwenden auch die Whiskymacher bei *Bunnahabhain* getorften Malz, das ist wieder sehr im Kommen.« Gern hätte Rohleff gefragt, was Letzteres zu bedeuten habe, wagte es aber nicht, um sich nicht vollständig zu blamieren. Sein Gestottere reichte schon. Sie nahm eine rasche Geruchsprobe aus dem Glas, ihr Blick verklärte sich. »Typisch für die Insel. Torf, Rauch, Erde und Meer in einer einzigartigen Verbindung, wuchtig, komplex und robust. Ein achtzehn Jahre alter Whisky, eine der Standardabfüllungen.«

»Also volljährig, und das erkennen Sie am Geruch?«, murmelte Rohleff hin- und hergerissen zwischen aufsässiger Skepsis und ehrfürchtigem Glauben.

Sie lächelte wieder. »Aber ja. *Bunnahabhain* gehört zu meinen Lieblingsmarken.«

Er nahm einen Schluck. Beinahe weich schmiegte sich die Flüssigkeit hinten an seinen Gaumen, entzündete ein kleines, fröhliches Feuerwerk und rann ölig die Kehle hinunter. Das Torfige schmeckte er tatsächlich nach.

»Mrs MacDonnell war gerade dabei, mir eine Reise durch Schottland im Sessel zu empfehlen, anhand der Whiskysorten«, erklärte er an Winkler gewandt. »Leider waren wir gleich bei Bun-an-ahf-an hängen geblieben. Würden Sie bitte mit uns weiterreisen?«, fragte er sie demütig. Ihre Augen funkelten tatsächlich grün. Sie faszinierten ihn. Würde er Gustav auf den Ehering hinweisen, würde dieser lässig abwinken, Eheringe hatten Gustav nie von erotischen Verlockungen abgehalten. Rohleff spürte prickelnd, wie sich einige seiner moralischen Wertvorstellungen im torfigen Whiskyrauch von *Bunnahabhain* auflösten.

Mrs MacDonnell sah von Winkler, der begeistert nickte, zu ihm und zuckte elegant mit den Schultern.

Genau in diesem Moment gesellte sich Rosa zu ihnen und stellte sich so dicht an Rohleffs Seite, dass er die Berührung ihrer Hüfte spürte, das hatte etwas Besitzergreifendes an sich. Die verführerische Eileen MacDonnell vor sich, fühlte er sich plötzlich in einer sehr angenehmen Zwickmühle.

»Ich würde unbedingt Sky mit *Talisker* einbeziehen, weiterreisen über Fort William mit *Ben Nevis,* benannt nach unserem höchsten Berg, bis zu den Orkneys und dann die Ostküste runter und durch die Speysideregion mit *Braeval, Glenfarclas, Glenfiddich* und vielen anderen bis südlich von Edinburgh nach Pencaitland, wo *Glenkinchie* gebrannt wird. Genügt Ihnen das bis auf Weiteres?« Ihr Ton war reservierter geworden.

»Vollkommen. In der *Glenkinchie-Destillerie* waren wir bereits. Und einer von uns hat dort bemerkt, dass er sich nie wieder aus dem Sessel bewegen wird«, antwortete Rohleff trocken.

»Davon hab ich schon gehört«, sagte Mrs MacDonnell sachlich, »hoffentlich verdirbt uns dieser unglückliche Zwischenfall nicht die ganze Reise. Der Whisky scheint aber nicht schuld gewesen zu sein.«

»Nun, zumindest mitschuldig«, widersprach Rohleff.

»Er war beim Trinken ein bisschen unbeherrscht, unser lieber Rainer«, sagte Winkler bedächtig, blickte niemanden dabei an, sondern sah ins Glas und trank es schließlich aus. »Versuchte mehr, als gut für ihn war. Einen Riecher für Whisky hatte er meiner Meinung nach überhaupt nicht. Darauf hätte ich früher kommen müssen. Na ja, den Schaden werde ich verschmerzen.«

Rohleff hätte gern nachgehakt, was es damit auf sich hatte, aber vor Rosa und Mrs MacDonnell erschien ihm eine Vertiefung des Themas heikel. Außerdem strebte Winkler bereits wieder in den angrenzenden Raum, wo sich ein Probierzentrum befand.

Bei der Verkostung waren einige ernsthaft und konzentriert dabei, das Alphabet durchzuarbeiten. Murnau studierte Flaschen, machte sich Notizen und nahm einige mit dem Smartphone auf, außerdem kaufte er eine ganze Batterie von Kostproben verschiedenster Sorten, in handliche Fläschchen abgefüllt. Vielleicht richtete er in seiner alten Villa einen Puppenstubenkaufladen für die Enkel damit ein.

»Nimm auch ein paar davon mit«, forderte Birgit Gustav auf.

»Wozu?«, fragte Rohleff nach.

»Zur Vorsorge. Vor vierhundert Jahren wurde Whisky bereits als Medizin gegen beinahe jede Krankheit verschrieben.« Sie sah Gustav an, mit einem Lächeln, aus dem nicht ganz ironiefreie Sympathie strahlte.

Es hörte sich ganz danach an, als hätte der liebe Onkel ihre Absprache, den Mitreisenden nichts über ihre beruflichen Hintergründe zu verraten, in den Wind geschlagen.

Sie nahmen im Museumsrestaurant ein frühes Mittagsmahl ein, vor dem als Magenanwärmer *Drambuie* gereicht wurde – ein Likör, den Bonnie Prince Charlie, der glücklose schottische Thronanwärter, zweihundert Jahre zuvor bereits in seiner Feldflasche mitgeführt hatte, ein Mix aus verschiedenen Whiskysorten, versetzt mit Honig und Kräutern.

Rohleff dachte, dass die Brennerei Sasse in einem der Nachbardörfer von Steinfurt das Ergebnis mit einem ihrer Kräuterschnäpse annähernd hinbekam, nur deutlich günstiger.

Mrs MacDonnell empfahl nach dem Essen einen *Rusty Nail*: Whisky und *Drambuie* zu gleichen Teilen, der Likör schwamm oben. Rohleff mochte ihn. Auch weil sich Rosa freiwillig an seinen Tisch gesetzt hatte, nicht zu Fabian.

Mrs MacDonnell saß weiter weg bei den Murnaus. *Drambuie* hieß auf Gälisch *Dram buidheach*, der Trank, der zufrieden macht. Rohleff bestellte sich einen zweiten. Zur Vorsicht.

Auf dringenden Wunsch von Regine Murnau fuhr der Bus nicht direkt die Brücke über den Firth of Forth an, den breiten Fjord, an dem Edinburgh lag und der sich weit ins Land hineinzog, sondern machte noch einen Schlenker in den

Stadtteil Leith mit dem Hafen, sie wollte einen Blick auf die *Royal Yacht Britannia* werfen, Queen Elisabeth' ausgemusterte Privatjacht, die dort als Museumsschiff vor Anker lag. Auf der Suche nach dem bestgelegenen Parkplatz kurvte der Bus eine Weile herum. Mrs MacDonnell informierte die Gruppe unterdessen darüber, dass Leith früher ein durch und durch verrufenes Viertel gewesen sei, mit allnächtlichen Raufereien in diversen Spelunken, und Prostitution hatte es natürlich auch gegeben. Rohleff fühlte sich an Hamburg erinnert, an die Reeperbahn und natürlich auch an den Hafen. Hier in Leith hatten die Spelunken fast ausschließlich schicken Restaurants Platz gemacht, und die Speicherhäuser waren zu adretten Wohnblocks mutiert, in die sich viele der Besserverdienenden eingekauft hatten, das verband die beiden Städte. Geblieben waren in Leith die Hafenbecken, eins reihte sich ans andere, mit schmalen Fahrrinnen miteinander verbunden und Brücken für Verkehr und Fußgänger versehen.

»Nicht so groß wie der Hamburger Hafen, stimmt's? Und irgendwie langweiliger.« Boris war aufgestanden, noch bevor der Bus hielt, und spähte aus dem Fenster.

Das war auch Rohleffs Eindruck, er hing gerade dem gleichen Gedanken nach. »Dann kennst du den Hamburger Hafen?«, fragte er beiläufig nach. »Wir waren noch im März da, Gustav und ich.«

»Ach ja? Im März? Wieso im März?« Boris wirkte auf einmal nervös.

Rohleff fand die Frage merkwürdig. »Warum nicht im März. Gab's da etwas Besonderes in Hamburg?«

»Nicht, dass ich wüsste«, antwortete Boris barsch und sprang die Stiege hinunter, sobald der Bus hielt und die Türen mit einem Zischen aufgingen.

»Gustav, hast du das gehört?«, erkundigte sich Rohleff leise.

»Was denn?«, schreckte dieser auf und machte Anstalten aufzustehen.

»Ach nichts.«

Zeit, das Schiff zu besichtigen, hatten sie nicht. Sie mussten sich damit begnügen, es von außen anzuschauen, dazu umrundeten sie den *Ocean Terminal,* einen modernen Komplex aus Büroräumen und Geschäften. Nichts, was einer anheimelnd liederlichen Hafenatmosphäre dienlich war.

Direkt am Wasser wehte ihnen eine kratzbürstige Brise entgegen. Winklers Haupt zeigte sich nun mit einer karierten Schirmmütze à la Sherlock Holmes bedeckt, und ein anderer Mitreisender trug einen Schal im Tartanmuster. Die *Scottishness* der Reisegruppe schien unmerklich Fortschritte zu machen, wie eine frisch eingefangene Virusepidemie.

Es war deutlich kühler geworden, einzelne Böen jagten von weit draußen über das Meer heran, riffelten das Wasser im Hafenbecken und ließen die bunten Wimpel an der *Britannia* knattern, die sich an langen Drähten von Fahnenmast zu Fahnenmast schwangen.

Es war ein schnittiges Schiff mit einem dunkel gestrichenen, eleganten Rumpf und leuchtend weißen Aufbauten. Die Queen hatte ihr Privatschiff jahrzehntelang für ihre diplomatischen Reisen rund um die Erde genutzt. Dann wurde die Jacht 1997 von der Labourregierung kurzer Hand außer Dienst gestellt. Wegen der offiziellen Reisen hätte die etwa sechzig Millionen Pfund teure, längst überfällige Renovierung aus dem Staatshaushalt bestritten werden müssen. Als die Queen sich von ihrem Schiff hatte verabschieden müssen, standen ihr Tränen in den Augen, so sehr hing sie daran.

Rosa drängte sich an Rohleff, ihr war kalt. Er legte den Arm um ihre Taille und spürte eine weiche Rundung unter seinen Fingern, die er vom *Drambuie* beflügelt zu erkunden begann.

Es gab da eine sensible Stelle, auf die Frauen reagierten. Rosa kam seinen Fingern entgegen, sie seufzte leise auf.

»Verstehst du, warum wir uns dieses Schiff anschauen müssen?«, erkundigte sie sich.

»Hast du denn nicht zugehört?« Von all den Informationen, die Mrs MacDonnell ihnen zur *Britannia* gegeben hatte, während sie noch in Leith herumfuhren, hatte er ein paar recht gut im Kopf behalten. »Auf dem Schiff gibt es eine *Honeymoon-Suite,* in der Prinz Charles und seine Diana 1981 die Flitterwochen verbracht haben, in einem sehr kleinen Doppelbett, wie es heißt.« Die letzte Information stammte allerdings aus seinem Reiseführer. »Und die Queen und Prinz Philip haben auf der Jacht getrennte Schlafzimmer gehabt, die kann man jetzt auch besichtigen. Schlafzimmerbesichtigungen sind ja immer die Krönung auf solchen Bildungsabstechern. Die Royals ganz intim, das scheint Regine Murnau zu gefallen.«

Ein paar Meter weiter redete Regine lebhaft auf Robert und ihren Mann ein, anscheinend bettelte sie darum, die Jacht doch noch zu besichtigen.

»Igitt«, sagte Rosa, »ich geh jetzt zum Bus zurück, bevor mir die Ohren abfrieren.« Sie schüttelte ihr Haupt, etwas leuchtete an einem Ohr golden auf.

»Und wo ist Elvis?«, fragte er in der aberwitzigen Hoffnung, dass dem Kater der Umzug in einen Edinburgher Park gelungen war.

»Im Rucksack. Er schläft.«

Eine halbe Stunde später befuhren sie die *Forth Road Bridge,* die sie Richtung Norden auf die gegenüber von Edinburgh gelegene Halbinsel Fife bringen sollte. Auf der einen Seite hatten sie eine fantastische Aussicht in den Fjord, auf der anderen auf die *Forth Rail Bridge*, die alte, nun rot gestrichene Eisenbahnbrücke aus Queen Victorias Zeiten, ein damals hochgelobtes Wunder der Ingenieurskunst, die ihnen die Aussicht aufs Meer versperrte.

Murnaus saßen nicht mehr nebeneinander.

»Warum hatten wir es eigentlich so eilig im Hafen?« Rohleff klopfte Gustav, der in der Reihe vor ihm saß, auf die Schulter. Gustav hatte sich die Baskenmütze in die Stirn gezogen, bereit zu einem gemütlichen Mittagsschläfchen.

»Weil wir pünktlich in St. Andrews sein müssen. Hast du den Reiseplan denn immer noch nicht gelesen?«

»Solange du mir dein Exemplar nicht überlässt, nicht. Was ist an St. Andrews spannend?« Er hatte nur eine ungefähre Vorstellung, wo das Städtchen lag. Es gab dort eine Universität, das wusste er, Prinz William hatte dort studiert und seine Kate kennengelernt.

Zufällig drehte er sich um. Aus den Augenwinkeln sah er, wie an den gegenüberliegenden Fenstern die Bögen der Eisenbahnbrücke vorüberflogen, aber gleichzeitig tat sich etwas unten im Gang.

Elvis spazierte heran und schwankte dabei ein bisschen hin und her, daher kam er nur langsam weiter. Rohleff war sich nicht sicher, was er tun sollte. Unschlüssig schob er sich vom Sitz, den Blick auf Elvis geheftet. In nächsten Moment schnellte eine Hand vor, Elvis gab ein kurzes Miau von sich, und dann war der Kater verschwunden. Neugierig erhob sich Rohleff vollends und machte sich die Reihen entlang nach hinten auf die Suche.

Einige Plätze weiter besah sich Detlev Winkler das dreifarbige Etwas, das er auf dem Sitz neben sich abgelegt hatte. »Ein blinder Passagier«, meinte er, »muss im Hafen zugestiegen sein.«

»Kann sein«, stimmte Rohleff zu, langte über Detlev hinweg, hob den Kater auf und steckte ihn in eine seiner geräumigen Dufflecoattaschen. »Und was ich dich noch fragen wollte, womit hat dich Rainer Fietzig übers Ohr gehauen?«

Detlev zog gekonnt die buschigen Augenbrauen hoch, die pelzigen Raupen, wie Fabian sie genannt hatte. »Falsch deklarierter Whisky. Ich hab ihm drei Flaschen abgekauft, die nicht das enthielten, was draufstand.«

»Bist du dir sicher?«

»Einigermaßen, ich bin damit zu einem Freund, einem Kenner, und er hat es mir bestätigt. Fietzig hat auch noch behauptet, er hätte die Flaschen Murnau abgekauft, aber das ist ausgeschlossen. Ich bin selbst schuld, ich hätte mich auf den Handel erst gar nicht einlassen sollen.«

»Günstige Gelegenheit?«

Detlev verzog das Gesicht. »Zu günstig, das ist immer verdächtig.«

»Du warst doch am Oberlandesgericht tätig, nicht wahr? Da bist du doch vom Fach. Hättest du nicht Anzeige erstatten können?«

»Und mich bis auf die Knochen blamieren?« Er lächelte versonnen. »Lehrgeld ist immer teuer, und die Sache liegt schon zwei Jahre zurück. Ich hab das alles schon vergessen, ich will deswegen keinen Staub aufwirbeln. Was hast du mit der Fundsache vor?« Er deutete auf die Manteltasche, in der es sich träge bewegte.

Rohleff hatte es immer schon empört, dass Tiere rein rechtlich als *Sachen* betrachtet wurden, aber das wollte er nicht jetzt diskutieren.

»Der schläft sicher gleich ein. Elvis dreht sich nur noch zurecht.«

»Elvis?«

»Eine Glückskatze, sie ist jemand aus der Manteltasche gefallen, aber behalt's besser für dich.«

»Was denn?« Winkler zog wieder die markanten Augenbrauen hoch, drehte sich zum Fenster und genoss die Aussicht.

Rohleff ging zurück zu seinem Platz, überließ den Kater aber vorsichtshalber Gustav, der ihn sich auf den Schoß setzte und streichelte.

»Hab ich da nicht gerade was rumlaufen sehen?« Boris war unversehens aufgetaucht, riss die Augen weit auf und starrte Elvis an. »Ich glaub, ich spinne.«

Gustav breitete beide Hände über Elvis aus. »Da bin ich mir ganz sicher«, sagte er trocken.

»Verschwinde«, zischte Rohleff.

Boris glotzte immer noch, verzog aber dann das Gesicht, schüttelte ungläubig den Kopf und ging tatsächlich ohne eine weitere Bemerkung auf seinen Platz zurück.

Es wurde höchste Zeit, fand Rohleff, dass sie eine anständige Bleibe für den Kater fanden, vielleicht ergab sich etwas Nettes in St. Andrews.

Der Golfkurs von St. Andrews lag direkt am Meer, malerisch in die Dünen gebettet, das war das Schönste daran. Weniger schön war, dass dringend davor gewarnt wurde, wegen umherfliegender Golfbälle an den Dünen entlangzuspazieren.

Für Golfenthusiasten war der Platz das Mekka des Sports, denn hier hatte er eine seiner Urzellen, hier waren die ehernen Regeln von einer Handvoll Aristokraten und Professoren für alle Zeiten festgelegt worden. Rohleff war das alles vollkommen egal. Er war nur an der Aussicht interessiert und an der Gelegenheit, sich mal gründlich die Beine zu vertreten, trotz des Windes, der mit unwahrscheinlicher Kraft heranbrauste.

Nicht alle der Mitreisenden hatten Interesse an einer Partie Golf und zogen es vor, sich den Ort anzuschauen, der ja auch einige Sehenswürdigkeiten aufzuweisen hatte, wie sie bereits bei der Anfahrt von Südwesten festgestellt hatten. Etwa die Hälfte der Mitreisenden war vor den Resten der ehrwürdigen, mittelalterlichen Kathedrale ausgestiegen. Von dem weitläufigen, auf Golfniveau getrimmten Rasen mit den akkurat senkrecht stehenden Grabsteinen rund um die Ruine sah man das Meer. Ein wunderbar aufgewühltes, stahlblaues, leuchtendes Meer. Wie in Schottland üblich, hatte sich das Wetter einen raschen Wechsel einfallen lassen. Über den Himmel zog eine Herde weißer Wolken, als hätte sie es eilig, nicht zu spät zum Golf zu kommen.

Da Gustav und Rosa sitzen geblieben waren, blieb auch Rohleff im Bus, der die von hübschen, alten Häusern gesäumte North Street entlang in Richtung Golfplätze weiterfuhr. Er bedauerte, dass er nun wahrscheinlich nicht die älteste Universität Schottlands besichtigen würde, wohl auch nicht die Burgruine, die noch näher am Meer lag, das hier mit Gischt gekröntem Wellenschlag gegen die wild gezackten Felsen der Steilküste brandete. St. Andrews, gelegen auf einem ins Meer hineinragenden Felsplateau, war offenkundig ein Ort der Superlative. Das Clubhaus des *Royal and Ancient Golf Club* glich denn auch einer Ruhmeshalle aus schwerem, gelbem Sandstein. Der Bus hielt am wesentlich moderneren St. Andrews Clubhaus, einem Bau mit vielen Panoramafenstern und großer Aussichtsterrasse. Unschlüssig, ob er sich nicht doch selbstständig auf Besichtigungstour machen sollte, in den Ort hinein und trotz fliegender Bälle am Meer entlang zurück, beobachtete Rohleff das Ausladen der Golftaschen.

»Gustav, du willst doch nicht wirklich spielen? Du hast keine Golfsachen dabei.«

»Ich spiele mit Birgit. Sie leiht mir ihre Schläger. Damit komme ich schon zurecht. Wir tragen ja nicht wirklich ein Match aus.« Kevin hob gerade Birgits Tasche heraus und reichte sie ihr.

Winkler war auch dabei, Pischners nicht, Murnaus ebenso wenig, sie wollten direkt auf die Aussichtsterrasse und dann weitersehen. Mrs MacDonnell war ausgestiegen und verschwunden, bevor Rohleff nach ihren Plänen fragen konnte. Blieben Rosa, Fabian, Boris und ein Ehepaar, von dem sich Rohleff immer noch nicht den Namen gemerkt hatte. Rosa und Fabian wollten ohne sportliche Ambitionen nur so mitspazieren.

Die Anlage wies mehrere Golfkurse auf, der berühmteste war der *Old Course,* der beim alten Clubhaus seinen Anfang nahm, für diesen waren sie schon vor Monaten angemeldet worden. Robert kam nach einer Weile aus dem Clubbüro und verteilte kleine, hübsch gezeichnete Lagepläne mit den Startzeiten. Rohleff warf einen Blick auf seinen Plan. Er las verheißungsvolle Bezeichnungen wie *Shell* und *Hell Bunker, Road Hole, Swilcan Bridge* und *Valley of Sin,* Denkwürdigkeiten, eingebettet in eine weit gefächerte, bewegte Landschaft aus dünenartigen *Ups* und *Downs.* Da war vor allem diese Offenbarung von Grüntönen: auf den *Fairways,* den Bahnen, Wellen von Grün, ein grasgrünes Meer, in dem der Blick ertrank. Voller Beschämung dachte Rohleff an seinen Schrebergarten mit der Unkrauthalde in der Mitte, die er bisher für Rasen gehalten hatte. In Gedanken fuhr er mit einer Riesenhand über das ganze wellige Auf- und Abgewoge und meinte mal Rosas Hüften und mal ihre Schenkel zu spüren. Auf einmal war er voll froher Erwartung. Sehr schön, so ein Golfplatz. Voller Möglichkeiten, hilfreich die Hand anzulegen, wenn es schwierig wurde. Genau dafür breiteten sich sadistische Sandbunker, tückische Wasserläufe und raues Gelände mit stachligem Bewuchs aus Gestrüpp und niedrigem Buschwerk aus. Und die See spielte auch kräftig mit. Der Wind vom Meer pfiff ihnen leise jaulend um die Ohren, bei jedem Schritt mussten sie sich gegen ihn stemmen.

Und dann hatte er sich einige Augenblicke zu lange ins Träumen verloren. Birgit drückte ihm den Griff ihres Golfwägelchens mit den Schlägern in die Hand.

»Dann mal los«, sagte sie resolut, »wir müssen uns schon ranhalten.«

Sie spielten in zwei Gruppen, Rosa und Fabian stellten sich als Zaungäste zur zweiten, die etwa zwanzig Minuten später starten sollte und die aus Boris und dem Ehepaar bestand.

Rohleff überlegte, ob er sich ihnen ebenfalls anschließen könnte, aber das hätte zu sehr danach ausgesehen, als ob er an Rosa kleben wollte.

Bleib cool, mahnte er sich, morgens im Museum hatte sie sich an ihn gehängt, nicht umgekehrt.

Das erste Team, das von Birgit, Gustav und Detlev Winkler gebildet wurde, legte schon bald ein hübsches Tempo vor, alle drei waren erfahrene Spieler. Rohleff bewunderte eine Weile, wie gekonnt Gustav seine Abschläge handhabte, aber dann wurde ihm langweilig und kalt im Stehen. Er verstand überhaupt nichts von Golf. Außerdem trieb ihm der scharfe Wind Tränen in die Augen. Immer wieder hielt er Ausschau nach Rosa und Fabian, aber es gab zu viele Hindernisse für eine freie Sicht zurück. Er überlegte, ob er die Gruppe nicht verlassen sollte. Sie waren auch nicht die Einzigen auf dem Platz, ganz im Gegenteil, es ging zu wie auf der Kirmes. Im Sekundentakt zischten Golfbälle wie Sternschnuppen über das Gelände. Die Mehrheit der Spieler bestand offenkundig aus Einheimischen. Hier herrschte keine besondere Kleiderordnung, die Meisten waren außerordentlich leger gekleidet. Auch Rosa hatte sich eine Outdoorjacke übergezogen, weil ihr Wollcape nicht ausreichend in der Lage war, den Wind abzuhalten. Eigentlich bestimmte das Wetter die Kleidung. Rohleff sah viel Braun, Grau und Oliv.

Ab und zu war ein Ruf zu hören, den er nicht verstand, der die drei Spieler aber aufschauen ließ. Die ganze Fachsimpelei um das Pitchen und Putten rauschte an ihm vorbei. Hin und wieder erhaschte er einen wundersamen Blick aufs Meer, die Küste fiel hier sanfter ab, hinter ein bisschen Geröll erstreckte sich eine verlockende Sandbucht.

Gustav hatte die Hand in der Tasche, weil aus ihr schon seit einer ganzen Weile ein Mauzen hervorklang. Also hatte er Elvis, als der Bus am Golfplatz hielt, Rosa nicht zurückgegeben. Der Kater musste inzwischen knapp vorm Durchdrehen sein, sie waren ja schon eine Weile auf dem Golfkurs unterwegs, und die Bewegungen beim Abschlag mussten den Ärmsten in Panik versetzen.

Von hinten erklang wieder dieser Ruf, genau in dem Moment neigte sich Gustav ganz leicht zur Seite und holte den Kater hervor. Ein Sirren war zu hören, etwas schoss vorbei, und Gustav zuckte zusammen.

»Ist was?«, fragte Birgit.

Gustav bückte sich und setzte Elvis ins Gras. »Er will mal raus, denke ich.« Er richtete sich auf. »Ich glaub, mich hat eine Mücke gestochen. Ins Ohr.«

Rohleff trat rasch an Gustav heran und besah das Ohr, das gerade feuerrot anlief. »Muss eine Elefantenmücke gewesen sein.«

»Ach was«, meinte Detlev, »die Mücken fliegen erst viel später im Jahr und bestimmt nicht hier am Meer. Hier fliegen nur Golfbälle.« Es klang nicht im Mindesten beunruhigt.

Elvis machte Luftsprünge und lief aufgeregt hin und her. Im Geist lenkte ihn Rohleff zu einem Gebüsch, das sich ein Stück hinter ihnen erstreckte. Hier hätte es sich der Kater doch gemütlich machen können. Er musste nur auf die Golfgeschosse achten. Ein Gedanke flog Rohleff durchs Hirn. Gustav drehte sich, um Elvis nicht aus den Augen zu verlieren, und gleichzeitig zischte wieder etwas mit ungeheurer Wucht knapp an seinem Kopf vorbei.

Blitzschnell streckte Birgit einen Arm aus und zog ihn zu sich herüber. »Beweg dich mal aus der Gefahrenzone, du stehst irgendwelchen Leuten in der Flugbahn.«

Rohleff handelte, ohne lange nachzudenken. »Pass auf ihn auf, ja?« Er setzte sich in Bewegung. Die Bälle waren von hinten gekommen, aus dem Bereich etwa, in dem das Gebüsch lag, das eine unregelmäßige, nicht gut einsehbare Fläche einnahm. Er rannte darauf zu. Das Gelände wies hier eine der etwas höheren Bodenwellen und dahinter eine Vertiefung auf. *Sin Valley*? Das Sündental? Kurz kam er einem anderen Golfteam in die Quere, er wurde angeknurrt, achtete aber nicht darauf. Er spähte umher. Überall eifrige Spieler, gebückte Gestalten, Ballsucher, andere diskutierten über ihre Abschläge oder wandelten ein Loch weiter. Es war zum Verrücktwerden. Irgendwo reckte sich aus einem der vielen Vertiefungen im Gelände ein Arm hoch, der eine markante Bewegung ausführte. Als würde er Achten in die Luft malen. Eine sehr seltsame Geste, die aber etwas Bekanntes an sich hatte. Das schrammte über seine Nerven, störte die Konzentration.

Die Person zu der Geste konnte er ja ohnehin nicht ausmachen. Sie war jetzt nicht wichtig, mahnte er sich.

Weiter hinten entfernte sich jemand in zügigem Tempo. Tückischerweise war nur die halbe Figur zu sehen, der Rest verschwand auch hier durch eine dieser verdammten Bodenwellen aus dem Blickfeld. Rohleffs nicht sehr ausgereifte Überlegung war, dem Angreifer bewusst in die Flugbahn zu laufen und ihn so daran zu hindern, einen weiteren Ball auf Gustav abzufeuern. Wer es auch war, der es auf den Onkel abgesehen hatte, er wollte ihn zwingen, die Flucht zu ergreifen.

Es war diese Bewegung, die nicht ganz konform mit einer Gruppe erfolgte, die Rohleffs wieder konzentrierte Aufmerksamkeit auf sich zog. Er rannte weiter, wich im letzten Moment einem fliegenden Ball aus, wurde laut angeraunzt, lief weiter. Jemand packte ihn am Arm, ein Mann redete auf ihn ein, es klang wie eine Standpauke, er verstand kein Wort davon, nickte nur ergeben und sah sich hektisch um. Die Gestalt war verschwunden. Es machte ihn wütend, er fühlte sich ausgetrickst von diesem blöden Schotten vor ihm, einem alten Mann in schlotternden Hosen. Die Gelegenheit, den Täter zu stellen, war vorbei. Endlich ließ der Mann von ihm ab, Rohleff lief weiter am Rand des Gebüschs entlang und hatte auf einmal Boris vor sich, der mit einem Schläger im Gesträuch herumstocherte.

»Hab den Ball im *Aus* verloren«, murrte er.

»Hast du hier jemanden laufen sehen?«

Boris schaute verblüfft auf. »Bist du verrückt? Wen denn?«

Rohleff gab auf. Blieb stehen und ließ die Szenerie auf sich wirken. Umherfliegende Bälle gehörten hier zur Tagesordnung, wurde ihm klar. Sie flogen ohne böse Absicht, und nur, wer nicht aufpasste, den traf ein Ball am Kopf. Langsam kehrte er um. Beim Ehepaar aus der Reisegruppe, das mit Boris ein Team bildete – sie hießen Wichmann, fiel ihm nun ein –, blieb er stehen.

»Fabian Dupré war doch bei Ihnen gewesen.«

Er war immer noch auf der Suche nach einem Verdächtigen, obwohl die Idee mit jeder Frage, jeder Erkundigung mehr ins

Absurde driftete. Dass er sich überhaupt darauf eingelassen hatte, hatte er Gustavs Verfolgungswahn zu verdanken.

Wichmann steckte einen Schläger weg und suchte sich pedantisch einen neuen aus. »Ist am dritten Loch umgekehrt, es wurde ihm zu langweilig, nur so mitzulatschen. Kann ich verstehen.«

Fabian war also seit einer Weile ohne direkte Zeugen unterwegs, kein Alibi für die Tatzeit, hieß das.

Blödsinn. Vergiss es, ermahnte er sich.

Könnte er Fabian gesehen haben? War er die davoneilende Gestalt in der üblichen Kleidung für das schottische Klima: ein mehr oder weniger formloser, wetterfester Sack in Olivgrün oder einer verwandten Farbe?

Nochmals Blödsinn. Was hatte Fabian Dupré mit Gustav zu tun? Erkennbar gar nichts.

Boris hatte seinen Ball entdeckt, schlug ihn mit einem gewaltigen *Pitch* aufs Grün zurück und kam triumphierend zu ihnen.

»Und Würmchen ist nur bis zum ersten mitgekommen. Ihr war es zu windig, sie wollte ins Clubhaus und später in die Stadt«, mischte er sich ein.

Würmchen, der Armleuchter Boris hatte einen Spitznamen für Rosa, und was für einen dämlichen! Rohleff war drauf und dran, etwas Unkluges zu sagen, verkniff es sich aber. »Dann geh ich mal zurück zu den anderen«, meinte er grimmig.

Gustav und Birgit kamen ihm eilig entgegen und waren in heller Aufregung. Winkler, der sie begleitete, strahlte dagegen Gelassenheit aus.

Elvis hatte das Weite gesucht! Insgeheim frohlockte Rohleff, gab sich aber Mühe, sich nichts anmerken zu lassen, zumal ihm für die Freude nicht viel Zeit blieb.

»Wir brechen ab«, sagte Birgit, »Gustavs Ohr muss gekühlt werden, damit es nicht noch mehr anschwillt. Suchst du bitte mit Detlev den Kater? Er ist in diese Richtung gelaufen, auf das *Aus* zu. Vielleicht hat er dort Deckung gesucht. Ich hoffe, ihr könnt ihn herauslocken.«

»Du meinst aus dem Gebüsch?«

Anscheinend war Rohleffs Gedankenspiel Wirklichkeit geworden.

Er sah zweifelnd zu Detlev, der die Sherlock-Holmes-Kopfbedeckung abgenommen hatte und sich mit der Hand über den kahlen, eiförmigen Schädel strich.

»Meinetwegen. Allein weiterzuspielen, macht ja wenig Sinn. Oder willst du jetzt?«, wandte er sich an Rohleff. »Uns bleibt für den Rest der Partie noch genug Zeit.«

»Mit mir macht das keinen Spaß, ich hab nur früher, als ich noch viel jünger war, ein paar Mal Gustav die Golfsachen hinterhergetragen. Kam mir doof vor, einen Ball über den Rasen zu schlagen, bis er in ein kleines Loch fällt.«

»*Golf is an easy game, but hard to play*«, meinte Detlev trocken.

»Schließ dich doch den anderen an, Boris und den Wichmanns.«

Winkler lehnte ab.

»Egal, was ihr hinterher macht. Erst einmal findet ihr Elvis, ja?«, sagte Gustav beschwörend. »Er ist noch zu klein, um allein zurechtzukommen. Ich würde ja mitsuchen, aber Birgit besteht darauf, dass ich das Ohr versorge.«

Es sah wirklich mitgenommen aus. Mittlerweile mehr blau als rot. Der kalte Wind genügte wohl nicht zur Kühlung.

Birgit zog mit Golfkarren und Gustav ab, Winkler zog seinen Karren bis zum Gebüsch – und dann standen Rohleff und er davor.

»Wird schwierig, die Katze herauszulocken«, merkte Rohleff an.

»Wenn sich Gustav nicht gerade gebückt hätte …« Winkler brach ab.

Rohleff überlegte, was dieser noch hatte sagen wollen. Also hatte nicht nur er die Idee, dass Gustav gerade verdammtes Glück gehabt hatte.

»Kann das tödlich sein, von einem Golfball getroffen zu werden?«

»Wenn er dich im richtigen Winkel, mit dem richtigen *Drive* an der richtigen Stelle am Kopf erwischt, unbedingt. Am Ohr ist schon nicht schlecht, knapp dahinter besser. Kommt aber nicht allzu häufig vor. Dass du von einem gestreift wirst, schon.«

Rohleff sah die Szene wieder vor sich, Gustav, der sich bückte, um Elvis ins Gras zu setzen.

Danach war er sehr dafür, den Kater zu suchen, denn Elvis hatte Gustav vor einer viel schlimmeren Verletzung bewahrt.

»Weißt du«, sagte Detlev, um weitere Klärung bemüht, während sie sich durch das Gesträuch wanden, »auf den ersten dreißig Metern der Flugbahn entwickelt der Ball die größte Durchschlagskraft. Der kommt leicht mit zweihundert Stundenkilometern Geschwindigkeit auf dich zu.«

Rohleff wurde kurzfristig flau zumute, dann riss er sich zusammen. Es musste sich um Zufall gehandelt haben, Gustav hatte ungünstig in der Flugbahn gestanden wie andere vor ihm. Es steckte keinerlei Absicht dahinter. Es gab keinen Anschlag, mahnte er sich.

»Was wird hier dauernd gebrüllt? Ich versteh's nicht.«

»Wer weit abschlägt, schreit *Fore,* das heißt, geh in Deckung, der Ball kommt in deine Richtung.«

»Ich glaube, ich mag Golf nicht besonders.«

Sie trennten sich und begannen, leise nach Elvis zu rufen. Rohleff achtete auf untypisches Geraschel oder andere Laute, die verrieten, dass der Kater sich in der Nähe herumtrieb, hörte aber nichts. Sehr gern hätte er die Suche im Gestrüpp unterlassen, denn er merkte bald, wie sich die Stachelgewächse an seinen Hosenbeinen zu schaffen machten, das konnte nicht lange gut gehen. Immerhin wurde ihm klar, dass das Dickicht nicht nur für winzige Katzen gute Verstecke bot. Kaum mehr als einen Meter vom Rand entfernt konnte man untertauchen und wurde von der Welt draußen nicht mehr gesehen.

Leider war der Untergrund nicht besonders fußfreundlich. Er trat auf etwas Huckeliges, sein Fuß rutschte ab, das Bein hinterher, und ehe er sich versah, schlug er der Länge nach hin. Es gelang ihm noch so gerade, sich mit Unterarmen und Händen ein wenig abzufangen. Eine Weile verblieb er erst einmal in der nicht gerade idealen Lage. Er war bäuchlings auf einer Art robustem Heidekraut gelandet, das unfreiwillig ein Bett für ihn abgab. Sogar mit Bettpfosten, das war das Eigenartigste daran. Rohleff rappelte sich mit erheblicher Mühe auf. Offensichtlich hatte jemand einen Golfschläger weggeworfen. Er war aber nicht angebrochen, wie es schien, er war vollkommen in Ordnung, wenn auch ein älteres Stück, soweit er das beurteilen konnte. Und so viel hatte Rohleff auf der Tour über den *Old Course* gelernt: Es musste sich um ein Holz – so nannte man diese Art von Schläger – handeln, das für weite Abschläge gebraucht wurde. Gustav hatte es ihm erklärt. Abschläge für mindestens dreißig Meter Flugbahn. Auf einmal wurde Rohleff wieder mulmig zumute. Wenn ihn nicht alles täuschte, würde niemand einen Schläger aus Ungeschick ausgerechnet im Gebüsch verlieren. Dort landeten nur Bälle. Diesen Schläger hatte jemand rasch loswerden müssen. Die Entfernung von der mutmaßlichen Abschlagsstelle in der Nähe des Gebüschs bis zu der, wo Gustav getroffen worden war, betrug etwa dreißig Meter, das hieß, der Ball hatte dort mutmaßlich seine maximale Wucht erreicht. Rohleff, der Kommissar, ermittelte schon wieder. Und wen hatte er hier als Ersten gesehen?

Boris.

Nicht Fabian.

Ein Mauzen stoppte seine Gedanken. Elvis saß nur zwei Meter weiter und wartete auf ihn. Anscheinend hatte er genug von seinem Ausflug. Ohne Weiteres konnte Rohleff ihn aufheben, aber als er ihn in die Tasche stecken wollte, schrie das Katerchen auf.

»War das der Kater?«, rief Detlev.

»Ich hab ihn«, antwortete Rohleff und wartete, bis Winkler herangekommen war.

»Du warst auf einmal verschwunden«, beklagte sich dieser. »Ich dachte schon, ich such nur noch allein weiter.«

»Ich bin mal kurz in den Untergrund gegangen. Auf Augenhöhe mit der Katze.«

»Raffiniert«, kommentierte Winkler, »wäre mir im Leben nicht eingefallen. Nicht in diesem verdammten Stachelzeug. Muss höllisch gewesen sein.«

Katerchen Elvis schrie wieder, als Rohleff ihn etwas zusammenrollen wollte, damit er besser in die Tasche passte.

»Er scheint sich verletzt zu haben.« Rohleff hielt inne.

»Dann lass mal sehen.«

Wie sich herausstellte, hatte sich Elvis einen Dorn in eine Pfote getreten, kein Wunder also, dass er nicht mehr weiterwollte. Rohleff hielt ihn fest, Detlev zog den Dorn heraus. Elvis wand sich wieder in Rohleffs Hand und versuchte, sich die Pfote zu lecken.

Winkler strich ihm zur Beruhigung behutsam über das Köpfchen, bis der Kleine schnurrte.

»Steck ihn ein, an deine Tasche ist er ja schon gewöhnt.«

Rohleff hatte überlegt, ob er Winkler auf den Schläger aufmerksam machen sollte, unterließ es aber. Es hätte womöglich bei diesem zu Spekulationen geführt, die er nicht diskutieren mochte, noch nicht. Erst einmal musste er sehr ernsthaft mit Gustav reden, um ein für alle Mal ein ungutes Gefühl loszuwerden – oder im Gegenteil, einen scheußlichen Verdacht zu erhärten.

Boris spielte mit Leihschlägern, das hatte er mitbekommen. Er würde sicher darauf achten, alle wieder zurückzubringen. Woher also stammte der im Gebüsch? Als Rohleff mit Detlev und Elvis weiterging, sahen sie einen Spieler, der mit allen Anzeichen höchster Erregung in seinem Golfkarren herumsuchte. Als ob er einen Schläger vermisste. Rohleff wollte sich nicht in seine Angelegenheiten mischen. Vielleicht täuschte er sich ja auch.

Im Clubhaus des *Royal and Ancient Golf Clubs,* jenem altertümlichen Mausoleum aus schwerem Sandstein am Anfang des *Old Course,* waren Frauen nicht zugelassen, darauf hatte Mrs MacDonnell sie alle hingewiesen.

Als Treffpunkt hatten sie daher das Clubhaus des *New Course* ausgemacht, das über einen schönen, großen Aussichtsbalkon im ersten Stock verfügte. Sie hatten bis dahin nur ganz hübsch zu laufen.

Als Rohleff mit Katze und Winkler eintraf, hatten Gustav und Birgit längst hingefunden. Gustav hielt sich einen riesigen Wattebausch ans Ohr, in dem ein Kühlbeutel steckte, der aus dem Restaurant geliehen worden war. Auch die Pischners hielten sich hier auf und genossen die Aussicht auf das Golfgelände, das von oben sehr viel reizvoller wirkte, als wenn man mitten drin in kaktusartigen Gewächsen steckte. Aufatmend gab Rohleff den Kater Gustav in Obhut, der aus einer seiner geräumigen Taschen ein Beutelchen hervorzog. Es enthielt Nahrhaftes für Elvis.

»Woher hast du das?«, erkundigte sich Rohleff. »Von Rosa?«

»Aus Edinburgh, heute Morgen auf dem Weg zum Museum gekauft. In einem der Kaufhäuser an der Princes Street«, antwortete Birgit. »Wir haben noch mehr davon.«

»Nein danke«, wehrte Rohleff ab, »ich bestell mir was.«

»Nimm was zur Aufmunterung.« Vor Gustav standen Kaffee und ein halb aufgegessenes, großes Stück Kuchen. Er wirkte äußerst entspannt und heiter.

»Tut es sehr weh?« Rohleff deutete auf das Ohr.

Unterdessen hatte Gustav ein Taschentuch auf seinem Schoß ausgebreitet, das Elvis als Tischdecke diente, Geschirr benötigte er nicht, er fraß aus dem weit aufgerissenen Beutel. Fasziniert schaute Rohleff zu. Zwei Sorglose vereint.

»Schon weniger.«

»Es scheint dich nicht groß zu kümmern, dass dich zweimal so ein Scheißgolfball verfehlt hat.«

»Genau, verfehlt. Das ist sehr richtig. Aber so geht es meistens ab. Wenn ich mir jedes Mal in die Hose machen würde, wenn ein Ball nah an mir vorbeizischt, würde ich das Golfspiel aufgeben.« Gustav war nicht aus der Ruhe zu bringen.

Rohleff fand seine dagegen nicht wieder. Sobald er sich nur flüchtig darauf konzentrierte, hatte er das bösartige Sirren des Golfgeschosses im Ohr und sah den höchst verdächtigen Schläger im Gestrüpp. Die Bilder und Geräusche fügten sich nahtlos in eine Kette mit den Erinnerungen an den toten Rainer Fietzig und an zwei Hände, die drauf und dran waren, jemandem einen kräftigen Stoß in den Rücken zu versetzen. Falls Fietzig tatsächlich mit Gustav verwechselt worden war, war ja nur logisch, dass es weitere Anschläge auf ihn gab. Als Täter kam allerdings nur infrage, wer bereits auf der Fähre dabei gewesen war.

Auf Boris traf das nicht zu.

Oder hatten sie ihn nur nicht gesehen? Niemand konnte bisher bestätigen, dass er tatsächlich geflogen war. Und natürlich hatte Rohleff keinen Einblick in die Passagierliste genommen.

Gustavs Geständnis, dass er sich bedroht fühlte, stand im krassen Gegensatz zu seiner jetzigen Ruhe, kurz nachdem er tatsächlich beinahe zum Opfer geworden war. Was stimmte hier nicht? Dass Rohleff sich mit Golf nicht auskannte? Oder hielt Gustav auf dem öffentlichen Golfgelände inmitten so vieler Menschen einen Anschlag für undenkbar?

Als ein Kellner vorbeikam, bestellte Rohleff neben einem Tässchen Kaffee auch einen großen Whisky, um seinen Verstand vom Ermittlungsirrsinn zu heilen, und überbrückte die Wartezeit damit, sich Halme, braune Blätter und klebrige Spinnweben vom Mantel zu zupfen. Mit den Schmutzspuren auf der hellen Wolle des Dufflecoats musste er sich vorerst abfinden.

Da er die ganze Zeit stand, erhielt er nebenbei einen Überblick darüber, wer sich auf dem Balkon aufhielt.

Fabian lehnte etliche Meter weiter am Geländer, er hatte ihnen den Rücken zugekehrt. Rohleffs innere Unruhe zwang ihn dazu, zu ihm hinüberzuschlendern. Vermutlich musste neuer Kaffee noch importiert werden, so lange musste er auf seine Getränke warten. Dupré stand in dem Winkel, den das Geländer an der Schnittstelle von Schmal- und Längsseite bildete, hatte die Ellbogen aufgestützt und hielt sich einen Feldstecher vor die Augen. Seine ganze Haltung sprach von höchster Konzentration und Spannung, es war die Haltung eines Jägers, und sie berührte Rohleff unangenehm, weil ihm unweigerlich Rosa in den Sinn kam.

Etwas begann zu piepen, Fabian setzte das Fernglas ab und kramte sein Smartphone heraus. Er meldete sich mit einem kurzen, knappen »Ja?«, während er sich umwandte und zusammenzuckte, sobald er Rohleff sah.

»Ich halte das gern für dich.« Rohleff griff nach dem Fernglas, Fabian ließ es sich mit einem irritierten Blick abnehmen und trat beiseite, um mit gedämpfter Stimme ein sehr einsilbiges Telefongespräch zu führen. Erst als er sich bereits einige Meter von Rohleff entfernt hatte, wurde er anscheinend mitteilsamer.

Rohleff war sofort klar, dass er keinen Wald- und Wiesenfeldstecher in der Hand hielt, sondern ein solides, kleines Hightech-Gerät, das eher auf eine professionelle Nutzung hinwies. *Stalking* kam ihm in den Sinn, aber daran mochte er nicht so recht glauben.

Zunächst hatte er mit dem Ding leichte Schwierigkeiten, fand sich aber dann in die Handhabung hinein. Mit Feldstechern umzugehen, hatte ja mal zu seiner polizeilichen Grundausbildung gehört. Es kam ihm darauf an, genau das zu sehen, was Fabian interessiert hatte. Die Blickrichtung hatte er schnell eingenommen, aber er brauchte noch eine Weile, bis er ein Objekt vor die Linsen bekam, mit dem er etwas anfangen konnte. Zu seinem Erstaunen hatte er die Murnaus im Visier. Sie befanden sich nicht auf dem *Course*, sondern auf der Straße, die am Rand entlangführte. Zur Vorsicht hielt Rohleff noch Umschau in einem gewissen Radius, kam aber immer wieder auf die beiden zurück, sie standen auf der Straße, als warteten sie auf jemanden – und da kam tatsächlich jemand: Es war Boris, der auf sie zuschlenderte. Rohleff stellte das Gerät noch etwas schärfer, aber es bestand kein Zweifel. Offensichtlich hatte auch Boris vorzeitig die Lust am Golfen verloren.

Für die drei interessierte er sich weniger. Er hielt nun Ausschau nach Rosa, während er darüber nachdachte, wann Fabian wohl hergekommen war. Vor der Golfballattacke auf Gustav oder hinterher?

In dem Gewirr von Spielern hatte er Rosa nicht entdeckt, es war ohnehin sehr viel wahrscheinlicher, dass sie in den Ort gegangen war. Das hätte Fabian auch wissen müssen, falls er nach ihr Ausschau gehalten hatte. Als ihn dieser auf die Schulter klopfte, reichte er das Fernglas bereitwillig zurück. Fabian wirkte nun wieder so lässig und aufgeräumt, wie er ihn bisher kannte.

»Was Interessantes entdeckt?«, fragte dieser leichthin.

»Nur alte Bekannte, Murnaus und unser aller Kumpel Boris Reul.«

»Und wo?« Eine leichte Schärfe lag in der Frage.

»Da, wo sie vorher schon standen.«

Als er zu Gustav und Birgit zurückkehrte, warteten kalter Kaffee auf ihn und ein Glas Whisky, auf demselben Tisch, auf dem Elvis inzwischen die Reste des Kuchens vertilgte.

»Findest du das richtig?«, empörte er sich.

»Auf dem Schild steht nichts von Katzen.«

»Was für ein Schild?«

»*No Dogs, no Ladies*«, antwortete Birgit trocken, »das Schild stand früher vor dem Clubhaus am *Old Course*.«

»Stand da auch drauf, *Cats and Gentlemen only*? Na, dann guten Appetit, mein Lieber«, sagte Rohleff zu Elvis und trank seinen Whisky.

Bis zur Abfahrt des Busses war immer noch viel Zeit. Daher machte er sich zu etwas auf, was er von Anfang an tun wollte: Er ging am Meer spazieren. Mit einigem Geschick fand er eine Stelle, wo er die Golfregion hinter sich lassen konnte. Nur noch das Meer wollte er vor sich haben. Und das enttäuschte ihn nicht. Die Küste bildete hier eine hübsch geschwungene Bucht, die rechts in einer scharfen Biegung an einem Vorsprung endete und sich nach links hin in einer langen, ins Meer ausgreifenden Linie verlor.

Die Ebbe hatte einen schmalen Strandstreifen mit wunderbar weißem Sand freigegeben, und der Wind, der ewige Feind aller Golfspieler, blies hier weniger heftig als oben auf dem Plateau. Die Luft roch deutlich nach Meer, nach Salz, nach Tang; die Weite der Aussicht milderte fast augenblicklich Rohleffs Anspannung und ließ ihn wieder spüren, wofür er hergekommen war: um genau das hier in vollen Zügen zu genießen. Nicht weit von ihm plätscherte der Bach, der den Golfkurs in einer tiefen Rinne durchquerte, ins Meer. Auf einigen schieferartigen, sich hochtürmenden Gesteinsplatten weiter rechts, wo das Meer bei Flut nicht hinkam, blühten leuchtend orangefarbene und silbrig schimmernde Flechten und noch höher ein rosafarbener, samtiger Blütenteppich. Alle Farben zusammen, das Blau von Himmel und Meer, das Weiß der Wolken, der schmale, grüne Saum oben am Steilhang, der leuchtende Bewuchs der Flechten und die Blumen, boten ein Fest fürs Auge. Er konnte sich gar nicht daran sattsehen. Statt weiterzulaufen, setzte er sich auf eine einigermaßen ebene, größere Steinplatte und hielt das Gesicht dem hellen Himmel entgegen. Beinahe döste er im Sitzen ein.

Schritte über dem Kies weckten ihn aus der Trance. Als er aufschaute, stand Eileen MacDonnell neben ihm. Er sprang auf.

»Nein, nein, setzen Sie sich wieder. Es sah nett aus, Sie hier so versunken anzutreffen. Ich möchte Sie wirklich nicht stören.«

»Aber Sie stören mich nicht. Ich hab mich gerade gefragt, wie Sie wohl die Zeit hier verbringen«, log er, was Eileen MacDonnell mühelos durchschaute und mit einem Lächeln quittierte.

Rohleff machte eine einladende Geste, und sie nahm auf dem Felsen Platz, rückte aber so weit zur Seite, dass er sich bequem neben sie setzen konnte. Das freute ihn sehr.

»Sie haben nicht Ihre Freundin erwartet? Wie heißt sie noch? Frau Wurm? Rosa?«

Rohleff bewunderte im Stillen, wie geschickt sie es vermied, *Rosa Wurm* zu sagen. Ja, sie war eine Frau von erheblicher Bildung, von der, auf die es im Zwischenmenschlichen ankam.

»Ehrlich gesagt, hab ich auf niemanden gewartet.« Rohleff lächelte sie von der Seite an. »Und Sie? Sie widerstehen dem berühmten *Old Course.* Sie spielen nicht Golf?«

»Aber ja.«

Es klang so verwundert, als hätte er sie gefragt, ob sie auch atmete.

»Wahrscheinlich«, überlegte Rohleff laut, »werden Schotten mit einer Whiskyflasche in der einen und einem Golfschläger in der anderen Hand geboren.«

Eileen blieb stumm.

»Und tragen auf dem Kopf eine karierte Mütze à la Sherlock Holmes«, beendete er seinen Gedanken.

Eileen kicherte. »Eher ein *Bonnet,* eine Art Barrett mit Bommel obendrauf. Oder ein *Tam O'Shanter,* eine flache, oft karierte Mütze mit Bommel. Das Klischee ist alt, aber es klingt doch nett, wie Sie es sagen. Sie mögen Golf und Whisky nicht?«

»Beim Whisky mache ich Fortschritte«, bekannte Rohleff. »Aber mal ehrlich: Was ist so besonders an diesem *Old Course,* dass alle in Ehrfurcht erstarren, wenn er erwähnt wird? So besonders kam er mir gar nicht vor und außerdem ziemlich windig.«

Sicher wusste Eileen MacDonnell über die Trefferquote von umherfliegenden Golfbällen bestens Bescheid.

»Wollen Sie das wirklich wissen, obwohl Sie sich nicht sehr für Golf interessieren?«

»Vielleicht interessiert mich Golf, wenn Sie mir meine Fragen beantworten.«

»Es ist die Geschichte des Sports. Sie kulminiert gewissermaßen in St. Andrews. Früher haben die Frauen auf dem Gelände hier an der Küste ihre Wäsche getrocknet, dann entdeckten ein paar Freunde die andere Möglichkeit, die der Platz bot. Das war Mitte des achtzehnten Jahrhunderts, da war der Sport an sich schon einige Jahrhunderte alt. Wissen Sie, König James II. hat 1457 seinen Bogenschützen verboten zu spielen, weil es sie von ihrer eigentlichen Aufgabe abhielt, vom Schießen. Es gibt einen schriftlichen Erlass dazu, und dieser ist die erste urkundliche Erwähnung des Sports. Aber das hat noch nichts mit St. Andrews zu tun. Die Golfspieler hier haben die ersten verbindlichen Regeln für den Sport aufgestellt, und seit 1897 ist der *Royal and Ancient Golf Club* von St. Andrews die letzte und höchste Instanz in Sachen Golf. Drei der Vereinsvorsitzenden waren auch als Könige tätig: Es waren Edward VII., George V. und Edward VIII. Genügt das erst einmal?«

Ihr Parfüm hatte eine leichte Holznote, die wunderbar zum Atem des Meeres passte, sie verlieh ihm mehr Würze. Rohleff fühlte sich restlos wohl. »Ich nehme an, es war schwer, die Starterlaubnis für unsere Gruppen zu bekommen. Und dann waren doch nicht alle so scharf darauf, aristokratische Weihen des *Old Course* hin oder her. Frau Wurm und Herr Dupré haben die anderen bald verlassen. Herr Reul hat die Partie freiwillig vorzeitig abgebrochen, mein Onkel Gustav zwangsweise, denn ein Golfball hat ihn am Ohr erwischt. Kommt so etwas öfter vor?« Er hörte die Nervosität, mit der er die Frage stellte, aus seiner eigenen Stimme heraus.

»Ihr Onkel?«

»Ja, Gustav Gans ist mein Onkel«, sagte er mit Nachdruck. Und nicht, was sich einige andere denken, fügte er als kleinen Exkurs im Stillen hinzu. Und er ist nicht der Vetter von Donald Duck. Ihre Gedanken bewegten sich in eine völlig andere Richtung.

»Ist er sehr verletzt?« Sie klang aufrichtig besorgt.

»Nur ein Streifschuss, sieht aber böse aus.«

Nachdenklich blickte Eileen aufs Meer.

»Auf allen Golfkursen von St. Andrews zusammen spielen etwa zweihunderttausend Spieler pro Jahr. Davon vierzigtausend auf dem *Old Course.* Zu dieser Jahreszeit ist der Platz geradezu überrannt von Spielern. Es soll mal ein alter, erfahrener Spieler gefragt worden sein, ob er schon häufiger getroffen worden sei, und er hat geantwortet, bei der letzten Partie lediglich drei Mal. Beantwortet das Ihre Frage?«

»Teilweise. Gab es schon tödliche Unfälle?«

»Auf St. Andrews? Das weiß ich nicht.« Eileen runzelte die Stirn, anscheinend behagte ihr die Frage nicht.

»Wie treffsicher ist man eigentlich mit so einem Golfball?«, legte er dennoch nach.

Sie stutzte und bedachte sich einen Moment. »Also mit einer Bratpfanne, die Sie jemandem um die Ohren hauen wollen, haben Sie bessere Chancen.«

Wider jegliche Vernunft blieb Rohleff hartnäckig.

»Aber ein sehr versierter Golfspieler? Ein Champion?«

»Spielt den Ball ins Loch.«

Eine Weile saßen sie stumm und unbehaglich nebeneinander und sahen aufs Meer. Ein Stück vor ihnen tauchten ein paar dunkel gefiederte Vögel vermutlich nach kleinen Fischen. Weiter weg segelten Möwen durch die Lüfte, noch weiter entfernt übten sie über den Klippen Sturzflüge in halsbrecherischer Akrobatik. Ihre Schreie verwehte der Wind. Bevor Rohleff Fabian verließ, hatte er ihn gefragt, was er eigentlich mit seinem Feldstecher beobachtete. »Vögel«, hatte Fabian sehr knapp geantwortet und unverzüglich die Beobachtung wieder aufgenommen. Rohleff fragte sich nun, um welche Vögel es ging, spontan kamen ihm bunte Vögel, schräge Vögel, Galgenvögel und Aasgeier in den Sinn. Fraglich war, ob die Murnaus in eine dieser Kategorien fielen.

»Also«, begann Eileen nachdenklich, »wenn ich jemanden mit einem Golfball erledigen wollte, müsste ich ein bestimmtes Holz nehmen – einen bestimmten Schläger, verstehen Sie?«

Rohleff nickte, um anzudeuten, dass er im Bilde war.

»Ich würde die Windrichtung prüfen und dann – ja, es besteht die Chance, dass ich treffe, aber ich würde nicht darauf wetten.«

Rohleff sah Mrs MacDonnell nachdenklich an. »Na immerhin.«

Sie schüttelte nur den Kopf.

»Und noch etwas. Sie sprechen beinahe akzentfrei Deutsch«, fuhr er einschmeichelnd fort.

Nun blitzten Eileens Augen empört auf. »Nur beinahe? Das hat mir noch nie jemand gesagt.«

»Dann nehme ich es zurück. Wieso sprechen Sie so ausgezeichnet Deutsch?«

»Meine Mutter ist Deutsche.«

»Und ich hatte Sie für eine Urschottin gehalten, eine direkte Nachfahrin des ersten Clanchefs der MacDonnells. Eine echte Lady.«

Eileens Mundwinkel kräuselten sich. »Das bin ich selbstverständlich auch.«

- 4 -

Eckart Pischner trug jetzt auch eine karierte Kopfbedeckung und seine Frau Liliane ein dazu passendes, glockenförmiges und sehr altmodisches Hütchen. Mit ihrer eleganten Frisur und dem Hut sah sie *very scottish* aus. Und *very upper class.*

»Sehr chic«, sagte Rohleff aufrichtig zu ihr, als er den Hut bemerkte.

Sie bedankte sich ein wenig verlegen für das Kompliment, was sie sehr anziehend machte.

Die Gruppe versammelte sich am Bus, der auf dem Parkplatz vor dem Clubhaus wartete. Rosa traf mit Gustav und Birgit ein. Sie trug wieder ihren Rucksack. Sobald sie Rohleff sah, kam sie zu ihm und hakte sich aufseufzend bei ihm ein. Er hatte bereits bemerkt, dass sie verstimmt wirkte. Das tat ihm leid, weil er sich gerade so wohl fühlte. »Du hast die Golfer im Stich gelassen, warum?«

»Ich war so blöd, Karl, so ausgesprochen blöd, eigentlich sollte ich gar nichts sagen.« Sie lächelte verhalten und sah dabei zu Gustav und Birgit hinüber, die sich zu Winkler gesellten. Wahrscheinlich unterhielten sie sich über die abgebrochene Golfpartie. Murnaus traten nun auch noch zu ihnen – ohne Boris.

»Es tröstet mich immer ungemein, wenn ich höre, dass sich auch andere dämlich verhalten. Dann fühle ich mich nicht mehr wie der einzige Idiot auf Erden.« Rohleff drückte ihren Arm, und sie lehnte kurz den Kopf an seine Schulter.

»Wie nett du das gesagt hast.«

»Und was hast du nun angestellt?« Hatte Boris nicht gesagt, ihr sei es zu windig gewesen?

»Ich hab in meinen Rucksack geschaut und gesehen, dass Tommy nicht da war.«

»Aber …«, fiel ihr Rohleff verblüfft ins Wort.

Weiter hinten auf dem Parkplatz ging ein Mann auf eins der abgestellten Fahrzeuge zu. Ein nicht sehr großer Mann in einem Wollmantel, der selbst auf die Entfernung etwas schloddrig und abgetragen wirkte. Der Gang, die Größe, der Mantel – Rohleff hatte den Mann schon einmal gesehen, fragte sich nur wo. Fragte sich auch, warum er sich überhaupt darüber Gedanken machen sollte.

»Und dann hab ich Tommy gesucht, überall«, fuhr Rosa unbeirrt in leicht klagendem Ton fort. »Bei der Kathedrale, wo der Bus zuerst gehalten hat, dann bin ich zurückgekommen und über das ganze Golfterrain gelaufen. Ich weiß nicht, in wie vielen Büschen ich herumgesucht habe.« Sie löste sich von Rohleff und wischte über den Ärmel. Aber nicht nur da wies ihre Jacke Schmutzspuren auf.

»Erst, als ich Gustav sah, fiel mir ein, dass er mir Tommy nicht zurückgegeben hat. Irgendwie müssen wir das besser regeln.«

Es klang plausibel. Der Mann, der nun am Auto stand und mit jemandem sprach, der drinnen saß, beanspruchte immer noch sein Gedächtnis – ohne Ergebnis. Das war nun das zweite Mal, dass er sich vergeblich zu erinnern versuchte. Erst diese Geste auf dem Golfplatz, der Arm, der sich in Achten bewegte, und nun – Inspektor Fraser. Auf einmal war er sich vollkommen sicher. Natürlich, der Mann war der komische

Kollege, der Fietzigs Tod untersucht hatte. Spielte er hier Golf? Sicher hatte auch ein Chief Inspector das Recht, an seinen freien Tagen dem Nationalsport zu huldigen. Außer Whisky- oder Teetrinken, den Regen beobachten und Golfspielen bot sich für die Freizeit mutmaßlich nichts Besseres an. Und von Edinburgh bis St. Andrews war es nicht allzu weit.

»Hat dir Gustav gesagt, dass er von einem Golfball am Ohr erwischt worden ist? Das hätte bös ausgehen können.«

»Ist es aber nicht. Er hat Glück gehabt«, sagte sie warm.

»Dank Elvis, der Glückskatze.«

Für einen Wimpernschlag blitzte Ärger in Rosas Gesicht auf.

»Tommy-Elvis«, korrigierte Rohleff sich bereitwillig und half ihr freundlich beim Einsteigen, blieb aber selbst noch draußen.

Als Fabian in den Bus einsteigen wollte, hielt er ihn auf, er hatte extra auf ihn gewartet, um ihm aus purer Neugier eine eigentlich belanglose Frage zu stellen. Er konnte es einfach nicht lassen. »Und, wie war's? Hast du Erfolg gehabt?«, erkundigte er sich scheinheilig.

»Womit?«, fragte Fabian ein wenig barsch zurück, die Hand bereits am Haltegriff, um sich dynamisch hineinzuschwingen.

»Hast du Ziegenmelker gesehen? Die soll es hier herum geben, hab ich gelesen.« Rohleff studierte aufmerksam den Gesichtsausdruck des anderen, der nur blankes Unverständnis spiegelte. »Mit dem Feldstecher«, half er nach. Er selbst kannte gerade mal Amsel, Drossel, Fink und Star – allerdings mehr dem Namen nach.

»Ziegen? Ich hab doch keine Ziegen beobachtet«, antwortete Fabian verschnupft, »Ich wüsste auch nicht, was Ziegen auf dem Golfplatz zu suchen haben. Vögel, Karl, nur Vögel.« Er tippte sich vielsagend an die Stirn.

Es war, wie Rohleff es sich gedacht hatte: Fabians ornithologische Kenntnisse waren noch dürftiger als seine eigenen. Er hoffte nur, der eine oder andere Ziegenmelker schwirrte tatsächlich in Schottland herum. Wie immer er aussah.

Auf der Weiterfahrt unterhielten sich die einen über all das, was sie in St. Andrews besichtigt hatten, und die anderen schliefen eine Runde. Ihr Schlaf wurde wieder sanft untermalt von dezenter Dudelsackmusik, für die Kevin gesorgt hatte. Mrs MacDonnell saß vorn bei ihm und blätterte in Reiseführern.

Fabian hatte sich nach hinten zu Rosa gesetzt.

Nach zehn Minuten Fahrt meldete sich Kevin über den Lautsprecher und bot Espresso an. Gleich darauf verschwand er eilig die Treppe hinunter, die auf der einen Seite zur Toilette und auf der anderen zu etwas führte, was Rohleff noch nicht so recht wahrgenommen hatte. Er stand auf und lugte hinab. Es gab hier eine Bordküche! Da Rohleff zum ersten Mal mit einem richtigen Reisebus unterwegs war, wusste er nichts von solchen Einrichtungen. Kevin hantierte routiniert mit einer Espressomaschine, die ratternd, rumpelnd und zischend unwiderstehliche Düfte nach frischem, aromatischem Kaffee bis zur letzten Sitzreihe verbreitete. Selbst die Schläfer regten sich. Der schlaksige Kevin balancierte gekonnt auf einem Tablettchen Tassen durch den Bus, verteilte Zucker und Sahne. Ja, ein Schürzchen wäre nun wohl angebracht gewesen für das »Mädchen für alles«.

Als die Reihe an Rohleff kam, nahm dieser wohlwollend sein Tässchen entgegen. »Was ich dich noch fragen wollte, Kevin«, begann er aufgeräumt, »aus welcher Gegend stammst du eigentlich?«

Verwundert blieb Kevin stehen. »Aus Bamberg, wieso?«

»Hast du das gehört, Gustav? Kevin stammt aus Franken, er ist ein waschechter Franke. Weißt du«, wandte er sich wieder an den jungen Mann, »Gustav ist seit vielen Jahren Wahlfranke, und das richtig gern. Und er hat sich gefragt, ob du auch aus der Gegend kommst.«

»Aber ich spreche überhaupt kein Fränkisch. Ich bin mit fünf nach Frankfurt gezogen.«

Rohleff sah auf das leuchtend rote Haar. »Seine Herkunft kann man aber meist schlecht verleugnen.«

Mit allen Anzeichen von Ungeduld zuckte Kevin mit den Schultern. »War's das jetzt?«

Rohleff nickte gnädig, und Kevin eilte zurück zu seinem Nebenarbeitsplatz in der Bordküche.

»Was sagst du jetzt, Gustav?«, erkundigte er sich bei seinem Onkel.

»Ich hätte gern noch einen kleinen Espresso, damit ich richtig wach bin, wenn wir ankommen. Und lass gefälligst den armen Jungen in Ruhe, du siehst doch, er hat zu tun. Ich weiß gar nicht, was in dich gefahren ist.«

Rohleff lehnte sich im Sitz zurück. »Ja, ich auch nicht. Ich dachte nur, ich tu dir mal einen Gefallen.«

Trotz des Espressos nickte er ein wenig ein.

Eine halbe Stunde später hatten sie ihr nächstes Ziel erreicht.

Die *Tullibardine-Destillerie* am Rand des unscheinbaren Örtchens Blackford, nicht weit von Perth, unterschied sich erheblich und in mehrfacher Hinsicht von *Glenkinchie.* Das Empfangsgebäude mit Verkaufs- und Verkostungsraum wirkte ausgesprochen modern, geradezu *stylish,* hier war bei der Errichtung deutlich ein Gestaltungswille am Werk gewesen. Errichtet 1949 von einem bekannten Architekten auf dem Gelände einer uralten Bierbrauerei. Von außen schlicht, geradlinig, undekoriert bis auf das Firmenlogo, innen licht, luftig, so großzügig wie eine neuzeitliche Bahnhofshalle.

Klarheit herrschte auch in den eigentlichen Arbeitsräumen, es glänzte nur so vor Stahl. Die *Mash Tun* und die sechs *Wash Backs* waren aus Stahl. In der *Mash Tun* wurde die Maische, die angekeimte und gemahlene Gerste mit heißem Wasser übergossen, das unten durch Siebe ablief. Es war nur zu verständlich, dass so ein Stahlgefäß viel gründlicher von den Resten des Maischebreis zu reinigen war als die früheren Holzbottiche, die dagegen von den lästigen Bakterienkolonien eindeutig bevorzugt wurden. *Tullibardine* setzte ganz auf Stahl – bis auf eine Ausnahme: die Brennblasen. Die Herzstücke jeder Destillerie waren auch hier aus Kupfer gefertigt. Es gab je zwei *Wash Stills* und zwei *Spirit Stills.* Erst wurde der Fusel in den *Wash Stills* gebrannt und beim zweiten Durchgang in den *Spirit Stills.* Rohleff kamen die kupfernen Ungetüme vor wie Dinosaurier: dicke Dinger mit langen Hälsen, die sich nach oben immer mehr verjüngten und dann in einem kleinen Kopf endeten, der aufgeregt umherspähte. Aus den Brennblasen kam am Ende der *New Make,* der frische, aber noch charakterlose Whisky, die weitere Verfeinerung fand in Fässern statt.

Rohleff befasste sich näher mit dem, was er in *Glenkinchie* gedanklich noch nicht richtig verarbeitet hatte: dem *Finish. Tullibardine* schien besonders abwechslungsreich aufs *Finish* zu setzen. Nach der üblichen Strecke des Whiskys durch die obligatorischen Eichen- und Bourbon-Fässer führte die letzte Etappe in ganz besondere Fässer: Sauterne, Burgunder, Sherry, Portwein, sogar Rum. Aber vor allem in Weinfässer.

Und so wurde aus etwas nach der Gärung noch vollkommen Undifferenziertem am Ende eines langen Prozesses etwas sehr Spezielles, Unverwechselbares und im besten Fall

Einmaliges. Fünfundzwanzigjähriger Whisky mit Schokoladenaroma zum Beispiel.

Dazu gab es bei der Verkostung eine Trüffelpraline. Rohleff erschnupperte tatsächlich das Schokoladenaroma, spürte es auf der Zunge (vom Praliné), hinten am Gaumen (vom Whisky) und merkte, wie ihm pure Wonne die Kehle hinunterlief. Ja, es gab auch Fruchtaromen, vor allem in den blonderen Whiskys. Und ein deutliches Weinaroma, weich, beinahe lieblich.

Rohleff musste wieder an Bernstein denken, an die Abfolge eines Farbspektrums von Hellblond über bräunliches Orange bis zu satten Rottönen. *Tullibardine Whisky* spielte die ganze Farborgel durch. Der älteste, der fünfundzwanzig Jahre alte, erinnerte an verflüssigtes, transparentes Rotholz. Nicht nur Schokolade, da war auch ein Hauch von Karamell zu schmecken. Whisky als Seelentröster, Weichmacher des Gemüts. Die Schokolade – Rohleff nahm noch zwei Stück – trug auch dazu bei, dass sich ein innerer Schwebezustand einstellte. Nur noch wie aus der Ferne nahm er die Umgebung wahr.

Der Verkostungsraum wirkte mit seinen Stahltischen seltsam nüchtern, das erhöhte aber die Konzentration. Victor Murnau hatte seine Regine Detlev Winkler anvertraut, er selbst machte sich wieder einmal mit einem der Geschäftsführer davon, wahrscheinlich wollte er noch ein intimes Gespräch über Whisky führen.

Birgit hatte sich die ganze Zeit nicht aus Gustavs Nähe wegbewegt, das beruhigte.

Rohleff erhob sich von seinem Stuhl und ging zu Rosa hinüber. »Wollen wir nicht ein bisschen nach draußen? Oder willst du Whisky kaufen?«

Fabian, der ihr gegenübersaß, mischte sich ein. »Ja, geht nur, ihr beiden.« Das klang gönnerhaft, als hätte Fabian bereits ein verbrieftes Recht auf Rosas Gesellschaft, worüber Rohleff sich ärgerte. Im Vorübergehen beobachtete er, wie Boris hektisch mit seinem Smartphone hantierte.

Für zukünftige Erweiterungen der Destillerie gab es jede Menge Platz, die große, leere Fläche wirkte öde, aber auf einer Seite des Hauptgebäudes breitete sich Rasen aus, der bis zu einem Bach reichte.

»Wohin jetzt?«, fragte Rosa und äugte den Abhang zum Bach hinunter, »wie wär's, wenn wir ans Wasser gehen? Dort können wir Tommy noch mal laufen lassen. Unten haben wir ihn gut im Blick.«

Der Bach hatte sein Bett mehr als einen Meter tief in den Geröllgrund gegraben, sie hatten also eine nicht sehr hohe, aber doch etwas steile Böschung hinabzuklettern, auf der weiter oben Ginster leuchtend gelb blühte und ein Stück tiefer langes Gras wuchs bis zur äußerst steinigen Uferzone.

Rosa holte Elvis aus dem Rucksack, Rohleff breitete in Gentlemanmanier seinen Dufflecoat aus und bemerkte zu spät, dass das Gras recht feucht war, es würde zusätzliche Flecken auf dem hellen Wollstoff geben. Kaum hatte er sich niedergelassen, merkte er, dass er auf einem spitzen Stein saß. Leider wies seine Rückseite nicht genug Polsterung auf, um den Störenfried zu entschärfen. Da Rosa sich inzwischen ebenfalls gesetzt hatte – in einer sehr anmutigen, gleitenden Bewegung –, wagte er nicht, sie zu bitten aufzustehen, um einen besseren Platz zu suchen. Also würde er sich damit abfinden, dass sich unentwegt etwas schmerzhaft in eine Gesäßbacke bohrte.

Er sah sich um. Der Platz war an sich nicht so übel. Nicht weit von ihnen gab es eine Brücke, über die man zur Destillerie fuhr, der Verkehr hielt sich aber in Grenzen. Mehr Lärm dröhnte von der nahen Hauptverkehrsstraße herüber.

Rohleff spürte eine Menge unbefriedigter Sehnsüchte. Da war zum Beispiel sein Hunger nach schönen Aussichten und

Anblicken. Gern wäre er etwas länger in St. Andrews geblieben, die kleine Stadt machte beim Durchfahren einen prächtigen Eindruck, mühelos konnte sie mit ihren alten, gediegenen Steinhäusern, den malerischen Gassen, den Ausblicken aufs Meer mit Edinburgh mithalten – und was hatte er nicht alles in Edinburgh selbst bereits versäumt! Und dann dieser andere Hunger. Ja, er fand Eileen MacDonnell furchtbar attraktiv, er überlegte kurz, wie alt sie wohl war, und schätzte sie auf fünfzig. Sie hatte etwas an sich, das seinen Geist kitzelte, und nicht nur den. Aber sie war ja nun mal verheiratet. Und damit kam er auf Rosa. Was ihn an ihr anzog, hatte er noch nicht wirklich herausgefunden. In einem Augenblick erschien sie ihm verlockend weich und anschmiegsam und im nächsten merkwürdig distanziert. Das verwirrte ihn, reizte ihn, er hätte sie packen und schütteln können, aber vor allem wollte er ins Bett mit ihr.

Eileen passte natürlich im Alter etwas besser zu ihm als die wohl beinahe zwanzig Jahre jüngere Rosa. Außerdem gab es ja die Konkurrenz durch den Abenteurer, Großwildjäger und Athleten Fabian. Ja, die Athletenfigur brachte er bei jedem Auftritt sehr gut zur Geltung. Eindeutig mehr Testosteron, mehr Jugend, mehr Ansehnlichkeit, aber Rohleff wollte sich nicht mit der Verliererrolle abfinden. Wozu war Urlaub denn da, wenn nicht, um Neues zu wagen?

Rosa hatte ihr Gesicht den spärlichen, aber dennoch spürbar warmen Sonnenstrahlen zugekehrt und die Augen geschlossen.

Elvis wirkte wie in Trance. Seit ihn Rosa neben den Rucksack gesetzt hatte, hatte er sich noch nicht bewegt. Genauso gut hätte er ausgestopft sein können, was Rohleff als Möglichkeit gar nicht so verkehrt vorkam.

Der Bach floss über ein steiniges Bett, das Wasser bildete um die Steininselchen kleine Wirbel, gluckerte und plätscherte geschwätzig vor sich hin, es war angenehm, ihm zu lauschen. Rohleff hielt es dennoch für angezeigt, mit Rosa ins Gespräch zu kommen. Die Reise würde ja nicht ewig dauern, jeder Tag war daher kostbar auf dem Weg zu mehr Glück und Zufriedenheit.

»Magst du noch eins?« Er hielt ihr ein Praliné auf der flachen Hand hin.

Sie öffnete bereitwillig die Augen.

»Woher weißt du, dass ich süchtig nach Schokolade bin?«

»Instinkt«, antwortete Rohleff bierernst, »reiner Instinkt. Sonst weiß ich ja nicht so viel von dir.« Er legte eine kleine Pause ein. »Ich hab mich gefragt, ob du verheiratet bist.« Kaum hatte er die Frage ausgesprochen, hätte er sich dafür ohrfeigen können. Natürlich wollte er das wissen, aber so plump hätte er nicht anfangen dürfen, Zeitnot hin oder her. Der Stein drückte stärker, gepeinigt ruckelte Rohleff hin und her, das machte es aber nicht besser.

Rosa biss ein Stückchen von der Praline ab und kaute genüsslich. »Nein, nicht mehr.«

»Und hast du Kinder?« Das war ihm herausgerutscht, er konnte nichts dafür.

Rosa aß bedächtig die Praline auf, als hätte sie nichts gehört. »Nein.« Der Ton signalisierte Rohleff, dass sich weitere Fragen nach ihren persönlichen Verhältnissen im Augenblick nicht empfahlen. Er hätte sich die Haare raufen können ob seiner Stoffeligkeit. Warum kam er mit Eileen MacDonnell immer so leicht und locker ins Gespräch?

»Ich auch nicht. Hat nicht geklappt, und ich bin seit Jahren geschieden.«

Elvis setzte sich zögerlich, fast widerstrebend in Bewegung, es dauerte eine Weile, bis er über einige Steine ans Wassers gelangte. Er hielt eine Pfote hinein, schüttelte sich. Typisch Katze, dachte Rohleff, durch und durch wasserscheu.

»Muss ich dich dafür bedauern?«, fragte sie.

Das Gespräch lief leider vollkommen aus dem Ruder.

»Jetzt nicht mehr. Jetzt habe ich ja dich kennengelernt.« Mehr Leichtigkeit, mahnte sich Rohleff vergeblich. Der Stein bohrte wohl direkt den Ischiasnerv an oder einen seiner näheren Verwandten.

Rosa seufzte. »Dann wissen wir ja jetzt einiges voneinander. Lass es damit gut sein, ja?« Sie beugte sich zu ihm und küsste ihn rasch auf den Mund. Beinahe fiel Rohleff nach hinten über vor Schreck. Der Kuss hatte nach Schokolade geschmeckt. Und nach mehr, viel mehr. Er fühlte sich geradezu verpflichtet, ihn schleunigst zu erwidern, aber sie wandte sich ab und blickte den Bach entlang. Unversehens befiel Rohleff das nagende Gefühl, nach diesem Appetithappen von Rosa aus reinem Sadismus auf seinem Hunger nach Zärtlichkeit sitzen gelassen zu werden. Warum tat sie das? Aber vielleicht war das ja klug von ihr, gemächlich vorzugehen und langsam, langsam das Feuer zu schüren. Der letzte Flirt lag so lange zurück, dass er sich kaum noch an gültige Spielregeln erinnerte. Und sein Instinkt war wohl irgendwie auf der Strecke geblieben.

Rosa fingerte gedankenvoll mit einer Hand an ihrem Ausschnitt herum und zog ein Goldkettchen heraus, mit einem kleinen, ovalen Anhänger, der mit winzigen Edelsteinen besetzt war.

Rohleff versuchte eine neue, scheinbar unverfänglichere Annäherung über das Schmuckstück. Er beugte sich vor und wollte danach greifen, aber da steckte sie es wieder in den Ausschnitt ihrer Bluse.

»Das ist nichts Besonderes«, sagte sie abwesend lächelnd und wies auf den Bach. »Schau dir lieber Tommy an.«

Katerchen Elvis patschte mit den Pfoten ins Wasser, hüpfte senkrecht hoch und machte einen Buckel, bevor er wieder einen Angriff auf das unbegreifliche Element wagte, das sich so schwer fassen ließ. Mit jedem Hüpfer bewegte er sich ein Stück weiter weg am Ufer entlang.

Mit einem Mal rutschte er ab und tauchte unter. Rohleff wollte aufspringen und zugleich Rosa mit einem Wort beruhigen. Ihre Miene war ganz und gar erstarrt, die Augen weit aufgerissen, es war ein seltsamer Moment, der Rohleff schaudern ließ, bevor er wieder zum Bach sah.

Elvis war wieder aufgetaucht und paddelte munter gegen die Strömung an, die ihn mitriss. Rohleff kam gar nicht so rasch auf die Beine, wie er wollte, weil ihn die Schmerzen im Rücken zu lähmen schienen. Während er sich hochstemmte, ächzte er auf, sein rechtes Bein fühlte sich ein bisschen taub an.

Die Strömung nahm Elvis bis zu einer kleinen Barriere aus flachen Steinen mit, auf denen er Halt fand. Von dort sprang er mit einem Satz ans Ufer zurück und begann sofort pitschnass und vollkommen unbeschwert, die kleinen Steine am Ufer zu untersuchen.

»Er ist eine Wasserkatze, Wasserratte kann man ja nicht sagen«, meinte Rohleff verblüfft, ließ sich aus der halben Hockstellung zurückfallen und schoss mit einem Schrei wieder hoch.

»Was ist los mit dir? Mit Elvis ist alles in Ordnung, glaub mir«, sagte Rosa erstaunt, sie hatte sich von ihrem Schreck schneller erholt als er.

»Ich sitz die ganze Zeit schon auf einem Stein, es tut höllisch weh.«

»Und warum hast du das nicht früher gesagt?« Mitleidig strich ihm Rosa über den Nacken, erhob sich geschmeidig und half ihm auf. Er kam sich vor wie ein alter Mann, wie ein gedemütigter, alter Mann. Besser er räumte gleich das Feld und überließ Rosa Fabian, bevor er sich mit weiteren täppischen Annäherungsversuchen noch gründlicher blamierte.

»Danke. Soll ich den Kater jetzt zurückholen?«

»Ach, lass ihn nur. Besser er spielt sich noch ein bisschen müde.«

»Er ist aber ganz nass.«

»Du siehst doch, dass es ihm nichts ausmacht. Er wird lange genug wieder eingesperrt sein.«

Rohleff wollte es mit seiner Fürsorge für den Kater nicht übertreiben. Er hob seinen durchfeuchteten und mit Grasflecken übersäten Dufflecoat auf und legte ihn sich über die Schulter. Rosa ging bereits am Bach entlang, auf die Brücke zu.

Das Wetter, das sich am Nachmittag immer schöner gezeigt hatte, drehte gerade. Eben hatte noch warm die Sonne geschienen, aber auf einmal verdunkelte sich der Himmel bleigrau, Regen drohte.

»Lass uns zu den anderen zurückgehen, bevor der Regen richtig loslegt.« Rosa begann bereits, den Abhang hinaufzusteigen.

Als Rohleff die ersten Tropfen trafen, drehte er eilig um, rutschte auf dem ganz plötzlich glitschigen Gras bis ans Ufer zurück, schaute sich um und entdeckte Elvis, der selbstvergessen weiterspielte, und hatte keine Mühe, ihn einzufangen. Ihm fiel wieder auf, wie leicht, wie winzig dieses nun nasse Katerchen war, das sich bereitwillig an sein noch trockenes Hemd schmiegte.

Rosa war ebenfalls umgekehrt, nahm ihm das kleine Bündel ab und steckte es in den Rucksack.

Kurz vor dem Eingang zur Brennerei meldete sich Rohleffs Telefon. Er sah auf die Nummer. Steinfurt.

»Was gibt es diesmal?«, fragte er reserviert.

»Na, hör mal. Du willst doch was von mir wissen«, empörte sich Patrick.

»Wollte ich das?« Rohleff war noch nicht ganz bei der Sache. Er hatte sich gerade überlegt, Rosa in den Verkaufsraum zu begleiten und sich von ihr beim Kauf einer Flasche Whisky beraten zu lassen.

»Ich hab ein bisschen die Aktivitäten von Dr. Victor Murnau ausgeforscht.«

Rohleff interessierte sich gar nicht dafür, nicht jetzt und vielleicht überhaupt nicht. »Und was ist dabei herausgekommen?«, fragte er lahm.

»Murnau handelt mit Whisky. Er kauft und verkauft.«

»Das scheint mir beim Handeln nur logisch. Und das hast du mir schon einmal gesagt, das ist nicht neu.«

Patrick ließ sich nicht beirren. »Du verstehst nicht. Die Preise auf dem Markt sind in den letzten Jahren in die Höhe geschossen, auf Auktionen erzielen rare Whiskys fantastische Summen, das kannst du dir gar nicht vorstellen.«

»Und Murnau ist dabei?«

Gerade trat dieser in Begleitung von Regine und Boris Reul aus der Tür. Boris eilte sogleich weiter über den Platz und an Rohleff vorbei, ohne ihn zu beachten.

»Und ob, er war auf jeder bedeutenden Auktion in den letzten zwei Jahren vertreten und beteiligt sich an der Preistreiberei, wenn du mich fragst.« Patrick der Handelsexperte.

Regen rann Rohleff in den Nacken. Dann fiel ihm etwas ein. »Und Rainer Fietzig, hat der auch gehandelt?«

»Nein«, antwortete Patrick, »der hat ganz anderen Dreck am Stecken gehabt. Ich schick dir eine SMS, ich muss jetzt aufhören, wir stehen kurz vor einem Durchbruch in der Einbruchsserie.«

»Und wie sieht der aus, der Durchbruch?« Rohleff hätte nun gern den Dufflecoat übergezogen, aber das ging schlecht mit dem Handy am Ohr.

»Mehrere Anwohner haben in den Straßen, in denen eingebrochen worden ist, einen dunklen PKW, vermutlich BMW, mit Steinfurter Kennzeichen bemerkt, der sich auffällig langsam bewegt hat.«

Das Zeichen ST für Steinfurt bezog sich weniger auf die Stadt als vielmehr auf den Kreis Steinfurt, der nicht gerade wenige Städte umfasste. Das hieß aber nicht, dass der BMW nicht doch einem Steinfurter Bürger gehörte.

»Klingt verdächtig.«

Rohleff dachte, dass der Fahrer vermutlich zu den einsamen Narren gehörte, die sich an die Geschwindigkeitsbegrenzung auf dreißig Stundenkilometer hielten. Er beendete das Gespräch, weil es ihm draußen nun zu nass wurde.

Im Verkaufsraum schaute er sich erst einmal um und entdeckte eine Flasche, mit der Patricks Auskünfte eine tiefere Bedeutung erlangten. Rohleff las das Etikett: *Tullibardine Custodians Release 1970, Abfüllung 2016.* Preis: fast tausend Euro.

Voller Ehrfurcht und vor allem voller Furcht davor, sie fallen zu lassen, nahm er die Flasche in die Hand. Beinahe spürte er, wie die Muskeln in der Hand nachgaben, und fasste daher umso fester zu.

»Da haben Sie sich aber viel vorgenommen«, sagte Mrs MacDonnell neben ihm. »Also wollen auch Sie jetzt in Whisky investieren? Oder wollen Sie die Flasche zu einem besonderen Anlass leeren?«

Mit aller Vorsicht stellte Rohleff die Flasche zurück an ihren Platz und rückte sie sorgfältig zurecht. Noch einmal würde er sie nicht in die Hand nehmen. »Weder noch. Und das Handeln überlass ich Dr. Murnau. Er ist da sehr emsig tätig, hab ich gehört.«

»Ja, ich weiß, ich denke, er ist hinter Abfüllungen her, die er nur direkt in den Brennereien kaufen kann. Das kann sehr lukrativ sein.«

Eileen MacDonnell hatte ihnen noch im Bus, gleich nach dem herumgereichten Espresso, einiges über *Tullibardine* erzählt. Die Brennerei gehörte zur Highlandregion, obwohl die eigentlichen Highlands weiter nördlich begannen. Schottland war in fünf verschiedene Whiskyregionen aufgeteilt, die Angabe der jeweiligen Region war letztmalig in *The Scotch Whisky Regulations 2009*, einem verbindlichen Gesetzestext, festgelegt worden. Daraus ging für Rohleff hervor, was für eine ernste Angelegenheit die Whiskyproduktion war, da war nichts auf die leichte Schulter zu nehmen. Whisky war ein schottisches Nationalheiligtum, das sorgfältig gepflegt und geregelt werden musste, um seine Einmaligkeit zu bewahren.

Die fünf verschiedenen Regionen waren im Text genau und ausführlich beschrieben. Es gab drei *Protected Regions*, nämlich Highland, Lowland und Speyside, wobei die Trennlinie von Low- zu Highland etwa auf der Linie zwischen Edinburgh im Osten und Glasgow im Westen lag. In die Highlands eingebettet lag die Speyside-Region, die sie in den kommenden Tagen hauptsächlich bereisen würden. Dann gab es noch zwei *Protected Localities* im Westen, nämlich Campletown auf der Halbinsel Kintyre und die Insel Islay als Ganzes. *Glenkinchie* würde auf ihrer Besichtigungstour die einzige Lowland-Brennerei bleiben.

Bei einem Preis von fast tausend Euro konnte man schon eine gewisse Sorgfalt erwarten, kam Rohleff auf die Flasche vor ihm zurück.

»Klingt, als wäre mit dieser Flasche das Ende der Fahnenstange nicht erreicht. Fällt Ihnen ein Beispiel für einen noch teureren Whisky ein? So einen, bei dem man, wenn man ihn fallen lässt, einen Herzinfarkt erleidet?«

»Hoffentlich nicht«, antwortete Eileen besorgt. »Spontan kann ich Ihnen nur eine Flasche *Glenfiddich* nennen, die 2012 in New York versteigert worden ist: für etwa fünfundsiebzigtausend Dollar.«

»Sagten Sie *tausend*?«

Eileen nickte, aus ihren Augen strahlte ihm große Heiterkeit entgegen. »Zumindest kann man sagen, rare Whiskys zu sammeln, ist platzsparender als Autos.«

»Der Transport kommt wahrscheinlich auch billiger«, sagte Rohleff ernst.

Es gab auch sehr teure Weine, natürlich, warum nicht auch Whiskys, wenn eine ähnlich lange Tradition der Wertschätzung dahintersteckte? Er musste nur endlich von seiner Supermarktpreisliste Abstand nehmen. Whisky für zehn Euro war nur dem Namen nach Whisky, so wenig verwandt mit *Single Malt* wie das Unkraut in seinem Garten mit einem schottischen Golfrasen.

Rohleff dachte an das Lager der Brennerei, eine riesige Halle, in der sich in hohen Regalen vier Fässer jeweils übereinandertürmten. Dort hatte ihn ein Schauder überfallen, weil er unweigerlich an den toten Rainer Fietzig denken musste. Gustav hatte das Lager erst gar nicht betreten.

»Woher kommen diese abartigen Preise? Ich habe gehört, sie haben in den letzten Jahren auch noch kräftig angezogen.«

»Es liegt an der allgemeinen Nachfrage. Die Brennereien können gar nicht so viel produzieren, wie verlangt wird. Sie haben ja begriffen, dass das Brennen äußerst strengen Regeln unterliegt. Begehrt sind natürlich Abfüllungen aus wirklich alten Fässern und vor allem *Single Malts*, abgefüllt von den Erzeugern selbst und nicht von unabhängigen Betrieben, die es auch gibt. *Tullibardine* füllt fast alles selbst ab. Und es gibt hier einiges an Wert zu entdecken.«

Den Eindruck hatte Rohleff nun auch.

Aber Patrick hatte gesagt, Fietzig habe sich auf einem anderen Gebiet verdächtig oder gar schuldig gemacht.

»Was mehr kostet als tausend Euro?«

»Ganz sicher.«

Pitlochry, stand in Rohleffs Reiseführer, sei eins der malerischsten Städtchen von ganz Schottland. Aber es war nicht so gut zu erreichen, der Bus keuchte das letzte Stück der schönen Aussicht wegen über eine schmale, gewundene Nebenstraße, die unablässig berganstieg. Sie befanden sich in der Region der Vorberge des Grampian-Massivs, das zu den Highlands gehörte. Zwischen einigen Wäldern tauchten vereinzelt idyllische Wiesen mit bemoosten Schuppen und struppigen Pferden auf, die aussahen, als hätte man sie nur des hübschen Anblicks wegen ins Grüne gestellt.

Der Bus fuhr in die Hauptstraße ein. Die Wolkendecke lichtete sich so weit, dass sich einige Sonnenstrahlen durchquälten. Sie entfachten ein Farbenspiel auf den Kaminen der Häuser, die eine ewige Konferenz abzuhalten schienen, so dicht gedrängt standen sie auf den zahlreichen Dächern und hatten sich außerdem festlich herausgeputzt. Rohleffs Sehnsucht nach wundervollen Aussichten und Anblicken wurde überaus gründlich bedient. Ja, Pitlochry war eine Augenweide: Die Kamine schimmerten vorwiegend rosa, an den weiß getünchten, alten Häusern waren manche Fenster mit rötlichem Stein umrahmt, und überhaupt waren einige Gebäude mit allerhand farbig gestrichenen Zierblenden in der Art von Laubsägearbeiten dekoriert.

Ihr Hotel lag ein bisschen außerhalb des Örtchens auf einer schmucken, kleinen Anhöhe. Eine pompöse, baumbestandene Parkauffahrt führte zum Eingang. Rohleff sah sich beim allerersten Anblick unversehens auf einen Staatsbesuch bei Queen

Victoria versetzt. Denn das Hotel entpuppte sich als prachtvolles Schloss mit Türmen, Erkern und alten Zedern auf einem weiten Rasengrund davor.

Eileen MacDonnell musste sich in so einem Gemäuer wie zu Hause fühlen, mutmaßte Rohleff, während er sich noch staunend umschaute.

Vor dem Hoteleingang parkten schwere Bentleys und andere rassige Autos.

Kevin hatte bereits die Abendbrotzeit verkündet, und er und Robert, der Busfahrer, waren dabei, die Koffer auszuladen.

Rohleffs Handy meldete sich, er dachte, dass sich die SMS von Patrick ankündigte, aber Dr. Fischer war am Telefon.

»Ich wollte Sie noch zu einer christlichen Zeit erreichen. Etwas hat die Blutuntersuchung bereits ergeben. Fietzigs Cholesterinspiegel wies erhöhte Werte auf, und die Leberwerte waren auch suboptimal.«

Bei Fietzigs Trinkgewohnheiten war das keine Überraschung.

Gustav hatte seinen Koffer bereits erhalten. Rohleffs musste nun auch bald auftauchen.

»Und sonst? Noch etwas Interessanteres? Cholesterin und Leberwerte können wir als Mitursache beim Tod ja wohl ausschließen.«

Fischer keuchte ein bisschen ins Telefon, als würde er eigentlich lachen wollen. »Stimmt, Kollege. Wissen Sie, ob Fietzig unter Rheuma gelitten hat?«

Eigentlich wurde das Gespräch nun zu viel. Rohleff wollte auch nicht länger als Kollege veralbert werden. Aber da sich Fischer anscheinend viel Mühe gab, musste er höflich bleiben. »Wir waren in der Bekanntschaft noch nicht so weit, um uns über Krankheiten auszutauschen. Wie kommen Sie auf Rheuma?«

Gustav zog seinen Koffer aus dem Gewühl und sah zu Rohleff herüber. Er wartete wohl auf ihn.

»Oder hat er gehustet oder sich häufig gekratzt? Das merkt man ja doch.«

»Ist mir nicht aufgefallen. Aber um was geht es denn?«

»Um die spezielle Substanz im Blut, die wir gefunden haben.«

»Nun ja, das lässt sich jetzt nicht mehr aufklären, das mit dem Rheuma, Husten oder dem Juckreiz. Wenn es sonst nichts weiter gibt.« Er hätte jetzt wirklich gern das Gespräch abgeschlossen.

»Tja, es wäre interessant herauszufinden, ob Fietzig zum Beispiel ein Rheumamittel nahm und, wenn ja, welches. Es muss eins sein, dass eigentlich schon lange nicht mehr verordnet wird.«

Rohleff kam nicht ganz mit. Das Gerede über Rheumamittel überstieg seine Kompetenzen und erschien ihm abwegig. »Sie fragen sich, wie er darangekommen ist? Sagen Sie doch einfach, um welche Substanz es sich handelt.«

»Doxylaminsuccinat.«

»Könnten Sie das noch mal wiederholen, es ist gerade so laut hier«, schrie Rohleff ins Telefon und klopfte mit der Hand gegen den Bus, um seine Ausrede glaubhafter zu machen.

Fischer kam seiner Aufforderung nach.

»Doxylaminsuccinat«, wiederholte Rohleff langsam, um es sich nur ja sicher einzuprägen, »das klingt interessant. Hat zu unerwünschten Nebenwirkungen geführt«, mutmaßte er und ärgerte sich, dass er nicht direkt fragte, statt herumzulavieren.

Fischer lachte nun fröhlich. »Und ob! Doxylaminsuccinat macht fast auf der Stelle schläfrig und hebelt das Reaktionsvermögen aus. Autofahren kann man nicht mehr, wenn man das geschluckt hat. Na, denken Sie mal darüber nach, ob Fietzig nicht doch an Rheuma oder was anderem gelitten hat. Könnte ja nicht schaden.«

»Ich werde es im Auge behalten und mich gegebenenfalls bei Ihnen melden«, versicherte Rohleff mit mehr Überzeugung, als er empfand.

Fischer verabschiedete sich heiter.

Rohleffs Koffer stand als einer der letzten noch herum. Als er ihn am Griff packte, lugte er zufällig in das nun geleerte Gepäckfach des Busses und sah wieder den einen silbrigen Koffer, der immer noch in derselben Ecke stand. Fietzigs Koffer. Leider schloss Kevin im nächsten Moment die Klappe und verriegelte sie, bevor er noch irgendetwas tun konnte.

Natürlich musste sich Rohleff wieder ein Doppelzimmer mit Gustav teilen, nahm es aber diesmal gelassener. Kaum im Zimmer angekommen, packte Gustav das Nötigste aus, Rohleff dagegen nur den grünen Buddha und stellte ihn gut sichtbar auf den altertümlichen Kaminsims.

Die ganze Zeit grübelte er über Fischers neueste Enthüllungen nach und wusste nicht, wie er sie bewerten sollte. Es konnte ja durchaus sein, dass Rainer Fietzig ein Medikament nahm, das er sich billig im Internet besorgt hatte. Dass es von Ärzten für gewöhnlich nicht mehr verschrieben wurde, besagte ja nicht, dass es nicht mehr erhältlich war. Vielleicht schwor er auf dieses Medikament. Und es war ja auch unklar, in welcher Dosierung diese Substanz in dem Medikament vorkam, hier war sehr vieles noch unklar.

Zur Vorsicht schrieb er sich den Namen des Zeugs hinten in seinen Reiseführer. Bei Gelegenheit wollte er den Onkel danach befragen, aber vorher ein anderes Thema anschneiden. Eins, das er zu seinem eigenen Seelenfrieden bereden musste.

»Gustav, setz dich«, forderte er ihn auf.

Ihr Zimmer war groß genug für eine hübsche Sitzgruppe aus zwei geräumigen Plüschsesseln und einem winzigen Mahagonitischchen mit einem gedrehten Bein, das in drei Klauenfüßen endete, eine kipplige Konstruktion.

»Hab ich was angestellt?«, fragte Gustav besorgt, setzte sich aber folgsam in einen der Sessel, mit Blick auf den wuchtigen Kamin. Seine Jacke hatte er noch nicht abgelegt. »Geht's wieder um das Doppelzimmer? Du kannst ja auf der Bank schlafen, wenn es dir im Bett zu eng wird.«

Vor dem Doppelbett stand eine antike, schmale, aber lange Polsterbank, die mit einem rot karierten, glänzenden Stoff bezogen war. Auch der Bettüberwurf war rot kariert, die Sessel dagegen zeigten ein altrosa Blümchenmuster. Der grüne Buddha wirkte mehr als zuvor wie ein Mahnmal.

»Darum geht es auch«, antwortete Rohleff fest. »Aber zuallererst und ganz dringend will ich wissen, was dich so in Angst versetzt hat.«

Gustav fasste sich vorsichtig ans Ohr, dessen Rand wie ein pflaumenartiger Auswuchs erschien. Farblich und auch sonst.

»Ich weiß nicht, was du meinst. Sollten wir nicht langsam zum Essen runtergehen? Ich will nicht der Letzte im Speisesaal sein. Ich hab Birgit versprochen, ihr einen Platz frei zu halten.«

»Lenk nicht ab. Du hast mir gesagt, dass du dich bedroht fühlst. Wieso und von wem?«, fragte Rohleff und legte gehörig Härte in die Stimme.

Gustav lachte halbherzig. »Ach das, das war eine Idiotie von mir. Seniler Anfall von geistiger Verwirrtheit, vergiss es.« Er betupfte wieder das Ohr und verzog schmerzhaft das Gesicht.

»Hast du das etwa mit Birgit besprochen?«

»Wird das ein Verhör? Dann aber ohne mich.« Gustav machte Anstalten aufzustehen.

»Gustav!«, schrie Rohleff.

Leider klopfte in diesem Moment jemand an die Tür. Erleichterung breitete sich auf Gustavs Miene aus.

»Das wird Birgit sein.« Gustav hievte sich eilig hoch und ging zur Tür.

Es war aber Rosa mit ihrem Rucksack. »Bitte, kann ich hereinkommen?«

Gustav hatte Wäsche, Kulturtasche, Hosenträger, Socken und Schlafanzug auf seine Seite des Betts geworfen, an sich nichts Schlimmes, aber der unausweichliche Hauch von Intimität war Rohleff peinlich. Nur zu offensichtlich war, dass sie sich das Doppelbett teilten, zwei erwachsene Männer.

Rosa blieb ganz unbefangen und ging, als sie mit einer einladenden Geste hereingebeten wurde, gleich weiter zum Fenster. »Das Zimmer ist hübsch und die Aussicht besser als von meinem aus. Wirklich schön.« Nach dem Blick hinaus wandte sie sich wieder Gustav und Rohleff zu. »Ich hab ja nur ein Einzelzimmer, das ist halb so groß und liegt direkt neben dem Aufzug. Und der knarrt schrecklich, wenn er herauf- oder herunterfährt. Ich weiß gar nicht, wie ich heute Nacht schlafen soll.«

Gustav fuhr mit der Hand in die Tasche, holte sein Klimperzeug aus Fundstückchen heraus, warf es in die Luft und fing es wieder auf. Rosa folgte der Bewegung mit den Augen. »Frag an der Rezeption nach Ohrstöpseln, vielleicht bekommst du welche, oder lass dir ein anderes Zimmer geben«, empfahl er.

Ein schwaches, geisterhaftes Niesen war zu hören, das von niemandem der Anwesenden ausging. »Das könnte ich tun, aber ich komme eigentlich wegen Tommy.«

Rosa holte ihn aus dem Rucksack und setzte ihn auf das Tischchen, das unter ihm erheblich wackelte. Tommy-Elvis duckte sich, als wäre ihm die Unterlage nicht geheuer, und nieste wieder. Er machte keinen guten Eindruck.

»Was meinst du, Gustav?« Rosa trat auf ihn zu. »Hat er sich erkältet? Er ist bei der Brennerei in den Bach gefallen.«

Gustav verstaute seine Fundstückchen wieder in der Tasche, schob Rosa beiseite und widmete sich Elvis. Er beobachtete ihn erst einmal nur. Bei jedem Niesen bebte der kleine Körper von der Nase bis zur Schwanzspitze. Vorsichtshalber hielt Rohleff den Tisch fest. Gustav zog die Jacke aus, Rosa wollte sie ihm abnehmen, aber er kam ihr zuvor und warf sie über die Sessellehne.

Dann legte er eine Hand unter das Tierchen, strich ihm kräftig über Rücken und Rippen, und schon nieste Elvis noch heftiger als zuvor.

Und dann herrschte Stille. »Na, also«, sagte Gustav befriedigt. Mit einem Finger tupfte er etwas vom Tisch auf. »Eine ganz dünne Grasgranne, die hat sich ihm in die Nase gebohrt, und die ist er nun durch das Niesen wieder losgeworden.« Sorgfältig tastete er den kleinen Körper ab, legte die Hand auf das Gesichtchen und hob den Kater schließlich auf. »Sonst fehlt ihm nichts. Keine Erkältung, würde ich sagen.«

Rosa setzte Elvis wieder in den Rucksack. »Danke, da bin ich aber erleichtert. Und ich schau mal, ob ich ein anderes Zimmer bekommen kann.«

»Ich geh gleich mit nach unten«, sagte Gustav forsch und entging so jeder weiteren Befragung.

Rohleff blieb allein zurück. Als er mit Fischer telefonierte, war ihm ein Gegenstand eingefallen, der Fietzig gehört hatte und sich noch immer in seinem Gewahrsam befand. Fietzigs Flachmann. Dessen Brieftasche hatte er Inspektor Fraser ausgehändigt, nachdem er sie gründlich durchsucht hatte. Aufgefallen war ihm eine Quittung über ein Abendessen, das drei

Jahre zuvor in einem Lokal in Edinburgh stattgefunden hatte. Der silberne Flachmann enthielt nur noch einen Rest von Whisky, das war Rohleff ja bekannt, aber nun roch er ausgiebig daran. Ihm fiel nichts Besonderes an dem Geruch auf. Nur typischer Whiskyduft. Weder Karamell noch Pfirsich, Rauch oder Torfaromen. Doch, ein wenig Torf. Den schnupperte er heraus.

Auf der Vorderseite der Feldflasche waren ein verschnörkeltes R und F eingraviert.

Als Hauptgericht wurde zum Abendessen *Grouse* serviert, schottisches Moorschneehuhn, das in den zahlreichen Moorgebieten noch in ansehnlichen Mengen den Jägern vor die Flinten taumelte. Es war wunderbar braun und kross gebraten und duftete vor sich hin, umlegt von köstlichem Ayrshire-Schinken und sparsam mit einer *Bread Sauce* garniert, einer Brotsauce, die Rohleff mit dem Löffel beiseiteschob. Er wollte sich von der Sauce den Geschmack des Moorhuhns nicht verderben lassen. Insgesamt wertete das Huhn die schottische Küche beträchtlich auf. Selten hatte Rohleff zarteres und aromatischeres Fleisch gegessen. Die Hühner mussten sich in der Blüte ihres Lebens befunden haben, als sie geschossen wurden. Aus tiefer Dankbarkeit für das Geschenk dieses Bratens, das sie ihm (kaum freiwillig) gemacht hatten, trank er einen dunklen, samtigen Rotwein dazu, den Gustav bestellt hatte. Zum Abschluss der Mahlzeit wurde Käse gereicht, nicht etwa *Cheddar*, den es auch überall in deutschen Supermärkten gab, sondern *Dunsyre Blue* und – wie könnte es auch anders sein – mit Whisky gewaschener *Bishop Kennedy*, beides wohl nur hier erhältliche Sorten, dazu gab es kleine *Oat Cakes*, Haferkuchen. Es war ein Mahl, wie es edler, traditioneller und schottischer kaum sein konnte – bis auf den Rotwein, der kam aus Südtirol. Alle waren restlos zufrieden, rückten von den Tischen ab, eine philosophische Ruhe machte sich breit. Man hätte meinen können, ein Engelchen mit kurzen Flügeln trippelte durch den Speisesaal.

Birgit gähnte ausgiebig hinter vorgehaltener Hand. »Eigentlich könnte ich jetzt schlafen gehen. Aber vielleicht trinke ich noch etwas an der Bar. Hat noch jemand Lust dazu?«, murmelte sie.

Rosa nickte, wandte sich aber dann an Gustav. »Vorher würde ich gern noch einen kleinen Spaziergang machen.« Sie stockte kurz. »Mit Rucksack.«

Gustav stand auf. »Verstehe, Elvis braucht Auslauf, dann lass uns noch ein paar Schritte gehen.«

»Könnte mir, glaube ich, auch guttun«, meldete sich Birgit und gähnte erneut, »hält mich vielleicht davon ab, an der Bar im Sitzen einzuschlafen.«

Rohleff hatte sich zu den Plänen erst gar nicht geäußert, war aber auch bereit mitzugehen.

Am Ende saß er zusammen mit Gustav und Birgit auf zwei wuchtigen Sofas in einer Ecke der weitläufigen Eingangshalle und wartete mit ihnen auf Rosa, die ihren Rucksack holen wollte. Nach ungefähr zehn Minuten ging er zum Empfang, um in ihrem Zimmer anzurufen und nachzufragen, was sie aufhielt.

»Kommst du mit in die Bar?«, sprach ihn Eckart Pischner an. »Wir wollen uns schon mal auf *Edradour* einstellen.«

Rohleff überging den letzten Teil der Bemerkung, mit *Edradour* konnte er nichts anfangen. »Nein, ich warte auf Rosa, sie will noch ein bisschen mit nach draußen.«

»Du wartest auf Rosa? Die ist schon vor der Tür, ich hab sie eben rausgehen gesehen, ich meine, sie sagte, jemand warte draußen auf sie. So hab ich sie jedenfalls verstanden. Und wohin wollt ihr?«

»Wissen wir noch nicht, vielleicht nach Pitlochry rein, mit Gustav und Birgit.«

Rohleff ging zurück zu den anderen und stellte dabei fest, dass von der Sofa- und Sitzecke aus die Eingangstür nicht zu sehen war. Als sie alle drei vor dem Hotel standen, konnten sie Rosa nirgendwo entdecken und machten sich daher auf Birgits Vorschlag ohne sie auf den Weg in der Hoffnung, sie bald einzuholen. Ohne sich groß abzusprechen, schlugen sie den Weg in die Stadt ein. Rohleff überlegte, ob sich Rosa kurzerhand mit Fabian verabredet hatte, aber das war ihm nun auch egal. Er fühlte sich verstimmt. Unterwegs unterhielt Birgit sie mit Details zur Ortsgeschichte.

»Der Ort ist wahnsinnig alt. Es hat hier in der Gegend Anfang des dritten Jahrhunderts ein römisches Kastell gegeben.«

Sie gingen einen Waldweg entlang. Bauwerke waren noch keine zu sehen, aber ein Stück vor ihnen lugte als erstes Zeichen menschlicher Besiedelung eine verwitterte Scheune durch die Äste.

»Und wie viele Einwohner hat Pitlochry?« Rohleff erinnerte sich noch genau, dass die Fahrt bis zum Hotel nicht sehr lang gedauert hatte.

»Ungefähr dreitausend.« Birgit starrte in ihren Reiseführer. »Königin Victoria war hier in der Nähe auf Schloss Blair zu Besuch, 1842, da muss sie noch ganz jung gewesen sein. Damit wurde auch der Ort Pitlochry bekannt, und seit es eine Zugverbindung hierher gab, wurde er bei Touristen beliebt. Vor allem wohl wegen der zwei Brennereien, *Blair Atholl* und *Edradour*, die stehen morgen ja auf unserem Programm.«

Zwei Brennereien auf dreitausend Einwohner, Rohleff war beeindruckt, er erinnerte sich, dass Eckart *Edradour* erwähnt hatte.

Die ersten Häuser tauchten auf, typische Einfamilienhäuser mit gepflegten Vorgärten.

Bald darauf schlenderten sie die Hauptstraße entlang und sahen sich die hübschen, kleinen Geschäfte in den alten Fachwerkhäusern an, von denen einige noch geöffnet waren. Ständer mit Karten und bedruckten Schals auf dem Bürgersteig bezeugten, dass Pitlochry nicht allein vom Whisky lebte.

Von der Hauptstraße aus war es nicht weit bis zum alten Bahnhof, einem Spielzeugbahnhof mit weißen Sprossenfenstern und blau gestrichenen Wandteilen. Hinter dem Bahnhof führte eine verspielte Brücke mit einem Geländer aus weißem, blau abgesetztem Gitterwerk über die Gleise.

Oben auf der Brücke trugen Boris und Fabian offenbar einen Streit aus. Ihre erregten Stimmen waren bis unten zu hören. Auf einmal schlug Fabian dem anderen rüde auf die Schulter, drehte sich um und stapfte die Stufen der Brücke herab. Auf dem Bahnsteig angekommen, wurde er der anderen gewahr, nickte ihnen mit grimmiger Miene zu und stapfte an ihnen vorbei.

»Was gab's denn?«, rief ihm Birgit nach.

»Gar nichts. Er ist nur ein Spinner«, rief Fabian über die Schulter zurück.

»Heh, ihr da!« Boris winkte oben auf der Brücke, sein rechter Arm war emporgereckt und beschrieb auffällige Achterschleifen.

Kaum zu glauben.

Rohleff kniff die Lider zusammen und verfolgte jede der Schleifen, um sich zu vergewissern, dass er richtig sah. Außerdem überlegte er, ob es wirklich mehr als eine Person geben mochte, die so auf sich aufmerksam machte. Er selbst kannte sonst keine. Für gewöhnlich wedelten die Leute mit dem Arm hin und her. Keine Achterschleifen.

Im Geist ortete er die Achterschleifen auf dem Golfplatz von St. Andrews und zog eine Linie bis zu der Stelle, wo Gustav von einem Golfball getroffen worden war.

Und Gustav war zusammengezuckt, als er erstmals Boris gesehen hatte, als wäre ihm der Teufel persönlich erschienen.

Nun allerdings war ihm kein Erschrecken oder eine andere missliche Empfindung anzumerken. Doch, eigentlich schon. Aber keine, die mit Angst zu tun hatte. Nur Ablehnung. Schade, dass sie über Boris nicht das Geringste wussten.

Oben senkte dieser den Arm und beugte sich nun über das Geländer. »Ihr da unten. Wartet auf mich, ich komme runter.«

»Wollen wir so tun, als hätten wir ihn nicht gehört?«, erkundigte sich Birgit.

»Gute Idee«, brummte Gustav und setzte sich in Bewegung.

Als hätten sie sich abgesprochen, verließen sie eilig den Bahnsteig, aber sie hatten die andere Seite des Bahnhofs noch nicht erreicht, da hatte Boris sie bereits eingeholt.

»Habt ihr das mitgekriegt? So ein Spinner!«, fluchte er.

»Wer? Du oder Fabian?«, fragte Birgit freundlich.

»Was?« Boris blieb stehen. »Ich hab ihm doch nur …«

Birgit zog ihr Smartphone aus der Tasche, Rohleff tat es ihr nach, vielleicht merkte Boris, wenn sie nicht mehr auf ihn eingingen, dass sie unter sich bleiben wollten.

»Komisch«, Birgit sah ihr Telefon an, »ich kriege keinen Empfang.«

»Ja, sag ich doch«, meldete sich Boris mit einem Anflug von Verzweiflung. »Gib's mir, ich krieg das hin.« Er hatte sich an Birgits Seite gedrängt und streckte die Hand nach ihrem Smartphone aus.

»Was kriegst du hin?« Rohleff dachte, dass es vielleicht nicht das Schlechteste wäre, sich doch hier und gleich mit Boris näher zu befassen. »Kennst du dich mit Handys aus?«

»Handy, Computer, was du willst. Ich bin Experte in so was.«

»Und das hat zu Streit mit Fabian geführt?« Birgit hatte ihr Handy wieder eingesteckt und musterte den anderen nun mit einem strengen Blick.

»Er hatte Probleme mit seinem Gerät, und ich hab ihm geholfen. Anstatt sich zu bedanken, fing er an zu fluchen, der Armleuchter. Gib mir mal deins, ich mach's für dich klar.« Er streckte Rohleff die Hand entgegen.

»Muss jetzt nicht sein. Wenn wir hier keinen Empfang kriegen, kannst du auch nichts machen.«

»Oben auf der Brücke geht's.«

Rohleff sah zurück zur Brücke und verfolgte im Geist wieder Achterschleifen. Etwas hakte aber noch in seiner Erinnerung, dessen war er sich ganz sicher. Was hatte es mit dieser dämlichen Bewegung auf sich?

Leider wurden sie Boris nicht mehr los, im Gegenteil, er schwang sich zum Fremdenführer auf und riet dringend dazu, sich die Lachstreppe nicht entgehen zu lassen, eine der größten Sehenswürdigkeiten des Ortes, außer den beiden Brennereien selbstverständlich und den Highlandgames auf der Festwiese, die aber gerade nicht in Gang waren. So blieben ihnen Baumstammwerfen und weitere typisch schottische Belustigungen erspart. Dank Boris' Hartnäckigkeit kehrten sie um, denn um zur Lachstreppe zu gelangen, mussten sie die Eisenbahnbrücke überqueren.

Offensichtlich kannte er sich hier aus. Fietzig war der Quittung über ein Abendessen nach auch schon früher in Schottland gewesen, vielleicht waren sich die beiden ja sogar begegnet. Danach wollte Rohleff sich unauffällig erkundigen, wenn sich eine Gelegenheit dazu ergab.

Zunächst einmal kamen sie an den alten Staudamm, der den Fluss Tummel aufstaute, an dessen Ufer das Städtchen Pitlochry lag. In den Tummel mündeten zwei Bäche, an einem davon lagen die beiden Brennereien, *Blair Atholl* mitten im Ort, *Edradour* weiter außerhalb.

Es war tatsächlich ein Erlebnis, auf dieser über sechzig Jahre alten, beinahe vorsintflutlich anmutenden Staumauer zu stehen. Auf der einen Seite breitete sich der Loch Faskally aus, der Stausee, der im Abendlicht überirdisch glänzte, so ruhig und still erschien das Wasser. Der Blick verlor sich in der Ferne zwischen bewaldeten Ufern, die sacht zu Hügeln anstiegen. Zur anderen Seite hin wurde Rohleff von einem unwiderstehlichen Sog in die Tiefe ergriffen; in breiten Bahnen rauschte Wasser die Wand hinunter bis in den Tummel, der nach der Stauanlage als Fluss nicht mehr viel hermachte. Krampfhaft hielt sich Rohleff oben am steinernen Geländer fest. Ihm wurde so schwindlig, dass er nur mit Mühe seinen Blick von den fallenden Fluten losreißen konnte.

Die Lachstreppe bestand aus einer dreihundert Meter langen Wasserrinne, die sich in vielen ansteigenden Stufen unter Umgehung der Staumauer auf der einen Seite des tief gelegenen Flusses bis hoch zum Loch führte.

Boris deutete genau in dem Moment auf die Rinne, als über einer der Stufen etwas silbrig Glänzendes sekundenlang in der Luft schwebte. Ein Moment für die Ewigkeit.

»Großartig« entfuhr es Gustav, »gute Idee herzukommen. Jetzt sehen wir sogar springende Lachse.«

»Eher Forellen, die Lachse kommen erst viel später den Fluss herauf«, bemerkte Boris.

Das hätte er sich ruhig sparen und den anderen die Illusion lassen können, einen der sagenhaften Königsfische in all seiner Kraft und Herrlichkeit auf dem Weg zur Hochzeit gesehen zu haben. Immerhin machte Boris bei seiner Bemerkung eine betretene Miene.

Gustav bückte sich, hob ein winziges Schneckengehäuse auf, das wohl ein Vogel fallen gelassen hatte, grub in seiner Manteltasche nach all den anderen Fundstückchen, warf sie ein paar Mal in die Luft und fing sie wieder auf, bevor er alles zusammen einsteckte. Der Klimbim musste bereits einen ganz hübschen Umfang angenommen haben.

Rohleff wischte sich Schweiß vom Gesicht. Doch, es gefiel ihm hier. So viel spektakuläre Natur kombiniert mit Ingenieurskunst gab es nicht allzu häufig. Die Niagarafälle hätten ihn nicht mehr gereizt.

»Dann warst du schon mal hier?«, erkundigte er sich einigermaßen freundlich.

»Das ist nicht mein erster Schottlandurlaub«, antwortete Boris nicht ganz präzise.

»Rainer Fietzig muss das auch gesehen habe, wart ihr beide hier?«, mutmaßte Rohleff ins Blaue hinein und bemühte sich um einen beiläufigen Ton, der zumindest bei Birgit nicht verfing. Sie warf ihm einen erstaunten Blick zu, sagte aber nichts.

»Fietzig? Wer ist das denn?«, fragte Boris leicht erregt.

»War«, mischte sich Gustav mit Grabesstimme ein, »er war mal …«

»Mitglied der Gruppe«, ergänzte Birgit.

»Was soll das denn?«, empörte sich Boris unvermittelt. »Muss ich den kennen, nur weil er auch mal in Schottland war? Das ist doch der, der tot umgefallen ist. Hab ich doch recht mit. Oder? Nee, wieso sollte ich den kennen?« Er schüttelte abwehrend den Kopf. Je mehr er sich ereiferte, desto mehr schien sicher, dass er log. Die drei anderen betrachteten ihn skeptisch.

»Nee, aber auch. Am Ende soll ich wohl schuld sein, dass er den Löffel abgegeben hat? Mit mir nicht, Leute.« Boris ereiferte sich immer noch.

Rohleff ließ ihn stehen und ging zurück auf die andere Seite, die stille, ruhige, bei deren Anblick menschliche Probleme so unwichtig erschienen. Wegen der verdammten Achterschleifen hatte er sich fest dazu entschlossen, an eine Bedrohung Onkel Gustavs zu glauben.

Der See blinkte gelassen vor sich hin.

Auf dem Rückweg liefen ihnen die Wichmanns über den Weg, mit denen Boris die Golfpartie begonnen hatte, und an diese wurden sie ihn los.

»Boris scheint dir ja ein richtiger Dorn im Auge zu sein«, bemerkte Birgit aufgeräumt. »Macht es dir Spaß, den Ärmsten aufzumischen?«

»Warum denn nicht?«, konterte Rohleff im gleichen leichten Ton. »Der Kerl hat Gustav mit Donald Duck aufgezogen, das kann man doch nicht so hinnehmen. Nervensägen muss man zurechtstutzen, solange es noch geht. Soso, Computerexperte ist unser Boris, da muss er ja gut verdienen.«

»Um sich so eine Reise zu leisten?«, sekundierte Birgit bereitwillig.

»Rosa arbeitet in einer öffentlichen Bibliothek«, warf Gustav vielsagend ein.

»Ja, das sagte sie«, ergriff Birgit wieder das Wort, »das ist ja kaum ein Traumjob, was das Gehalt betrifft.«

Rohleff hatte dem Wortwechsel mit wachsendem Erstaunen gelauscht. Die beiden wussten mehr über Rosa als er! Wahrscheinlich benahm er sich einfach nur verklemmt ihr gegenüber. Nicht locker genug, um sich nach so allgemein interessanten Details wie dem Beruf zu erkundigen.

»Und du, Birgit, was hast oder hattest du für einen Beruf?«

Gustav kicherte. »Birgit war beim BND.«

Rohleff ließ das erst einmal sacken. Die nette, harmlos wirkende Birgit war beim Bundesnachrichtendienst gewesen?

»Als Null-null-acht mit der Lizenz, fremde Computer zu knacken?«, erkundigte er sich.

Birgit lächelte entspannt. »Schießen kann ich auch. Ich hab einen Jagdschein. Meine beiden Söhne übrigens auch.«

»Und dein Mann?« Nun ließ Rohleff alle Hemmungen fallen, was das Aushorchen betraf.

»Der geht wandern im Allgäu.«

Gustav tätschelte Birgit, die sich bei ihm eingehakt hatte, liebevoll den Arm. »Ja, ja, der braucht sich keine Sorgen um dich zu machen, du hast ja mich.«

Vor dem Hotel standen die Pischners, Liliane trug wieder ihr neues Topfhütchen.

»Das ist doch ein wirklich nettes Ehepaar, sie wirken so harmonisch«, stichelte Rohleff anzüglich.

»Paar schon, Ehepaar nicht«, korrigierte Birgit nüchtern.

»Aber sicher ist das ein Ehepaar!«, widersprach Rohleff aufgebracht.

»Liliane ist seit dreißig Jahren Eckarts Geliebte. Das weiß eigentlich jeder, der sie kennt. Jetzt, nach seiner Pensionierung, muss er ja keine Rücksichten mehr auf seine Stellung als Staatssekretär nehmen, da gehen sie endlich gemeinsam auf Reisen.«

»Aber jeder redet sie doch mit Frau Pischner an, ich auch«, sagte Rohleff mit einer Art Verzweiflung.

Sie hatten die anderen beinahe erreicht. »Gib Ruhe, Junge«, mahnte Gustav, »und stell dich nicht immer so trottelig an.«

Andere Autos parkten diesmal vor dem Hotel, aber nicht weniger erstklassige. Einige davon waren schwere, teure Geländewagen, allesamt über und über dreckig. Bei zweien standen die Heckklappen offen, auf den Ladeflächen lagen doppelläufige Gewehre und mehrere Patronenschachteln. Die Männer, die bei den Autos standen, trugen schlammige Gummistiefel.

Einer rauchte Pfeife, ein anderer hatte sich die Jagdwaffe lässig über die Schulter gehängt. Beim Anblick der Flinten wurde Rohleff mulmig zumute, er hätte nicht sagen können, warum. Vielleicht nur, weil sie so sorglos präsentiert wurden.

»Frag die doch mal, ob du mit ihnen auf Moorhühner gehen kannst«, regte Rohleff an Birgit gewandt an.

»Bist du verrückt? Die Moorschneehühner haben gerade Brutzeit, da knallt man die nicht ab. Das wäre illegal.«

»Und woher stammten dann die, die wir heute Abend gegessen haben?«

»Aus der Tiefkühltruhe.«

Rohleff hatte immer mehr das seltsame Gefühl, dieser Art des Reisens nicht gewachsen zu sein. Dagegen musste er etwas tun. »Und was jagen dann diese Männer? Ich nehme an, sie treffen sich hier nicht zum Tontaubenschießen.«

»Zumindest nicht heute«, ließ sich eine Stimme hinter ihnen vernehmen. Eileen MacDonnell gesellte sich zu ihnen und betrachtete voller Wohlwollen die Jäger. Einem nickte sie zu. »Die jagen Rehböcke. In den Ausläufern der Grampians. Und vielleicht erwischen sie auch ein oder zwei Wildschweine.« Nach dieser Erklärung ging sie zu den Männern und begrüßte sie. Der Mann, dem sie zugenickt hatte, legte den Arm um sie und zog sie an sich.

Rohleff folgte Birgit und Gustav niedergeschlagen ins Haus. Sie durchstreiften eine verwirrende Folge von Gesellschaftsräumen. In einem davon stand ein Flügel mit einem notdürftig geflickten Bein, der einem Hinweisschild zufolge einmal Richard Wagner gehört hatte und vom österreichischen Thronfolger dem Hotel gespendet worden war.

Am Ende ihres Rundgangs landeten sie in einem Kaminzimmer. In den breiten Sesseln vor dem prasselnden Feuer saßen Männer, die dem Aufzug nach zu den Jägern gehören mussten, und Rosa, die sich in dieser Runde wohlzufühlen schien – trotz der Tabakschwaden, die aus mehreren Pfeifen aufstiegen. Von Rauchverbot schienen die Herren noch nie etwas gehört zu haben. Die ganze Szene wirkte seltsam altertümlich und gediegen.

Rosa plauderte mit einem Herrn, der eine alte Filzjacke und Gummistiefel trug, und passte sich auch ohne Schmuddellook rein äußerlich wunderbar ein. Ohne Rucksack, aufgebrezelt mit engem Rock im Schottenkaro, hochhackigen, glänzenden Stiefeln und einem engen, dunkelroten Samtjäckchen mit Silberknöpfen, das ihre üppigen Formen umspielte und ihre blonden Haare leuchten ließ. Sie sah zum Anbeißen aus.

Rohleff musterte kurz die Szenerie und trat dann näher.

»Wir haben dich vermisst, Rosa. Wo bist du bloß abgeblieben? Erst haben wir in der Halle auf dich gewartet, dann vor dem Hotel, nachdem uns Detlev gesagt hat, du wärst nach draußen gegangen.«

Mit Fabian war sie jedenfalls nicht weggegangen, den hatten sie ja bei der Eisenbahnbrücke im Streit mit Boris angetroffen.

Kurz blitzte eiskalter Ärger in ihren blauen Augen auf. »Und ich habe auf euch gewartet! Draußen natürlich, wir haben doch gesagt, wir treffen uns draußen. Und ihr seid nicht gekommen.«

An dieser Stelle mischte sich der Gentleman ein, Rohleff verstand nur *Honey* und *don't worry* und hätte gern zu einer sauscharfen Entgegnung angesetzt, aber da lächelte Rosa unverhofft und überaus beschwichtigend. Und zwar lächelte sie Rohleff und nicht den Schotten an.

»Spielt es denn jetzt noch eine Rolle? Beruhige dich, Lieber. Und darf ich dich mit Lord Rannoch bekannt machen?« Sie nickte dem Gentleman zu.

Ein Lord also, der mehr als nachlässigen Kleidung nach ein echter und kein Aufschneider, was Rohleff deutlich besser gefallen hätte. »Muss nicht wirklich sein. Ich wollte nur wissen, wie es Tommy-Elvis geht.« Was natürlich gelogen war. Ihm war nur nach ein bisschen Provokation zumute.

»Dem geht es gut, ich hab den Kleinen schlafen gelegt, er ist ganz brav gewesen. Mach dir keine Sorgen um ihn«, sagte sie weich.

Der Gentleman hob sein Glas, in dem sich vermutlich Whisky befand, vermutlich *cask strength,* der Mann sah aus, als käme ihm gar nichts anderes in die Kehle. Wahrscheinlich pfiff ein so kalter Wind durch die Risse in seinem Erbgemäuer, dass etwas Milderes nicht infrage kam.

»Ja, ich auch«, sagte Rohleff verbindlich auf Deutsch, »und dann mal gutes Schießen morgen.«

Er machte sich daran, den Raum zu verlassen. Zu seiner Verblüffung hatten Gustav und Birgit die ganze Szene verfolgt und nahmen ihn nun mit in eine der vielen Bars, wo noch ein paar aus ihrer Reisetruppe einen Absacker tranken. Rohleff ließ sich zu einem *Glenfiddich* überreden, von Eileen MacDonnell, die anscheinend doch keine Lust auf adelige Gesellschaft hatte und ihnen dafür einen kleinen Stegreifvortrag über *Glenfiddich* hielt. Die Brennerei war eine der größten von ganz Schottland, mit einer Produktion von nahezu dreizehn Millionen Liter Alkohol, mit vierundzwanzig *Washbacks* aus Douglasfichte und achtundzwanzig *Pot Stills,* also Brennblasen, für die sie sich einen eigenen Kupferschmied leistete. Rohleff sah eine Herde von langhalsigen Dinosauriern aufmarschieren, alle stanken gewaltig nach Alkohol, und das hieß im Besonderen nach Obst, ja, er roch ein winziges bisschen von Apfel- und Butterbirnenaroma aus dem Getränk heraus. Ein wirklich angenehmes, gaumenfreundliches Gesöff, eine gute Vorbereitung für den letzten Akt des Abends.

Es blieb nicht bei dem einen Absacker, unter Eileen MacDonnells äußerst kundiger und ebenso trinkfester Führung erforschten sie die Speyside-Region, zu der ja auch *Glenfiddich* gehörte, noch weiter und ergänzten ihre Kenntnisse um *Glen Grant* (frische Zitronennote), *Glenlivet* (noch mehr Zitrone), *Cragganmore* (auch sehr fruchtig) und *Glen Moray* (ziemlich süß). Leider standen nicht alle diese Destillerien, so wunderbar sie auch sein mochten, auf dem Programm der Reise, es verhielt sich damit wie mit einer Besichtigung des berühmten Pariser Louvre, wo man auch nicht alles an einem Tag schaffte. Rohleff bekümmerte das nicht weiter, er hatte das befriedigende Gefühl, den gut in Alkohol konservierten Inhalt eines prächtigen Fruchtkorbs vertilgt zu haben.

Auch Gustav hatte leichte Schlagseite und überließ es daher Rohleff, ihre Zimmerschlüssel an der Rezeption abzuholen. Untergehakt machten sie sich in ihr gemeinsames Schlafgemach auf, ein Bild der Eintracht. Gustav unmelodisch pfeifend.

Rohleff bugsierte ihn fürsorglich in einen der Sessel am Fenster.

»Und nun«, kündigte er leicht nuschelig an, »unterhalten wir uns noch ein bisschen, wie sind ja vor dem Abendessen unterbrochen worden.«

»Bist du verrückt?« Gustav versuchte, auf die Beine zu kommen, aber es gelang ihm nicht auf Anhieb.

»Bleib sitzen!«, kommandierte Rohleff streng.

Gustav stöhnte nur, sackte in den Sitz zurück und starrte an die Decke.

»Ich hab dich gefragt …«, Rohleff machte eine Pause, weil er unversehens den Faden verloren hatte.

»Da steht ja schon wieder dieser grüne Butt, Budd... wie heißt das noch gleich?«

Rohleff blickte sich um, erblickte den Buddha, und sofort konnte er wieder anknüpfen. Die ganze Sache hatte doch in Hamburg begonnen. »Wer bedroht dich, was hat dich in Furcht und Schrecken versetzt, dass du mich als Leibwächter mit nach Schottland und vorher nach Hamburg geschleppt hast? Sag es mir jetzt, oder ich mach mich hier vom Acker und lass dich im Stich. Soll dich doch umbringen, wer möchte.« Er legte so viel Wut in die Stimme, wie er konnte.

Gustav schüttelte verwirrt den Kopf. »Ich hab dir doch gesagt ...«

»Nichts hast du mir gesagt, gar nichts. Rainer Fietzig ist offenbar betäubt worden, ehe er starb.«

Der grüne Buddha, fiel Rohleff auf, war ein Stück nach rechts gerückt. Ein bisschen verschwamm dieser nun vor seinem Blick, als er sich noch einmal umwandte. Alles verschwamm ein bisschen, wie der Koffer, der vor dem Abendessen noch vor der linken Schranktür und nun vor der rechten stand.

»Was?«, keuchte Gustav.

»Du glaubst doch, dass du mit ihm verwechselt worden bist und er keines natürlichen Todes starb. Warum, Gustav? Ich will es jetzt wissen. Wer ist hinter dir her?«

Gustav wischte sich von unten über den Schnauzbart, sodass sich die Haare borstig aufstellten.

»Ich will ...«

Unversehens sprang Rohleff auf, wobei er fast das Gleichgewicht verlor, sich aber im letzten Augenblick fing und auf die Armlehnen von Gustavs Sessel stützte, sodass er sich Auge in Auge mit dem Onkel befand.

»Sag's mir, Gustav! Welches Gespenst aus deiner Vergangenheit hat dich heimgesucht?«

Dem Erschrecken nach hatte er richtig getippt.

»Birgit sagt, man muss wissen, wann Drohbriefe gefährlich sind. Ich denke, die, die ich bekommen habe, sind es nicht.«

Rohleff richtete sich auf und tappte zurück zu seinem Sessel.

Drohbriefe also. Und Birgit, die erfahrene BNDlerin wusste darüber Bescheid? In welcher Abteilung sie wohl gearbeitet hatte?

Bevor er fortfuhr, warf er noch einen Blick aus dem Fenster. Ihr Zimmer lag an der Rückseite des Hotels, mit einer weiten Aussicht auf eine parkartige Gartenanlage und viel Wald im Hintergrund. Die Parkleuchten schufen Lichtinseln, in denen sich Nebelschwaden drehten, eine verwunschene Szenerie, die durch ein Reh mitten auf dem Rasen etwas Märchenhaftes erhielt. Das Reh wirkte klein, unschuldig und ein bisschen dämlich. Rohleff war kurzfristig versucht, das Fenster aufzureißen und dem Reh Bescheid zu sagen, dass es sich gefälligst verdrücken sollte, bevor es die Jäger entdeckten. Der schöne Garten war in Wahrheit für seinesgleichen eine Todeszone.

Ja, hier war offensichtlich eine unheimliche Jagd in Gang, es stellte sich nur die Frage, wer die Beute und wer der Jäger war.

»Dann erzähl mir endlich auch von diesen Briefen. Schön, dass du schon mal Birgit ins Bild gesetzt hast, zu mir hast du anscheinend nicht so viel Vertrauen.«

»Ach, hör doch auf! Ich hab mit Birgit nur allgemein über Drohbriefe gesprochen und nicht über die, die ich bekommen habe.«

»Wie viele?«, erkundigte sich Rohleff knapp. Es war wichtig, Gustav am Reden zu halten, bevor er im Sessel einschlief.

»Drei, einer lag im Briefkasten, eine Woche bevor wir nach Hamburg gefahren sind, und dann kamen noch zwei danach, der letzte zwei Wochen vor der Schottlandreise.« Ein leichtes Schaudern überlief Gustavs mächtige Statur.

»Und was stand drin?«

»Ich kann mich kaum daran erinnern.«

»Natürlich kannst du dich erinnern. Hast du sie dabei?«

»Ich hab sie verbrannt.«

Rohleff verschlug es die Sprache.

»Ja, ich hab sie verbrannt, verdammt noch mal!«, fuhr Gustav erregt fort. »Nun guck nicht so, als hätte ich nicht mehr alle Tassen im Schrank.«

»Ich frag mich gerade, ob du das überhaupt je hattest. Sag mir doch mal, warum du die Briefe verbrannt hast, aber mir Wochen später erklärst, dass du dich bedroht fühlst?«

»Wegen der toten Katze«, antwortete Gustav düster, »da dachte ich, dass die Briefe ernst gemeint waren.«

Rohleff erinnerte sich, dass er den Onkel nach seiner letzten Katze gefragt hatte.

»Dann ist Nero nicht an Altersschwäche gestorben?« Nero, der vierte oder der fünfte?

»Er sah aus, als hätte ihn jemand mit der Planierraupe überfahren.«

»Zufällig?« Rohleff wollte es genau wissen.

»Nein«, antwortete Gustav grimmig. »Nicht zufällig, ganz und gar nicht. Doch, er war alt, und ich hatte längst überlegt, ihn einschläfern zu lassen, das ist richtig. Er verließ den Garten nicht mehr. Er blieb immer auf dem Grundstück oder war bei mir im Haus. Und dann hat ihn jemand aus dem Garten geholt, vermutlich, als ich gerade nicht da war.«

»Und hat ihn dir platt gefahren vor die Tür gelegt, als unauffälligen Hinweis, ich verstehe. Lag auch was Schriftliches dabei? Nur so ein paar Zeilen zur Erläuterung? Erst der Kater und dann du?«

»Konnte er sich sch… sparen, der Mistkerl. Er hatte im letzten Brief schon angekündigt, dass er mir eine Warnung zukommen lassen wollte.«

»Dann erzähl mal, was in den anderen stand«, sagte Rohleff milde.

Gustav fuhr sich mit beiden Händen übers Gesicht und glättete anschließend sorgsam seinen Schnurrbart.

»Ich hab halt früher nicht gern die Finger von …«

»Den hübschen Frauen lassen können«, fuhr Rohleff fort, um die Sache abzukürzen. »Das weiß ich, Mutter hat das öfter mal erwähnt.«

»Was?«

»Du scheinst nicht immer so ganz diskret bei deinen Affären vorgegangen zu sein, sodass sich deine kleinen Abenteuer herumgesprochen haben. Und vor allem hast du nicht immer die richtige Vorsorge getroffen. Kondome gibt es doch schon lange, oder hattest du Bedenken, weil der Papst den Gebrauch als gotteslästerlich verdammt hat?«, brach es aus Rohleff heraus. »Wie im Familienkreis gemunkelt wurde, hast du in jedem Dorf im Umkreis von dreißig Kilometern sichtbare Spuren hinterlassen, und durchweg rothaarige.«

Gustav sah erst entsetzt, dann beleidigt drein. »So habt ihr also über mich geredet! Das nehme ich aber übel, merk dir das. Du hast das alles geglaubt, ja? Und an den Pfarrer hast du nie gedacht?«

Gustav hatte nun fest den Blick auf den grünen Buddha gerichtet. Rohleff schwieg erst einmal und hörte weiter zu.

»Ich hab nie was verraten«, erklärte Gustav, »wir waren ja befreundet, der Pfarrer und ich. Hochwürden Jacob Sonnleitner. Jedes rothaarige Kind in den Gemeinden wurde mir angelastet, dabei war Jacob auch rothaarig, und er trieb es nicht nur mit seiner Haushälterin. Nach fünfzehn Jahren wurde er versetzt; wie viele Kinder er in seiner neuen Gemeinde gezeugt hat, weiß ich nicht, war ja auch nicht meine Sache.«

Es klang beinahe bitter. Da waren dem armen Onkel Gustav doch tatsächlich Sünden angelastet worden, die ein anderer begangen hatte, noch dazu ein Pfarrer, die höchste moralische Institution des Dorfes gleich nach dem Bürgermeister und dem Doktor. Franken war eben schon früher eine segensreiche und fruchtbare Gegend mit fleißigen Leuten gewesen. Nur dass der Fleiß sich gelegentlich aufs falsche Feld verlegt hatte.

»Und was wurde aus Jacob? Lebt er noch?« Vielleicht müsste man den Spuren der priesterlichen Libido doch mal nachgehen. DNA-Tests und so weiter.

»Prostatakrebs, er starb schon vor zehn Jahren.«

Das Grab zu öffnen, kam wohl nicht infrage.

»Und wie viele Kinder gehen deiner Schätzung nach auf dein eigenes Konto?«, erkundigte sich Rohleff. »Und hältst du Kevin nun für einen mutmaßlichen Enkel oder doch für ein direktes Erzeugnis deiner Lenden?«

»Ach, hör doch auf. Können wir morgen weiter darüber reden? Ich will ins Bett.« Gustav stemmte sich hoch, sackte aber wieder zurück. »Ich schlaf am besten im Sessel.«

»Wirst du nicht«, sagte Rohleff, »ich fass dann mal zusammen. Du hast mehrere Drohbriefe erhalten, aus denen hervorgeht, dass einer deiner zahlreichen illegitimen Sprösslinge dir als Vater auf die Spur gekommen ist und sich nun dafür rächen will, dass du ihn nie beachtet hast. Bevor wir auf Kevin und Boris kommen, den anderen Rothaarigen unter uns Schottlandreisenden, nur noch ein, zwei Fragen: Wie konkret sahen die Drohungen aus, und stand in den Briefen was von Geldforderungen?«

Gustav runzelte angestrengt die Stirn. »Keine Geldforderung, hauptsächlich Beschimpfungen. Hurenbock, um nur mal das Harmloseste zu nennen. Und dass ich noch mein blaues Wunder erleben würde. Ein drasch...«, Gustav musste neu ansetzen, »eine drastische Drohung galt meinem Zeugungsapparat.« Er blickte in seinen Schoß und dachte kurz nach. »Die Kaschtration ... sollte aber nur der Anfang sein.«

Rohleff überkam ein wenig Übelkeit, ob bereits vom Alkohol oder nur von Gustavs Ausführungen, hätte er nicht zu entscheiden vermocht. Armer Gustav, nun regte sich doch endlich Mitleid mit ihm.

»Und du sagst, Rainer Fietzig ischt ... ist ...«, hob Gustav wieder an.

»Ich erzähl's dir morgen, komm, wir schlafen erst einmal eine Runde.«

Das Zimmermädchen hatte wohl während ihrer Abwesenheit aufgeräumt und die Figur verrückt. Andererseits: Sie hatten doch erst an diesem Tag eingecheckt, aufgeräumt würde erst am nächsten Morgen. Rohleff war nun so müde, dass er sich nicht mehr in der Lage sah, weiter über die widersprüchliche Angelegenheit nachzudenken. Seine ganze restliche Energie reichte gerade noch dazu, um äußerst fürsorglich dem alten Onkel auf die Beine zu helfen und ihn zu Bett zu bringen. Bald erbebte das antike Möbel unter Gustavs Geschnarche. Dennoch fand auch Rohleff in den Schlaf.

Noch vor dem eigentlichen Frühstück um halb neun bestellte er starken Kaffee für sie beide aufs Zimmer, erstens, um wach zu werden, zweitens, um auch Gustavs Lebensgeister auf volle Kraft zu schalten, und drittens, um das Gespräch vom Vorabend sinnvoll zu ergänzen. Gustav gab sich kooperativ, nun, da er das Schlimmste, für ihn das erzwungene Geständnis über sein früheres Lotterleben, hinter sich glaubte.

»Sagt dir Doxylaminsuccinat was?«, eröffnete Rohleff die zweite Runde, aus der er wieder als Sieger hervorzugehen gedachte.

»Willst du jetzt meine medizinischen Kenntnisse überprüfen?«, entgegnete Gustav an den grünen Buddha gewandt, auf den er etwas angestrengt seinen verkaterten Blick gerichtet hielt, als müsste er das Fokussieren erst wieder erlernen.

»Eher meine. Im Blut von Rainer Fietzig ist Doxylaminsuccinat gefunden worden, und alles, was ich weiß, ist, dass es ungeheuer schläfrig macht.«

»In hoher Dosierung ganz übles Zeug. Haut dich um wie nichts. Steckte früher in Rheumamitteln, heute manchmal in seltsamen Kräutermischungen, die als Schlaftrunk verkauft werden. Juckreiz und Bronchialkatarrh werden auch damit behandelt, es beruhigt eben die Nerven.«

Das war nichts Neues, erhöhte aber Gustavs Gesprächsbereitschaft beträchtlich. Rohleff stand mit seinem Kaffee frisch geduscht am Fenster und bewunderte den Tau auf dem Rasen, die Kaninchen, die sich dort zum Frühsport versammelt hatten, und den dunstverhangenen Himmel. Das Licht zauberte Orangetöne mit tiefgrauen Rändern hervor, als hielte das Wetter noch alles bereit, was es zu vergeben hatte: strahlenden Sonnenschein und wolkenbruchartigen Regen. Trotz einer gewissen Anspannung freute sich Rohleff auf den neuen Tag.

»Dann fragt sich doch, ob Rainer ein Medikament genommen hat oder ob ihm jemand etwas in den Whisky geschüttet hat«, ergänzte Gustav, »ist es das, was dich umtreibt?«

»Ja, ich möchte schon wissen, was mit Fietzig los war«, sagte Rohleff. Er überlegte, ob er die Sache mit dem gefundenen Golfschläger erwähnen sollte, verzichtete aber erst einmal darauf. »Und dazu brauche ich deine Hilfe. Erinnerst du dich, wer alles noch im Verkaufsraum von *Glenkinchie* anwesend war, als du den Raum verlassen hast? Und wer vor dir gegangen ist und wann? Und wenn nicht, frag doch mal ein wenig herum, wer wen wo gesehen hat. Einige werden sich bestimmt noch erinnern.«

Gustavs Erinnerungen waren nicht sehr weitreichend, er wusste nur, dass Birgit vor ihm gegangen war und auch die Pischners, die ja anscheinend auch schon mal eine Auseinandersetzung mit Fietzig gehabt hatten, das musste bedacht werden. Sie wussten ja nicht, um was es dabei gegangen war.

»Wenn ihm jemand unbemerkt ein Beruhigungsmittel verabreicht hat, hat mich dieser jemand nicht mit ihm verwechselt. Dann bin ich doch aus dem Schneider, denn mir hat keiner was ins Glas getan, das weiß ich genau. Fragt sich allerdings …« Gustav hielt inne.

»Also du meinst«, unterbrach ihn Rohleff, »Boris Reul oder Kevin Höltl stecken nicht hinter den Drohbriefen?«

Gustav fühlte sich wohl aus dem Konzept gebracht, er trank erst einmal seinen Kaffee aus. »Mit Kevin hab ich kaum gesprochen, er interessiert sich nicht für mich. Und das Gleiche gilt auch für Boris, der ja nicht mal in *Glenkinchie* dabei war, jedenfalls nicht offiziell, das dachte ich gerade schon. Irgendwie passt hier einiges nicht zusammen.«

Den Eindruck hatte Rohleff allerdings auch. Vor allem seit der Sache mit dem versteckten Golfschläger und der Attacke, die Gustav gegolten hatte. Fietzig war als Verwechslungsopfer da ja bereits aus dem Rennen gewesen. »Das ist oft so bei Ermittlungen. Ich versuche mal herauszufinden, wie und wann Boris nach Schottland gekommen ist, und du hörst dich nach den anderen Details um.«

Gustav kratzte sich am Kopf und stand auf. »Dann geh ich mal duschen. Du meinst also, ich bin doch nicht ganz aus dem Schneider?«

»Ich würde mich von Whiskyfässern in dunklen Hallen fernhalten, und sieh zu, dass du dich möglichst immer in Gesellschaft befindest.«

»Ich hab ja Birgit.« Gustav strebte aufs Badezimmer zu.

»Sag mal, es stört dich nicht, dass Birgit einen Ehemann und zwei Söhne hat?«

»Wieso denn? Die Söhne sind längst aus dem Haus, sie hat auch schon Enkelkinder, das finde ich großartig. Es ist alles ganz unkompliziert mit ihr.« Gustav lächelte selig, dem alten *Womanizer* war nicht beizukommen.

Einmal straffällig, immer straffällig, dachte Rohleff, das traf auf viele Sünder zu.

Zum Frühstück tastete er sich an Exotischeres heran, nämlich *Dundee Cake*, einen zarten Früchtekuchen, der gut mit Orangenmarmelade harmonierte, und *Black Pudding*, auf Deutsch Blutwurst, die seiner Ansicht nach ebenfalls mit Orangenmarmelade harmonierte. Nur auf *Kippers*, geräucherte Heringsfilets, verzichtete er diesmal, die aß dagegen Gustav sehr gern, allerdings ohne Orangenmarmelade. Und beide nahmen zu einer großen Kanne schwarzem Tee ein Alka Seltzer.

Die Meisten gingen zu Fuß zur Brennerei, die für den Vormittag auf dem Programm stand. Es gab einen verlockenden, unter den Füßen federnden Weg von gerade einmal einem Kilometer Länge, der durch den Wald bis *Edradour* führte, einem frühlingshaften Wald mit Vogelgezwitscher, hellgrünem Laub an den Bäumen und vielen prachtvollen, alten Kiefern, die den typischen, äußerst würzigen Waldgeruch des Nordens prägten.

Regine Murnau ging ein Stück vor Rohleff, blieb auf einmal stehen, hob einen Fuß und angelte nach ihrem Schuh. Nur weil Rohleff in letzter Sekunde zufasste, verlor sie nicht das Gleichgewicht.

»Danke«, sagte sie nach Luft schnappend. »Ich hab die ganze Zeit schon einen Stein im Schuh.«

Rohleff hielt sie fest, bis sie ihren Schuh ausgeschüttelt und wieder übergestreift hatte.

Rosa kam mit ihrem Rucksack vorbei und zwinkerte Rohleff kurz zu. Boris hielt sich an ihrer Seite, während er gestikulierend auf sie einschwatzte, einen Zweig mit frischem Grün schwenkend, als ob er Fliegen verjagen wollte. Der Mann konnte seine Glieder einfach nicht ruhig halten.

»Die Torfnote ist mir zu stark, wenn du …«

Den Rest verstand Rohleff nicht.

Regine sah den beiden nach.

»Ich mag ihn nicht besonders«, sagte sie zu Rohleff.

»Nun ja«, murmelte er verblüfft.

»Er ist schrecklich aufdringlich, das hab ich auch zu Victor gesagt, aber er wollte mir nicht zuhören. Schon beim Einsteigen ins Flugzeug hat er versucht, die Stewardess zu bequatschen, damit er sich umsetzen konnte, er hielt alle auf, es war peinlich. Ich weiß nicht, was mit ihm los ist. Er muss doch merken, dass keiner was mit ihm zu tun haben will. Rosa tut mir leid, kannst du sie nicht von ihm erlösen?« Das wurde mit so viel Leidenschaft vorgetragen, dass Rohleff aus dem Staunen nicht herauskam. Natürlich fand so ziemlich jeder Boris blöd, schnöselig, penetrant, und doch hatte er etwas Kindliches an sich, sodass man ihm am Ende seine Aufdringlichkeit verzieh. Er war eben ein Trampeltier, aber kein bösartiges.

»Sie scheint ihn aber zu mögen. Boris ist mit dir im selben Flugzeug nach Schottland geflogen?«

»Das sagte ich doch gerade.« Sie schien noch etwas hinzufügen zu wollen, aber da winkte Victor, der nun auch stehen geblieben war, sie zu sich. »Ich geh dann mal.«

Rohleff ließ sie ziehen, dabei hätte er zu gern gewusst, ob sie Boris bereits kannte, als sie mit ihm im Flugzeug gesessen hatte. Das hatte sie nämlich nicht erwähnt. Und mit ihrer Aussage fiel Boris als Täter in Bezug auf Fietzigs plötzliches Ableben eindeutig aus. Sie konnten ihn von ihrer Liste der Verdächtigen streichen.

- 5 -

Edradour mutete beim ersten Anblick wie die Puppenstubenausgabe einer Brennerei an. Sie präsentierte sich als ein Ensemble von niedrigen, weiß gestrichenen Gebäuden mit schmucken, bläulich schimmernden Dächern und rot gestrichenen Türen, das unaufdringlich den Charme des Alten, aber gut Erhaltenen verbreitete. Alles wirkte so gemütlich und beschaulich, dass man erwartete, Menschen in der Mode des neunzehnten Jahrhunderts anzutreffen.

Der Geschäftsführer, der die neuen Gäste kurz und herzlich begrüßte, gehörte ins einundzwanzigste Jahrhundert und machte einen etwas angestrengten Eindruck. Vielleicht hatte er von dem Zwischenfall in *Glenkinchie* gehört, jedenfalls ließ er einen besorgten Blick über die Reisegruppe schweifen, als würde er die Möglichkeit in Betracht ziehen, dass sich auch diesmal etwas Unheimliches ereignete.

Die Brennerei wurde allerdings von etwa hunderttausend Besuchern im Jahr heimgesucht, Rohleff musste an Venedig denken, wo die von den Monsterschiffen der Touristenflotte erzeugten Wellen die Fundamente der zierlichen, alten Palazzi beschädigten. Auf dem Parkplatz standen jedenfalls drei große Busse nebeneinander aufgereiht, das war bei der Ankunft schlecht zu übersehen gewesen.

Rohleff fühlte eine völlig deplatzierte Leichtigkeit. Vielleicht lag es an dem erfrischenden Spaziergang, vielleicht daran, dass er endlich einiges mit Gustav geklärt hatte. Klarheit schaffte ja immer Erleichterung, obwohl damit die Probleme keineswegs gelöst waren. Nur hatte er den Eindruck, jetzt nicht mehr vollkommen nebulösen Ängsten ausgesetzt zu sein. Ängsten um Gustav. Er hing ja doch viel mehr an dem lieben, alten Kerl, als er gedacht hatte.

Der Geschäftsführer hatte sie verlassen, einer seiner Angestellten würde den kleinen Rundgang leiten, Victor Murnau hatte bereits erklärt, dass er darauf verzichten würde, einige andere waren noch unschlüssig, ob sie sich sofort der Verkostung und dem Kauf widmen oder doch mitkommen wollten.

Eileen MacDonnell fragte Rohleff, ob er bereit sei, sie durch die Anlage zu begleiten. Das war er unter der Bedingung, dass er sich mit ihr ausführlich über Whisky unterhalten durfte. Er war nun begierig, mehr darüber zu erfahren, gern viel mehr.

Zunächst vergewisserte er sich noch, ob Gustav sich an ihr Abkommen hielt, erstens auf keinen Fall allein herumzustromern, und zweitens, etwas über Fietzigs letzte Momente in *Glenkinchie* herauszufinden.

Dann konzentrierte er sich auf die Führung. Im Stillen memorierte er jede Erklärung, um sie sich einzuprägen.

Der Whisky begann mit dem Korn, der Gerste. Die enthielt Zucker, allerdings in einer zuerst einmal wasserunlöslichen Form. Damit der Zucker für die nachfolgenden Prozesse verfügbar war, wurde das Korn ordentlich gewässert. Danach wurde es erstmals spannend. Denn die angekeimte Gerste, die nun Grünmalz hieß, wurde getrocknet, das Malz kam auf den *Kiln*, den Dörrboden, unter dem ein Torffeuer brannte. Daher die Rauchnoten des Whiskys. Je mehr und je länger der Torf brannte, desto torfiger der Whisky.

Nach dem Trocknen wurde das Malz gemahlen, und das geschah immer in den Brennereien. Um das Endprodukt als originalen *Malt Whisky* etikettieren zu dürfen, musste in der Brennerei gemahlen, gesiebt, gemaischt und natürlich gebrannt werden. Von der jahrelangen Lagerung in alten Fässern und dem *Finish* ganz zu schweigen. Beim Mahlen entstand der grobkörnige *Grist.*

Danach erfolgte das Maischen in den großen *Mash Tuns,* die Rohleff nun bereits mehrmals besichtigt hatte. Das Überbrühen der Maische mit heißem Wasser, um die Zuckerlösung zu gewinnen, erinnerte ihn ein bisschen an das Aufbrühen von Kaffee. *Edradour* wies einen einzigen Maischebottich und zwei hübsche *Wash Backs* aus Oregon-Kiefer auf. Mit den *Wash Backs,* in denen die Zuckerlösung mit Hefe vergoren wurde, war Rohleff nun schon gut vertraut. Wieder überkam ihn dieses eigenartige Gefühl, als er in die leise vor sich hin brodelnden Bottiche schaute. Dabei fielen ihm die Stimmen ein, die er bei den *Wash Backs* von *Glenkinchie* vernommen hatte, Stimmen aus dem Fasslager, wie er sich nun sicher war, nicht sehr lange vor Fietzigs Tod. In Gedanken lauschte er dem Klang nach und konstatierte, dass sie erregt geklungen hatten. Und war da nicht ein Gerumpel gewesen?

Eileen tippte ihn auf den Arm. »Ist Ihnen nicht gut?«

Sie befanden sich auf einem luftigen Laufgang etwas oberhalb der Bottiche.

»Doch, doch, ich dachte nur gerade …« Rohleff beugte sich weit über das Geländer und starrte in den Bottich.

»Nicht reinfallen.« Eileen hielt ihn zurück. »Und nicht zu lange und zu tief die Dünste aus der *Wash Back* einatmen.« Aus der Stimme war ein kleines bisschen Besorgnis herauszuhören, gemischt mit einer kräftigen Portion Belustigung.

»Sonst?«

»Könnten Sie ohnmächtig werden, hineinfallen und ertrinken.«

Rohleff drehte sich um und lehnte den Rücken an das Stahlgeländer. »Im Ernst?«

»Aber ja! Sie können hier gewissermaßen betrunken werden, ohne einen Schluck zu trinken. Benebelt, wie man in Deutschland sagt.«

»Komisch, das ging mir schon die ganze Zeit durch den Kopf. Aber wieso gleich ohnmächtig?«

»Durch die Alkoholdämpfe und durch das Kohlendioxid, das bei der Vergärung entsteht. Eine ungesunde Mischung.«

»Muss ein netter Tod sein.« Rohleff ließ den Blick schweifen und versuchte, die Beklemmung abzuschütteln. Da war er in *Glenkinchie* ja vielleicht selbst einer Ohnmacht entronnen, als er etwas zu lange, wie ihm nun aufging, in die *Wash Backs* geschaut hatte. Ihm war ein bisschen schwummerig geworden, daran erinnerte er sich. Es schien ihm, als hätte die Erinnerung ein gut Teil Nebel um ihn herum heraufbeschworen. Er wischte sich über die Wangen und über die Augen, als könnte er dadurch mehr Klarheit für sich gewinnen, aber die Luft in der ganzen Halle war tatsächlich reichlich dunstig.

Das Charmante an *Edradour* war, dass sich alle wesentlichen Einrichtungen zur Whiskyerzeugung, die *Wash Tun,* die beiden *Wash Backs* und die *Pot Stills,* die Brennblasen, in derselben großen Halle befanden, was eine ganz eigene Atmosphäre erzeugte. Das wurde Rohleff erst so richtig klar, als sie zu den Brennblasen weiterwandelten.

Zwei Brände waren zur Erzeugung von *Single Malt* vorgeschrieben, manche Brennereien brannten sogar dreimal. Die *Spirit Still* von *Edradour,* die beim zweiten Brand eingesetzt wurde, war eine der kleinsten Brennblasen in ganz Schottland und kam Rohleff doch ganz anständig groß vor, wie das bei Kinderdinos zu sein pflegte.

Um jede der beiden Brennblasen waberte Dunst, der Dunst, der aus der *Mash Tun* und den *Wash Backs* unablässig aufstieg, er ließ das Kupfer nur verhalten aufschimmern, in immer neuen Farbtönen, und gab ihm eine eigenartige, irisierende Lebendigkeit. Schaute man lange genug hin, schienen sich die Dinosaurier sacht zu bewegen.

Eileen hatte erklärt, dass in *Edradour* rund um die Uhr und an dreihundertfünfundsechzig Tagen im Jahr Whisky erzeugte wurde. Etwa hunderttausend Liter pro Jahr.

»Seit wann wird überhaupt *Single Malt* gebrannt?«, erkundigte sich Rohleff mit belegter Stimme. Irgendwie schien es ihm, dass in diesem Dunst Erkenntnisse lauerten, die es nur einzufangen galt.

»Ursprünglich natürlich überall«, sagte Eileen, die nüchterne Stimme kratzte an seinen Nerven. »Jede kleine Brennerei brannte ihren *Single Malt*, ihren Whisky, der nicht mit anderen gemischt wurde, den sie auch selbst abfüllte und im nahen Umkreis verkaufte. Mitte des neunzehnten Jahrhunderts kamen dann die Verschnitte in Mode, das Mischen der Brände aus verschiedenen Brennereien, und die wurden dann zum Standard und überallhin verkauft. Dabei waren dann die kleinen Betriebe aus dem Spiel. Bis vor fünfzig Jahren endlich eine Rückbesinnung auf *Single Malt* stattfand«, erläuterte Eileen bereitwillig. Die anderen aus der Gruppe waren längst weitergezogen.

In den nebelverhangenen Brennblasen fand die Alchemie des Whiskys statt. Fragte sich nun, wie daraus Geld wurde, viel Geld.

»*Glenfiddich* war die erste Brennerei, die sich wieder auf *Single Malt* verlegte«, fuhr Eileen fort. »Das löste einen Boom aus, der bis heute anhält und ständig wächst, seit zwanzig

Jahren immer rasanter. Damals fingen die ersten mit Spezialabfüllungen an.«

Rohleff spürte eine seltsame Erregung bis in die Fingerspitzen.

»Ähnlich wie beim Wein? Die teuren stammen auch aus einer Lage, einem bestimmten Jahrgang.«

Eileen stand so dicht neben ihm, dass er ihr Parfüm roch, wieder fiel ihm die Holznote auf, die er so mochte. »Manche Brennereien stellen Sonderserien in kleinen Auflagen her, da wird zur Gewinnmaximierung viel herumexperimentiert. Wie bei *Bowmore*, die ihren *Black Bowmore* 1964 für etwa fünfzig Pfund auf den Markt brachten und der heute für mindestens zweitausend gehandelt wird. Noch seltenere Whiskys aufzuspüren, ist die Königsdisziplin, wenn es um den Wert geht. Interessant sind da die kleinen Brennereien.«

»Wie *Edradour*?«, warf Rohleff rasch ein. Der Winzling unter den Brennereien hatte es ihm angetan. »Klingt ein bisschen wie Schatzsuche. Indiana Jones auf Whiskytour.«

Eileen nickte amüsiert und senkte verschwörerisch die Stimme. »Was das betrifft, würde ich mich in den geschlossenen und sogar den abgerissenen Brennereien umtun, um wirklich alte und sehr alte Fässer zu finden. *Single-Cask*-Abfüllungen, die Abfüllung aus einem einzigen alten Fass kann für die Wertentwicklung äußerst reizvoll sein. Und je mehr die alten Lagerbestände schwinden, desto höher die Preise. Zurzeit wird immer mehr von asiatischen Sammlern aufgekauft. Sie zahlen praktisch jeden Preis, sodass schwindelerregende Gewinne zu erzielen sind.« Sie lächelte versonnen und schaute auf die Brennblasen, deren Konturen ein wenig im Nebel verschwammen. »Alles im allem ist der Markt nun ziemlich undurchsichtig oder sollte ich unübersichtlich sagen?«

»Ein Dschungel?«

»Ein Nebelwald.«

Rohleff ließ die Gedanken schweifen. »Unübersichtlich« konnte man auch als Einladung zu kriminellen Geschäften verstehen. Fietzig war in der Hinsicht vielleicht nur ein Amateur gewesen.

Wollte Patrick nicht eine SMS schicken, um ihm etwas über Fietzigs undurchsichtige Geschäfte mitzuteilen? Rohleff fummelte an seinem Smartphone herum, aber es verweigerte den Dienst.

Am Ende der Brücke tauchte Fabian auf und schaute mit undurchdringlicher Miene auf die Brennblasen. »Habt ihr Boris gesehen?«, fragte er.

»Nicht, seit wir auf dem Rundgang sind«, antwortete Rohleff. »Warum? Hast du wieder Streit mit ihm?«

»Wie kommst du denn darauf? Ich wüsste nicht, worüber.«

Rohleff beließ es dabei.

Eileen ging mit ihm noch ins Fasslager hinüber. Es war größer als das von *Glenkinchie*, es erschien vollkommen unpassend groß, und es war bis zu den Dachbalken randvoll mit Fässern. Überall ragten sie auf, übereinander, hintereinander, durch schmale Gänge voneinander getrennt, staubige und noch staubigere, auf denen sich gefühlsmäßig der Dreck von Jahrzehnten, wenn nicht Jahrhunderten festgekrallt hatte. *Edradour*, hatte Eileen gesagt, sei im Jahr 1825 gegründet worden.

Staunend wandelte Rohleff herum und konnte schlecht begreifen, was er sah. »Wie kommt das denn hier zustande?«, brach es aus ihm heraus. »Ist hier alles eingelagert, was seit bald zweihundert Jahren gebrannt worden ist?«

»Zu viele Fässer für so eine winzige Brennerei?«, fragte Eileen nach.

»Ja genau, Mrs MacDonnell, ich versteh's nicht. Ich erinnere mich an Mengenlehre in der Schule, und hier kommt es mir vor, als hätte ein Wunder wie die Brotvermehrung in der Bibel stattgefunden.«

»Eileen«, sagte Eileen sanft, »sagen Sie doch Eileen zu mir.«

»Nicht Lady Eileen?«

Eileen schüttelte den Kopf und unterdrückte ein Grinsen. »Bloß nicht. Eileen genügt. Und Sie heißen Karl?«

Rohleff nickte nur stumm. Es wäre schön gewesen, nun mit Eileen allein hier zu sein, in dieser nicht sehr hellen Halle voller verschwiegener Ecken. Aber gerade, als er sie freundschaftlich auf die Wange küssen wollte – Gustav hätte das bestimmt getan –, entdeckte er Boris, der mit seinem Smartphone die Reihen der Fässer abging und fotografierte. Es war der Blitz beim Belichten des Fotos gewesen, der ihn aufmerksam gemacht hatte. Und noch jemand trieb sich weiter hinten in der Halle herum. Jemand, den er noch nicht erkennen konnte, dafür war es weiter weg zu dunkel. Er seufzte enttäuscht auf.

»Also wieso stehen oder liegen hier so viele Fässer herum?«

Ein erdiger Geruch schlug ihm entgegen, der Boden bestand aus festgestampfter Erde und ließ die Halle sehr urtümlich wirken. Zwischen den riesigen Gestellen voll mit Fässern kam er sich sehr klein vor.

»Lesen Sie einfach mal, was draufsteht.«

Wenig später wusste er mehr, auch weil Eileen noch ein paar Erklärungen nachschob. *Edradour*, das aussah, als handelte es sich um einen Farmbetrieb mit angeschlossener Brennerei, gehörte zu einem größeren Konzern, der hier einige seiner anderswo erzeugten Brände einlagerte, außerdem machten das noch weitere Destillerien, sodass man sagen konnte, dass nur der kleinere Teil der Fässer die hiesige Produktion enthielt. Und diese fiel vor allem durch außerordentliche Vielfalt auf, dagegen war *Tullibardine* ein Waisenknabe. Alles, was sich nur irgendwo an edlen Getränken in Fässern befand, Madeira, Chateauxneuf du Pape, Chardonnay und vieles andere, hinterließ hier seine Spuren im *Finish.* Es gab zudem eine eigene Untermarke, *Edradour-Ballechin,* jedes Jahr in einem anderen Fasstyp gereift, alles stark getorfte Whiskys. Ja, alles sehr unübersichtlich auf den ersten Blick. Und seit *Glenkinchie* hielt sich Rohleff nicht allzu gern in Fasslagern auf.

Er sah nun auch, wer sich noch hier herumtrieb: Es war Kevin. Er schien eine Vorliebe für die Fasslager zu haben, schließlich hatte er sich bereits auffällig lange in dem von *Glenkinchie* herumgetrieben, nachdem Fietzig dort zu Tode gekommen war.

Rohleffs und Eileens Handys meldeten sich gleichzeitig. Als Rohleff seins endlich aus der Tasche gefummelt hatte, hatte Eileen ihr Gespräch bereits aufgenommen und war ein paar Schritte zur Seite getreten, sie winkte noch kurz und ging auf den Ausgang der Halle zu. Schade, dachte Rohleff.

Patrick meldete sich. »Du könntest dich wenigstens für die Mail bedanken«, moserte er ohne jegliche Einleitung.

Rohleff war in einen der Seitengänge getreten und erschrak, als über ihm ein Geräusch zu hören war. Es knackte und knirschte. »Welche Mail?«, fragte er abgelenkt und erinnerte sich im gleichen Moment an die, die er ja schon lange erwartete. »Über Fietzig, ja?«, schob er eilig im Flüsterton nach. »Dazu melde ich mich später noch. Was macht die Ermittlung für Fortschritte?«

Beim Betrachten der Streben, die die Regale trugen, ging ihm auf, dass sie einem enormen Druck standhalten mussten, aber ein bisschen zerbrechlich wirkten. Vier Fässer übereinander, noch mehr nebeneinander und sogar welche hintereinander, da waren ungeheure Kräfte am Werk. Es knisterte beinahe genau über ihm. Und da war noch ein dumpfes Klopfen zu hören. Hoffentlich betätigte sich da nicht jemand mit einem Holzhammer.

»Welche Ermittlung? Und warum flüsterst du auf einmal?«, erkundigte sich Patrick.

»Bin hier nicht allein.«

Rohleff schaute auf. Nur Fässer, eins über dem anderen. Und doch musste sich dort oben jemand zu schaffen machen. Er überlegte, ob es ratsamer war, sich vorsichtig zu entfernen oder herauszufinden, was die Geräusche zu bedeuten hatten. Wie gut, dass Gustav nicht bei ihm war. Das Fass direkt vor ihm hatte mal Madeira enthalten, diesen süßlichen Wein, der nun den jungen Whisky aufmischte. Der Fassreifen wies Rostspuren auf wie das Fass, dass Fietzig den Garaus gemacht hatte. Rohleff fühlte sich zunehmend unwohl. Wieder war das dumpfe Hämmern zu hören, nun etwas weiter entfernt, aber immer noch zu nah. Wenn die Strebe gleich neben ihm nachgab – na dann gute Nacht! Er stand ganz still, hielt den Atem an.

Ganz oben bewegte sich etwas, kurz war eine Hand zu sehen. Es knirschte nun deutlich heftiger. Rohleff machte sich zum Spurt bereit, aber noch harrte er aus.

Eine Hand schob sich diesmal über den Rand des Fasses ganz oben und tastete herum.

»*Are you looking for something*?«, fragte Rohleff aufs Geratewohl.

Keine Antwort.

»Suchst du was?«

Rohleffs ganzer Körper stand unter Spannung, bereit zur Flucht.

Über ihm tauchte aus dem Zwielicht etwas rötliche Drahtwolle auf, die sich als Haarschopf entpuppte, und zuletzt war endlich der ganze Kopf zu sehen.

»Hilfst du mir mal?«, erklang Boris' klägliche Stimme über ihm, er musste sich in einer sehr üblen Lage oben auf den Fässern befinden. »Saublöd ist das, aber ich finde die Leiter nicht wieder und hab Angst, dass ich runterfalle, wenn ich mich viel bewege.«

Rohleff hatte sehr große Lust, Boris dort oben zu lassen, erstens wegen der Schrecksekunden, die er ihm verdankte, zweitens, weil er dort garantiert nichts zu suchen hatte, und drittens, weil die Gefahr, dass das Gerüst zusammenstürzte, sicher wuchs, wenn er irgendetwas zur Rettung von Boris unternahm. Sollte der Armleuchter doch dort oben verschimmeln. Vielleicht gab das dem Whisky zusätzliche Würze.

Rohleff musste erst nach der Leiter suchen, fand sie aber schließlich ein ganzes Stück weiter hinten im Gang und stellte sie so, dass Boris herunterkommen konnte, was einige Zeit in Anspruch nahm, weil er sich wie ein Chamäleon nur in Zeitlupe bewegte. Er sah auch aus wie eins, bis auf die Haare der Umgebung wundersam angepasst. Seine Jacke war über und über mit Staub und Rostflecken bedeckt, das war selbst bei der spärlichen Beleuchtung ausgezeichnet zu erkennen.

»Was guckst du so?«, schnaubte Boris.

»Bisschen staubig da oben, was?«, fragte Rohleff trocken.

Boris wischte sich einmal über die Vorderfront. »Ach das. Ich geb die Jacke im Hotel in die Reinigung, heute Abend ist die wie neu.«

Boris schlenderte davon, bevor Rohleff ihm die Frage stellen konnte, was zum Teufel er oben auf den Fässern gemacht hatte. Achselzuckend schaltete er wieder das Handy ein, das sich zwischenzeitlich selbst ausgeschaltet hatte.

Boris war stehen geblieben. »Und danke, ja? War nett von dir.«

Rohleff nickte nur abgelenkt und versuchte, das Mailprogramm aufzurufen, scheiterte aber. Er runzelte die Stirn, hielt das Handy ein Stück von sich ab, und da wurde es ihm aus der Hand genommen.

»Zeig mal, um was geht's denn?« Boris schaute auf das Display und begann zu tippen.

»Ich hab versucht, eine E-Mail abzurufen«, erklärte Rohleff widerwillig.

»Sofort.«

Rohleff wusste nicht, was er tun sollte. Boris machen lassen oder … Er erkannte, dass Boris gerade eine Mail öffnete, vermutlich die von Patrick. So schnell, wie er eigentlich gewollt hätte, konnte er sein Handy gar nicht an sich nehmen.

»Danke, danke, den Rest erledige ich selbst. Lesen kann ich schon.« Fietzigs Name fiel ihm sofort ins Auge.

»Schon gut, ich bin ja nicht neugierig, ich weiß gar nicht, was immer alle haben«, grollte Boris und schlenderte davon.

»Und was hast du oben auf den Fässern getrieben?«, schrie Rohleff ihm nach. »Ich will es wissen, ich bin nämlich neugierig. Sehr sogar.«

Boris hielt sein Handy hoch und beschrieb damit eine Achterschleife. »Sagenhafte Aufnahmen, echt Klasse, kann ich dir verraten.«

Für Rohleff klang das verrückt, er sah ihm kopfschüttelnd nach und bemerkte dabei, dass Kevin verschwunden war. Erst dann las er die Mail.

Fietzig, hieß es, sei mehrmals in Prozesse verwickelt gewesen, bei denen Bauherren gegen ihn Zivilklagen erhoben hatten, zuletzt ein Eckart Pischner und dessen Ehefrau Erika Pischner. Dabei sei es zu einem Vergleich gekommen. Fietzig habe einiges an Pischners zahlen müssen, so ähnlich seien auch zwei frühere Prozesse ausgegangen, ein vierter habe nichts mit dem Baugewerbe zu tun gehabt. Ob das reiche, fragte Patrick. Um Whisky war es bei keinem der Prozesse gegangen. Rohleff wusste nicht, ob ihm das weiterhalf. Er war nun allein in dem riesigen Lager, merkte, wie sich das Licht veränderte, es wurde dunkler und noch unheimlicher. Nach dem Erlebnis mit Boris, hatte er genug vom Lager, hier gab es nichts mehr für ihn zu entdecken. Aber bevor er sich zum Ausgang aufmachte, schoss er ein paar Fotos, die einen guten Eindruck vom Lager vermittelten, von den riesigen, auf den ersten Blick unübersichtlichen Beständen. Direkt hinter der Eingangstür lehnte Fabian mit missmutiger Miene an der Wand.

»Suchst du immer noch nach Boris? Der war eben hier, er kroch auf den Fässern herum und machte Aufnahmen, ich weiß nicht, ob er mehr ein Foto- oder ein Whiskynarr ist, vielleicht beides. Er saß oben fest und kam ohne Hilfe nicht mehr herunter, ich musste ihm die Leiter halten«, erklärte er, aber das beeindruckte den anderen nicht sonderlich.

»Kanntest du ihn schon, bevor er in Edinburgh zu uns stieß?«, fragte Fabian lässig. »Du scheinst der Einzige zu sein, der ihn nicht täglich einmal in den Hintern treten möchte«, fuhr er fort und tippte in sein Handy, hielt es aber so, dass Rohleff nicht auf das Display schauen konnte.

»Ich hab ihn vorher …« Rohleff stockte, von einer plötzlichen Erinnerung überwältigt, »nur einmal gesehen. Ja, tatsächlich, das hab ich. Im Hamburger Hafen.« Auf einmal tauchten die Bilder wie aus dem Nichts auf. Er und Gustav auf der Niederbaumbrücke stehend, mit Blick auf einen vollbeladenen Kahn, der unter ihnen gemächlich daherzog, und einem Mann an der Mole, der heftig winkte.

Fabian hob die Augenbrauen und tippte seelenruhig weiter, während sich Rohleff über sich selbst wunderte. Hatte er damals wirklich Boris gesehen? War es Boris, der hektisch winkend die Männer auf dem Kahn mit den Kisten auf sich aufmerksam machte? Rohleff sah deutlich den in Achterschleifen rudernden Arm und vermochte sich nicht vorzustellen, dass er sich irrte. Er ging seiner Erinnerung weiter nach. Später beim Essen im Fischlokal hatte er ebenfalls Boris gesehen, aber dessen war er sich immer weniger sicher, je intensiver er die Erinnerung hervorbeschwor. Diese letzte stellte die andere, die von der Hafenmole, auf einmal wieder infrage. Nur zu gut wusste er, wie katastrophal sich Zeugen oft irrten.

»Und wo genau? Der Hamburger Hafen ist groß.«

»Und warum interessiert dich das?«

»Weil mir Boris so furchtbar auf die Nerven geht. Dir etwa nicht?«

»Weil er neugierig ist und fremde Mails liest? Nö, mir ist er sympathisch.« Rohleff hatte nicht die Absicht, sich noch länger auf Fragen einzulassen, er fühlte sich jetzt bereits erheblich bei seiner weiteren Vertiefung in die Erinnerungen gestört. Er setzte sich in Bewegung. »Ich hab ihn von der Niederbaumbrücke gesehen, mehr kann ich dir auch nicht sagen. Kennst du die Niederbaumbrücke?« Er drehte sich noch einmal um. Fabian schaute nicht mehr auf, er wusste nicht, ob er ihn überhaupt gehört hatte, so sehr schien er in sein Smartphone vertieft.

Der Himmel hatte sich wieder einmal bezogen, ein kühler Wind machte sich bemerkbar.

Mitten durch die Anlage floss ein Bach, Rohleff hätte sich auch gewundert, wenn es hier keinen gegeben hätte. Die Bäche gehörten zu den Brennereien und hatten eine ähnliche Bedeutung wie das Terroir für Wein. Über diesen Bach führte eine hübsche Brücke mit strahlend weiß gestrichenem Geländer.

Unten am Ufer stand Rosa in ihren grünen Wollumhang gehüllt, ein paar Meter weiter hüpfte ein buntes, pelziges Etwas herum auf der Jagd nach Fliegen. Sehnsucht meldete sich bei Rohleff, ein deutlicher Hauch von Zärtlichkeit überschwemmte sein Herz, aber dann sah er Rosa wieder inmitten der weltmännisch wirkenden Jäger, bei denen sie sich augenscheinlich wohlfühlte. Leider fiel ihm auch noch ihre edle Aufmachung ein, während er selbst in seinem furchtbar schmutzigen, alten Dufflecoat, der aussah, als hätte er darin zwei Nächte unter schottischen Brücken verbracht, am Geländer lehnte. Er war wirklich nicht die richtige Gesellschaft für sie.

Im Verkostungsraum hing an einer Wand eine riesige Bronzescheibe, die man eher in einem Zen-Zentrum erwartet hätte. Der sakralen Wirkung war wohl der durchweg gedämpfte Ton der Unterhaltungen zuzuschreiben. Auf den Tischen standen diverse Flaschen und viele kleine, bauchige Gläser, die *Noseglasses.* Rohleff schaute nur kurz um sich und setzte sich anschließend zu Birgit und Gustav.

»Nimm einen *Ballechin,* wenn du Rauch magst«, murmelte Birgit und schob ihm eine der Flaschen hin. Ehe sich Rohleff bedienen konnte, trat eine junge Frau an ihren Tisch und schenkte ihm großzügig ein. Danach vergaß Rohleff für eine ganze Weile Boris, Fabian und andere Störenfriede. Und selbst Rosa. Seine Nase hatte entschieden Fortschritte gemacht, sein Gaumen hinkte noch hinterher, aber dennoch funktionierte die Verbindung zwischen beiden schon besser. Der zehnjährige *Ballechin* von *Edradour* schmeckte sehr malzig, rauchig, würzig, einfach reichhaltig, und ein bisschen *Sherryfinish* kam auch durch. Letzteres, nachdem Rohleff die Angaben auf dem Flaschenetikett gelesen hatte. Warm und rauchig glitt das edle Getränk die Kehle hinunter und heilte fürsorglich seine zerschrammten Nerven.

Murnau unterhielt sich angeregt mit einem Mann der Geschäftsleitung, Boris bescheiden blickend neben sich. Rohleff stand auf, nahm sein Glas und stellte sich so, dass er Murnaus Aufmerksamkeit auf sich zog.

»*Slàinte mhath*«, sagte Murnau feierlich.

»Ja, dir auch«, antwortete Rohleff, er konnte den gälischen Trinkspruch nicht nachsprechen, er versuchte es erst gar nicht.

Boris grinste anzüglich.

»Und? Wie findest du ihn?«, fragte Murnau irritiert und blickte abbittend den Geschäftsführer an.

Boris machte sich auf leisen Sohlen davon, Rohleff sah noch, wie er durch eine Tür im Hintergrund verschwand, auf der deutlich *private* stand. Dem Kerl war nicht zu helfen.

»Den zehnjährigen Ballechin?« Demonstrativ steckte Rohleff seine Nase ins Glas und sog laut die Luft ein. »Deutliches Sherryaroma«, er nahm einen Schluck, bewegte ihn im Mund, wie er mit Wein verfahren würde, bevor er ihn hinunterschluckte, und atmete nochmals tief ein. »Durchaus angenehm würziger Geschmack und rauchiger Abgang, ich mag das immer mehr.«

Murnau runzelte kurz die Stirn und lächelte dann versöhnlich, den Blick über die Schulter des Geschäftsführers auf die Tür im Hintergrund gerichtet. »Beinahe richtig. Nach einer Woche mit uns hast du die Grundlagen begriffen.«

»Sozusagen das Proseminar in Whiskykunde absolviert?«, erkundigte sich Rohleff. »Würdest du mir diesen Whisky als Wertanlage empfehlen?«

Der Mann aus der Geschäftsleitung ließ Zeichen von leichter Ungeduld erkennen.

»Warum nicht? Aber kauf mindestens drei Flaschen. Eine zum Trinken, und zwei legst du dir in die Sammlung, aber bis sie Gewinn abwerfen, braucht es noch einige Zeit.« Es klang herablassend.

Regine mischte sich ein. »Aber vielleicht sammelt er ja lieber Wein.« Victor bedachte sie mit einem strafenden Blick und nahm dann unvermittelt sein Gespräch mit dem Geschäftsführer wieder auf.

Rohleff ging zu Gustav und Birgit zurück, bei denen sich Eckart Pischner eingefunden hatte.

»Was habt ihr für heute Nachmittag vor?«, fragte Eckart gerade. »Einige von uns gehen zum Golf, andere die *Blair Atholl Destillerie* hier in Pitlochry besuchen, und wieder andere wollen den Tummel ein Stück rauflaufen und nach Lachsen sehen. Die Wichmanns und Detlev Winkler haben das vor. Und ihr?«

Gustav schüttelte ratlos den Kopf.

»Du gehst auf keinen Fall Golf spielen«, zischte Rohleff.

»Nicht?«, fragte Gustav erstaunt.

»Wieso nicht?«, mischte sich Eckart ein.

»Wegen fliegender Golfbälle, davon gibt es in Schottland mehr als anderswo«, erklärte Birgit ernst, »Karl sieht darin eine Gefahr für die Allgemeinheit, aber besonders eine für Gustav.«

Eckart tippte sich an die Stirn und ging zurück zu Liliane.

»Ich geh zum Golf, ich will wenigstens eine Partie zu Ende spielen«, erklärte Birgit.

Auf dem Busparkplatz stand ihr Bus für diejenigen bereit, die nicht zu Fuß zum Hotel zurücklaufen wollten. Rohleff linste in den Gepäckraum, wo immer noch Fietzigs Koffer stand. Der Whisky, den einige erstanden hatten, wurde in einem anderen, gesonderten Fach untergebracht, in dem noch viel freier Platz vorhanden war. Murnau trug mehrere der hübsch verpackten Flaschen in einer stabilen Tasche, auf der, dick mit Filzstift geschrieben, sein Name stand.

Für den Rückweg nahm ein Teil der Gruppe einen kleinen Umweg in Kauf, eigentlich war das Wetter mittlerweile viel zu lausig dafür. Der Weg führte wieder durch den Wald, aber diesmal nahmen sie eine Abzweigung, die sie zum Bach führte, der die Brennerei mit Kühlwasser versorgte. Das Wasser zum Brennen kam aus einer Quelle, die weiter oben in den Bergen entsprang. Detlev Winkler gab mithilfe seiner Smartphone-App den Führer der kleinen Gruppe. Der Umweg lohnte sich wirklich. Die meiste Zeit fehlte ihnen die Aussicht, aber es war angenehm, in das frische Laub zu schauen, außerdem hielten die Bäume den Wind ab. Hin und wieder konnten sie den Bach sehen, der laut durch den Wald gluckerte. Allmählich stieg der Weg an, zur Sicherung der Spaziergänger war hangabwärts ein Bretterzaun aufgestellt, das letzte Stück ging es über einen schlüpfrigen Steg, und schon bevor sie die Attraktion der Gegend sehen konnten, machte sie sich durch die typischen Geräusche bemerkbar: Ein kleiner, malerischer Wasserfall stürzte sich einige zehn Meter über Felsgestein in die Tiefe. Andächtig lehnte sich die Gruppe gegen das Geländer und schaute dem Wasser zu.

»Ich glaube«, sagte Gustav, »ich geh auch wandern. Ich hab auf einmal große Lust dazu. Sonst sitzen wir ja doch ziemlich viel Zeit im Bus. Und eine Pause vom Whiskytrinken kann auch nicht schaden.«

Rohleff war einverstanden. Birgit blieb dabei, dass sie lieber Golf spielen wollte, Rosa wollte in die Stadt zum Einkaufen, aber am Ende fand sich doch eine Gruppe von acht Personen zusammen. Regine Murnau wollte mit, die Wichmanns, Detlev Winkler, Rohleff und Gustav und noch eins der übrigen Ehepaare, die Klosters, Alfred und Ingeborg, die meist mit den Wichmanns an einem Tisch saßen und mit denen sich Rohleff bislang kaum unterhalten hatte.

Als sie das Hotel erreichten, stand ihr Bus schon dort. Rohleff ging auf die Seite mit den großen Gepäckfächern – wie erhofft, standen beide offen. Von Robert und Kevin war nichts zu sehen. Ohne lange zu überlegen, zog er Fietzigs Koffer heraus und ging damit zur Rezeption, ließ sich seinen Schlüssel aushändigen und fuhr damit im Aufzug bis in die Etage, wo das Zimmer lag, das er sich mit Gustav teilte.

Zwei Stunden später stand er vor dem Hotel und wartete auf die anderen, mit denen er sich zur Wanderung entlang des Flusses Tummel verabredet hatte.

Schon vorher hatte er seinen Dufflecoat in die hoteleigene Reinigung gegeben, daher trug er nur eine leichte Regenjacke, die eigentlich für das kühle Wetter zu dünn war, aber beim Wandern sollte ihm ja warm werden. Detlev hatte wieder seine App parat, die ihnen den Weg weisen sollte. Es war ihm aber wichtig, noch vor dem Aufbruch allen die Strecke zu erklären, die sie laufen wollten. Sie war denkbar einfach, sie mussten nur das Wasser im Blick behalten, dann konnte sich niemand verlaufen. Zum Abendessen würden sie so oder so zurück sein. Entweder zu Fuß oder mit dem Taxi.

Rosa trat mit Liliane zu ihnen, schaute sich die App an und hörte bei der Erklärung zu.

»Gustav, willst du wirklich den ganzen Weg mitmachen? Ist das nicht zu viel für dich? Komm doch lieber mit uns.«

Gustav und Rohleff hatten ein leichtes Mittagessen eingenommen und ein erholsames Schläfchen hinter sich.

»Eine Einkaufstour fände ich ermüdender, ich brauche ja auch nichts. Und ohne ordentliche Bewegung wächst mein Bauch bald über die Hose, die wird mir jetzt schon zu eng.« Gustav schob seine Wampe vor und klopfte darauf.

»Na schön, ich kann das durchaus verstehen.« Rosa zog ihn beiseite, Rohleff bekam nicht mit, was die beiden verhandelten, denn Detlev begann wieder mit einigen Erklärungen.

Danach konnten sie endlich aufbrechen.

Alfred Köster schleppte sich mit einem Gepäckstück ab, in dem eine zusammenklappbare Angel steckte, wie er den anderen erklärte, noch bevor sie den Parkplatz hinter sich gelassen hatten.

»Und du glaubst, du kannst einen Lachs angeln? Boris sagt, die kommen erst später.«

»Der hat keine Ahnung. Erst einmal leben die Fische ein paar Jahre dort, wo sie geschlüpft sind, und werden schön fett, erst danach treten sie die Wanderung in den Atlantik an und kehren später zum Laichen zurück.«

»Und es ist nicht illegal, einfach die Angel irgendwo reinzuhängen?«

»Er hat einen Angelschein«, mischte sich seine Frau ein.

Rohleff beließ es dabei. Er wünschte sich sogar, dass Alfred einen Zehn-Kilo-Brocken herausholte und im Rucksack Kilometer für Kilometer zurück bis zum Hotel schleppte. Das wäre doch ein Erfolg.

Beim Durchqueren der Stadt beschlich ihn der nicht unvernünftige Wunsch, auch auf Shoppingtour zu gehen. Er würde sich einen neuen Mantel oder besser noch eine den Outdoor-Aktivitäten wie Golfspiel, Brennereibesichtigung, Whiskyverkostung und Anbaggern hübscher weiblicher Mitreisender angemessen schicke Jacke kaufen und den alten Dufflecoat dem nächsten Obdachlosen überlassen, der ihm begegnete. Aber ein prüfender Blick in Gustavs Miene hielt ihn davon ab. Den Onkel, der großzügigerweise die Reise finanziert hatte, all diesen wildfremden Menschen zu überlassen, kam nicht infrage. Und es sah nicht so aus, als wäre er von seinem Vorsatz, die Wanderung mitzumachen, abzubringen. Gustav schritt munter aus, das Gesicht der Sonne zugewandt, die ab und zu hinter Wolken hervorlugte.

Die Stadt lag bald hinter ihnen, vorher warfen sie noch einen Blick auf die Staumauer und den Faskally Loch, der von ihrem Standpunkt, ein Stück oberhalb, wie eine riesige Dickdarmschlinge aussah: die Mauer als Einschnürung, das schmale Rinnsal des Flusses als eine Art Dünndarm, und der große, lange Rest drehte sich aufgequollen in einigen Windungen bis in die Ferne, die sie zu erforschen sie im Begriff standen. Als sich wieder ein Sonnenstrahl durch das wattige Wolkenmeer gekämpft hatte, revidierte Rohleff reumütig seinen abschätzigen Vergleich: Er erblickte eine großartige Landschaft mit malerischem See, viel hügeligem Wald, und er atmete jede Menge ungemein frische Luft ein. Nun war er vollkommen auf die Wanderung eingestimmt. Vielleicht schafften sie es ja sogar bis zum Loch Tummel, etwa acht Kilometer weiter, und wenn es Gustav und ihm zu viel würde, würden sie eben ein Taxi für die Rückfahrt bestellen. Irgendwo oberhalb der waldigen Hänge sollte es eine Straße geben.

Nach einer Stunde gemächlichen Wanderns zeigte noch niemand aus der Gruppe Ermüdungserscheinungen, so abwechslungsreich zeigte sich das Panorama. Auf der Seite, auf der sie liefen, fielen die Hänge zum Teil recht steil zum Ufer hin ab, schoben sich locker mit Birken bewachsene Halbinseln verflachend ins Wasser, auf der gegenüberliegenden Seite erblickten sie kleine Baumgruppen zwischen grasbewachsenen Flächen und grauen Felsen, hier und da erhob sich eine mächtige, alte Kiefer als Solitär. Im Wald auf ihrer Seite roch es durchdringend nach Nadelgehölz, ein angenehm würziger Geruch. Auch hier gab es hohe Bäume, die mit ihren seltsam gekrümmten Ästen wie alten Legenden entstiegen wirkten. Der Wald kam ihm uralt und selbstvergessen vor. Ab und zu drangen von weiter weg Schüsse bis zu ihnen, das machte ihm wenig Sorgen, solange sie die Jäger auf Abstand hielten.

Es hatte sich rasch eine Marschordnung ergeben. Die beiden Ehepaare gingen neben und hintereinander vorne weg, Regine hatte sich an Detlev Winkler als Begleiter gehängt und unterhielt sich angeregt mit ihm, Gustav und Rohleff bildeten den Schluss mit immer mehr Abstand zu den anderen.

Gustav war immer mal wieder stehen geblieben und hatte in eine seiner großen Jackentaschen gelangt, einen abwesenden Ausdruck im Gesicht. Als Alfred Köster den Wunsch äußerte, nun doch endlich bis zum Ufer hinabzugehen, wo gerade wieder eine der Halbinseln sich ein Stück weit in den Loch hinausschob, nahmen die anderen das als willkommenen Anlass für eine nette, kleine Rast und begannen unverzüglich, sich einen Weg abwärts zu suchen. Detlev kramte bereits seinen Flachmann heraus.

Nur Gustav blieb zurück.

Rohleff, bereits ein Stück unter ihm, drehte sich um.

»Was ist? Kommst du?«

»Später, ich hab noch was anderes zu erledigen. Ich finde euch schon.« Gustav setzte sich wieder in Bewegung, wahrscheinlich wollte er austreten.

Sobald er auf dem Weg verschwunden war, plagten Rohleff Bedenken. Der Wald war hier dichter, die Bäume standen enger zusammen, es gab mehr Unterholz und dazwischen recht viel Geröll. Besser, er ging Gustav nach. Der Weg war nicht viel mehr als ein besonders breit ausgetretener Wildwechsel, das hieß für die Wanderer, ständig auf Steine und auf tückische Wurzeln zu achten, die sich rasch als Stolperfallen erweisen konnten. Gustav war schneller gegangen, als Rohleff dachte, er sah ihn nicht mehr, allerdings machte der Weg gerade eine neue Biegung.

»Gustav, nun warte doch mal«, rief er.

»Bleib, wo du bist, ich komme schon zurecht«, schallte es zurück.

Rohleff war damit nicht einverstanden, zumal es wieder im Wald vor Schüssen hallte, diesmal schon näher. Vielleicht sollten sie überhaupt nicht hier sein. Denn der Weg war vermutlich überhaupt kein ausgewiesener Wanderweg, er wurde auch gerade schmaler, genau genommen verschwand er mehr oder weniger in einem Gewirr von Steinen und Geröll, zwischen das sich der Nachwuchs der Kiefern krallte. Hier war doch längere Zeit kein Mensch mehr hergegangen. Gustav war, der Richtung nach, aus der seine Stimme herüberschallte, auch schon vom Weg abgekommen, er musste sich ein Stück weiter nach oben den Hang hinaufgearbeitet haben. Das Gehen gestaltete sich nun mühsam, Rohleff musste über Steine klettern. Außerdem traf ihn ein dicker Regentropfen, und danach ging vor ihm ein Regenvorhang nieder. Es goss plötzlich wie aus Kübeln.

Leider hatte seine Jacke keine Kapuze, sodass ihm das Wasser sofort in den Kragen floss, er konnte ihn gar nicht eng genug um den Hals zusammenraffen. Mit einem Satz suchte er Schutz unter dem nächsten ausladenden Baum, mit dem Ergebnis, dass die mit Nadeln besetzten Äste ihre Wasserlast nach kürzester Zeit schubweise auf ihn abluden.

»Gustav? Wo bist du?«, schrie er in den Regen hinaus.

Statt einer Antwort hörte er ganz nah einen Schuss knallen, gefolgt von einem Schrei, einem furchtbaren Schrei, nur leicht gedämpft durch den Regen. Rohleff schnellte aus der gebückten Haltung, die er eingenommen hatte, hoch, rannte, nein, stolperte auf dem rutschigen Untergrund vorwärts, krallte sich an allem fest, was ihm unterwegs Halt bot, rief wieder vergeblich nach Gustav, dafür erreichten ihn Geräusche, die er nicht deuten konnte. Möglicherweise brach ein angeschossener Rehbock oder ein Wildschwein durchs Unterholz. Etwas kam von oben auf ihn zugeschossen, etwas, das laut und heftig keuchte, dann rutschte eine große, olivfarbene Gestalt in Rückenlage direkt an ihm vorüber hangabwärts, nur ganz kurz erblickte er durch die graue Regenwand ein von schierem Entsetzen entstelltes Gesicht. Während über ihm noch immer Zweige brachen und Geröll rutschte, hielt sich Rohleff nicht länger fest, machte einen Schritt nach vorn in eine dieser feuchten, seltsamen Rinnen und schoss auf dem Hintern abwärts, Gustav hinterher, alles in allem von sämtlichen guten Geistern verlassen, während sich über ihm und um ihn herum ein urschottisches Unwetter austobte. Vor Rohleff erhob sich, undeutlich im Regen erkennbar, eine Bodenwelle, in letzter Sekunde verkeilte er seine Füße seitlich in den Boden, sodass er nicht auf Gustav prallte. Ihre Talfahrt war zu Ende. Von oben trafen ihn Steine in den Rücken oder polterten an ihm vorbei, zum Glück keine schweren Brocken.

»Bist du getroffen?«, fragte er rasch.

»Ich glaub nicht.« Gustav stöhnte.

Rohleff hatte den Eindruck, sich ein oder zwei Rippen bei der Talfahrt geprellt, wenn nicht gebrochen zu haben. Es tat bei jedem Atemzug unverschämt weh. Aber darum konnte er sich im Augenblick nicht kümmern.

Wichtig war, dass sie am Leben geblieben waren. Während immer mehr Steine herabkamen, zog und zerrte Rohleff Gustav trotz dessen Proteste um die Bodenwelle herum und ließ sich auch von seinem Gestöhne nicht davon abbringen.

»Halt endlich die Klappe«, fuhr er ihn an, »und zieh bloß den Kopf ein.«

Gustav verstummte tatsächlich. Die kleine Erhebung war wohl mit Heidekraut bewachsen, das ließ sich wegen der schlechten Sicht nicht sicher feststellen, gut war nur, dass der Bewuchs ein Minimum an Deckung bot und die meisten Steine aufhielt. Ein Brocken flog allerdings haarscharf über sie hinweg. Es dauerte eine Weile, bis nichts mehr nachkam.

Den Wolkenbruch saßen sie buchstäblich dort aus, tief geduckt und schweigend. Rohleff lauschte angestrengt, versuchte jedes verdächtige, nicht vom Regen verursachte Geräusch zu orten. Irgendetwas oder jemand war in der nächsten Umgebung unterwegs, das spürte er. Steine kamen ja nicht von allein in Bewegung. Oder hatte der heftige Regen die Lawine ausgelöst? Das war auch möglich. Langsam wurde ihm kalt, die Hände wurden starr, die Finger klamm und unbeweglich, die Kälte zog die Beine herauf bis in die von der Hockstellung schmerzenden Knie. Lange war diese Haltung nicht mehr durchzustehen. Gustav verhielt sich nun vollkommen still, so still, dass Rohleff neue Ängste überkamen.

»Lebst du noch?«, flüsterte er der Gestalt zu, die sich mit dem Rücken an die Bodenwelle lehnte, den Kopf tief im Heidekraut, ein Bein leicht angewinkelt, das andere ausgestreckt, den Fuß in eine Art Graben vor ihnen versenkt.

Gustav brummte nur. Immerhin etwas.

Der Regen ließ allmählich nach.

»Ich höre nichts mehr«, wisperte Rohleff endlich. »Bleib hier, ich seh mich mal um.« Er kroch die Bodenwelle hoch, richtete sich auf, spähte umher. Ringsum herrschte Stille bis auf das stete Plopp-Plopp von Regentropfen, die von Büschen und Bäumen fielen. Die Sicht hatte sich verbessert. Für jemanden, der sich vor ihnen im Unterholz verbarg, musste er nun ein leichtes Ziel abgeben. Rohleff zählte seine Atemzüge … drei, vier, fünf.

Nichts regte sich. Vielleicht hatte der Wolkenbruch den Schützen vertrieben.

»Setz dich wieder«, meldete sich Gustav.

»Nein, steh du lieber auf, es wird Zeit, dass wir zu den anderen zurückgehen.« Vielleicht waren die anderen ja längst auf der Suche nach ihnen. »Du bist wirklich unverletzt?«

»Das habe ich nicht gesagt.«

Rohleff ging zurück und in die Hocke.

»Was meinst du damit?«

Gustav sah eindeutig blass aus.

»Mein Fuß tut weh.«

»Hast du ihn dir gebrochen?«

Gustav hob den Fuß aus dem Graben. Während er ihn hin- und herdrehte, tropfte Wasser von ihm herab. »Vielleicht nur verstaucht, ich kühl ihn besser noch ein bisschen. Aber mir wird der Arsch ziemlich kalt, lange werde ich es hier nicht mehr aushalten.«

Rohleff griff nach dem Fuß, tastete ihn ab, drehte ihn seinerseits, drückte auf den Knöchel, was Gustav wieder stöhnen ließ.

»Ich glaub auch nicht, dass du ihn dir gebrochen hast. Verstaucht schon. Dann helf ich dir am besten auf.«

Gustav miaute.

»Was meinst du?« Beim zweiten Miauen dämmerte es Rohleff. »Das kann nicht wahr sein. Sag mir, dass ich mich irre.«

Gustav sagte nichts.

»Du hast die Katze dabei? Den verdammten Elvis?«

»Deshalb musste ich mich so anstrengen, mich im Fallen und Runterrutschen nur ja locker zu halten, dann bricht man sich nämlich nichts. Aber der arme Elvis.«

Rohleff schwieg einen Moment. Gustav hatte die ganze Zeit den blöden Kater dabei, nur deshalb hatte er sich von den anderen absondern wollen. In Gedanken sprach er dem Tier den Glücksbringerstatus ab, das war keine Glückskatze, sondern ein Wurm, der Unglück brachte. Was würde Rosa wohl sagen, wenn sie mit einem verletzten Tier zurückkamen? »Wie geht's ihm denn?«, rang er sich ab.

Gustav ließ sich Zeit mit der Antwort. »Den Umständen entsprechend. Der Schuss hat ihn verschreckt.«

Elvis mauzte nun deutlicher.

Rohleff überlief es eiskalt, dabei schlotterte er ohnehin. »Du bist nicht etwa doch getroffen worden?«

»Nicht mal gestreift, nun beruhige dich doch, wenn du weiter so herummachst, dreht der Kleine noch durch.«

»Dass ich bald durchdrehe, kümmert dich weniger? Du bist nur um ein Haar von so einem Heckenschützen verfehlt worden.«

Er mochte gar nicht weiter darüber nachdenken.

Gustav lachte. »Du spinnst.«

Es war wirklich seltsam. Gustav ließ sich von Drohbriefen in Angst versetzen, aber angesichts realer Gefahr gab er sich gelassen. Rohleff musste lernen, sich ein Beispiel daran zu nehmen.

Es waren wieder Schüsse zu hören, aber diesmal bereits wesentlich entfernter. Die Jagd verzog sich in andere Gefilde. Und der Regen hörte schließlich auf. Gustav holte Elvis heraus, hielt ihn auf dem Schoß und unterzog ihn behutsam einer Untersuchung. Der Kleine ließ alles mit sich geschehen, aber bald wurde deutlich, dass Gustav recht hatte, es war ihm nichts passiert. Aus einer anderen Tasche holte er ein Tütchen Futter und riss es für die Katze auf.

»Und wir?«, erkundigte sich Rohleff.

»Lang mal in die Tasche ganz oben.«

Gleich darauf spürte Rohleff wohlige Wärme in der Magengegend. Dankbar betrachtete er den Flachmann, den Gustav in *Edradour* bis zum Rand hatte auffüllen lassen. Sehr deutlich kam die Torfnote heraus, die ganz wunderbar zur Umgebung passte. Nun erst fiel ihm auch die Aussicht hangabwärts auf. Sie blickten auf den See! Zwischen Bäumen hindurch, noch reichlich dunstverhangen, kam der Faskally-Loch zum Vorschein, mit jeder Minute, die sich der Dunst stärker verzog, etwas mehr.

Der Schluck Whisky brachte auch seinen Verstand auf Trapp. Er schleppte sich die Bodenwelle hinauf, presste eine Hand auf die schmerzenden Rippen und schrie laut: »Hallo, Haaallooo!«

Sie hörten nicht einmal ein Echo, geschweige denn eine Antwort.

Rohleff versuchte es ein weiteres Mal: »Deeetlev! Hier sind wir.« Detlev Winkler war ja sicher nicht schwerhörig, zumindest bisher nicht. Erst nach einigen Wiederholungen gab er auf, vor allem, weil der Schmerz in der Brust ihm kein weiteres Mal erlaubte. Es konnte sein, dass sie sich auf der anderen Seite der Landzunge befanden, das hieß, eine Erhebung lag zwischen ihnen, hoch genug, dass es der Schall nicht darüber schaffte.

Rohleff kehrte zu Gustav, Elvis, dem Whisky und der Aussicht auf den See zurück. Mehr war im Augenblick nicht zu machen. Noch war Gustav nicht bereit oder fähig, mehr oder weniger aus eigener Kraft den Rückweg anzutreten. Ein Blick auf die Armbanduhr verriet Rohleff, dass sie noch einige Stunden Tageslicht vor sich hatten, aber die Zeit bis zum Abendessen würde knapp werden, wenn sie nicht bald aufbrächen. Er fragte sich, wie lange die anderen wohl auf sie warten würden oder ob sie nicht längst Taxis für die Rückfahrt bestellt hatten.

Rohleff griff in die Tasche seiner Wetterjacke, um sein Handy herauszuholen, hielt aber stattdessen den Schottlandführer in der Hand, dann fiel ihm ein, dass er das Telefon mit dem Dufflecoat in die Reinigung gegeben hatte. Das war's dann wohl mit dem Gerät, er konnte sich nicht vorstellen, dass es das Chemiebad heil überstand.

»Gustav, gib mir mal dein Handy.«

Gustav sah gerade Elvis zu, der erste Schritte in die unbekannte Umgebung unternahm, und zwar wesentlich umsichtiger, als Gustav und Rohleff das getan hatten, nämlich Pfote für Pfote, sorgfältig den Untergrund prüfend. Ohne den Blick von der Katze abzuwenden, holte Gustav das Gewünschte hervor und hielt es Rohleff hin. Ein paar Augenblicke später reichte dieser es zurück.

»Ich krieg's nicht in Gang, mach du das.«

Wie sich herausstellte, hatte Gustav vergessen, es aufzuladen.

»Reg dich ab«, forderte er, bevor Rohleff einen ätzenden Kommentar dazu abgeben konnte. »Das ist anderen auch schon passiert. Wir kommen hier weg, früher oder später. Setz dich wieder und nimm noch einen Schluck.«

Rohleff aber rutschte sehr vorsichtig ein Stück weiter hangabwärts, um zu sehen, ob er nicht auf einen Weg oder noch besser eine Straße traf und vor allem einen Punkt, der einen besseren Überblick bot. Er erinnerte sich an Detlevs Weisung, sich immer ans Wasser zu halten, dann könne man sich nicht verlaufen. Weiter unten gab es nur einen nicht sonderlich vertrauenerweckenden Trampelpfad. Wenn sie zu einer Straße gelangen wollten, mussten sie sich hangaufwärts bewegen, aber dabei auch tiefer in den Forst eindringen, und das hielt er momentan nicht für ratsam. Unten am Wasser wären sie zumindest von einer Seite vor einem Angreifer sicher.

Gustav war eingenickt, als er zu ihm zurückkehrte. Elvis hatte es sich in seiner Armbeuge bequem gemacht und schlummerte ebenfalls. Rohleff würdigte das friedliche Bild keines zweiten Blickes, nahm den Flachmann an sich und wärmte sich mit einem weiteren Schluck auf. Erst einmal abwarten. Er blätterte abwesend im Schottlandführer und las ein oder zwei Seiten. Inzwischen traute sich die Sonne wieder heraus und ließ Dunstwolken vom gegenüberliegenden Ufer aufsteigen, die die Landschaft noch etwas einsamer erscheinen ließen. Jenseits aller Zivilisation.

Mitten im See sprang ein Fisch voller Übermut hoch und klatschte zurück ins Wasser, den würde Alfred Köster nicht herausangeln.

Rohleff lehnte sich zurück und verfiel ins Grübeln.

Bevor sie zu ihrer Wanderung aufgebrochen waren, hatte er zusammen mit Gustav Fietzigs Koffer durchsucht. Kein Beruhigungsmittel, kein Medikament gegen Rheuma, sie hatten nicht einmal die üblichen Mittelchen gefunden, weder eins gegen Durchfall noch eins gegen Kopfschmerzen. Zur Vorsicht hatte Rohleff jedes einzelne Kleidungsstück herausgenommen, ausgeschüttelt und beiseitegelegt. In der Kulturtasche befand sich nur eine weitgehend aufgebrauchte Blisterpackung Makumar, das hatte Rohleff sehr genau überprüft. Alles, was der Koffer an irgendwie Bemerkenswertem enthielt, war ein kleiner Führer über schottische Whiskydestilleries, ein paar Seiten wiesen Eselsohren auf. Auch die Seiten mit Informationen zu *Glenkinchie* und *Edradour.* Rohleff ärgerte sich darüber, dass er nicht noch einmal mit Patrick über Fietzigs Prozesse gesprochen hatte.

Gustav stöhnte einmal auf und blinzelte.

»Reich mir die Flasche«, forderte er und fuhr fort. »Über was denkst du nach? Du guckst so grüblerisch in die Gegend.«

»Hast du dich umgehört, wer wann wo war, als Fietzig in *Glenkinchie* starb?«

»Und ich dachte, du denkst darüber nach, wer mir nach dem Leben trachtet, das ist doch deine fixe Idee oder nicht?«

»Ich dachte eigentlich, dass es eher deine sei. Also, hast du was herausgefunden?«

Gustav brachte sich in eine aufrechtere Lage, was Elvis störte. Er mauzte verdrossen, streckte sich und krabbelte von Gustav herunter ins Gras.

»Findest du, dass mir Boris oder Kevin ähnlich sieht?«

Also verfolgte Gustav doch noch die Idee der Verwechslung, obwohl sie sich doch längst als unhaltbar erwiesen hatte. »Von den Haaren abgesehen, würde ich sagen, Boris hat in etwa deine dicke Nase, aber sonst sehe ich keinerlei Übereinstimmung, schon gar nicht im Charakter. Boris ist nerviger und Kevin zurückhaltender als du. Und es ist ja nicht gesagt, dass jeder deiner Abkömmlinge rote Haare haben muss. Davon ausgehend, könnten auch Fabian oder Robert für die Drohbriefe infrage kommen.«

Gustav nahm seine Mütze ab und wrang sie aus. »Das wollte ich schon längst tun. Also, Birgit sagte, Pischners haben vor ihr den Shop verlassen, an Fabian kann sie sich gar nicht erinnern, Robert ist im Verkaufsraum nicht aufgetaucht, Kevin auch nicht, fragt sich, ob sie das verdächtig macht. Auf Rosa ist sie vor dem Fasslager getroffen, sie kramte in ihrem Rucksack.«

»Da hab ich euch beide doch angetroffen, ich erinnere mich.«

»Ja«, sagte Gustav nach einer Pause gedehnt, als wäre ihm gerade noch ein flüchtiger Gedanke durch den Kopf geschossen. »Stimmt. Victor Murnau war mit dem Geschäftsführer weggegangen, das hatte Birgit auch bemerkt, aber das war alles, mehr ist bei meiner Befragung nicht herausgekommen. Alle anderen waren noch im Shop, als ich ihn verließ – meine ich wenigstens. Von den anderen konnte sich keiner so recht erinnern, wen er wo gesehen hatte, jeder war hauptsächlich mit sich selbst beschäftigt. Und wie siehst du überhaupt die Lage?«

»Fietzig war in mehrere Prozesse verwickelt, da gibt es sicher noch etwas herauszufinden. Nein, ich glaube nicht, dass du mit ihm verwechselt worden bist. Aber dennoch, pass auf dich auf, Gustav. Irgendetwas ist in Gang, das spüre ich genau. Und jetzt erzähl mal, wieso du gestürzt bist.«

Gustav musste erst darüber nachdenken, es war ja alles so rasch gegangen. Am Ende kam heraus, dass ihn von hinten etwas in die Hacken getroffen hatte, sodass er das Gleichgewicht verloren und auf den Hintern gefallen war. Dann ging es sofort abwärts, ehe er sich festhalten konnte. Rohleff untersuchte daraufhin die nähere Umgebung und stieß auf mindestens einen größeren Steinbrocken, der so aussah, als wäre er erst kürzlich dorthin gerollt. Von dort, wo er nun lag, führte eine Spur ein Stück hangaufwärts in die Rinne. Es gab natürlich noch weitere Steine und Spuren.

Rohleff stieg die ganze Strecke hinauf, untersuchte auch da den Untergrund und fand schließlich eine vertiefte Stelle, an der dieser eine Stein ursprünglich gesessen haben könnte. Die Größe des Lochs entsprach in etwa der des Steins.

Er überlegte, ob ein Tier den Stein losgetreten haben konnte, wenn ja, musste es ein sehr großes gewesen sein.

Ein Jäger kam natürlich auch infrage. Spuren aller Art waren in dem überwachsenen und vom Sturzregen durchweichten Untergrund zwar auszumachen, aber keine eindeutigen. Weder von Tier noch Mensch. Rohleff beschloss, wachsam zu bleiben.

Im Regen mit einem humpelnden Gustav weiterzulaufen, war ausgeschlossen. Also mussten sie noch länger bleiben. Eine Stunde und zehn Seiten Schottlandkunde später, als wieder die Sonne schien und sich die Luft in ein Dampfbad verwandelte, erklärte sich Gustav für einen Versuch bereit. Nach etwa fünfzig Metern hangaufwärts, für die sie etwa eine halbe Stunde brauchten, wurde klar, dass sie allenfalls in der Gegenrichtung Erfolg haben würden. Sie mussten sich am Seeufer entlangbewegen, wenn sie überhaupt vorankommen wollten.

Die Whiskyflasche war halb leer, als sie im Schneckentempo die Landspitze erreichten. Gustav verlangte nach einer weiteren Rast und einem weiteren Schluck des Magenwärmers. Es war noch kühler geworden, dabei waren die Temperaturen den ganzen Tag lang kaum über zwölf Grad gestiegen. Der Wind pfiff heftiger, über den Himmel segelten graue Wolken, als hätten sie es eilig, nach Hause zu kommen, wo immer das sein mochte. Katerchen Elvis trippelte unerschrocken ans Wasser. Rohleff erwartete jeden Moment, einen Verwandten von Nessie aus den Fluten auftauchen zu sehen, der sich den kleinen Happen einverleibte.

Hoch oben tauchte ein Raubvogel auf.

Gustav setzte sich auf ein Büschel Heidekraut und streckte aufseufzend die Beine aus, Rohleff griff sich an die Brust und drückte auf die schmerzenden Rippen, bevor er sich ebenfalls niederließ.

»Herrliche Aussicht, nicht? Schade, dass mir das mit dem Fuß passiert ist, aber sonst gefällt es mir hier. Ich bin immer gern gewandert.«

»Hier besser nicht«, entrang sich Rohleff.

»Willst du mir das jetzt auch noch verbieten? Erst Golf, dann die Whiskybrennereien und nun das Wandern? Was bleibt dann noch?«

»Birgit?« Rohleff stellte sich vor, wie die beiden eine wilde Leidenschaft füreinander entdeckten. Das Schlimmste, was dabei herauskommen konnte, war ein Bandscheibenvorfall. Gustavs Herz schien ja in Ordnung zu sein.

»Vielleicht die kleine Schottin Eileen«, sagte Gustav nachdenklich. »Du bist ja mehr an Rosa interessiert, oder?«

Darauf wollte Rohleff nicht eingehen. »Mir fällt gerade ein, dass der Flachmann von Fietzig verschwunden ist, das hatte ich dir noch nicht gesagt«, begann er ohne Einleitung. Das war ihm erst aufgefallen, nachdem sie Fietzigs Koffer durchsucht hatten. Er hatte den Flachmann in seinen eigenen Koffer gelegt, gleich oben auf die frischen Hemden, und dort war er nicht mehr.

»Und das heißt?«

Der Raubvogel zog seine Kreise immer näher und näher. Diese Vögel sollten ja phänomenal scharf sehen können, denen entging nicht die kleinste Maus.

»Dass jemand unser Zimmer durchsucht hat. Das ist mir schon gestern aufgefallen, und sag nicht, es war das Zimmermädchen, das hatte noch gar nicht aufgeräumt. Nein, der Flachmann ist seit gestern Nachmittag weg, da bin ich mir sicher.«

»Komische Idee, einen Flachmann zu klauen. War der aus Silber, weißt du das? Dann hätte es sich ja wenigstens gelohnt.«

Der Vogel blieb oben in der Luft hängen und äugte unmissverständlich gierig auf das bunte Etwas herunter, das am Wasser herumtanzte.

»In dem Flachmann muss das Betäubungsmittel gewesen sein, das Fietzig geschluckt hat.«

Gustav wandte endlich Rohleff das Gesicht zu. »Dann fragt sich, hat er es selbst hineingegeben oder jemand anders. Vermischt mit Whisky vermutlich.«

Rohleff hatte den Eindruck, dass der Sturzflug kurz bevorstand. Das würde interessant werden, er kannte das nur aus Naturfilmen im Fernsehen. Nun würde er das mal live erleben.

»Ich hab dran gerochen. Mir ist aber nur der Whiskydunst aufgefallen. Gustav, ab heute geben wir unsere Schlüssel nicht mehr an der Rezeption ab, sondern nehmen sie immer mit.«

Jetzt war es so weit! Der Vogel schoss herab.

Rohleff machte einen gewaltigen Hechtsprung nach vorn und griff nach Elvis, der vor ihm ins Wasser floh. Über ihnen drehte der Vogel in einer eleganten Kurve ab.

»Das ist ein Wanderfalke«, erklärte Gustav gemütlich.

»Der wollte Elvis zum Abendessen!«

Elvis kletterte zurück ans Ufer, schüttelte die Pfoten aus und leckte sich das Fell.

»Gib ihn mir mal.«

Rohleff fing den Kleinen diesmal ein und reichte ihn Gustav, der ihn mit einem Taschentuch abtrocknete, bevor er ihn in die Tasche steckte.

Gustav schüttelte nur den Kopf. »Nun mal ernst. Weißt du, solange ich diese Briefe hatte und keiner da war, mit dem ich darüber reden konnte, fühlte ich mich nicht gut. Und als dann mein alter Kater Nero ...« Er sprach erst einmal nicht weiter. »Aber nun sehe ich die Sache anders. Es wäre doch blöd anzunehmen, dass mir der Briefschreiber nach Schottland gefolgt ist, um mir was anzutun. Viel zu umständlich. Das hätte er zu Hause besser und billiger haben können. Hab ich nicht recht? Also Schluss mit den Verdächtigungen gegen Kevin und Boris. Sollte noch mal ein Brief kommen, schick ich ihn dir.«

»Einverstanden. Aber da gibt es noch etwas.« Und endlich erzählte er ihm von dem Golfschläger im Gebüsch.

Gustav hielt auch das für Zufall. Im Augenblick kümmerte ihn ohnehin mehr das verstauchte Gelenk, das mittlerweile angeschwollen und kaum zu belasten war. Mühselig kam er wieder auf die Beine, er war bereit, ein Stück weiterzuhumpeln.

Bis zur nächsten Rast, etwa fünfhundert Meter weiter.

Rohleff rechnete aus, dass sie ungefähr bis Mitternacht brauchen würden, um zum Hotel zurückzukehren. Er nahm die nähere Umgebung sehr genau in Augenschein und achtete immer noch auf jedes Geräusch, dass ihm eventuell die Anwesenheit eines anderen Menschen verriet. Bisher war da niemand. Auf der anderen Seite des Sees traten Rehe aus der Deckung und begannen geruhsam zu äsen, in den leichten Dunst gehüllt, der immer noch vom Boden aufstieg.

Elvis, der wieder laufen durfte, legte eine kleine Kackwurst, die er sorgfältig mit zusammengescharrten Blättern bedeckte.

»Macht er das auch im Hotel?«, erkundigte sich Rohleff. »Ich stell mir vor, wie er Federn aus dem Kopfkissen zupft, um sein Häufchen zu verbergen.«

»Rosa hat Säckchen mit Katzenstreu dabei als ambulantes Katzenklo. Das klappt sehr gut. Du siehst doch, Elvis ist ein gut erzogener Kater.«

Irgendwann erglühte der Himmel im Westen in orangefarbenem Licht. Wie eine Traumkulisse erschienen die Berge, die weiter weg den See flankierten und sich in seiner geheimnisvollen Tiefe spiegelten. Schöner würden sie Schottland kaum noch erleben können. Trotz aller Sorgen, trotz des Hungers und der klammen Hosenbeine fühlte sich Rohleff auf einmal von einem seltsamen Frieden erfüllt.

Gustav schien ja eh durch nichts zu erschüttern zu sein.

»Sag mal, tut es dir leid?«, fragte dieser.

»Was denn?«

»Dass du dich entschlossen hast, nach Schottland mitzukommen?«

Rohleff überlegte. Schwieriger würde es erst, wenn tatsächlich die Dunkelheit einfiel. Dann wurde jeder Schritt riskant, Stolperfallen gab es hier im Überfluss.

»Wie kannst du bloß so was denken!«, antwortete er und hielt inne. »Nein, wirklich nicht.« Er setzte nochmals an und diesmal mit voller Überzeugung. »Es kommt mir vor, als wären wir bereits eine Woche unterwegs. Ich bin dir wirklich dankbar. Ich kann mich nicht erinnern, wann mir eine Reise so viel gebracht hat. So viel Spaß auch.« Er tätschelte Gustavs Hand und meinte es grundehrlich.

»Mit der kleinen Rosa?«, kicherte Gustav erfreut.

»Das ist nur ein Urlaubsflirt. Nichts von größerer Bedeutung.«

»Ist ja auch ein bisschen weit bis Wiesbaden, wenn du sie besuchen willst.«

»Wieso Wiesbaden?«

»Na, weil sie dort wohnt und arbeitet, oder weißt du das nicht, du erfahrener Ermittler?«

»Ich bin hier nicht im Dienst.«

»Dass dir das endlich auffällt, kommt jetzt überraschend. Birgit sagt, du kannst nicht abschalten.«

»Sagt sie das nur so allgemein, oder hast du sie wider unsere Absprache über meinen Beruf informiert?«

Gustav konnte nicht mehr weiter. Schon mehrmals hatte er Rohleff aufgefordert, allein weiterzugehen und Hilfe zu holen, aber dieser weigerte sich, obwohl er selbst dachte, dass das vermutlich das Vernünftigste sei.

»Hörst du das?« Rohleff war aufgeschreckt, daran merkte er, wie erledigt er inzwischen vom ständigen Horchen und Umherspähen war.

»Was denn?« Gustavs Stimme klang klar und wach.

Noch herrschte nicht völlige Dunkelheit, ein letzter Schimmer erhellte die Umgebung.

Sie lauschten nun beide. Es hörte sich an, als würde jemand rufen. Weiter weg von ihnen in Richtung Stadt blitzten Lichter zwischen den Bäumen auf. Rohleff wartete erst einmal noch ab. Als die Rufe lauter klangen, stand er auf, stieg vorsichtig hangaufwärts und begann dann selbst zu rufen.

»Haalloo!«

Da kamen Leute auf ihn zu, er unterschied bald mehrere Stimmen, obwohl er noch nicht erkennen konnte, wer und wie viele Menschen es waren. Hastig wandte er sich um und rutschte zu Gustav zurück.

»Komm hoch, wir versuchen, sie zu erreichen!«

Detlev erkannte er als Ersten, gefolgt von Eckart Pischner, Rosa direkt dahinter.

Rosa ging wie in Trance auf Gustav zu, umarmte ihn, lehnte den Kopf an seine Brust und steckte beide Hände in seine Taschen. Im Licht der vielen Taschenlampen sah Rohleff ihr Gesicht, über das Schreck, Ungläubigkeit und Zorn huschten, dann zog sie die Hände heraus. Mit der einen hielt sie Elvis gefasst, im Zeigefinger der anderen stak ein Angelhaken.

»Ach ja«, sagte Gustav und besah sich interessiert den Haken. »Den hab ich am Ufer gefunden, muss ein Angler dort vergessen haben. Soll ich ihn dir rausziehen?«

»Hauptsache, ihr habt Tommy heil zurückgebracht«, sagte sie mit erstickter Stimme.

Rohleff spürte nun auch Arme um seinen Nacken, aber es waren die von Eileen. *»My dear, for gods sake, what have you done here?«*, murmelte sie, und Rohleff drückte sie vor Freude, vor Erleichterung und vor Übermut fest an sich. Das Abenteuer war ausgestanden. Birgit schob Rosa beiseite und machte damit klar, wer für Gustav zuständig war.

Detlev trat mit Büßermiene an Rohleff heran.

»Tut mir leid, alter Junge, dass wir nicht auf euch gewartet haben, aber Regine wollte unbedingt zurück zum Hotel, sie war bis auf die Knochen nass geworden und fror erbärmlich.«

Bald hatten alle begriffen, was Rohleff und Gustav zugestoßen war. Eckart war bereits dabei, den Rücktransport per Taxi zu organisieren. Sie mussten sich nur bis zur etwa einen halben Kilometer entfernten Straße durchschlagen. Robert, der Busfahrer, Kevin und auch Alfred Köster gehörten ebenfalls zum Suchtrupp. Detlev benachrichtigte bereits die im Hotel Gebliebenen.

Köster zeigte sich ebenfalls sehr reumütig, weil er Gustav und Rohleff im Stich gelassen hatte, versprach aber, sich im Hotel sofort um den kranken Knöchel zu kümmern.

»Bist du Arzt?«, fragte Rohleff erstaunt.

»Veterinär«, antwortete Köster fest.

Abwechselnd wurde Gustav von den Männern untergehakt, bis sie die Straße und die Taxis erreicht hatten.

Rohleff und Gustav wollten sich eigentlich sofort auf ihr Zimmer begeben, wurden aber festgehalten und in das Kaminzimmer gedrängt, in dem am Abend zuvor die Jäger gesessen hatten und in dem es bereits hoch herging. Köster wischte jeden Widerspruch energisch beiseite und rieb Gustavs Knöchel mit einer wundertätigen Pferdesalbe ein, ohne die er nie auf Reisen ging.

»Und bist du dir sicher, dass die das Richtige ist? Er ist ja schließlich kein lahmender Gaul«, fragte Rohleff.

»Ganz sicher.«

Als nächste Patientin war Rosa an der Reihe, denn sie war den Angelhaken wegen der Widerhäkchen noch nicht wieder losgeworden und hatte ihn den ganzen Rückweg über ertragen müssen.

Köster drehte die Hand mit dem Haken erst einmal hin und her und beäugte ihn kritisch.

»Ist das schwierig, den Haken zu entfernen?«, erkundigte sich Rohleff besorgt.

»Ich wollte nur sehen, ob das einer von meinen ist. Ich hatte sie nämlich neben mich gelegt, als der Regen losbrach, und ich weiß nicht, ob ich sie alle wieder eingesteckt hab. Nein, ich glaub nicht, dass das einer von meinen ist.«

»Da bin ich aber beruhigt«, meinte Rohleff trocken, »das wäre ja nicht auszudenken, wenn du einen von deinen Haken abschreiben müsstest. Oder kannst du den noch verwenden, wenn du ihn endlich rausgezogen hast?«

Rosa stöhnte auf, Detlev hielt ihr ein Glas Whisky hin, Köster griff danach und tunkte den Finger samt Haken hinein.

»Desinfektion«, brummte er, zog den Finger heraus und trank das Glas in einem Zug leer.

Es war tatsächlich gar nicht so leicht, den Haken zu entfernen. Das schaffte der Pferdedoktor in einer blutigen Aktion mit Hilfe einer Zange, die Kevin mittlerweile aus dem Werkzeugkasten des Busses herbeigeholt hatte. Ingeborg, die Frau des Veterinärs, assistierte, indem sie den Finger in einem schraubstockartig festen Griff hielt, der allein bereits Unbehagen verursachen musste. Rohleff traute ihr zu, dass sie den bissigsten Köter mit einem Handkantenschlag ruhigstellen konnte.

Der Widerhaken wurde durch die Fingerkuppe durchgezogen, bis er rot verschmiert daraus hervorlugte, und anschließend mit der Zange abgeknipst. Kein schöner Vorgang, Rosa saß danach mit verbundenem Finger und geschlossenen Augen am Kamin und wollte nur noch in Ruhe gelassen werden.

Rohleff hielt sich die ganze Prozedur über die schmerzende Seite. Das machte Köster auch auf ihn aufmerksam. Er ließ sich nicht davon abhalten, eine kurze Untersuchung durch Abtasten und Abklopfen durchzuführen, eine Schnelldiagnose zu stellen – Rippenprellung – und dem schwer gepeinigten Rohleff die Salbe in die Hand zu drücken mit der strikten Anweisung, sich damit vor dem Zubettgehen kräftig einzureiben.

»Macht Halbtote wieder lebendig?«, erkundigte sich Rohleff voller Zweifel. Die Salbe stank entsetzlich.

»Ein Spezialrezept von mir.«

Um die Konsultation abzukürzen, steckte Rohleff die Salbe ein, denn Eileen hatte unterdessen stärkende Getränke besorgt. Sie reichte ihm ein Cocktail-Glas, in dem eine etwas undurchsichtige Flüssigkeit schwappte.

»Damit fangen wir an«, verkündete die Schottin. Es klang vielversprechend.

Rohleff hatte es auf einmal nicht mehr ganz so eilig, unter die heiße Dusche und ins Bett zu kommen. Gustav erhielt auch ein Glas. Er saß sehr bequem in einem Sessel direkt am Feuer, den verletzten Fuß auf einem Hocker, den Köster für ihn herangerückt hatte, Elvis auf dem Schoß. Es waren überhaupt alle ganz reizend zu ihnen. Robert reichte Kekse herum.

Das Getränk schmeckte nach Whisky, aber auch noch nach anderen Ingredienzien, dabei war es eiskalt.

Rohleff schüttelte sich insgeheim. »Und was ist das?«

»Ein *Joker*«, antwortete Eileen fröhlich und nahm auf seiner Armlehne Platz. »*Malt Whisky* mit Grand Marnier und Dubonnet, gemixt mit etwas zerstoßenem Eis.« Nun spürte Rohleff Wärme, die nicht nur von dem Cocktail ausging.

Drei von den Jägern kamen herein. Im Handumdrehen waren sie mit von der Partie, die Unterhaltung wurde nun in einem holprigen Gemisch von Englisch und Deutsch geführt. Rohleff erfuhr von ihnen, dass sie im Faskally Forest unterwegs gewesen waren und es einen Jagdunfall gegeben hatte. Einer von ihnen hatte einen anderen im einsetzenden Regen für ein flüchtendes Reh gehalten. Eileen übersetzte, als Rohleff nachfragen musste, weil er die Erklärung nicht ganz verstanden hatte.

»Ist er tot?«, fragte er kühl und wandte sich an Eileen. »Übersetz das bitte mal.«

»Streifschuss an der Schulter«, erklärte sie und zeigte auf einen der Jäger, der seine Jacke nur lose umgehängt hatte. »Nichts Schlimmes, nur eine Fleischwunde.«

Der Mann verbeugte sich leicht. »Ian MacKenzie.«

»Und ich bin der Schütze«, erklärte einer der beiden anderen, »Malcom MacKenzie.«

Also zwei Urschotten, eigentlich ganz gut als solche zu erkennen: Der eine trug eine karierte Hose, der andere hatte rote Haare. Der mit den roten Haaren hätte beinahe Gustav erschossen. Das musste ein Zufall ein. Oder war Gustav bereits in jungen Jahren als berüchtigter Frauenverführer in den Highlands unterwegs gewesen und jetzt beinahe Opfer einer späten Racheaktion geworden? Die Highlander galten ja, Rohleffs Reiseführer nach, als schwer nachtragend. Fehden wurden gern mal über Jahrhunderte hinweg ausgetragen.

Rohleff merkte, wie ihm bereits der erste Drink in den Kopf stieg.

Malcom MacKenzie bestellte die nächste Runde, einen *Highland Cooler,* der neben dem obligatorischen *Malt Whisky* Angostura, Zitronensaft, Zuckersirup und eine Menge *Ginger Ale* enthielt – ein Durstlöscher, wie er sagte, die Wanderer sahen ja auch sehr durstig aus. Rohleff überlegte, ob er Ian MacKenzies Schrei gehört hatte, als Gustav ins Straucheln geraten war, und hörte wieder den Schuss knallen. Zumindest gewann er den Eindruck, dass sie keine direkte Zielscheibe abgegeben hatten, weder Gustav noch er. Blieb nur dieser Gesteinsbrocken, der Gustav an der Hacke getroffen hatte. Nach dem *Highland Cooler* schlug jemand einen *Gloom Lifter* (Whiskey, Zitronensaft, Zuckersirup, ein Spritzer Eiweiß) vor, was mehrheitlich abgelehnt wurde, weil dieser irischen Whiskey enthielt, man wollte aus patriotischen Gründen beim schottischen Whisky bleiben. Also wurde die Runde mit einem *High-*

land Moon bestritten. Rohleff sah im Geist, wie der Mond über dem Faskally Loch aufging, eine sehr stimmungsvolle Szenerie – vor allem, da gerade Dudelsackmusik erklang. Jemand hatte sein Handy auf einen Tisch gelegt und laut gestellt.

Mittlerweile waren sie vollzählig, Murnau und Boris trafen als Letzte ein. Es wurde zunehmend fröhlicher. Die Dudelsackmusik wurde durch eine *Sweet Lady* (*Malt Whisky*, weiße Crème de Cacao, Peach Brandy: sehr lecker und gehaltvoll) wesentlich aufgewertet, vor allem, weil Eileen darauf bestand, mit Rohleff zu tanzen. Er war hingerissen von ihrer Lebenslust, von Lust überhaupt, die *Sweet Lady* kreiselte in seinem Hirn und Eileen in seinen Armen durch den Raum, sein Verstand zog sich ins Hinterland zurück, und Schmerzen spürte er überhaupt nicht mehr. Jemand hatte das Licht gedämpft, hauptsächlich das Feuer erleuchtete den Raum. Eileen war wunderbar anschmiegsam und hatte keinerlei Bedenken, in Rauchschwaden von Feuer und Pfeifen gehüllt, von Rohleff ausgiebig geküsst zu werden. Nach einem *Rob Roy (Malt Whisky*, Vermouth rosso, ein Spritzer Angostura: irgendwie albern) bestellte Rohleff für sich und Eileen noch eine *Sweet Lady*, die sie, aneinandergeschmiegt, mit Blick aus dem Fenster in den Park genossen. Dort hoppelten im Mondlicht wieder die Kaninchen. Ein paar übten sich im Bockspringen.

»Magst du Kaninchen?«, fragte Rohleff weich, während sich seine Finger in erotische Zonen vortasteten.

»Sehr gern, vor allem in Rotweinsauce, du nicht?«, antwortete Eileen und schob ihre Hüfte näher an Rohleffs. Er stöhnte leise auf, weil sich die geprellten Rippen wieder meldeten und zur Vorsicht mahnten.

Detlev tanzte schwungvoll mit Regine. Ihr Mann saß in einer Ecke und unterhielt sich mit Boris, der verdrossen wirkte und gelegentlich einen bösen Blick auf Fabian richtete. Dieser hatte sich zwei Sessel weiter eingerichtet und wirkte sehr zufrieden, die Beine lang von sich gestreckt. Anscheinend brauchte er keine Unterhaltung.

Als ihm der Kellner ein neues Glas brachte, richtete er sich ein wenig auf und strich sich kurz das Haar hinters Ohr. Rohleff nahm verwundert wahr, dass er etwas hinterm Ohr trug, etwas Kleines, Schwarzes. Gleich darauf fielen die Haare in die alte Lage zurück. Rohleff wurde von dieser Beobachtung abgelenkt, da Malcom MacKenzie gerade versuchte, Elvis den Geschmack von *Whisky* nahezubringen. Bevor Rohleff einschreiten konnte, scheiterte der Versuch bereits an Kösters Veto. Der Veterinär erklärte lautstark, dass er schon genug betrunkene Pferde erlebt habe, einen betrunkenen Kater, und dann noch einen minderjährigen, würde er sich gern ersparen.

Um halb zwei Uhr morgens tranken alle einen *Morning Glory Fizz* (*Malt Whisky*, Pernod, Zuckersirup, Eiweiß, viel Sodawasser: sehr erfrischend) und sangen einträchtig und mit viel Gefühl *Auld lang Syne*, die Nationalhymne aller Schotten, Iren, Engländer und Nachtschwärmer. Rohleff hätte bis zum Morgen durchmachen können, aber die Bar schloss nun endgültig.

In seinem Reiseführer stand, dass nach Meinung eines Herrn Theodor Fontane, der Schottland vor langer Zeit bereist hatte, die ganze Gegend nur furchtbar trostlos, öde, langweilig und gottverlassen sei. Das konnte er nicht nachvollziehen.

Die MacKenzies, denen er irgendwann zur vorgeschrittenen Stunde und nach dem vierten oder fünften Drink erzählt hatte, dass sie beinahe Gustav auf dem Gewissen gehabt hätten, hatten ihn und den Onkel auf ihre Burg eingeladen. Und sie bezahlten alle ihre Getränke, dem Ruf der Schotten als notorische Geizhälse zum Trotz.

Beim Aufwachen hing Gustavs Wetterjacke noch zum Durchlüften und Austrocknen an der Schranktür, das brachte Rohleff auf eine dämliche Idee. Er untersuchte die Taschen, um zu prüfen, ob sich weitere stachlige Fundstücke darin befanden. Er hatte den Onkel ja nicht ständig beaufsichtigen können.

»Kontrollierst du meine Taschen?« Gustav stand in der Badezimmertür, das Handtuch malerisch um die dicke Taille geschlungen.

»Ich wollte nur sehen, ob du einen zweiten Angelhaken eingesteckt hast oder eine abgebrochene Messerklinge, die könnte ja auch herumgelegen haben. Deine Tasche ist leer. Was hast du mit all deinen Fundstückchen gemacht?«

»Sag mir ruhig direkt Bescheid, wenn ich senil wirke, du brauchst keine Rücksichten zu nehmen.« Gustav drehte sich bereits wieder um, um seine Morgentoilette zu beenden. »Ich hab das Zeug in eine leere Seifenschachtel gekippt und in meine Kulturtasche gesteckt. Wurde mir langsam zu viel in der Jackentasche. Zu Hause versuch ich mich zu erinnern, wo ich was gefunden habe, das macht mehr Spaß, als diesen Touristenkram zu kaufen. An einen zweiten Angelhaken erinnere ich mich nicht. Und den anderen hat mir Köster nicht zurückgegeben. Schade eigentlich.«

Die Rezeption des Hotels hatte zwei angenehme Überraschungen bereit. Rohleffs Dufflecoat sah, als er ihm noch vor dem Frühstück an die Tür gebracht wurde, praktisch wie neu aus, und sein Handy gab es, sorgfältig verpackt, dazu. Man hatte es vor der Reinigung aus der Tasche genommen. Es funktionierte einwandfrei.

Beim Frühstück fand Hering in allen Formen und Zubereitungsarten, aber vor allem in der sauren Variante reißenden Absatz, die Kellner kamen kaum mit den Nachlieferungen hinterher. Die Unterhaltung blieb einseitig, wenn sich doch jemand aufraffte, etwas zu bemerken, dann meist mit heiserer Stimme.

Rohleff fühlte sich großartig. Die Pferdesalbe hatte das angekündigte Wunder bewirkt, die geprellten Rippen hatten sich erholt, auch Gustav konnte beinahe schmerzfrei humpeln, und sein Knöchel wies keinerlei Schwellung mehr auf.

Voller Dankbarkeit gab Rohleff den Salbentiegel an Köster zurück.

»Und?«, fragte Köster flüsternd vor Heiserkeit.

»Großartig. Hab kaum noch Schmerzen. Was ist drin in der Salbe? Oder bleibt das ein Geheimnis?« Auch Rohleffs Stimme hörte sich fremd an. Rau wie die eines Sturmvogels. Irgendwie männlicher als sonst.

»Pferdepisse. Daher heißt die Salbe auch Pferdesalbe.«

Rohleff drohte mit dem Finger. »Das hätte ich nicht von dir gedacht. Uns mit Pferdepisse zu behandeln! Ich hab vor Gestank kein Auge zugekriegt.« Was nicht stimmte, er hatte sogar sehr gut geschlafen.

Fietzigs Koffer zurück in den Bus zu schmuggeln, erwies sich als vollkommen unproblematisch. Rohleff hievte ihn hinein, als Kevin gerade anderweitig beschäftigt war. Gustav wartete unterdessen mit dem restlichen Gepäck an der Rezeption. Als Rohleff zu ihm zurückkehrte, betrat Boris die Hotelhalle. Er hatte beim Frühstück gefehlt und wirkte verkatert und unausgeschlafen, sein Gesicht bedeckten Bartstoppeln, was darauf schließen ließ, dass die Zeit für die Rasur nicht mehr gereicht hatte. Als er sich an Gustav und Rohleff vorbeischleichen wollte, verkanteten sich die Rollen seines Koffers. Boris geriet ins Straucheln, fiel halb gegen Gustav und wurde von diesem aufgefangen.

»Danke«, murrte Boris, bückte sich, hob seinen Koffer auf und zog weiter.

»Ist mir gar nicht aufgefallen, dass der gestern so viel getankt hat«, wunderte sich Rohleff und wandte sich zu Gustav um. Dieser steckte gerade etwas in die Jackentasche.

»Der verträgt nichts, so wie du vor der Hamburgreise. Dann lass uns mal gehen.« Gustav setzte sich in Bewegung.

Sie waren beinahe die Letzten, nur Fabian hatte gerade noch ausgecheckt und kam auf sie zu. Er musste sie beobachtet haben.

»Warte mal«, hielt Rohleff Gustav auf. »Und was hast du da gerade eingesteckt?«

Gustav langte in die Tasche. »Ob das noch funktioniert?« Er hielt ein Smartphone hoch.

»Gehört das Boris? Hat er das gerade fallen gelassen?« Fabian nahm es ihm ab und seufzte. »Besser, er sieht selbst nach, ob es noch intakt ist. Ich geb es ihm.« Er steckte es ein und ging weiter.

Am Bus fiel niemandem auf, dass Rohleff bereits einen Koffer eingeladen hatte und nun mit einem zweiten daherkam.

- 6 -

Bei der Abfahrt durchfuhr Rohleff ein warmes Gefühl der Zugehörigkeit zur Gruppe, die Vertrautheit aller miteinander war seit dem vergangenen Abend deutlich gestiegen. Elvis blieb allerdings nach Roberts Auffassung ein illegaler Eindringling ohne Anspruch auf Asyl im Bus. Immerhin forderte er nicht, dass der Kater an der nächsten Straßenecke ausgesetzt wurde. Robert hatte auch unmissverständlich klargestellt, dass er keinerlei Verantwortung für das Tier übernehmen würde. Wie Rosa es wieder nach Deutschland schaffen wollte, blieb ihre Sache.

So spazierte Elvis nach Lust und Laune auf der Fahrt den Gang entlang.

Rohleff dachte immer noch darüber nach, dass sich in Schottland doch bestimmt eine nette Bleibe für den Kater finden ließe. Er beriet sich sogar darüber mit Alfred Köster, der in den Gang hinausgelangt und Elvis aufgehoben hatte. Er streichelte ihn nun.

»Wie wär's, wenn man ihn an einen zoologischen Garten abgeben würde? Vielleicht gibt es einen in Edinburgh«, schlug Rohleff vor.

»Dort wird er an die Schlangen verfüttert, als Lebendbeute. Die fressen nichts anderes.«

»Möglicherweise hätten ja die MacKenzies Interesse. Dumm, dass ich sie nicht gefragt habe. Die könnten mit Elvis eine Zucht betreiben, er ist doch wirklich hübsch, und er brächte ihnen mit seinen Nachkommen was ein.« Eileen hatte ihm erklärt, dass die beiden MacKenzies in einer alten, reparaturbedürftigen Granitburg hausten, einem Towerhaus, um das nachts laut schreiend die Eulen kreisten.

»Unwahrscheinlich. Erstens sind sie Jäger, die haben es nicht so mit Katzen, zweitens ist Elvis ein Tricolor- oder Schildpattkater, da geht in Sachen Nachwuchs gar nichts, die sind nämlich unfruchtbar. Da hat er Pech, der Kleine. Und Rosa will ihn sicher behalten.«

Rosa saß hinten, las oder schaute melancholisch aus dem Fenster. Beim Frühstück hatte sie sich an einen anderen Tisch gesetzt, zu Robert und Kevin. Rohleff hatte ein schlechtes Gewissen, weil er sie am Abend so vernachlässigt hatte. Aber was hätte er denn tun sollen? Sich Eileen vom Hals schaffen? Das wäre doch schrecklich unhöflich gewesen. Jetzt hätte er es nett gefunden, wenn sich Fabian zu Rosa gesetzt und sie aufgemuntert hätte, aber der schlief in seinem Sitz, das Gesicht dem Fenster zugewandt, man sah kaum mehr als den Rücken von ihm. Wahrscheinlich hatte er sein Hörgerät ausgeschaltet. Seltsam, Rohleff hätte nie im Leben geglaubt, dass der taffe und so durch und durch drahtige Kerl eine Hörhilfe benötigte.

Gustav tätschelte Rohleffs Hand. »Dir geht's heute wirklich gut, was? Du hast so was Verschmitztes, das kenne ich ja gar nicht von dir.«

Rohleff lächelte versonnen.

Der Bus schraubte sich wieder einmal eine Steigung hoch, die Passstraße von Killiecrankie. Sie wand sich zwischen immer enger zusammenrückenden Bergen hindurch, rechts und links nichts als Bäume. Und dann wichen die Berge auf einer

Seite zurück, schlichen sich beiseite und erlaubten einen spektakulären Ausblick in eine felsige Schlucht, durch die der River Garry tobte. Nahebei hatte 1689 eine berühmte Schlacht stattgefunden, die gerade mal zwei Minuten dauerte; die ewigen Feinde, die Engländer, wurden dabei von den Camerons, den MacLeons, MacDonalds und wie sie alle hießen, glanzvoll in die Flucht geschlagen.

Der Bus hielt. Zur allgemeinen Erbauung und zum Andenken an die Schlacht trank die Reisegesellschaft Espresso, in Windeseile von Kevin herumgereicht und angereichert mit einem Schuss *Tullibardine* oder *Edradour*, je nachdem, was der jeweilige Flachmann enthielt. Rohleff beschränkte sich auf Espresso pur.

Ihr erstes Ziel an diesem Tag war *Blair Castle*, der alte Familiensitz der Herzöge von Atholl, der einige Kilometer weiter am Ende der Schlucht auf einem Hügelchen thronte. Eileen MacDonnell gab auf der Fahrt dorthin eine kurze Einführung. Rohleff hatte den Eindruck, dass das blendend weiß gekalkte Haus – es war im neunzehnten Jahrhundert umgebaut und erweitert worden und bot nun einen romantischen Anblick mit Türmchen, Erkern und Zinnen – eine Art schottisches Neuschwanstein darstellte, nur etwas sparsamer im Dekor als das bayrische Pendant.

Bei ihrer wegen des letzten Stopps etwas späten Ankunft war der Trubel, den Eileen ihnen versprochen hatte, bereits in vollem Gang. Hastig stiegen sie aus und rannten beinahe zum Schloss, wo sich entlang eines Zauns auf einer der Rasenflächen bereits eine Menge Schaulustiger versammelt hatte. Da Gustav noch leicht hinkte, kamen Rohleff und er beinahe als Letzte an und mussten sich etwas durchkämpfen, bis sie die anderen erreicht hatten. Aber Fabian und Birgit hatten ihnen einen Platz frei gehalten. Rosa, die sich ihnen recht einsilbig wieder angeschlossen hatte, rückte auch noch zur Seite, und dann hatten sie volle Sicht auf die Sehenswürdigkeit.

Hinter dem Zaun marschierte Schottlands einzige Privatarmee auf. Vorwiegend ältere Herren in grün karierten Kilts, mit breiten, weißen Gürteln, Schiffchen auf den weißhaarigen Häuptern, die kräftigen Waden in rot karierte Kniestrümpfe gehüllt, schritten auf und ab und spielten dabei ohrenbetäubend Dudelsack. Eine Spielzeugarmee, die Queen Victoria dem Herzog von Atholl als Privileg zugestanden hatte, nachdem sie die Gegend bereist hatte und ihr Gatte Albert von der Schlucht von Killiecrankie und der ganzen mordsmäßig wild anmutenden Gegend so entzückt gewesen war.

Rohleff drückte seinem Nebenmann, einem Schotten, der einen kläffenden Schäferhund dabeihatte, ein Stück zur Seite, damit auch Eileen näher herankam.

Rohleff deutete auf die marschierende Truppe.

»Was ich schon immer fragen wollte, was tragen die Schotten unter …« Er musste schreien, um sich verständlich zu machen.

Eileen fiel ihm ins Wort. »Mein Großvater und mein Urgroßvater haben auf die Frage immer geantwortet: *My balls.*«

»*Balls?* Ach ja. Sie trugen nur die Bälle unter ihren Röcken?«, staunte Rohleff, »hat da nicht noch was dazugehört?«

»Ja«, antwortete Eileen betont ernst, »sonst wäre ich jetzt nicht hier. Und falls du noch etwas Despektierliches über Highlander in Röcken sagen willst: Die 51. Highlanddivision hat im Ersten Weltkrieg richtig dreingehauen, für die Deutschen waren die Schotten ›*The ladies from Hell*‹, die Damen aus der Hölle. «

»Das glaube ich sofort, obwohl diese hier gar nicht so damenhaft wirken.«

Der Hund hörte nicht auf zu bellen. Nur aus den Augenwinkeln bemerkte Rohleff, wie sich oben auf Rosas Rucksack etwas bewegte, dann lugte Elvis heraus. Wahrscheinlich machte ihn der Lärm verrückt. Elvis warf einen Blick auf den Köter, machte einen Satz und sprang ins Gras.

»Elvis!«, schrie Rohleff.

»Was?«, fragte Fabian.

»Der Kater haut ab!«

Elvis flitzte am Zaun entlang, der die Zuschauer von der zackig marschierenden Armee trennte. Rohleff wand sich durch die Umstehenden, dem Kater hinterher und schrie: »Achtung, Platz da.« Mehr und mehr wichen die Leute zurück. Hinter sich hörte er Fabian, der ihn anfeuerte. Rohleff versuchte, Elvis nicht aus den Augen zu verlieren. Der Kater sprang die Treppe hoch, die von der unteren Rasenebene zu einem Portal des Schlosses hinaufführte, Rohleff keuchte vor Anstrengung, als er ihm nachsetzte. Fabian und Kevin überholten ihn, Köster, Winkler und Boris zogen gleichauf. Kurz bevor Rohleff das Portal erreichte, sprang die kläffende Töle, die Leine hinter sich herschleifend, an ihm vorbei und verschwand durch die offene Tür.

Die Schlosshalle starrte nur so vor Waffen, das war der erste Eindruck. Rohleff sah ein winziges Fellbündel die Treppe hinauf in den ersten Stock entschwinden. Fabian hatte auf die Hundeleine getreten, bückte sich, griff danach, nahm sie kurz und schlang sie um den Treppenpfosten, alles mit sparsamen Bewegungen, äußerst effektiv. Der Hund jaulte enttäuscht auf.

Sobald der Köter ausgeschaltet war, blickte Fabian sich um und winkte alle zu sich. Eileen und Rosa traten gerade herein, dicht gefolgt von Birgit, die sich die Seite hielt.

»Also, wir machen es folgendermaßen …« Dann folgte eine knappe, präzise Anweisung, wer wo nach Elvis suchen sollte, Rohleff kam das souveräne Verhalten nur allzu vertraut vor.

Eileen wurde angewiesen, unten die Stellung zu halten und das Hauspersonal zu beschwichtigen und weitere aus der Gruppe, die sich noch einfinden sollten, auf die Stockwerke zu verteilen. Das Haus war zu besichtigen, es wurde von einer Stiftung verwaltet. Inzwischen waren auch zwei Männer vom Wachpersonal aufgetaucht und versuchten, sich einzumengen, hatten aber gegen Fabian keine Chance. Ehe die Wächter einschreiten konnten, begann die Jagd nach Elvis.

Rohleff hatte auf diese Weise Gelegenheit zu einer ganz besonderen Schlossbesichtigung. »Elvis!« rufend, sah er schönes Porzellan, großartige Familienportraits, kostbare Möbel, mit Damast bespannte Wände und riesige Himmelbetten. Fabians Weisung gemäß ging er vor jedem Bett und jeder Kommode in die Knie und lugte darunter, jede Absperrung missachtend, und riss jeden Schrank auf. So hätte er sich gern schon früher in Schlössern umgesehen. Bei einem Blick aus einem der Schlafzimmer genoss er die Aussicht auf die abwechslungsreiche, malerische Landschaft mit tiefgrünen Wäldern, mit Wiesen, die sich über welliges Gelände erstreckten, und Bergen im Hintergrund, die nicht denen des Voralpenpanoramas glichen. Schottlands Farben war tiefgründiger und reicher, das sich ständig ändernde Licht schuf immer neue Effekte. Dieser Blick hinaus auf den eigenen Besitz, so weit das Auge reichte, musste zum feudalen Lebensgefühl dazugehören. Rohleff fand sich für ein, zwei Augenblicke in die Schlossbesitzerperspektive ein. Auf Dauer allerdings wäre das nichts für ihn gewesen. Er mochte es doch ein paar Nummern kleiner.

Mittlerweile wurden mehr Rufe laut, noch einige Angestellte vom Hauspersonal tauchten auf, eine Alarmglocke schrillte. Rohleff ließ sich nicht beirren. Wollte ihn jemand aufhalten, schrie er nur: »*I miss my cat*«, und machte weiter. Leider waren einige Türen abgesperrt und ließen sich nicht öffnen, das grenzte die Suche ein.

Nachdem er sein Areal abgegrast hatte, ging er mit einigem Widerstreben zurück zur großen Treppe in der Eingangshalle. Gerade, als er sie erreicht hatte, jagte der Hund die Stufen herauf. Rohleff stand noch oben am Geländer, als Elvis knapp vor dem Hund den Gang herunterwitschte – auf Rohleff zu. Elvis schoss an ihm vorbei durch die Lücke zwischen zwei Streben der Balustrade. Er setzte zum Sprung an und hing kurz darauf an einem riesigen Radleuchter.

Köster kam aus einem der Seitengänge angetrabt, Fabian aus einem anderen, Birgit eilte gerade die Treppe aus dem zweiten Stock herunter, zusammen mit Rosa.

»Was machen wir jetzt?«, fragte Rohleff. Unten standen Gustav, Detlev Winkler, die Pischners und Eileen und starrten nach oben, hinten ihnen Museumswachtpersonal. Einer von den Männern eilte davon, hoffentlich um eine Leiter zu holen.

Birgit beugte sich über das Geländer. »Halt durch, Elvis, wir holen dich runter«, rief sie dem Kater zu. Der miaute kläglich. Fabian griff erst einmal dem Hund ans Halsband und zerrte ihn zur Treppe.

»Ich bring den Köter weg, der macht uns ja alle verrückt.« Der Hund hörte nicht auf zu kläffen.

»Moment«, rief Köster. »Sitz!«, bellte er. Der Hund gehorchte. »Aus.« Der Hund hielt tatsächlich die Klappe. Köster griff nach der Leine. »Ich nehm ihn mit nach unten und hol meine Angel.«

»Das dauert doch viel zu lange, jemand muss den Kater auffangen, wenn er runterfällt«, rief Birgit. Unten hatte Gustav direkt unter dem Leuchter Position bezogen. Elvis war es gelungen, sich auf den Reifen des Leuchters zu retten. Dort schwankte er leicht hin und her, es war ja nicht viel Platz für seine Pfoten. Zum Glück bewegte sich der Leuchter nicht mit.

Eileen verhandelte mit dem Museumspersonal.

»Der Leuchter muss doch heruntergelassen werden können«, erklärte Fabian ruhig. »Der wird ja mal gereinigt oder repariert. Ich geh nach unten und frag nach.« Er lief eilig die Treppe hinunter.

Unten empfingen ihn die Pischners. »Können wir denn von hier aus nichts tun?«, rief Eckart besorgt.

»Diese Scheißtöle!«, schimpfte Liliane laut. »So was sollte man abknallen.«

Rohleff amüsierte sich. Es machte ihm Spaß mitzuerleben, wie sich Lilianes vornehme Haltung auflöste, das machte Pischners Geliebte gleich noch viel anziehender.

Inzwischen hatte sich ihre so gut wie vollzählige Truppe versammelt, entweder unten in der Halle oder oben am Treppengeländer, da wurde es richtig eng. Es fragte sich nun, ob es den Museumsleuten gelang, den Leuchter herabzulassen, bevor der Kater den Halt verlor, oder ob Köster mit seiner Angel etwas ausrichten konnte.

Köster kam mit der Angel angetrabt, hastete die Treppe hinauf, band mit Birgits Unterstützung mit einem karierten Schal einen Käscher vorn an die Angel, schob die improvisierte Fangvorrichtung vorsichtig in Richtung Leuchter und hielt den Käscher dicht unter Elvis. Elvis äugte zweifelnd hinunter.

»Spring, Elvis!«, feuerte ihn Liliane von unten an.

Elvis dachte nicht daran, wich im Gegenteil rückwärts vom Käscher fort. Noch ein Stück weiter, und er gelangte außer Reichweite. Köster tippte den Kater mit dem Käscher an, Elvis verlor das Gleichgewicht und purzelte herab, direkt ins Netz. Eilig holte Köster den Kater ein. Elvis war gerettet. Jubel brandete auf, alle klatschten wie nach einer besonders gelungenen Zirkusvorführung, sogar das Hauspersonal.

Gustav und Fabian traten näher an den Treppenaufgang heran und wandten sich dem Ende der Treppe zu, da löste sich einer der beiden Schilde, die ganz oben am Treppenaufgang hingen. Rohleff stürzte beinahe über das Geländer vor Schreck, hielt sich gerade noch fest und sah wie in Zeitlupe das schwere Ding auf die beiden zufallen.

Hatte er zur Warnung aufgeschrien?

Fabian wich hastig zurück und zog Gustav mit sich, der Schild schlug senkrecht auftreffend eine tiefe Kerbe in den Fußboden der Halle, bevor er sich scheppernd auf den Rücken legte.

Danach herrschte einen Moment Grabesstille.

»Wie konnte das denn passieren?«, fragte Birgit entsetzt, als sie mit den anderen die Treppe hinabgekommen war.

Rohleff ging mit Fabian wieder nach oben, um sich das System der Verankerung anzuschauen. Dann vergegenwärtigte er sich, wie sie sich alle oben an der Balustrade zusammengedrängt hatten, einige waren vor Anspannung in die Knie gegangen. Irgendjemand musste an den Sicherungshaken gekommen sein, oder dieser eine war defekt gewesen. Das ließ sich nicht mehr aufklären.

»Unfall?«, fragte Fabian zweifelnd. »Oder was meinst du?«

»Erst mal gar nichts«, antwortete Rohleff bedacht. Und er überlegte, was ihn an Fabians Verhalten so irritiert hatte, an der Selbstverständlichkeit, mit der dieser das Kommando übernommen hatte. An sich hätte er sich genauso verhalten, wenn ihm der andere nicht zuvorgekommen wäre.

Die ganze Reisegesellschaft erhielt Hausverbot, aber nur Robert regte sich darüber auf. Eileen erklärte dem obersten des Wachpersonals kühl, dass das Hausverbot allenfalls für den Hund zu gelten habe, den kläffenden deutschen Schäferhund, der für das ganze Debakel verantwortlich sei. Beziehungsweise sein Halter. Und außerdem werde man sich noch eine Klage vorbehalten, da ja zwei aus ihrer Reisegruppe beinahe durch den herabgefallenen Schild zu Schaden gekommen wären und einen ungeheuren Schreck erlitten haben. Zumindest Gustav bemühte sich, einen angeschlagenen Eindruck zu machen, Rohleff mutmaßte allerdings, dass seine plötzliche Hinfälligkeit nicht nur Theater war. Er saß leicht zusammengesackt auf einem der alten Armlehnstühle und klopfte sich auf der Herzseite auf die Brust. Als Rohleff ihn auf die Schulter tippte, sah er kurz auf und zwinkerte ihm zu.

Rohleff kam er aber doch ein wenig blass vor.

Am Ende gab es einen großen Schwung kostenloser Ansichtskarten und eine Entschuldigung vonseiten des Hauses.

Alle waren bester Stimmung, bis auf Rosa, die sich vom Schreck um Elvis noch nicht erholt hatte und sich Rohleff gegenüber reserviert verhielt. Das ging ihm durchaus nahe. Und Boris, der sich auf dem Weg zurück zum Bus immer wieder hektisch in die Taschen griff, als suchte er nach etwas. Sie hatten den Bus bereits erreicht, als Rohleff sich denken konnte, was es war, er mischte sich aber nicht ein. Das war nun Fabians Angelegenheit.

Die Landschaft wurde karger, aber nicht unattraktiver. Der Bus ließ die Wälder hinter sich. Je höher es hinaufging, desto klarer traten die Berge mit ihren Formationen zutage, das Farbenspiel an den Hängen faszinierte mit Grün, Braun- und sogar Rosatönen, wo die Bergblumen ganze Hänge im Blütenflor aufschimmern ließen.

An einer einsamen Stelle mit schöner Aussicht auf die Berge hielt der Bus zur Mittagsrast an. Es gab *Hot Dogs* mit gerösteten Zwiebeln und Senf aus der Bordküche und wieder Espresso dazu. Boris hatte sich an Murnau herangemacht, der ihn finster betrachtete und dann stehen ließ. Danach warf Boris sein angebissenes Brötchen weg und tigerte nervös auf und ab.

Rohleff erbarmte sich seiner. »He, Fabian, hast du Boris nicht das Handy geben wollen?«

Fabian stand mit Rosa zusammen und wandte sich nun langsam um.

»Meinst du mich?«

»Du hast mein Handy?«, kreischte Boris auf.

»Oh, verdammt«, sagte Fabian zerknirscht. »Stimmt.« Er klopfte sich nachlässig auf die Tasche seiner Lederjacke.

»Wie kommst du zu meinem Handy?« Boris Stimme troff vor Wut.

»Durch Gustav. He, Junge, das tut mir leid, ich hätte früher dran denken müssen, ganz klar, aber dann kam die Suche nach Elvis dazwischen.«

»Stimmt«, mischte sich Rohleff mit schlechtem Gewissen ein. Gustav und er hätten Fabian das Handy gar nicht erst überlassen sollen. Andererseits, wieso eigentlich nicht? Weil zu erwarten war, dass er den doofen Boris zappeln lassen würde? »Es ist dir aus der Tasche gefallen, und Gustav hat es aufgehoben. Er hebt ja immer alles auf und steckt es ein.« Boris musste ja nicht wissen, dass das noch vor der Abfahrt im Hotel geschehen war.

»Meine Fresse, sei froh, dass Gustav es gefunden hat. Hätte ja auch jemand drauftreten können«, sagte Fabian grob.

»Gib's mir einfach und halt die Klappe, ja?«, schnappte Boris.

»Das ist jetzt nicht nett von dir«, schaltete sich Rosa ein.

»Tut mir leid, es ist in meiner anderen Jacke, die hab ich im Bus gelassen, ich geb es dir beim Einsteigen«, sagte Fabian ruhig. »Und noch mal: Es tut mir ehrlich leid.«

Boris war erst beschwichtigt, als Fabian in den Bus stieg und mit dem Handy wieder herauskam.

»So ein Idiot«, sagte Fabian leise, als Boris mit seinem Gerät davonzog, auf die andere Seite des Busses.

Kevin legte Dudelsackmusik auf, allerdings sehr spezielle. Die *Red Hot Chilli Pipers*, eine angesagte Dudelsackband (Rohleff kannte nur die anderen mit dem ähnlichen Namen, die Red Hot Chili Peppers), spielten ihre eigene Version von dem alten Queen-Song *We will rock you.* Nach den ersten Takten nahm Kevin den Rhythmus auf, alle anderen folgten. Unter sehr schnellem, rhythmischem Bumm-bumm-Klatsch fuhr der Bus am frühen Nachmittag in *Dalwhinnie* ein.

Der Streit zwischen Boris und Fabian schien vergessen.

Wie man in diese kahle Einöde – die Berge rauf und runter weit und breit nur Heideland – eine Brennerei setzen konnte, war Rohleff ein Rätsel. Vielleicht kam hier der Baugrund besonders billig. Ein Hinweis war allerdings, dass sich hier früher gleich mehrere Schmuggelpfade kreuzten, da lag es ja nahe, die heikle Ware am verkehrsgünstigsten Ort zu produzieren. Wie es hieß, war *Dalwhinnie* eine der höchstgelegenen Destillerien in Schottland überhaupt, da überlegte es sich jeder Steuerfahnder, hier heraufzusteigen, und es war einer der kältesten Orte, das merkte Rohleff sofort, als er den Bus verließ. Man hätte meinen können, mitten im Winter gelandet zu sein, so schneidend kalt pfiff ihm der Wind ins Gesicht.

»Ich glaube, ich bleibe im Bus«, sagte Liliane und zog sich den Hut tiefer ins Gesicht.

»Du langweilst dich doch bloß, wenn du hierbleibst«, wandte Eckart ein.

Rohleff fiel auf, dass noch mehr Häupter schottisch eingekleidet waren, vorwiegend mit Bonetts, den flachen Wollmützen mit Bommel obendrauf, teils in der einfarbigen, teils in der karierten Version. Und es waren einige Schals in klassischen Tartanmustern dazugekommen. So einen Schal hätte er nun auch gern gehabt, egal wie wild kariert.

Als hätte sie seinen Wunsch nach etwas Wärmendem geahnt, hatte Rosa eine Überraschung für ihn und Gustav bereit. Sie überreichte Gustav eine dunkelgrüne Mütze mit rotem Bommel und Rohleff eine dunkelgraue mit blauem. »Hab ich in Pitlochry für euch gekauft, die wollte ich euch die ganze Zeit schon geben, und jetzt könnt ihr sie ja brauchen. Bah, ist das kalt.« Sie schüttelte sich.

Rohleff war ganz gerührt. Nicht dass er Kopfbedeckungen schätzte – er trug nie welche –, aber diese kam ihm nun sehr gelegen, und außerdem wertete er das Geschenk als Zeichen, dass ihm Rosa nicht länger gram war. Er ließ zu, dass sie sich auf die Zehenspitzen stellte, ihm die Mütze aufsetzte und ihm zum Schluss einen Kuss auf die Nasenspitze verabreichte. Danach wechselte sie Gustavs alte Baskenmütze gegen die neue mit dem Bommel aus. Sobald sie fertig war, klatschten alle, die dabei zugesehen hatten.

»Liliane, sag mal«, begann Rohleff auf dem Weg zur Brennerei, mittlerweile duzte er sich auch mit ihr. Vor ihnen in einer größeren Gruppe ging Gustav mit Rosa am Arm, der rote Bommel auf seiner Mütze leuchtete wie ein Wahrzeichen. »Wie war das eigentlich mit eurem Streit mit Fietzig? Hattet ihr nicht einen Prozess gegen ihn angestrengt?«

Auf der Rast am Killicrankie-Pass hatte Rohleff, nachdem er seinen Espresso ausgetrunken hatte, versucht, Patrick Knolle im Büro zu erreichen, statt seiner hatte er aber Sandra Kupfer, die Jüngste im Büro, in der Leitung gehabt. Sie zeigte sich wesentlich kooperativer als Patrick, sobald sie begriffen hatte, um was es ihm ging. Sie würde sich wieder melden. Rohleff hatte sie gebeten, sich um die Einzelheiten des Prozesses gegen Fietzig zu kümmern, der nichts mit dem Baugewerbe zu tun hatte.

»Nicht wir, Eckart hat das, es ging ja um sein Haus.« Rohleff erinnerte sich noch gerade rechtzeitig, dass Liliane ja gar nicht Pischners Ehefrau war, sondern nur das Verhältnis. Schade eigentlich. »Ja, stimmt, aber sicher bist du Rainer Fietzig schon begegnet, bevor er mit uns nach Schottland gereist ist?«

Liliane war die Unterhaltung spürbar unangenehm. »Du meinst auf Whiskyverkostungen? Ja, schon.«

Vermutlich war bei diesen Gelegenheiten eher Eckarts Ehefrau in Erscheinung getreten. Als was aber hatte er Liliane, wenn sie schon dabei war, flüchtigen Bekannten vorgestellt? Als seine persönliche Whiskyberaterin? »Hast du den Eindruck gewonnen, dass er enger mit Victor Murnau befreundet war?«

»Weißt du, ich hab es nicht gern, so ausgefragt zu werden. Du könntest doch Victor danach fragen.«

Liliane war wirklich nicht auf den Kopf gefallen und an Klatsch sichtlich wenig interessiert. Dachte Rohleff gerade.

»Aber ich glaube«, nahm sie den Faden von sich aus wieder auf. »Regine hatte mehr mit ihm zu tun. Es ist ja so: Auf den Verkostungen hat Victor oft Vorträge gehalten, dann haben viele noch etwas mehr von ihm wissen wollen, es ging ja immer auch ums Geschäft. Und da war es eben Rainer Fietzig, der sich meist um Regine gekümmert hat. Ich fand das nett von ihm.«

»Nicht Boris?«

»Nein«, sagte Liliane erstaunt, »den kannte ich vorher überhaupt nicht.«

Wie eigentlich alle. Vielleicht mit einer Ausnahme. Oder zwei. Das musste er noch herausfinden.

»Detlev Winkler hat mal Whisky von Fietzig gekauft, ihr auch?«

»Eckart? Das weiß ich nicht. Aber er hat mal gesagt, er würde nur von Victor kaufen, da wüsste er, was er hat.«

Lilianes Nachname lautete Tischler. Das hatte Rohleff der Teilnehmerliste entnommen, die er sich von Gustav geborgt und in die er noch vor dem Frühstück endlich einen Blick geworfen hatte, obwohl das kaum noch nötig war. Tischler klang bei ordentlich vernuschelter Aussprache beinahe wie Pischner. Er nahm aber nicht an, dass sich Eckart seine aparte Geliebte bloß nach dem Nachnamen ausgesucht hatte.

Sie hatten die Brennerei erreicht. Schon von Weitem waren die lustigen Pagodendächer aufgefallen, die sich aus der Dachlandschaft wie Grüße aus fernöstlichen Landen heraushoben, aber tatsächlich nur ein Hinweis darauf waren, dass die Anlage über einen eigenen *Kiln*, einen Mälzboden, verfügte. Nur für Unwissende sahen die Pagödchen befremdlich aus.

Eckarts Geliebte wohnte in Frankfurt, er selbst war von Hannover nach Darmstadt gezogen, das war vor fünf Jahren gewesen. Er hatte im Außenministerium gearbeitet, da hatte er jede Gelegenheit zu reisen gehabt, auch die, sich immer wieder mit seiner Geliebten zu treffen. Das wusste Rohleff von Birgit. Boris wohnte in Koblenz, hatte aber einen Zweitwohnsitz in Hamburg, Murnaus waren in Mainz, Fietzig in Frankfurt gemeldet. Das hatte Gustav erfragt. Das hieß, diejenigen aus der Gruppe, für die er sich zunehmend interessierte, wohnten alle nicht sonderlich weit entfernt voneinander. Nur Winkler wohnte etwas weiter weg, in Saarbrücken, das hatte dieser ihm selbst gesagt. Aber Winkler war hier vermutlich nur eine Nebenfigur. So wie Rosa, die in Wiesbaden eine Wohnung hatte und dort in der öffentlichen Bücherei arbeitete.

Rohleffs Smartphone vibrierte in seiner Tasche. Er nahm es heraus und meldete sich. Es war Sandra. Rohleff entschuldigte sich bei Liliane und ließ sie allein weitergehen.

»Und? Hast du was über den Prozess herausgefunden?«

»Ja, Karl, hab ich. Es ging um einen Nachbarschaftsstreit. Die Nachbarn hatten einen Prozess gegen …« Rohleff hörte, wie sich jemand einmischte. Es war Patrick, der Sandra anscheinend sogar das Telefon aus der Hand nahm, denn er meldete sich gleich darauf selbst.

»Chef, das geht so nicht. Du bist im Urlaub und hast uns hier nicht ständig mit Ermittlungen zu beauftragen, die uns nichts angehen.« Patrick hatte vermutlich wieder sauschlecht geschlafen, das merkte man sofort an seiner Stimmung.

»Ja, ja, das weiß ich«, versuchte ihn Rohleff zu beschwichtigen.

»Bist du erkältet?«

Rohleffs Stimme hatte sich noch nicht vom Suff erholt, das wollte er sich nun zunutze machen. »Und wie, ich kann kaum sprechen. Bestimmt sind die Stimmbänder entzündet. Es ist ja auch rattenkalt hier. Ohne Socken geht hier keiner ins Bett.«

»Bei uns sind es zweiundzwanzig Grad, und morgen wird's noch wärmer. Sonne satt«, vermeldete Patrick voller Schadenfreude. »Nimm Halspastillen oder trink mal einen richtig steifen Whisky. Am besten heiß.«

Rohleff hätte gern geantwortet, dass er sein whiskygetränktes Blut dringend mit Tee verdünnen sollte, um ernsthafte Leberschäden abzuwenden. »Ja, danke, das werde ich mir merken. Kann ich Sandra noch mal haben?«

»Kannst du nicht. Wir haben zu tun.« Damit war das Gespräch beendet. Vermutlich wäre sowieso nicht viel mehr dabei herausgekommen.

Sie waren im Besucherzentrum der Dalwhinnie-Brennerei wie üblich freundlich empfangen worden, bevor der Rundgang und danach die Verkostung folgen würden, in diesem Fall wurde ihnen Whisky mit Schokolade in Aussicht gestellt.

»Welcher Whisky ist dir der liebste?«, fragte Rohleff Victor Murnau. Vielleicht war von ihm etwas über Fietzig zu erfahren, was er noch nicht wusste.

»Der teuerste, immer nur der teuerste«, antwortete Victor herablassend und ließ ihn stehen.

Victor war der Einzige außer Boris, der ein bisschen schlechte Laune verbreitete. Aber Boris' Gemütsverfassungen nahm ja niemand ernst. Alle anderen hätten am liebsten den Rundgang ausgelassen und sofort mit der Verkostung begonnen. Eine leicht alberne Stimmung machte sich, wohl als Nachwirkung der Katzenjagd, breit.

Rohleff hatte sich vorgenommen, an diesem Abend mal früher schlafen zu gehen, um etwas Energie zu tanken, die ihm zunehmend abhandenkam. Von Dauermüdigkeit geplagt, latschte er dennoch beim Rundgang mit.

Während der Besichtigung hatte sich Rohleff mit Eileen ein wenig von der Gruppe abgesondert. Er hörte ihren Erklärungen konzentriert zu. Sie gab ihm wieder einmal Extraunterricht im Whiskybrennen, weil er sie darum gebeten hatte. Mehr und mehr hatte sich ein interessanter Gedanke, besser noch ein Verdacht, festgesetzt.

»Ich hab verstanden, dass es auf feinste Unterschiede ankommt«, gab er sein neues Wissen wieder. »Alles spielt eine Rolle: die Form der Brennblase, die Befeuerung, ob direkt durch Feuer unter der Blase oder durch Heizrohre, die sich durch den Bauch der *Pot Stills* winden. Direktes Feuer erzeugt etwas Ähnliches wie Röstaromen beim Schweinebraten und ergibt einen im Geschmack komplexeren Whisky. Und dann wird der frisch gebrannte Whisky, der *New Make,* ja noch jahrelang gelagert und erhält dadurch erst seinen eigentlichen Charakter. Je mehr ich davon verstehe, desto sicherer bin ich mir, ich werde niemals herausfinden, was einen Whisky, der die Flasche hundert Euro kostet, von einem unterscheidet, der für siebzigtausend gehandelt wird. Meine Geschmacksnerven geben das nicht her, obwohl sie sich in den paar Tagen der Reise schon von der ersten Klasse Grundschule bis zur vierten hochgearbeitet haben. Aber vielleicht bilde ich mir das nur ein.«

»Ich will dich ja nicht entmutigen. Aber viertes Schuljahr in nur drei Tagen? Da wäre ich skeptisch.«

Rohleff sah, wie sich Gustav im Vorübergehen mit seinem roten Bommel in der Wandung der *Spirit Still* spiegelte, das Rot war gar nicht mehr so auffällig, es wandelte sich hier zu einem warmen Braunton.

»Gibt es wirklich Menschen, die nur anhand von Kostproben den einen vom anderen zuverlässig unterscheiden können?« Bestimmt nur durch jahrelanges Schnupper- und Sauftraining, das sauteuer sein musste, Rohleff veranschlagte, dass dabei mindestens der Preis für einen Mittelklassewagen draufging. Und die Bereitschaft, eine Leberzirrhose im Dienste der schottischen Whiskykultur in Kauf zu nehmen, wäre eine Grundvoraussetzung.

Eileen bedachte sich eine Weile. »Du meinst, ohne das Flaschenetikett zu lesen? Frag Victor Murnau.«

»Der scheint mir heute kaum ansprechbar.« Außerdem hatte er beobachtet, dass sich Murnau, wenn überhaupt, nur sehr mäßig bei den Verkostungen bediente und auch abends kaum trank. Eher Longdrinks als Whisky pur.

»Ist mir auch schon aufgefallen. Hat er was mit Boris? Streit?«

»Würde mich nicht wundern. Man sollte über ein Mittel nachdenken, Boris ruhigzustellen.«

»Außer Whisky?«

Man könnte ja noch etwas hineinmischen, dachte Rohleff, sprach den Gedanken aber nicht aus. Die Erinnerung an Fietzig drängte sich auf. Rainer Fietzig war ruhiggestellt worden, erst oberflächlich mit Hilfe von Doxylaminsuccinat, dann mit einem Schubs leider endgültig. Vielleicht wäre es einen Versuch wert gewesen, die Whiskymarke zu ermitteln, die Fietzigs Flachmann als Beimischung zum Betäubungsmittel enthielt.

Murnau nahm an der Führung nicht teil, nur Regine in Begleitung von Detlev. Warum nur machte Victor die Reise überhaupt mit? Wegen Regine? Die trank doch lieber Wein.

Rohleffs Smartphone vibrierte wieder einmal. Er sah nach.

Sandra hatte ihm eine Mail über den Nachbarschaftsstreit geschickt. Es sei nicht um den üblichen Kram gegangen, sondern um ein Unglück mit Todesfolge. Sie werde sich mit weiteren Informationen nochmals melden. Doch vorher wollte sie wissen, ob er wirklich an den Details interessiert sei, denn sie hätten im Augenblick in der Dienststelle sehr viel zu tun. Natürlich wolle er mehr erfahren, alles, was sich herauskriegen lasse, das mailte er ihr zurück. Und falls doch noch Whisky eine Rolle spielte, bitte, so früh wie möglich. Er gab ihr auch ein paar Stichworte: Alkoholvergiftung bei den Nachbarn? Frostschutzmittel im Whisky? Fietzig war ja kein unbeschriebenes Blatt.

Rohleff warf nur der Vollständigkeit halber einen Blick in die zwei urigen, beinahe stockfinsteren Lagerhäuser, in denen fünftausend Fässer auf die Abfüllung warteten. Ohne dass er darauf abhob, hatte Birgit versprochen, Gustav davon fernzuhalten. Sie selbst hatte auch keine Lust, sich staubige Fässer anzuschauen. Nach einer knappen Stunde waren alle im Verkostungsraum vereint.

Bittere Schokolade auf der Zunge zu spüren und sie dann mit einem ganz leicht rauchigen Whisky aufzumischen, war ein Geschmackserlebnis, an das Rohleff sich gewöhnen konnte. Es war, als hätte sein Gaumen nur darauf gewartet. Er schmeckte Honig und Anis und sogar eine Spur Lakritz, die sich durch die Schokolade im Abgang wundersam hielt.

Von jeder Flasche sah er sich genau das Etikett an. Größe, Papier, Grundfarbe, Aufdruck. Er war so versunken, dass er auf die Unterhaltung wenig achtete. Erst als Rosas Stimme etwas Schärfe annahm, wurde er wieder aufmerksamer.

»Er heißt Tommy, nicht Elvis«, sagte sie sehr bestimmt.

»Na schön, dann Tommy-Elvis eben. Wo hast du ihn gelassen?«, erkundigte sich Birgit.

»Im Bus, er schläft.«

Rohleff fand das ziemlich leichtsinnig, Birgit anscheinend auch.

»Du hättest ihn ruhig mitbringen können, du wirst jetzt immer jemanden finden, der auf ihn aufpasst. Gustav zum Beispiel.«

Rosas Augen blitzten auf. »Meinst du, ich kann das nicht allein?« Sie beugte sich vor und griff nach einem Stück Schokolade auf einem der Teller vor ihr. Dabei rutschte ihr die Kette mit dem Anhänger, den Rohleff schon einmal gesehen hatte, aus dem Ausschnitt.

»Was hast du da Hübsches am Hals hängen?«, mischte sich Gustav ein, vermutlich um von Tommy-Elvis abzulenken.

»Ein Medaillon«, sagte Birgit, »sehr hübsch. Hast du das hier in Schottland gekauft? Sieht alt aus. Darf ich's mal sehen?«

Rohleff sah zu, wie Rosa das Medaillon zurück in den Ausschnitt stopfte, und fragte sich, wieso eine Frau ein Schmuckstück trug, das niemand sehen sollte. Das hatte doch wenig

Sinn. Es war also ein Medaillon, nicht einfach nur ein Anhänger. Aber wirklich hübsch.

»Das ist nichts Besonderes, auf einem Flohmarkt gekauft, das ist viele Jahre her«, erläuterte Rosa bedachtsam, während sie den Blick auf den Tisch gesenkt hielt. Auf einmal schob sie mit einer heftigen Geste den Teller mit der Schokolade Birgit zu. »Probier mal die ganz dunkle. Die ist fantastisch cremig.«

Sie stand auf und verließ den Raum.

Erstaunt sahen sie ihr hinterher. Birgit langte schließlich nach der Schokolade, fand sie ebenfalls gut und beschloss, etwas davon mitzunehmen.

Im Shop wurde neben den diversen Whiskyabfüllungen auch Schokolade angeboten. Rohleff hatte überlegt, sich auf die Suche nach Rosa zu machen, unterließ es aber dann, es wäre ihm schwergefallen, die richtige Wendung zu finden, um sich erkundigen, ob sie ihm doch noch gram sei oder ihr etwas anderes zu schaffen mache. Stattdessen beschloss er, seine erste Flasche Whisky zu kaufen, einen fünfzehn Jahre alten, und dazu, Birgits Beispiel folgend, dunkle Schokolade. Er stellte sich vor, den Whisky mit Gustav gemeinsam zu trinken und dabei in Erinnerungen an diese Reise zu schwelgen. Es war merkwürdig, sie waren erst ein paar Tage unterwegs, aber es kam ihm vor, als wären es bereits Wochen und als hätten sie eine halbe Weltreise hinter sich. Es war eben eine Reise durch die ganz eigene Welt des Whiskys, zu der seltsame Begegnungen aller Art gehörten.

Von seinen Gedanken beflügelt, überkam ihn ein regelrechter Kaufrausch. Er kaufte einen Flachmann mit karierter Stoffumhüllung in einem sehr ansprechenden Muster, ein beinahe dazu passendes Frühstücksbrettchen, und, falls er mal netten Besuch haben sollte, gleich noch ein weiteres, eine Schachtel mit Bonbons, jedes einzelne in karierte Papierchen gehüllt. Er konnte seine Auswahl kaum noch mit beiden Händen fassen. Zuletzt beäugte er zweifelnd einen Ständer mit Wollschals. Schließlich musste er ja noch etwas Hübsches für Rosa erstehen, als Dankeschön für die Mütze.

»Ist das dein Einstieg in Tartanologie?«, erkundigte sich Eileen.

Verblüfft sah Rohleff auf seine Hände.

»Abgeleitet von Tartan? Vom Karomuster? Tartanologie! Das merke ich mir. Kannst du für mich einen Schal aussuchen, bitte einen typisch schottisch karierten, ich hab mich da jetzt reingesehen.« Er musste ja nicht gleich verraten, für wen der Schal gedacht war. Er selbst könnte aber auch immer noch einen gebrauchen.

»Lieber nicht. Das ist nur Billigware für Touristen, kein Schotte würde so etwas kaufen, da sind wir sehr eigen.«

»Nur echte Shetlandwolle und Musterzwang?«

»Unbedingt.«

»Seit wann stellt ihr euch mit den Karomustern so an?«

Eileen wirkte eine Spur verlegen. »Eigentlich hat Queen Victoria die Muster wieder so richtig populär gemacht. Ihr Albert hat den Balmoral-Tartan entworfen, der nur von Mitgliedern der königlichen Familie getragen werden darf. Also genau genommen, ist die Festlegung auf bestimmte, einzelnen Clans zugeordnete Muster nur ungefähr zweihundert Jahre alt. Aber seit das in Gang kam, nahm die Sache ungeheure Ausmaße an. Heute kannst du für eine Registriergebühr von siebzig Pfund dein eigenes haben.«

»Ich könnte mir die nicht alle merken, und wer welches tragen darf, ist mir ohnehin egal«, wandte Rohleff ein und erntete einen bösen Blick. »Na ja, weitgehend.«

Für Rosa kaufte er dann doch einen Schal, den besten und teuersten, der mit seinen sanften Farben von altrosa, hellblau und einem dünnen, weißen Faden annähernd dem der Frasers von Loch Ness entsprach, wenn er Eileen Glauben schenkte.

Nach einer Stunde mahnte Robert zum Aufbruch. Sie hatten noch eine ganze Strecke bis zu ihrer nächsten Unterkunft zurückzulegen. Aber noch hatte keiner Lust, wieder aufzubrechen, erst als Robert Kevin ausschickte, die Truppe zusammenzurufen und zum Bus zu scheuchen, bewegten sich die Ersten in Richtung Ausgang. Dann aber rannten alle. Es goss wieder in Strömen.

Fünf Minuten nach der Abfahrt ging Detlev durch den Bus nach vorn zu Robert. Robert fluchte so laut, dass er bis hinten zu hören war. Einige Kilometer weiter wendete er den Bus und fuhr so eilig zurück, dass er in den Kurven beinahe ins Schleudern geriet. Rohleff hielt sich krampfhaft an der Armlehne fest. Mit einiger Mühe stand er auf und hangelte sich nach hinten zu Detlev.

»Hast du was in *Dalwhinnie* vergessen?«

»Ich nicht, wir: unseren Kumpel Fabian, schau dich um, dann fällt es dir auch auf.«

Dort, wo Fabian sitzen sollte, lag nur unordentlich hingeworfen seine Outdoorjacke.

Detlev strich sich den Schnurrbart glatt und zog die Stirn in Falten. »Hab ich aber auch erst gemerkt, als ich ihn etwas fragen wollte.«

Der Bus rumpelte auf den Parkplatz, Robert wies alle an, sitzen zu bleiben, und schickte Kevin in die Brennerei, Fabian abzuholen. Nach zehn Minuten stieg Rohleff aus, von einem unguten Gefühl getrieben. Birgit folgte, dann alle anderen. Sie versammelten sich vor dem Besucherzentrum. Dort angekommen, gab Rohleff seine Anweisungen, wo sich wer nach Fabian umschauen sollte.

»Was soll das?«, fuhr ihm Robert dazwischen.

»Wenn wir gezielt nach ihm suchen, und zwar in mehreren kleinen Gruppen, haben wir ihn schneller gefunden. Du hast doch gesagt, wir haben es inzwischen etwas eilig.«

Das leuchtete Robert ein.

Es war sicher purer Zufall, dass sie Fabian am Ende fanden. Hätten sie nicht nach ihm gesucht, wäre er vermutlich erst gefunden worden, wenn mit dem Brennen begonnen worden wäre. Fabian schwamm nämlich, das Gesicht nach unten, in einem der *Wash Backs*, und es war gar nicht so einfach, ihn dort rauszuziehen, sein Körper drehte sich unentwegt in der schaumigen Brühe. So dicht über dem Rand des Bottichs zu hantieren, war natürlich alles andere als ungefährlich, Rohleff merkte, wie ihm die Dämpfe in den Kopf stiegen. Und er hatte die ganze Zeit das Gefühl, von einem Albtraum eingeholt worden zu sein, der ihn seit *Glenkinchie* bei jedem Blick in einen *Wash Back* regelmäßig heimgesucht hatte.

Mit Detlevs und Eckarts Hilfe trug er Fabian ins Freie, dort machten sich Köster und Gustav unverzüglich an die Wiederbelebung. Rohleff sah diesmal zu und überlegte, wie viel Zeit Fabian wohl in dem Bottich zugebracht haben mochte. Es waren von der Abfahrt des Busses bis zur Rückkehr fast zwanzig Minuten vergangen, danach kam die Suche, die auch eine ganze Weile gedauert hatte. Zu lange, seiner Einschätzung nach. Es sei denn, Fabian hatte eine Weile vergeblich versucht, aus dem Bottich herauszukommen und erst kurz vor seiner Entdeckung das Bewusstsein verloren. Dann mochte es noch eine Chance für ihn geben. Fraglich war allerdings, wie er in den Bottich hineingelangt war. Konnte er sich zu tief über den Rand gebeugt und, von den Dämpfen benebelt, das Gleichgewicht verloren haben und hineingefallen sein? Möglich.

Robert telefonierte mit dem Rettungsdienst.

Dalwhinnie war kein großer Ort, und die Brennerei lag nicht allzu weit vom Zentrum entfernt. Innerhalb von fünf Minuten fuhr mit heulender Sirene ein Sanitätsfahrzeug vor, lud Fabian in Windeseile ein und raste mit ihm davon.

Fabian hatte, war Rohleff aufgefallen, kein Hörgerät getragen, als sie ihn aus dem Bottich fischten.

»Diesmal sollte es aber nicht mich erwischen«, sagte Gustav betreten.

»Nein«, bestätigte Rohleff, »und eine Verwechslung kommt auch nicht infrage. Kümmere dich um Rosa und Birgit, ich schau mich noch mal um.«

Eckart Pischner übernahm es, die Gruppe ins Besucherzentrum zurückzuführen. Rohleff blieb mit Eileen, die er darum gebeten hatte, draußen stehen.

»Komm mit, wir gehen in den Raum mit den *Wash Backs.*«

»Wozu?«

»Interessehalber. Und wir müssen uns beeilen.« Er zog sie mit sich.

Wieder war eine Sirene zu hören, er konnte sich denken, wer kam. Eileen machte keine Einwände, sondern ließ sich auf die Tatortbesichtigung ein, die er natürlich nicht so nannte – er sprach von Schauplatz.

»Du bist aber nicht so ein Spinner, der sich gern die Schauplätze von Verbrechen anschaut?«, fragte sie nervös.

»Wie kommst du denn auf Verbrechen? Das muss sich doch erst noch herausstellen, vielleicht war es nur ein Unglücksfall, das hatten wir ja schon einmal«, antwortete er ungewohnt grimmig. »Ich nehme an, dass die Polizei gerade anrückt und uns wieder einmal befragen wird. Denk schon mal darüber nach, wann du Fabian zuletzt gesehen hast. Und mit wem du ihn gesehen hast.« Er selbst konnte sich auf Anhieb nicht erinnern.

Gemeinsam betrachteten sie den *Wash Back* von der stählernen, von vielen Löchern durchbrochenen Plattform aus, die sich um den oberen Teil der *Backs* herumzog. Von dort aus konnte man die Holzdeckel schließen, die nun aber aufgeklappt waren. Rohleff überlegte, dass es nicht allzu schwierig sein dürfte, bei einer handgreiflichen Auseinandersetzung dafür zu sorgen, dass der Gegner das Gleichgewicht verlor und über den Rand direkt in den Bottich stürzte. Das war die eine Version. Um die zu überprüfen, wollte er den Rand untersuchen, entdeckte aber beim Blick nach unten, durch die Löcher der Plattform, einen kleinen, schwarzen Gegenstand, im Schatten der Bottichwandung kaum auszumachen.

»Bleib hier und sag mir Bescheid, wenn jemand kommt«, wies er Eileen an, rannte ans Ende der Plattform, lief die Treppe hinab und zum *Wash Back,* in der sie Fabian gefunden hatten.

Er sah auf. »Eileen, kommt da etwa schon jemand?« In dem Moment, wo sie sich umwandte, hob er den Gegenstand auf und steckte ihn ein. Gleich darauf kehrte er zu ihr zurück und ging oben noch um den ganzen *Wash Back* herum.

»Und was hast du nun herausgefunden?«, fragte ihn Eileen misstrauisch, sobald er sie wieder erreicht hatte.

»Ich frag mich, wie lange man die Dämpfe einatmen kann, ohne ohnmächtig zu werden.«

»Das kommt ganz darauf an, wie weit sich die Gärgase bereits entwickelt haben. Komm, lass uns hier weggehen, mir reicht es jetzt.«

Rohleff musste unbedingt den Gedanken abschütteln, dass er seit dem ersten Blick in so einen *Wash Back* eine Vorahnung gehabt hatte. Natürlich war das reiner Blödsinn. Es mochte daran liegen, dass für sein Empfinden die Destillen so sehr vom Hauch der vergangenen Zeit durchweht waren. Der Staub von Jahrhunderten, die von Gewalt gezeichnet waren, wenn man die schottische Geschichte betrachtete, hatte sich in den alten, dämmrigen Fasslagern abgesetzt. In den Highlands häuften sich die Kriegsschauplätze und die von Clanscharmützeln, die nicht alle Eingang in die offizielle Geschichtsschreibung gefunden hatten. Zerfallene Burgen grüßten als Mahnmale von kahlen Bergen, und jeder Schluck Whisky mit seinen Heide-, Honig- und Holzaromen beschwor unterschwellig eine Erinnerung an Zeiten herauf, in denen das Leben viel gefährdeter war und daher in jedem Moment voll ausgekostet werden wollte.

»Ich hab einen umgefallenen Stuhl entdeckt, auf der anderen Seite. Vielleicht ist Fabian das Handy in den *Wash Back* gefallen, und er hat versucht, es vom Stuhl aus herauszuangeln.« Allerdings hatte er wohl nicht das Handy, sondern das Hörgerät verloren, das durch den Spalt zwischen Bottichwandung und umlaufender Stahlplattform nach unten gefallen war. Nur hatte er das nicht bemerkt, er musste vermutet haben, dass es in den Bottich gefallen sei.

Rohleff hatte tatsächlich einen Stuhl gefunden. Es konnte also sein, dass Fabian – wie er gerade – um den Bottich herumgegangen und unglücklicherweise auf den Stuhl gestoßen und draufgestiegen war, auf der Suche nach dem Hörgerät zu lange in der braunen Brühe herumgeangelt hatte und schließlich hineingefallen war. Nur glaubte er absolut nicht an diese bequeme Erklärung. Fabian war zu umsichtig, um einen solchen Fehler zu begehen.

Das kleine, schwarze Ding, das er gefunden hatte, war wohl das, was er bisher für sein Hörgerät gehalten hatte. Nur war es tatsächlich etwas anderes. Mit Hören hatte es allerdings zu tun, mit Abhören, um genau zu sein. Beim ersten Blick darauf, als es noch hinter Fabians Ohr steckte, hatte er das nicht gleich erkennen können. Bei einem anderen von ihnen musste sich das Gegenstück befinden, fragte sich noch bei wem, aber dazu hatte Rohleff eine konkrete Vermutung. Bevor er sich den Bottichrand noch mal vornehmen konnte, traten mehrere Männer herein, die sich zackig als Polizisten auswiesen und sie einer kurzen Befragung unterzogen. Einer von ihnen begleitete sie hinaus. Die Hand des Gesetzes hatte sie an die Leine genommen.

Es wurde wieder eine furchtbare Warterei. Ein Polizist hielt Wache, damit sich niemand unerlaubt entfernte, die Unterhaltung war ziemlich rasch zum Erliegen gekommen. Auf was oder wen sie warteten, wussten sie nicht. Jemand aus der Firmenleitung war kurz aufgetaucht, hatte den Kopf geschüttelt und war wieder verschwunden.

Murnau meuterte schließlich. »Robert, können Sie nicht etwas unternehmen? Entweder werden unsere Aussagen endlich aufgenommen, oder man lässt uns weiterfahren!«

Der Busfahrer saß aschfahl bei Kevin und gab keine Antwort.

»Auf wen warten wir denn überhaupt? Es wimmelt hier doch vor Polizei, wenn ich mich nicht täusche«, fuhr Murnau aufgebracht fort.

Das musste stimmen, denn mehrmals waren uniformierte Beamte eingetreten, hatten kurz mit ihrem Wächter gesprochen und sie wieder mit ihm allein gelassen. Nach eineinhalb Stunden schließlich öffnete sich die Tür, und drei Männer traten ein, die keine Uniform trugen. Einer davon stellte sich als leitender Beamter der Polizei von Perth vor. Nun konnte die Befragung beginnen. Sie zog sich elend lange hin, weil diesmal alle einzeln in einem Nebenraum verhört wurden.

Gustav flüsterte Rohleff zu: »Müssen wir von den Streitigkeiten zwischen Fabian und Boris berichten?«

Darüber dachte Rohleff auch gerade nach. Falls sie nichts davon erzählten, würden es vermutlich andere tun, wenn alle, die davon wussten, unaufgefordert etwas sagten, bekam die Aussage ungeheures Gewicht. »Beantworte einfach die Fragen, die dir gestellt werden. Das Schlüsseziehen überlass der Polizei.«

Boris saß still an einem Tisch und trank Tee, keinen Whisky. Die Geschäftsleitung hatte Tee kommen lassen und ein paar Kekse, es war die Wiederholung von *Glenkinchie* nach Fietzigs Tod. Gruselig, fand Rosa. Sie hielt sich dicht bei Rohleff, bat ihn sogar, bei ihrer Befragung dabei zu sein, was er natürlich nicht durchsetzen konnte.

»Hoffentlich finden wir nicht den nächsten in einer *Pot Still* herumdümpeln«, bemerkte Detlev, der sich zu ihnen gesetzt hatte, trocken, »das würde die ganze Charge verderben.«

Birgit kicherte, beide zwinkerten sich zu, die ehemalige BNDlerin und der pensionierte Richter nahmen die Sache von der coolen Seite, Rohleff fand das vernünftig. Bloß keine Panik.

»Bist du verrückt?«, schimpfte Rosa.

»War Fabian ein besonderer Freund von dir?«, hakte Eileen ein.

Rohleff dachte daran, dass Murnau die Führung nicht mitgemacht hatte, und überhaupt hatte er nun genug davon herumzusitzen. Er stand auf, schlenderte gemächlich zu dem Wachposten und teilte ihm ruhig mit, dass er mal austreten müsse. Er ging davon, ehe er aufgehalten werden konnte.

Wo immer Platz war, parkten draußen zwischen den Gebäuden Polizeifahrzeuge. Beamte eilten geschäftig herum.

Unbemerkt trabte Rohleff im Nieselregen hinüber zu der Halle mit den *Wash Backs*. In der Halle traf er gleich hinter der Tür auf einen alten Bekannten, der dabei zusah, wie eine ganze Crew von Männern in Schutzanzügen sich emsig mit der Spurensicherung beschäftigte. Rohleff wollte sich unauffällig wieder schleichen, aber da wurde er von einem der Männer oben auf der Plattform entdeckt, der dem Mann an der Tür ein Zeichen machte. Dieser wandte sich um: Es war Chief Inspector Fraser, er hatte ihn bereits von hinten an seinem schäbigen Mantel erkannt.

»Wie geht's Ihnen?«, fragte Fraser aufgeräumt.

»So wie Ihnen, angesichts der Ereignisse etwas angespannt«, antwortete Rohleff in sicher nicht korrektem Englisch.

»Sie kannten den Toten gut?«, erkundigte sich Fraser unvermittelt.

»Eigentlich nicht«, bekannte Rohleff und holte das schwarze Ding aus der Tasche. »Aber ich hab das hier gefunden. Es muss sein Hörgerät sein, ich hab gesehen, dass er eins trug. Es lag unten am *Wash Back*. Er muss es verloren haben, als er in den Bottich stürzte. Vielleicht hilft es Ihnen weiter.« Im gleichen Augenblick sah er sich, wie er es aufhob, und eine irritierende Erinnerung durchzuckte ihn, die aber jetzt nur Verwirrung stiftete.

Was auch immer Fraser von seinem unbeholfenen Gefasel verstanden hatte, er beäugte das Fundstück, nickte bedächtig, holte eine Plastiktüte aus der Tasche, hielt sie Rohleff hin, und der ließ das winzige Abhörgerät hineinfallen.

Hinten bei den *Wash Backs* tat sich etwas. Jemand hielt etwas hoch, ein Netz an einer langen Stange, mit dem offensichtlich im Bottich herumgefischt worden war. Der Gegenstand, der sich im Käscher befand, war gerade so weit zu erkennen, dass Rohleff vermutete, es müsse sich um Fabians Smartphone handeln. Die Größe stimmte, die Form auch. Die spannende Frage war nun, ob es vor oder mit Fabian in den Bottich geraten war.

Eigentlich wusste er nun, was er wissen wollte, deshalb drehte es sich um und ging davon, gerade als sich sein eigenes Smartphone meldete. Sandra rief ihn an.

»Ich hab jetzt ein paar Details für dich.«

»Ja?« Er spürte, dass ihm Fraser nachblickte. Nur rasch weg von hier.

»Passt's dir jetzt grad nicht?«

»Doch, doch, schieß nur los.«

Hinter sich hörte er Schritte.

»Und ganz rasch, bitte, wahrscheinlich hab ich nicht lange Zeit, um mit dir zu reden.«

»Ich denke, du bist im Urlaub. Und Patrick will ja auch nicht, dass ich mich weiter mit der Sache beschäftige. Aber ich will es.«

Jemand tippte Rohleff auf die Schulter. Als er sich umblickte, stand ein uniformierter Polizist hinter ihm, seine Miene verhieß nichts Gutes. Wahrscheinlich hatte jemand Fraser darüber informiert, dass ein noch nicht vernommener Zeuge sich unerlaubt von den anderen entfernt hatte. Rohleff hob abwehrend die Hand und kehrte dem Polizeibeamten den Rücken zu.

»Dann schieß los.«

»Sir!«

Rohleff winkte wieder heftig ab.

»Was ist?«, fragte Sandra.

Ohne sich nochmals umzuwenden, ging Rohleff zurück zum Empfangsgebäude. »Ich höre, Sandra, was hast du herausgefunden?«

»Bei dem Prozess gegen Fietzig, der nichts mit Baugewerbe zu tun hatte und auch nicht mit Whisky, ging es um ein ertrunkenes Kind.«

Abrupt blieb Rohleff stehen.

Die Berge, die sich hinter der Brennerei mit einer langsamen Steigung erhoben, waren um die Gipfel herum im Dunst verschwunden, die gesamte Umgebung sah auf einmal abweisend trist aus, die Farben der Heide, die Rohleff noch vor Kurzem entzückt hatten, waren wie von einem grauen Schleier bedeckt. Es hätte ihn nicht gewundert, wenn die Hexen aus Macbeth aus der schaurigen Einöde hervorgetreten wären, Rachegeister, die ihr längst auserkorenes Opfer endlich holen wollten.

Rohleff war nun ganz Ohr.

»In Fietzigs Gartenteich ist das Kind der Nachbarn ertrunken. Ein kleiner Junge.« Sandra sprach immer rascher, als müsste sie die ganze furchtbare Geschichte eilig loswerden. »Es gab natürlich eine polizeiliche Untersuchung. Zwischen den Grundstücken befand sich ein Zaun, kein sehr hoher, aber eigentlich ausreichend. Es wurde vermutet, dass der Kleine erst auf einen Baumstumpf gestiegen und von dort aus über den Zaun gelangt ist. Auf dem Nachbargrundstück wurde ein Ball gefunden, wahrscheinlich wollte er den zurückholen. Aber dann ist er zum Teich gelaufen und dort ertrunken. Der Teich war nur knietief, aber das genügte. Die Eltern haben Anzeige wegen Fahrlässigkeit mit Todesfolge erstattet, weil sie Fietzig schon früher gebeten hatten, den Teich des Kindes wegen zuzuschütten. Die Mutter war wohl sehr ängstlich, aber am Ende ja nicht ohne Grund. Ums kurz zu machen: Es kam zum Prozess, und Fietzig wurde freigesprochen.«

Rohleff versuchte, sich nicht allzu sehr emotional mitnehmen zu lassen. Solche Unglücksfälle kamen immer wieder vor und zogen viel Leid nach sich. »Wann war das?«

»Vor fünfzehn Jahren.«

Wieder tippte ihm der Beamte auf die Schulter. Rohleff fuhr zu ihm herum. »Ich bin in einer wichtigen Besprechung«, herrschte er ihn auf Deutsch an.

Der Mann zuckte zurück, deutete aber unmissverständlich auf den Eingang.

»Ja, ja, ich geh ja schon«, sagte Rohleff ungnädig und setzte einen Fuß vor den anderen, in aller Gemächlichkeit.

»Gibt es auch die Namen des Ehepaars zu dem Fall? Wer sind die Leute überhaupt? Haben sie noch mehr Kinder?«

»Ein Ehepaar Fürbringer.«

»Please!«

»Was ist denn bloß los bei dir?«, beschwerte sich Sandra.

»Ein zweiter Todesfall. Jemand ist im Gärbottich der Brennerei, in der ich mich gerade befinde, ertrunken.«

Einen Augenblick stockte das Gespräch.

»Sandra, bist du noch dran?«

»Hast du gerade gesagt, jemand ist im Whiskyfass ertrunken?«

»Gärbottich, das ist nicht dasselbe.«

»Klingt aber genauso. Du nimmst mich auf den Arm.«

Als Sandra noch ganz neu bei ihnen in der Dienstelle war, hatten sie sie öfter veralbert, das rächte sich nun.

Der Beamte riss für Rohleff die Tür auf und blieb ihm auch weiterhin auf den Fersen. »Nein«, widersprach er mit aller Entschiedenheit, »hier wimmelt es vor Polizei, ein Beamter scheucht mich gerade vor sich her, ich hab mich kurz mal abgesetzt. Schick mir eine Mail, ich bitte dich sehr darum. Ich möchte wissen, was aus dem Ehepaar geworden ist, und wenn du kannst, schick mir ein Foto der beiden. Ich hoffe, du treibst eins auf.«

»Aber bist du sicher, dass das mit den Todesfällen dort in Schottland zu tun hat?« Sandras Stimme klang nun distanziert, voller Vorsicht. Anscheinend wusste sie nicht, ob sie ihm glauben sollte.

»Nein, überhaupt nicht«, antwortete Rohleff ehrlicherweise und bedauerte das sofort. Hoffentlich blieb Sandra nach diesem Bekenntnis bei der Stange.

»Jetzt haben wir gedacht, Boris wird verhaftet, aber sie haben ihn nicht mal besonders lange verhört«, flüsterte ihm Birgit zu, sobald er seinen alten Platz eingenommen hatte. Rohleff dachte kurz nach. Nein, so rasch wurde nicht verhaftet, das hatte er auch nicht erwartet. Es bestand ja wohl keine Fluchtgefahr – noch nicht.

»Warum sollte er verhaftet werden? Es gibt doch gar keinen Grund dazu, ich kann jedenfalls keinen erkennen. Steigere dich bloß in nichts hinein.«

»Aber er ist der Einzige, den wir als Übeltäter akzeptieren könnten, er eignet sich geradezu ideal dafür«, setzte Birgit hinzu. »Und dann wären wir anderen aus dem Schneider und könnten endlich weiterfahren.« Ganz ernst meinte sie das sicher nicht.

Vor den Meisten standen große Tassen, aus denen der Tee dampfte. Es war etwas kühl im Raum, da kam das heiße Getränk sicher sehr gelegen. Aber es schien auch so, als hätte sich gegen den Magenwärmer Whisky, der nun bereits für den zweiten Todesfall in ihrer Runde gesorgt hatte, ein gewisser Abscheu breitgemacht. Sämtliche Flaschen waren in der Mitte der Tische zusammengeschoben, als wollte sich niemand mehr an ihnen die Finger schmutzig machen.

»Ich stimme auch für Boris«, pflichtete Detlev Birgit mit zur Decke gerichtetem Blick bei. »Mir gefällt nur nicht, dass wir ihn für Fietzigs Tod nicht belangen können. Oder fällt euch dazu etwas ein? Bietet sich da irgendetwas an?«

Das war genau die Frage, auf die es ankam.

Unter den Argusaugen des Wachhabenden stand Rohleff wieder auf, stellte sich so weit wie möglich von allen entfernt an die Wand und rief Dr. Fischer an. Zum Glück erreichte er ihn. Er informierte ihn kurz über das neueste Debakel und bat ihn herauszufinden, in welche Klinik Fabian Dupré gebracht worden sei, wie es um ihn stehe, und sich nach dem Ergebnis einer etwaigen Blutuntersuchung zu erkundigen.

»Sie wollen wissen, ob sich in seinem Blut auch Spuren von Doxylaminsuccinat befinden?«

»Zum Beispiel«, antwortete Rohleff vorsichtig.

»Und diesmal keine Densfraktur, oder?«

»Das weiß ich nicht, das wird die Untersuchung ergeben«, antwortete Rohleff, »ich wäre Ihnen sehr dankbar, wenn Sie mir die Informationen so rasch wie möglich übermitteln könnten – Herr Kollege.«

Dr. Fischer versprach, sein Möglichstes zu tun.

Rohleff wurde als einer der Letzten vernommen und antwortete sehr bedacht. Wie erwartet, wurde er nach dem Verhältnis von Fabian zu Boris Reul befragt. Er hielt sich bei seinen Auskünften an die leicht nachprüfbaren Fakten. Zum Beispiel an den kleinen Streit über Boris' Handy, und er behielt seine eigenen Mutmaßungen dazu für sich. Dagegen informierte er die Beamten von sich aus über die Differenzen, die er selbst mit dem Querkopf gehabt hatte, stieß aber auf wenig, eigentlich gar kein Interesse. Es war eine merkwürdige Vernehmung, als würde hier nur einer langweiligen und völlig überflüssigen Pflicht nachgekommen und als wüsste der vernehmende Beamte längst, was es zu wissen gab.

Nein, erklärte Rohleff mit unterschwelliger Erbitterung, er habe Fabian nicht bei der Führung gesehen, ebenso wenig wie Boris oder Dr. Murnau, und überhaupt habe er wegen seiner intensiven Unterhaltung mit Mrs Eileen MacDonnell nicht viel auf die anderen geachtet.

Fraser trat im Vernehmungszimmer überhaupt nicht in Erscheinung, Rohleff mutmaßte aber, dass er bei der Untersuchung des Falles eine Rolle spielte, nur welche, blieb vollkommen unklar. Zuletzt befriedigte es ihn geradezu, dass von allen Mitreisenden die Fingerabdrücke genommen wurden. Endlich gab es einen Schimmer Hoffnung, dass der Vorfall doch mit dem nötigen Ernst untersucht wurde.

Nur Murnau regte sich wieder schrecklich auf, als wären die Befragung und das Abnehmen der Fingerdrücke eine persönliche Beleidigung, alle übrigen nahmen es mehr oder weniger gelassen.

Dass er Fraser gesehen hatte, behielt Rohleff für sich.

Den Meisten knurrte bereits der Magen, als sie Dalwhinnie endlich verlassen durften. Boris war mit an Bord, er war nicht festgenommen worden, niemand von ihnen, es gab auch keine vorläufige Erklärung seitens der Polizei, wie es zu dem Unglück gekommen sein musste. Die Untersuchungen waren allerdings noch nicht abgeschlossen. Eileen hatte aber so hartnäckig nach weiteren Informationen verlangt, dass sich der oberste Polizeibeamte aus Perth herabgelassen hatte, ihnen kurz vor der Abfahrt mitzuteilen, dass die Dämpfe analysiert würden, die aus dem *Wash Back* aufstiegen. Anscheinend hatte der Gärungsprozess gerade seinen Höhepunkt erreicht. Das deutete immerhin auf einen Unglücksfall und nicht auf ein Verbrechen hin. Das hieß, man würde sich mit der Verantwortlichkeit der Destillerie auseinandersetzen. Auf die wichtigste Frage erhielten sie aber keine Antwort: Sie erfuhren nicht, ob Fabian tot war.

»Was meinst du dazu?«, erkundigte sich Rohleff bei Gustav.

»Schwer zu sagen, wirklich schwer zu sagen. Alfred Köster und ich haben bei unseren Bemühungen, Fabian wiederzubeleben, nichts erreicht, aber das will nichts heißen. Es hatte ja diesmal nichts auf Genickbruch hingewiesen. Es sind schon Menschen wiederbelebt worden, die eine halbe Stunde unter

Wasser verbracht haben. Wir müssen abwarten und auf Neuigkeiten hoffen. Aber selbst wenn er noch lebt, wird es dauern, bis er vernehmungsfähig ist und uns sagen kann, was passiert ist.«

Als Kevin wieder Musik der Piperband auflegte, ging Eckart nach vorn und bat ihn, sie abzustellen. Niemandem war nach Belustigung zumute.

- 7 -

Sobald Rohleff wach wurde – halb wach, um genau zu sein –, verflüchtigte sich der Traum, in dem er gerade noch gefangen war. Er musste etwas mit Drohnen zu tun gehabt haben, den lästigen, kleinen Dingern, die große Jungs über den Gärten der Nachbarn herumfliegen ließen und diese zur Weißglut trieben. Nur hörte er die Drohne immer noch brummen. Er öffnete ein Auge und schloss es sofort wieder. Es musste sich um einen Irrtum handeln. Bestimmt schlief er noch. Nein, da war keine Drohne, aber etwas nicht weniger Lästiges. Als er beide Augen aufmachte, sah er wieder in Elvis' dreieckiges Katzengesicht. Noch schlimmer war, dass der Kater ohne jede Berechtigung seine nackte Brust durchknetete. Dabei schnurrte er leidenschaftlich.

Das Zimmer sah merkwürdig verändert aus, der Schrank gegenüber hatte doch vorher nicht dagestanden, ein Riesenmöbel mit schnörkeligem Zierrat, gerade noch im Halbdunkeln zu erkennen. Viel Licht fiel ja nicht durch die Vorhänge von draußen herein, Rohleff mutmaßte träge, dass es mitten in der Nacht sein musste. Jede seiner Synapsen schien in eine dicke Schicht Watte gepackt, daher war der Gedankenverkehr in seinem Hirn eingeschränkt oder fand nur mit erheblicher Behinderung und Verzögerung statt – wie der Zugverkehr der Bundesbahn. Merkwürdig war auch, dass er Gustav gar nicht schnarchen hörte. Und warum war die Katze hier?

Rohleff tastete auf der anderen Bettseite herum. Sie war leer. Wo war Gustav?

Rohleff stieß einen klagenden Seufzer der Erkenntnis aus, der Elvis erschreckte. Er stellte seine Knetarbeit ein, kam dafür aber näher ans Gesicht heran, Rohleff spürte eine raue Zunge an der Backe. Jetzt wusste er es wieder: Er verbrachte die Nacht in Rosas Zimmer! Aber warum bloß? Und war etwas zwischen ihnen vorgefallen? Rohleffs Hand glitt unter die Bettdecke. Ja, er war nackt, also mussten sie miteinander ... sonst ... Irgendwie musste doch ein bisschen erotisches Gefühl übrig geblieben sein. Diese satte Zufriedenheit, nachdem ...

Er spürte nur bleierne Müdigkeit. Hatten sie es so toll miteinander getrieben? Rosa hielt sich wohl gerade im Badezimmer auf, wahrscheinlich war er wach geworden, als sie aufgestanden war.

Warum bloß fiel ihm das Erinnern so schwer? Und wenn Rosa zurück ins Bett kam? Sollte er dann gleich wieder loslegen? Seine Augen schlossen sich, mit einer Hand schob er sich Elvis aus dem Gesicht.

Nachdenken, er musste nachdenken, da war doch noch was gewesen am Abend.

Das Hotel in dem winzigen Ort Aberlour sah aus wie die kleine Schwester des Hotels in Pitlochry. Also: grauer Granitkasten, Schornsteinparade auf dem Dach, schwere Gesimse, hohe Fenster und so weiter, aber das war ja jetzt nicht wichtig. Oder doch? Beim Abendessen hatte Rosa noch nichts davon verlauten lassen, dass sie ihn demnächst in ihrem Bett erwarte. Es gab Roastbeef mit Minzsauce, nichts, auf das Rohleff gern zurückkommen würde. Er hatte auch gar nicht viel getrunken, die meisten waren früh schlafen gegangen und hatten höchstens drei Whiskys an der Bar zu sich genommen, aber ohne die alte Begeisterung. Dann hatte jemand angefangen, von Gespenstern zu erzählen, aber das hatte Rohleff gar nicht im Einzelnen mitbekommen, weil sich sein Handy gemeldet hatte. Er gab sich nun größte Mühe mit der Erinnerung. Das Foto war angekommen. Von Sandra geschickt. Welches Foto?

Eins von zwei Menschen, die keinen glücklichen Eindruck machten. Aufgenommen auf der Treppe zu einem großen Gebäude. Gerichtsgebäude? Der Mann war in den Vierzigern, die Frau deutlich jünger, eine schmale Gestalt mit kurzen, dunklen Haaren und dunklen Augen. Rohleff wusste es jetzt wieder: Die beiden waren ihm vollkommen unbekannt. Förster? Fürster? Fürling? Irgendwie so ähnlich hießen die. Sackgasse. Fietzigs Debakel mit dem toten Kind. Hatte nichts mit seinem Tod zu tun. Da war ja noch der tote Fabian, die beiden Fälle mussten zusammenhängen, alles andere war doch abwegig. Es ging nur um Whisky.

Die Tür klappte, es war nicht die vom Badezimmer, wie von Rohleff erwartet, aber nun meldete sich diese furchtbare Schläfrigkeit wieder, ihm dröhnte der Kopf von der sauschweren Gedankenarbeit, das Hirn forderte Ruhe. Er schlief wieder ein.

Diesmal schien die Sonne durch die Fenster. Blinzelnd setzte sich Rohleff auf. Rosa hatte ihn geweckt.

»Beeil dich, steh auf! Es muss ja nicht jeder gleich wissen, dass du die Nacht bei mir verbracht hast.« Das klang jetzt nicht sehr freundlich, sie war außerdem bereits angezogen, das verstörte ihn zusätzlich. Sofort war da diese Frage wieder da: Hatten sie oder hatten sie nicht? Sein Hirn fühlte sich immer noch wattig an.

Elvis spielte mit den Sonnenstrahlen, offensichtlich wieder putzmunter. Als Rohleff am Abend zuvor in Rosas Zimmer gekommen war, schlief er zusammengerollt auf einem kleinen Kissen am Boden vor Rosas Koffer und war nicht wach zu kriegen. Von wegen leichter Katzenschlaf.

»Gibst du ihm irgendwas, damit er so ruhig ist?«, hatte er sich erkundigt, als er das Fellbündel mal kurz hochgehoben hatte, weil der kleine Kerl wie ausgestopft wirkte. Hätte ja sein können, dass Elvis inzwischen verstorben war.

»Baldriantropfen, nichts Schlimmes, nur ganz wenig, Tommy mag das«, hatte Rosa ohne zu zögern geantwortet.

Der kleine Elvis fürchtete sich nicht vor Gespenstern, Rosa dagegen schon. So sehr, dass sie ihn ganz dringend gebeten hatte, die Nacht bei ihr zu verbringen. Sie hatte es ihm ins Ohr geflüstert, in der Bar, nach der allerersten Gespenstergeschichte. Aber wer glaubte denn ernsthaft an so etwas? Vielleicht war es der Schock über Fabians Tod, der sich jetzt stärker bemerkbar machte. Wobei sie ja immer noch nichts Genaues über seinen augenblicklichen Zustand wussten. Sie hatte diesmal ein Doppelbett, die Zimmer mit Einzelbetten waren wohl alle schon belegt gewesen. Rohleff hatte sich erst gesträubt, wegen Gustav, und die Sache dann mit ihm beredet. Sie waren dafür extra vor die Tür gegangen.

»Bist du wahnsinnig?«, hatte Gustav empört gefragt. »Von allen guten Geistern verlassen? Da überlegst du seit Tagen, wie du sie ins Bett kriegst, und jetzt stellst du dich so an? Wie alt bist du? Fünfzehneinhalb und noch Jungfrau? Du musst verrückt sein, geistergestört, wenn ich das mal so sagen darf. Und sie auch, weil sie dich nicht in den Hintern getreten hat, nachdem du nicht sofort mit ihr nach oben gegangen bist.«

»Das macht man nur im Bordell«, entgegnete Rohleff steif.

»Und da kennst du dich aus? Mensch, reiß dich zusammen. Wenn mir das doch passieren würde.«

Rohleff war nicht ganz überzeugt von Gustavs Reaktion. »Und es macht dir nichts aus, dass ich dich allein lasse?« Es klang ja irgendwie schräg. Als würde er seinen Liebhaber um das Okay für einen kleinen Seitensprung bitten.

»Doch, natürlich. Ich hab mich daran gewöhnt, beim Aufwachen deine verkaterte Visage zu sehen, und außerdem fehlt mir was, wenn ich dich nicht schnarchen höre.«

»Ich schnarche nicht«, schnappte Rohleff.

»Nein, ich korrigier mich: Du röchelst und schmatzt, das ist schlimmer. Und von anderen Geräuschen will ich mal gar nichts erwähnen. Du weißt, was ich meine?«

»Na dann.«

Und dann war die Mail von Sandra mit dem Foto eingetroffen. Das Klingeln des Handys gab den Ausschlag. Aber etwas rumorte in Rohleff so sehr, dass er noch für einen Augenblick allein draußen blieb. Das Hotel lag in einer sehr ruhigen Seitenstraße, es gab kaum Verkehr und viel Platz drumherum. Im Licht der Laternen konnte er den Reisebus sehen und jemanden, der dagegen lehnte. Er sah genauer hin.

Es war Regine. Allein. Ohne ihren Victor und ohne Detlev, der neuerdings ihre Gesellschaft suchte. Rohleff machte sich auf den Weg zu ihr und hörte sie bereits aus einer gewissen Entfernung schluchzen. Vielleicht war das doch nicht der richtige Zeitpunkt für eine investigative Unterhaltung. Aber er hatte ja keine große Wahl, wenn der Fluss der Dinge ein bisschen beschleunigt werden sollte. Im Gehen zog er eine Packung Papiertaschentücher heraus, entfaltete eins und hielt es Regine fürsorglich hin.

Mit einem verlegenen Auflachen nahm sie es und wischte sich damit über die Augen. »Danke.« Sie schniefte. »Ich bin eigentlich gar keine Heulsuse.«

»Nein, den Eindruck machst du auch nicht«, bestätigte Rohleff ernst. »Du bist ein heiterer Mensch, das hab ich gleich gemerkt. Rheinländerin, richtig?«

Sie nickte dankbar.

»Was ich dich bloß mal fragen wollte«, fuhr er mit einem verschmitzten Grinsen fort und lehnte sich neben sie an den Bus. »Warum wolltest du unbedingt diese Reise mitmachen?« Er lächelte beschwichtigend. »Jedes Mal, wenn du Whisky trinkst, verziehst du das Gesicht.«

Nun lächelte sie schon entspannter. »Ich kann das Zeug nicht ausstehen. Ehrlich! Und daran ändert sich auch nichts, da kann ich machen, was ich will.« Sie überlegte kurz. »Stimmt nicht ganz, die Cocktails gestern Abend, die waren lecker. Aber nichts gegen einen guten Riesling aus dem Rheingau. Ganz ehrlich, dir kann ich's sagen. Victor wollte, dass ich mal mitkomme, damit ich mich mehr für seine Geschäfte interessiere, da läuft ja viel über Mundpropaganda und Vitamin B. Dann hab ich's halt gemacht. Aber ich dachte auch … ich dachte …«

»Dann versteht ihr euch wieder besser?«, bemerkte Rohleff mitfühlend. »Und hast du ihm schon gebeichtet, dass du Whisky an Fietzig verkauft hast? Ein paar von den teureren Fläschchen, um dich geschäftlich warmzulaufen?«

Erschrocken riss sie die Augen auf. »Das weißt du? Woher? Hat Rainer dir das erzählt?«

»Warum, Regine, warum hast du das gemacht?« Rohleff lächelte weiter beschwichtigend.

»Weil er so ein Geizkragen ist.« Ihr Ton wurde auf einmal schrill. »Victor, meine ich. Er gibt mir kaum Geld, und wenn ich was brauche, muss ich bei ihm betteln gehen. Früher hab ich selbst was verdient, aber seit der Heirat arbeite ich ja nicht mehr. Das fehlt mir so: eigenes Geld.«

Rohleff schwieg einen Moment mitfühlend. Ja, das konnte er verstehen, das passte.

»Und da hast du ein bisschen Whisky auf eigene Rechnung verkauft. Kluges Mädchen, das kann dir eigentlich keiner verdenken.« Sanft klopfte er ihr auf die Schulter.

Murnau hatte also gefälschten Whisky unter seinen Handelsvorräten, das war doch interessant zu wissen. Fraglich war, ob er es selbst wusste, aber dazu hatte Rohleff eine noch nicht fest untermauerte Meinung. Bestimmt würde eine Information über Regines Schwarzhandelsgeschäfte Chief Inspector Fraser interessieren.

»Und jetzt ist er dir gram, weil er dahintergekommen ist, oder nur, weil du die falschen Flaschen erwischt hast?«

»Falsche Flaschen? Was meinst du damit? Ich wusste, dass die teuer sind, ich hab die ja nicht für einen Appel und ein Ei verkauft.« Die Irritierung spielte sie offenkundig nicht. Also ahnte sie nichts vom gefälschten Whisky.

Er kam auf die Anfangsfrage zurück. »Er ist also sauer auf dich, dein Herr Gemahl.«

»Ach, nicht nur auf mich. Er ist außer sich wegen Boris, er hatte Streit mit ihm«, flüsterte sie, »und dann wurde er sauer, weil ich das mitbekommen habe. Dabei hab ich doch gar nichts mit Boris. Ich kann ihn nicht ausstehen.«

Der Streit zwischen den beiden Männern überraschte Rohleff nicht sonderlich, es war aber gut, davon zu erfahren. Alles fügte sich sehr schön zusammen. Das entspannte ihn.

Regine zuckte zusammen. »Schau mal. Da kommen die beiden. Dann geh ich mal schnell ins Hotel zurück. Ich hab jetzt keine Lust, ihnen zu begegnen.«

Ja, Boris und Victor näherten sich auf der Straße, blieben aber in der eigentlichen Zufahrt stehen, bevor sie sich trennten. Nur noch Murnau setzte den Weg zum Hotel fort, Boris verharrte an Ort und Stelle, während er mit seinem Smartphone hantierte. Die Verzögerung gab Regine Gelegenheit für ihren Rückzug. Rohleff begleitete sie zum Hoteleingang und wartete, bis sie im Aufzug verschwunden war.

Als er in die Bar zurückkehrte, erzählte Eileen gerade, dass der Queen mal ihre Vorgängerin Elisabeth I. als Gespenst erschienen sei. Sie waren also noch beim Thema. Vielleicht war der Hund von Baskerville auch bereits erwähnt worden.

»Im Nachthemd?«, fragte Eckart.

Rohleff sah, wie Gustav Birgit etwas ins Ohr flüsterte und Birgit verschmitzt zu lächeln begann, die Augen auf ihn, Rohleff, gerichtet.

»Wollen wir dann mal nach oben zu dir?«, hatte Rohleff dann leise Rosa gefragt, kaum dass er wieder neben ihr Platz genommen hatte.

Als er ihr Zimmer verließ, nur notdürftig geduscht, sah er auf dem Kamin zwei leere Gläser stehen.

Gustav befand sich nicht in ihrem gemeinsamen Zimmer, sondern kam erst herein, als Rohleff sich wieder auszog, denn er hatte festgestellt, dass es erst halb sieben war, früh genug also, um noch eine gemütliche Stunde zu schlafen. Der Onkel trug seine Kulturtasche unter dem Arm und machte einen aufreizend gut gelaunten, frischen Eindruck.

»Wo kommst du denn her?«, fragte Rohleff düster. Aber im Hinblick auf die Kulturtasche konnte er sich das eigentlich schon denken. Bloß war ihm sehr danach, das auch zu kommentieren. »Knüpfst du an alte Gewohnheiten an? Techtelmechtel mit verheirateten Frauen?«

Gustav antwortete nicht, sondern pfiff nur eine Melodie, die entfernt an *We will rock you* erinnerte. Das sagte eigentlich alles.

»Und wie findet Birgit die rammelnden Kanickel auf deinem Hinterteil?«

Nun grinste Gustav unverschämt. »Kann mich nicht daran erinnern, dass wir das besprochen haben. Aber ich frag sie mal. Wie war's denn mit Rosa?«, erkundigte er sich und strich sich über die Walrossschnurrhaare.

Darauf hatte Rohleff keine ehrliche Antwort parat. Die Kardinalfrage war ungeklärt geblieben. Den Abschiedskuss an der Tür hätte er niemals als leidenschaftlich bezeichnet, nur als warmherzig. Und so hätte er mit dem Gedanken hadern können, im entscheidenden Moment versagt zu haben. Aber erstaunlicherweise fand er den Gedanken, dass vielleicht gar nichts vorgefallen war, eher entlastend. Denn ihn quälten ganz andere Überlegungen. Vor dem Abschied von Rosa hatte er Tommy-Elvis gestreichelt, der es sich auf Rosas geöffnetem Koffer bequem gemacht hatte. Dabei war ihm ein nicht besonders gut versteckter Gegenstand aufgefallen, der sich nun in seiner Jackentasche befand. Der machte ihm Kummer.

Rohleff frühstückte diesmal Porridge, was seinem gereizten Magen, aber nicht den Geschmacksnerven guttat. Denen war mehr mit Orangenmarmelade und den unvergleichlich leckeren *Scones* gedient. Ein weiteres kulinarisches Highlight bildete echter *Smoked Salmon*, geräucherter Lachs aus hiesigen Gewässern, der entschieden charaktervoller schmeckte als seine faderen Verwandten aus Norwegen.

Auf dem Weg zu ihrem ersten Tagesziel sahen sie wieder großartige Landschaften, heroisch kahle Berghänge, diesmal von der Sonne grell angeleuchtet, sodass die typischen Farben der Heidelandschaft aufglühten, noch mehr gleißten die Bergspitzen, sie sahen aus wie mit weißen Badelaken bedeckt. Dort oben lag noch Schnee. Der Wind wehte wie üblich frisch, aber nicht mehr so schneidend kalt wie am Tag zuvor. Vielleicht hatte sich deshalb die Stimmung der Reisegesellschaft gebessert. Insgeheim wunderte sich Rohleff mächtig, dass sie überhaupt so ungehindert die Reise fortsetzen durften. Er befand sich ständig in Erwartung bestimmter Ereignisse, das stresste schon ein wenig. Noch vor Dallas Dhû mailte er Sandra ein paar Fragen, die ihm auf den Nägeln brannten. Sie mailte unverzüglich zurück, dass sie in Steinfurt kurz vor einem Durchbruch standen. Das veranlasste ihn, im Büro anzurufen.

Natürlich hatte er gehofft, Sandra zu erwischen, leider meldete sich Patrick.

»Deine Anrufe werden lästig, Chef.«

»Ihr habt einen Durchbruch?«, erkundigte sich Rohleff ungerührt.

»Haben wir, erzähl ich dir später, wenn du wieder da bist.« Patrick klang verlegen statt selbstzufrieden und stolz auf den Erfolg. Das heizte Rohleffs Neugier an.

»Gib mir mal Sandra«, sagte er laut. Er hatte ihre Stimme im Hintergrund gehört.

Gustav reckte den Kopf in der Reihe vor ihm und spähte durch die Lücke zwischen den Sitzen. »Eine Sandra, wer ist das denn? Kenn ich die?«

Rohleff winkte ungeduldig ab. Zu seinem Glück hatte Sandra das Telefonat übernommen. »Du glaubst es nicht«, sagte sie fröhlich. »So ein Knirps in der Straße hat mit seinem Smartphone herumgespielt und das Auto der mutmaßlichen Diebe fotografiert. Wir gehen nun einer konkreten Spur nach. Du, ich muss weitermachen. Sobald ich kann, melde ich mich wieder oder schick dir eine Mail.«

Hoffentlich als Antwort auf seine letzte Anfrage.

Die Brennerei von Dallas Dhû war seit 1983 nicht mehr in Betrieb, diente aber nun als eine Art Museum, unterhalten von *Historic Scotland*, einer Regierungsabteilung, die sich um historisch bedeutsame Stätten kümmerte. Die Brennerei lag hübsch eingerahmt zwischen Wiesen und wies keine besonders alten Gebäude auf, da die Anlage in den Dreißigerjahren des zwanzigsten Jahrhunderts abgebrannt war. In den Achtzigern war sie das Opfer der britischen Rezession geworden, aber die ganze Einrichtung war so gut in Schuss, dass mit dem Brennen sofort wieder hätte begonnen werden können.

Erstmals betrat Rohleff zusammen mit den anderen eine Mälzerei, einen riesigen, dämmrigen *Kiln*, der wirkte, als hätten die Arbeiter gerade eine Pause eingelegt. Im Obergeschoss, dem *Malting Floor*, wandelten sie über einen Mittelgang, von dem sie rechts wie links gemälztes Korn ausgebreitet sahen und die breiten Rechen, mit denen es gewendet wurde. Im Untergeschoss besichtigten sie den Ofen, der früher mit Torf beheizt wurde. Das alles ließ auf viel Handarbeit in alten Zeiten schließen. Außen bekrönte das Gebäude das typische, lustig und fremd wirkende Pagodendächlein.

Das letzte Fass wurde 1983 befüllt, es war ein ehemaliges Bourbonfass. Im Lager befand sich das eigentlich Museum, dort diente ein Modell der gesamten Anlage den Besuchern als Einführung in die Whiskybrennerei. Rohleff wanderte mit Eileen zusammen herum.

»Gibt es überhaupt noch Whisky von Dallas Dhû zu kaufen?«, fragte er sie.

»Gelegentlich. Er ist äußerst begehrt, denn das Wasser, mit dem er gebraut wurde, gilt als besonders gut, es ist maßgeblich für den besonderen Geschmack verantwortlich. *Dallas Dhû Malt Whisky* ist rar und etwas für Kenner.«

»Und das heißt?«

Kevin hatte Aufnahmen gemacht, Rohleff fiel es jetzt wieder ein, dass er überall bei jeder Besichtigung Fotos machte und nicht nur in den Fasslagern. Es musste ein besonderes Interesse dahinterstecken. Wie ja auch bei Boris.

»Teuer.« Keine überraschende Antwort. Sie deutete auf eins der wenigen verbliebenen Fässer. »Wenn so ein Fass abgefüllt wird und der Whisky auf den Markt kommt, ist das ein Glücksfall. Alle Sammler und Händler stehen dafür Schlange.«

»Und wie viele Flaschen ergibt so ein Fass?«

Vorsichtig klopfte sie gegen eines, dem in dicker, weißer Schrift ein *Dallas Dhû* aufgedruckt war. Es gab kaum Resonanz auf das Klopfen.

»Schwer zu sagen, je länger der Whisky im Fass reift, desto größer der *Angel's Share*, aber das Fass selbst spielt dabei auch noch eine Rolle. Die Dichte und Durchlässigkeit ist von Fass zu Fass unterschiedlich.«

Natürlich wusste Rohleff das. Sie hatten bisher noch keine Führung erlebt, auf der nicht ausführlich und mit einem anscheinend obligatorischen Augenzwinkern auf den »Anteil der Engel« hingewiesen wurde, die Verdunstung des Inhalts durch das Holz des Fasses. Das hieß, niemand konnte die abzufüllende Menge vorhersagen, es ergab sich ein interessanter Spielraum für Aufkäufer ganzer Fässer. Das war eine Information, die er sich natürlich längst selbst zusammengereimt hatte. Es von anderer Seite bestätigt zu bekommen, war dennoch befriedigend. Ja, das Bild wurde immer deutlicher.

Auf dem Rückweg nach Aberlour machten sie noch einen kleinen Umweg über Elgin und besichtigten unter Eileens Führung die schönste Kirchenruine Schottlands, die schönste vor allen Dingen bei Nacht, wie sie erläuterte, wenn das

Mondlicht neugierig durch leere, steinerne Fensteröffnungen glitt und feuchte Nebelschwaden die Mauern umwaberten. Es war ein Zauber, der in Mord und Totschlag seinen Ursprung hatte. Rohleff machte der Anblick nachdenklich und ein bisschen traurig. Zuletzt, nachdem die Kathedrale mehrfach zerstört, gebranntschatzt und in den Reformationswirren geplündert worden war, dienten die Reste der Bevölkerung von Elgin als Steinbruch. Kirchengestein recycelt für Wohnhäuser. Fast schon symbolisch.

Rohleff nutzte die Zeit, die ihnen für ein nochmaliges Herumwandern und eine Mittagspause zugestanden wurde, für einige Telefonate, für die er sich von den anderen absonderte. Er hatte sich von Robert die Telefonnummer von Fraser geben lassen. Fraser war nicht zu sprechen, aber einer seiner Sergeants, mit dem sich das Gespräch sehr schwierig gestaltete. Rohleff erklärte etwas in schlichtem Englisch, verstand aber selbst nichts von der Entgegnung, der Sergeant sprach mit einem so breiten schottischen Akzent, dass es auch Rumänisch hätte sein können. Rohleff kam sich am Ende dumm vor. Fürs Essen fühlte er sich mittlerweile zu nervös, er trank nur zwei Tassen Kaffee und nahm einen Muffin zu sich.

Die Brennerei von *Aberlour* – die Besichtigung stellte den letzten, offiziellen Programmpunkt des Tages dar – bestand aus einem zusammengewürfelt erscheinenden Gebäudeensemble hinter einer alten Mauer. Sie gehörte zu den Speyside-Brennereien, die einen für die Region typischen, sehr süßen und fruchtigen Whisky erzeugten. Um sich abzulenken und die immer größer werdende Unruhe zu bekämpfen, versuchte Rohleff sich beim Tasting besonders stark zu konzentrieren. Ihnen wurden Proben vom *New Make* serviert, dem frisch gebrannten Whisky, einem gruseligen Rachenputzer, und dann einige aufeinander folgende Reifegrade bis zur zehnjährigen

Standardabfüllung, da allerdings kamen seine Sinne nach dem ersten Schock allmählich in Fahrt: Er roch Früchte und das Sherry-Fass, er schmeckte einen Hauch von Schokolade und getrockneten Datteln und auch den langen, holzigen Abgang. Danach fühlte er sich durch und durch erschöpft. Beinahe die ganze Zeit hatte er zwei seiner Reisegenossen im Auge behalten und war ihnen einige Male möglichst unauffällig nachgegangen, nahm aber nichts Verdächtiges an ihrem Verhalten wahr, sie benahmen sich normal. Sie redeten auch kaum miteinander, fast schien es sogar, als würden sie sich aus dem Weg gehen.

Nach der Verkostung besuchten die meisten Mitglieder der Reisegruppe noch den Verkaufsraum, danach wollten sie zu Fuß zum Hotel gehen, das kaum einen Kilometer entfernt lag, denn sie würden in Aberlour übernachten. Gekauft wurde nicht sehr viel, nur Murnau ging gegen die allgemeine Lähmung an, indem er drei weitere Kartons mit Whisky erstand. Als einer der wenigen wollte er auch mit dem Bus zurückfahren.

Rohleff sah, wie Boris es auf einmal eilig hatte wegzukommen. Gerade eben hatte sich sein Smartphone gemeldet, er hatte den Anruf entgegengenommen, ein paar Mal etwas eingeworfen und sich in Bewegung gesetzt. Anscheinend hatte er schlechte Nachrichten erhalten, er sah sich gehetzt um, als wäre bereits jemand hinter ihm her.

Überhaupt schien er seit Fabians Auffinden im Gärbottich nicht mehr ganz der Alte. Er wirkte niedergeschlagen, was ja nicht allzu verwunderlich war. Es konnte ihm nicht entgangen sein, dass von den anderen kaum noch einer etwas mit ihm zu tun haben wollte. Irgendwie mussten sich seine Streitigkeiten mit Fabian herumgesprochen haben, mutmaßte Rohleff und ging ihm hinterher.

Es gab nur einen kurzen, asphaltierten Zufahrtsweg zur Hauptstraße, und von dort kamen ihnen zwei uniformierte Männer entgegen. Boris stockte und machte kehrt, sobald er sie erblickte, aber von der anderen Seite näherten sich ihnen weitere Polizisten. Abrupt blieb Boris erneut stehen und sah sich nach einer anderen Ausweichmöglichkeit um, aber da bot sich keine an. Außerdem war es nun ohnehin zu spät, und Weglaufen wäre verdächtig, das schien ihm soeben klar zu werden. Er zuckte mit den Schultern, steckte das Handy ein und wartete einfach ab. Einer der Beamten sprach ihn an.

Nach und nach versammelte sich die ganze Gruppe auf der Straße, einige redeten miteinander, sie hatten noch nicht mitbekommen, dass sich etwas Ungewöhnliches tat, andere schauten sich unschlüssig um.

Murnau, einen Karton mit Whisky unter dem Arm – die beiden anderen trug ihm ein Angestellter der Brennerei nach –, drehte sich um, als ob er in das Verkaufsgebäude zurückkehren wollte, blieb aber dann gelassen stehen.

Auf dem kleinen Parkplatz nahe der Straße standen einige Autos, aus denen weitere Beamte stiegen, als Letzter ließ sich Fraser blicken. Das wurde auch Zeit. Rohleff atmete auf, jetzt konnte er sich ein wenig entspannen. Nur schade, dass Regine von dem, was nun kommen musste, auch betroffen war.

Das Aufgebot an Polizisten war schon beachtlich. Dachte Fraser tatsächlich, dass eine Fluchtgefahr bestand? Wohin hätte Boris denn fliehen sollen? Bis zur Küste und dann im Ruderboot nach Frankreich?

»Was ist denn jetzt los? Ist schon wieder jemandem etwas Schlimmes passiert?«, rief Liliane erschrocken.

Eckart redete leise auf sie ein.

»Werden wir alle verhaftet?«, fragte Regine laut. »Victor?«

Der antwortete nicht, da er gerade von zwei Beamten in die Mitte genommen wurde. Auch das schien ihn nicht zu erschüttern, unwirsch, mit einem Hauch von Hochmut verwahrte er sich gegen die Zumutung.

Es musste sich jemand um Regine kümmern, Rohleff war drauf und dran, zu ihr zu gehen, da fing er einen Blick von Detlev auf. Mit einer Kopfbewegung forderte er diesen auf, aktiv zu werden. Nun konnte der ehemalige Vorsitzende Richter mal Instinkt beweisen. Und das tat er tatsächlich. Er nahm Regines Arm und begleitete sie zu Victor und den Beamten.

»Was geht denn hier vor?«, sprach er einen der Beamten an, der allerdings nicht auf die Frage reagierte. Dafür mischten sich nun Wichmann und Köster ein, die lautstark eine Erklärung zu dem Aufmarsch forderten.

Eileen war an Rohleff herangetreten. »Meinst du, es geht wieder um Fabian? Neue Erkenntnisse?«

Rohleff hakte sie rasch unter. »Komm mit, vielleicht benötigen wir deine Dienste als Übersetzerin.«

Endlich ergriff einer der Beamten, ein Mann in Zivil, das Wort und erklärte kurz, dass Victor Murnau und Boris Reul zu einer weiteren, ausführlicheren Befragung aufs Polizeirevier mitgenommen werden würden. Es gebe ein paar neue Erkenntnisse, zu denen man sie vernehmen wolle.

Eileen übersetzte, aber die Meisten hatten auch so verstanden.

»Warum ausgerechnet die beiden?«, fragte Liliane und sprach damit die allgemeine Verwunderung aus.

Rohleff hätte einiges dazu erklären können, schwieg aber selbstverständlich.

Die Stimmung war außerordentlich gereizt.

»Weil sie vielleicht etwas wissen oder beobachtet haben, was uns entgangen ist, mein Schatz«, beschwichtigte Eckart vergeblich.

Liliane blieb aufgebracht. »Das glaube ich nicht. Warum Victor Murnau? Er kann doch gar nichts mit Fabians Unfall zu tun haben.«

Detlev hielt Regine fest, als ihr Mann und Boris genötigt wurden, in eins der Polizeifahrzeuge einzusteigen.

»Was passiert denn jetzt mit ihnen?«, fragte sie bang.

»Die beiden werden nur befragt«, antwortete Rohleff laut genug, dass auch die anderen ihn hörten. Besser er wiegelte die Sache etwas ab. »Du weißt doch, Victor ist der Whiskyexperte, und Boris hat viele schöne Fotos gemacht, wer weiß, was darauf zu erkennen ist.«

Regine schien nicht sonderlich beruhigt. Rohleff ersparte ihr den Hinweis, dass ihre Vernehmung sicher auch noch folgen würde. Erst einmal hatte er es eilig, Fraser festzuhalten, bevor dieser ihm entwischen konnte. Der Chief Inspector war ihnen allen eine erste Erklärung schuldig, Rohleff vielleicht noch etwas mehr als den anderen. Er fasste Eileen an der Hand und zog sie wieder mit sich.

»Wir müssen Fraser aufhalten, und ich brauche dich zum Übersetzen.«

»Wozu?«, fragte Eileen.

»Um einen Mord aufzuklären, oder was hast du gedacht?« Wenigstens den einen Mord, dachte er.

Fraser stieg gerade wieder in eins der Dienstfahrzeuge ein.

»Nein, Chief Inspector, so geht das nicht«, blaffte ihn Rohleff an. »Sie werden uns schon etwas erklären müssen. Ich habe ein paar Mal versucht, Sie zu erreichen, weil ich Ihnen etwas mitzuteilen hatte. Ich hoffe, Ihr Sergeant hat es Ihnen ausgerichtet.«

Fraser hörte sich Eileens Übersetzung an, blickte eulenhaft durch das Seitenfenster und seufzte.

»Steigen Sie ein, Mr Rohleff. Und Sie auch, Mylady.«

Etwa zwei Stunden später kam Rohleff mit Eileen ins Hotel zurück, wo sie von den anderen wie die letzten Überlebenden einer Schiffskatastrophe empfangen wurden. Die ganze Gruppe scharte sich um ein paar Tische im Barraum. Über den Sofas an der Wand hingen großformatige Reklamefotos für *Aberlour Whisky*. Die typischen Flaschen vor dem malerischen Hintergrund von Wasserfällen, wildromantischen Mooren und pittoresken Kiltträgern mit Schrotflinte oder Dudelsack über der Schulter.

»Wir haben schon beinahe nicht mehr damit gerechnet, dass man euch wieder freilässt«, sagte Wichmann. »Wie seid ihr Fraser entkommen? Der war doch da, ihr musstet in sein Auto einsteigen, ich hab's genau gesehen.«

»So ein Arsch«, mischte sich Köster lautstark ein. »Wieso taucht der dauernd auf? Keiner weiß, was hier eigentlich gespielt wird. Wir müssen uns an die deutsche Botschaft wenden. Am besten bestellen wir ein Taxi, und ein paar von uns fahren nach Edinburgh und machen Dampf.« Er klopfte Rohleff auf die Schulter und umarmte Eileen. Alle anderen rückten näher.

»Und wo sind Victor und Boris? Wieso habt ihr die nicht mitgebracht?«, fragte Gustav nach.

»Wir sind doch nicht verhaftet worden«, empörte sich Eileen. »Nur ...«

»Boris und Victor«, beendete Rohleff für sie den Satz.

Ja, es war schon bizarr. Zwei aus der Reisegruppe waren tot, zwei andere verhaftet, das konnte einem schon die Urlaubslaune verderben.

»Ja wieso denn?«, riefen gleich mehrere.

Rohleff hob die Hand, erreichte aber erst einmal nur, dass man ihm ein Glas Whisky aufdrängte. Es war zum Verzweifeln. Während er einen kleinen Schluck trank, überlegte er, wie viel von der Wahrheit für die anderen verträglich war und wie viel er vorerst für sich behalten sollte. Allmählich kehrte wieder Ruhe ein, Eckart und Köster hatten die anderen mehrfach ermahnt, endlich den Mund zu halten und zuzuhören.

Rohleff dankte den beiden. »Eileen und ich waren nicht zur Vernehmung da. Wir sind auf eigenen Wunsch in Frasers Auto eingestiegen, um zu erfahren, warum Boris und Victor mitgenommen wurden. «

»Und? Habt ihr was erfahren?«, fragte Eckart begierig.

Rohleff starrte die Whiskyflaschenparade auf den Fotos an der Wand an. Wie gern säße er nun an dem Wasserfall auf dem einen, ein Glas mäßig getorften *Edradour* in der Hand, im Ohr nichts anderes als das Gegacker von Moorhühnern. »Nun ja«, antwortete er gedehnt. »Nicht unbedingt, was wir wissen wollten. Es ist immer noch unklar, ob Fabian verunglückt ist oder ob er Opfer eines Anschlags wurde und wer für Letzteres infrage käme.« Das entsprach allerdings nicht ganz der Wahrheit.

Köster schob ihm ein Glas Whisky hin. »*Dalwhinnie,* nicht *Aberlour,* Fabian zu Ehren. Ich tippe auf Victor, die Wetten stehen eins zu zehn für ihn, die meisten wollen natürlich Boris die Sache in die Schuhe schieben, aber ich geh gern ein Risiko ein. Wettest du mit? Der Einsatz liegt bei zwei Pfund.«

Rohleff verschluckte sich an seinem Whisky. »Ich wette nicht mal aufs Wetter.«

Liliane zog eine indignierte Miene. »Glaub mir, ich mache da nicht mit«, flüsterte sie Rohleff zu.

Er nickte benommen. Langsam wurde ihm die Gruppe ein bisschen unheimlich. Vielleicht war die nackte Wahrheit doch das Beste.

Detlev drängte sich zwischen sie. »Nun sag schon, was dieser Fraser erzählt hat. Um was geht es hier eigentlich?«

»Eileen, übernimm du das mal«, sagte Rohleff matt. »Du kannst Englisch, du hast das alles besser verstanden als ich, was Fraser gesagt hat.«

Das stimmte nicht, Rohleff hatte nicht nur alles sehr gut verstanden, sondern sich das Meiste ohnehin längst gedacht, wenn auch nicht in allen Details.

Eileen ließ sich erst einmal einen Whisky kommen, einen *Cask Strength,* weil nur der der Situation angemessen sei, wie sie sagte. Alle sahen zu, wie sie das Glas auf einen Zug kippte.

»Die gefällt mir immer besser«, murmelte Gustav Rohleff zu. »Schnapp sie dir, wenn du Mumm in den Knochen hast.«

»Eileen, wir warten«, meldete sich Detlev mit leichter Gereiztheit.

»Es geht um eine Angelegenheit von nationaler Wichtigkeit«, hob Eileen mit geradezu pathetischem Ernst an.

»Um was? Ich denke, es geht um Fabian«, empörte sich Eckart.

»Um den auch«, ließ sich Rohleff nun doch vernehmen. »Aber zunächst einmal geht es um Whisky.« Er legte eine kleine Pause ein, um seine Gedanken zu sammeln.

»Das ist doch bescheuert«, polterte Köster, »was hat Whisky damit zu tun?«

»Einfach alles«, antwortete Rohleff gemessen, »glaubt mir, einfach alles.«

Fraser hatte es ihnen nach einigem Zögern nach und nach enthüllt. Rohleff fasste sich in Geduld, er kannte das zur Genüge. Es ging hoch her in der kleinen Dienststelle in Aberlour, in dem Zimmerchen, das Fraser für die Unterredung requiriert hatte. Murnau und Boris wurden gleich nebenan verhört, gelegentlich waren ihre erregten, laut gewordenen Stimmen zu hören, das gab der Unterhaltung mit Fraser einen zusätzlichen Kick. Zu gern hätte Rohleff im Nachbarzimmer gelauscht.

»Wir haben noch warten müssen, aber seit eben haben wir einen internationalen Haftbefehl für die beiden vorliegen«, erklärte Fraser als Erstes gemütlich. Er kippelte mit seinem Stuhl nach hinten und verschränkte die Arme hinter dem Kopf, ein Bild der Selbstzufriedenheit. »Hat uns viel Zeit gekostet, so weit zu kommen.« Er lächelte flüchtig. »Aber Sie haben ja auch ein wenig zur Aufklärung beigetragen, deshalb nehme ich mir jetzt Zeit für Ihre Fragen. Aber nicht zu lange.« Er hob drohend einen Finger.

»Ich habe zur Aufklärung beigetragen? Daran kann ich mich gar nicht erinnern«, bemerkte Rohleff sarkastisch.

»Hast du das wirklich?«, fragte Eileen verblüfft. »Warum hast du nichts gesagt?«

Rohleff hob nur vielsagend die Schultern, ein Bild des hoffnungslosen Nichtverstehens.

»Nun gut«, sagte Fraser, »dann beginne ich mal damit: Ihr Mitreisender Fabian Dupré ist verstorben.«

Rohleff fuhr auf. »Ist er das? Das müssten Sie doch schon eine ganze Weile wissen, hätten Sie uns das nicht früher mitteilen können?«

»Alles der Reihe nach.« Fraser kippte den Stuhl zurück an den Schreibtisch. »Wir mussten erst noch eine Aktion abwarten und die beiden im Nebenzimmer festnehmen. Die lassen wir noch eine Weile im Unklaren, aber wir gehen von Mord aus.«

Eileen übersetzte.

Rohleff beugte sich vor. »Na schön. Dann erzählen Sie uns doch mal, welche Aufgabe Fabian Dupré hatte.«

Fraser zog fragend die Brauen hoch.

»Lassen Sie doch endlich das Katz- und Mausspiel«, fuhr Rohleff barsch fort. »Ich nehme an, Dupré gehörte zum deutschen Zoll, oder liege ich da falsch?« Er erinnerte sich an die Zielgerichtetheit, mit der Fabian die Suchaktion nach Elvis organisiert hatte, so etwas lernte man beim Zoll oder bei der Polizei. Spätestens da war er sich annähernd sicher gewesen, mit wem er es zu tun hatte.

Eileen musterte ihn erstaunt. »Wie kommst du darauf?«

»Auf dem Golfplatz von St. Andrews hat er Murnau und Boris Reul mit einem Feldstecher beobachtet, und er trug ein Abhörgerät, ich hab es gefunden und Fraser gegeben.«

»Ganz recht, das war recht nützlich«, antwortete Fraser gemütlich und faltete die Hände vor dem Bauch.

Wahrscheinlich hatte der deutsche Zoll Fabian den englischen Ermittlern aufs Auge gedrückt.

Dann endlich ließ sich Fraser auch den Rest entlocken.

»Victor Murnau war der Kopf einer Bande, die krumme Geschäfte mit Whisky machte«, erläuterte Eileen den Mitreisenden an der Bar. Rohleff überließ ihr wieder gern das Reden, er wollte lieber im Hintergrund bleiben. Darum hatte er sie auf dem Rückweg ins Hotel gebeten. Sie würde ihre Sache schon gut machen. Sie war ja vom Fach, was den Whisky betraf, und er nur ein einfacher Urlauber. Es konnte allerdings sein, dass Eileen ihm das nach der Unterredung mit Fraser nicht mehr abnahm. Gesagt hatte sie es nicht.

»Das glaube ich nicht«, sagte Wichmann.

»Slàinte«, sagte Köster und trank Rohleff zu. »Hab ich doch recht! Er ist unser Täter.«

»Lass Eileen doch weiterreden«, schaltete sich Detlev ein.

»Anscheinend gab es schon seit einiger Zeit einen Verdacht gegen Victor Murnau, nur war es schwer, ihm seine kriminellen Machenschaften nachzuweisen. Er hatte seit Jahren die Preise auf dem Markt für teuren und seltenen Whisky durch gut lancierte Aufkäufe auf Auktionen in die Höhe getrieben, das hab ich selbst beobachtet«, fuhr Eileen in einem Ton fort, als könnte sie das noch gar nicht alles glauben. »Seit immer mehr japanische Sammler mitmischten und es eine signifikante Verknappung des Angebots auf dem Markt gab, schossen die Preise durch die Decke, sie verdoppelten sich innerhalb kurzer Zeit. Und Murnau konnte auffällig häufig den Markt bedienen. Dann gab es erste Hinweise, dass die von ihm stammenden Flaschen nicht immer das enthielten, was draufstand, aber man konnte ihm keine Manipulationen nachweisen, weil der Markt an sich undurchsichtig ist.«

»Warte mal, warte mal«, fiel Detlev ihr aufgeregt ins Wort. »Ich hab mal ein paar Flaschen von Fietzig gekauft, die gefälscht waren, und der hatte behauptet, dass die Flaschen von Victor stammten. Also stimmte das? Ich hab's damals nicht geglaubt.«

Darüber hatte Rohleff in einem mühseligen Telefongespräch einen der Sergeants informiert mit der Bitte, die Information an Fraser weiterzugeben. Und dass Regine hinter dieser Transaktion steckte, was Detlev aber noch nicht wusste. Besser er fand es nicht heraus.

»Wie solltest du denn?«, fiel Eckart ein, »Victor ist ein Ehrenmann, zumindest dachten wir das, so wie der auftrat. Fietzig dagegen«, er stockte, »hat mich beim Umbau meines Hauses mit überteuerten Rechnungen übers Ohr gehauen.«

»Falls sich noch jemand von Fietzig, Victor oder auch Boris hat reinlegen lassen, sollte er uns das später erzählen, dann haben wir alle mehr davon«, meldete sich Köster mit gespielter Verzweiflung. »Lasst Eileen den Rest erzählen. Was genau hat Victor gemacht? Hat er alte Flaschen neu befüllt? Das müsste man doch am Verschluss merken.«

Eileen seufzte und schaute zu Rohleff. »Willst du mich nicht ablösen?«

»Auf keinen Fall. Du bist doch die Expertin. Für Whisky jedenfalls, und es geht doch immer noch darum.«

»Na schön. Wo war ich gerade?«

»Beim Whisky«, schrien mehrere gleichzeitig und bedeuteten dem Kellner, die nächste Runde vorzubereiten. »*Tullibardine*«, bestellte Köster, »aber echten.«

Eileen setzte nochmals an. »Also: Es gibt zu viele Wege zum Whisky, zu viele aufgelassene Brennereien mit verborgenen Schätzen, heute habt ihr ja eine davon kennengelernt. Es gab mal eine Brennerei, die ist vor Jahren abgebrannt, aber erst kürzlich hat man in den Trümmern noch ein paar alte Fässer gefunden, ein Fest für alle Spekulanten. Was nun Murnau betrifft: Fraser sagt, dass die Ermittlungsbehörden in England und Deutschland nur allmählich hinter seine Tricks kamen. Sie bestanden unter anderem darin, Fässer aus verschiedenen, aufgelassenen Brennereien aufzukaufen und selbst abzufüllen, sie aber dabei mit minderwertigem Whisky zu verschneiden. Ab einer bestimmten Summe pro Flasche wird es immer unwahrscheinlicher, dass der Whisky auch getrunken wird. Hauptsächlich bestand sein Trick aber darin, sehr geschickt Etiketten, Flaschen und Verpackung zu fälschen. Dazu brauchte er erstens Originale, die er sich auf den Reisen beschaffte, und zweitens Unterlagen über die Fassbestände der Brennereien. Dazu hat er bei dieser Reise Boris als Computerexperten eingesetzt. In den letzten Tagen hatte Fabian Dupré beobachtet, wie dieser sich Zugang zu den Geschäftsräumen der Brennereien verschaffte. Daten, die er den Computern entnommen hatte, fanden sich auf seinem Handy und waren von Fabian ausgelesen und weitergeleitet worden.«

Gustav stieß Rohleff schmerzhaft in die Seite. »Hast du das gewusst? Dass Fabian hinter Boris' Handy her war? Das haben wir ihm doch prima zugespielt.«

Nur zu gut erinnerte sich Rohleff an den Streit um das Handy von Boris. Ja, und damit haben wir leider auch einen Anstoß für sein Ableben geliefert, dachte er bekümmert. Und Boris musste spätestens seit Pitlochry selbst einen Verdacht gegen Fabian gehabt haben, als er versuchte, dessen Handy auszuspionieren. Die beiden hatten sich schön gegenseitig ins Visier genommen. Wann, fragte er sich, hatte Boris mit Victor Murnau darüber gesprochen?

Und dann fiel ihm der herabfallende Schild ein. Hatte diese Attacke Fabian gegolten? Gut möglich. Gustav wäre nur ein zufälliges, zweites Opfer gewesen.

»Ja, und wo befindet sich nun die geheime Abfüllanlage?«, fragte Birgit. »Hat Fraser das auch verraten? Und wie groß ist die Fälscherbande, da müssen doch mehr dazugehören als Victor und Boris. Etikettenfälschung ist doch ein ganz eigenes Fachgebiet.«

»Die Werkstatt, in der alle relevanten Arbeiten durchgeführt wurden, ist heute ausgehoben worden«, mischte sich Rohleff endlich ein. »In einem Speicherhaus im Hamburger Hafen. Das war Boris' vorrangiger Arbeitsplatz. Dort wurde abgefüllt und etikettiert oder umetikettiert, das haben sie auch gemacht. Fraser sagt, sie haben die ganze Bande geschnappt.«

»In Hamburg? Komisch, das erinnert mich an was«, sagte Gustav. Diesmal boxte Rohleff ihn in die Seite. »Darüber reden wir später. Halt jetzt lieber die Klappe.«

Auch das war Rohleff klar geworden, dass er selbst Fabian den entscheidenden Hinweis gegeben hatte, als er ihm von seiner Beobachtung im Hamburger Hafen erzählt hatte. Boris, der einen mit Getränkekisten und Fässern beladenen Kahn erwartete und Achterschleifen in die Luft beschrieb.

Da hatte Gustav noch geglaubt, von einem rachsüchtigen Nachkommen verfolgt zu werden.

»Und wer hat Fabian nun umgebracht?«, erkundigte sich Köster abschließend. »Jetzt will ich endlich wissen, wer die Wette gewonnen hat.« Mehrere pflichteten ihm bei, es wurde wieder lauter.

Unwillkürlich verdrehte Rohleff die Augen. Diese Schweinebande mit ihrer Wette!

»Das ist noch nicht raus. Jedenfalls werden Victor und Boris zur weiteren Vernehmung nach Perth gebracht.«

Sicher würden noch die abgehörten Gespräche ausgewertet werden, es gab Telefonkonferenzen mit dem deutschen Zoll und weiteren Ermittlungsbehörden wegen der Mordfälle; die Schuldfragen im Einzelnen zu klären, würde Tage, wenn nicht Wochen dauern. Noch ging es um die Erstvernehmungen.

»Könnte derjenige, der Fabian auf dem Gewissen hat, auch an Fietzigs Tod schuld sein?«, fragte Birgit nachdenklich.

»Das liegt doch auf der Hand, bleibt bloß die Frage: von Victor oder von Boris? Will noch jemand seine Wette erhöhen?«, antwortete Detlev mit voller Überzeugung.

»Ist das nicht ein bisschen makaber?«, fragte Rosa nach. Sie hatte bisher nur zugehört. »Warum soll Rainer Fietzig denn auf einmal umgebracht worden sein? Hat Fraser so eine Vermutung geäußert?«

Rohleff hatte ihn auch danach gefragt. Für Fraser stand fest, dass Fietzig in die Sache verwickelt gewesen war, eigentlich war sogar durch ihn einiges ins Rollen geraten. Denn Detlev hatte ja einem Freund den von Fietzig gekauften Whisky zur Begutachtung übergeben, und dieser Freund hatte die Angelegenheit nicht für sich behalten, sondern einem Bekannten vom Zoll mitgeteilt. So weit waren die Ermittlungen längst gediehen.

»Er hat sich sehr vage ausgedrückt«, wiegelte Rohleff entschlossen ab.

Ganz allmählich machten sich eine gewisse Entspannung und Ermüdung breit. Es wurde ja auch Zeit fürs Abendessen.

Danach wurden die Vorkommnisse in einer Kneipe von Aberlour nochmals von allen Seiten betrachtet, kommentiert, wieder durchgekaut und bei jeder Drehung mit einem anderen Whisky begossen, aber nun ließen sie sich jedes Mal erst die Flasche zeigen. Und Eileen musste sagen, ob sie den *Malt* für echt hielt. Das war ein bisschen anstrengend für sie.

In der Kneipe wurde Rapmusik geboten, das war eine uralte Tradition in Schottland, die Rapmusik, nicht die Darbietung in der Kneipe, erläuterte Eileen. Denn eigentlich waren die Schotten die Erfinder des Rap. Schon vor fünfhundert Jahren gab es Dichterwettstreite am Königshof, wobei die Darbietungen nach Rhythmus, Reim und treffend knapp und witzig formuliertem Inhalt bewertet wurden. Rap eben. Die kurze Abschweifung half, von den jüngsten Verwicklungen etwas abzukommen. Überhaupt war erstaunlich, dass sich das Meinungsbild der Gruppe neu formiert hatte. Murnaus Verrat am Whisky wurde ihm sehr übel genommen. Boris galt nun lediglich als Mitläufer, Dummkopf und Gelegenheitsmörder, aber dass der Whiskypapst sich als Whiskypanscher entpuppt hatte, schlug doch aufs kollektive Gemüt.

Nur gut, dass im Kamin der Kneipe ein schönes Torffeuer brannte, dass seine Schwaden gerecht im Raum verteilte, sodass allen die Augen tränten. Für die Luftumwälzung sorgte ein altersschwacher Deckenventilator mit drei ausgreifenden Holzarmen, die bei jeder Drehung ein Gehänge von Spinnweben mit sich führten und ein paar wärmesuchende Fliegen aufscheuchten.

Draußen war es kalt und nass.

Hinterm Tresen blinkten in soliden Eichenregalen aufgereiht die Whiskyflaschen, Freunde fürs Leben, wie Rohleff nun ahnte, daran würde die Irritation durch Murnaus Machenschaften auch nichts mehr ändern.

Und überhaupt die ganze Reise: Wenn er die Gespräche und Kommentare richtig deutete, stand eine Legendenbildung kurz bevor. Bald würden bestimmte Gespräche so beginnen: Weißt du noch, als …

Rohleff stand am Bartresen und bestellte sich noch etwas. Neben ihm hielt sich ein Schotte mit speckigem Filzdeckel auf dem Kopf an der gut geputzten Messingstange fest, die als Reling diente, und bestellte sich ein warmes Bier.

»Schlechtes Wetter draußen«, sagte Rohleff mitfühlend.

»Nein«, widersprach der Mann allen Ernstes, »es regnet nur.«

Rohleff begann nicht nur Schottland, sondern auch die unverwüstlichen Eingeborenen zu lieben.

Er nahm im Stehen einen *Balvenie* zu sich, typisches Speyside-Gewächs, sehr komplex, leicht torfig mit Honig- und Vanillearomen und mit langem Abgang. Allmählich war er bereit, für sich das Ende der Ermittlungen zu akzeptieren, was jetzt noch kam, war Routine, und egal, wer nun als Mörder entlarvt werden würde, es war nicht seine Angelegenheit. Er konnte sich entspannen und voll und ganz der restlichen Whiskyerkundung widmen.

Im Abgang war eine Spur von Leder zu spüren.

Halb hatte er damit gerechnet, für die Nacht von Rosa wieder in ihr Zimmer eingeladen zu werden, aber die Einladung blieb aus.

Gustav dagegen packte sorgfältig seine Kulturtasche, stopfte sich eine frische Unterhose in die Jacketttasche und zog ab zu Birgit, Rohleff mitleidlos allein lassend. Als er sich darüber beklagte, knurrte Gustav nur: »Selbst schuld.«

Rohleff stellte den grünen Buddha auf seinen Nachttisch, um wenigstens ein bisschen Gesellschaft zu haben. Und einen Vorteil bot die Figur ja: Sie schnarchte nicht.

Am nächsten Morgen wurde Regine beim Frühstück zur Vernehmung abgeholt, Detlev erzwang, dass er sie begleiten durfte, eine knappe Stunde später wurden die beiden zurückgebracht, gerade noch rechtzeitig, um einen letzten Kaffee zu trinken.

»Ich muss damit rechnen, dass sie mich nochmals vernehmen. Aber ich kann doch nicht mehr sagen, weil ich nichts gewusst habe. Wirklich nicht«, erklärte Regine verbittert, als Rohleff sie ansprach.

Er glaubte ihr. Sie schien ihm viel zu schlicht gestrickt, um im illegalen Whiskygeschäft eine Rolle zu spielen. Detlev hatte bei der Vernehmung natürlich vor der Tür warten müssen, aber beide waren anscheinend nach ihrer Rückkehr nicht sehr gut auf Rohleff zu sprechen. Den Grund konnte er ahnen. Detlev sagte es ihm, als sie zur nächsten Besichtigungstour in den Bus stiegen: »Musste das sein, dass du sie anschwärzt?«

»Hat sie das gesagt?«

»Nein, hat sie nicht, aber sie hat mir erzählt, dass du sie nach den Flaschen ausgefragt hast, die sie Fietzig verkauft hat. Genügt dir das, du Hobbyermittler?«

Rohleff schenkte es sich, darauf etwas zu erwidern. Es lief doch alles bestens.

Detlev hatte sich am Abend vor den anderen zurück auf den Weg ins Hotel gemacht, um nach Regine, die nicht zum Abendessen erschienen war, zu sehen und sie bei Bedarf zu trösten. Birgit rief ihm noch nach, nicht zu vergessen, morgens pünktlich zum Frühstück zu erscheinen, bis dahin könne er trösten, so viel er wolle. Das hatte er wohl getan.

Robert schien in den wenigen Tagen der Reise um Jahre gealtert. Er hatte dicke Tränensäcke unter den Augen und schwankte, als kostete es seine letzten Kräfte, die Koffer von Victor und Boris an einen Polizisten auszuhändigen, der ihn dazu aufgefordert hatte, nachdem er Regine und Detlev zum Hotel zurückgebracht hatte.

Hoffentlich war er noch imstande, den Bus über die schottischen Straßen zu fahren und vor allem immer auf der richtigen Seite zu bleiben.

- 8 -

Dufftown war das Jerusalem der Whiskyherstellung und die beiden Destillerien *Balvenie* und *Glenfiddich* heilige Orte, an denen sich die Gläubigen scharenweise in Ehrfurcht und Andacht herumtrieben. Das kleine Städtchen wurde außerdem durch eine Burgruine bereichert, das *Balvenie Castle,* ein düsterer Bau aus dickem, grauem Mauerwerk, eine Trutzburg für Eulen und Fledermäuse, in der wahrscheinlich bereits im vierzehnten Jahrhundert der Whisky durch staubige Kehlen floss.

Beide Destillerien gehörten immer noch derselben Familie, die sie gegen Ende des neunzehnten Jahrhunderts im Abstand von vier Jahren gegründet hatte, und sie florierten beide, das konnte man schon bei der Anfahrt sehen. Robert lenkte den Bus zunächst an der Ruine entlang, passierte die Einfahrt zu *Glenfiddich* und hielt endlich einige Hundert Meter weiter auf dem Parkplatz von *Balvenie.*

Rohleff erinnerte sich gut an einen seiner letzten Drinks, den Geschmack von Süße und Weichheit, während er ein Stück hinter den anderen her auf den Eingang zustrebte.

Er blieb stehen, weil sein Telefon vibrierte. Sandra hatte endlich seine Fragen beantwortet. Nun wusste er etwas mehr über das Ehepaar Fürbringer, dessen Sohn im Teich des Nachbarn ertrunken war. Kurz überlegte er, ob das überhaupt noch von

Belang war, entschied aber, der Vollständigkeit halber noch mal nachzuhaken. Der Sohn der Fürbringers hieß Thomas.

Eileen blieb bei ihm stehen. »Du siehst so nachdenklich aus. Schlechte Neuigkeiten von zu Hause?«

Rohleff löste seinen Blick von der Nachricht. »Eigentlich nicht.«

Am Abend in der Kneipe hatte Detlev sie, bevor er abzog, um Regine zu trösten, gefragt, ob er richtig gehört habe, dass sie mit dem Clanchef der MacDonnells verwandt sei, und dabei auf ihren Ehering geschielt. Doch, hatte sie geantwortet und die Hand hochgehoben. »Meine Mutter war eine MacDonnell, deshalb bin ich mit den MacDonnells verwandt, nicht nur, weil ich einen aus der weiteren Familie geheiratet habe.« Sie hatte sich an Rohleff gewandt. »Wie sagt man das auf Deutsch? Mein Geburtsname, sagt man das so?«

»Mädchenname«, half ihr Birgit weiter.

»Danke, mein Mädchenname lautet MacKenzie.«

Rohleff dachte über Namen nach. Fürbringer fing mit F an wie Fietzig. Herr Fürbringer sei Apotheker und seine Frau habe in seiner Apotheke als Helferin gearbeitet, hatte Sandra gemailt. Mehr wisse sie jetzt nicht, ob das reichen würde? Sie hätten nun wirklich viel zu tun.

»Kommst du nun mit?«, fragte Eileen, »oder willst du die Führung gar nicht mitmachen?«

Rohleff wusste es nicht genau, ging aber dennoch mit.

Rosa hatte Elvis mitgenommen, der aber gar nicht mehr im Rucksack bleiben wollte. Sie blieb stehen und wandte sich hilfesuchend an Gustav und Birgit. Nur aus den Augenwinkeln beobachtete Rohleff eine kleine Diskussion und am Ende eine Transaktion. Elvis wechselte vom Rucksack in Gustavs Tasche, die ihm vielleicht mehr zusagte. Gustav hatte vorher etwas aus der Tasche genommen, kurz darauf geschaut und es

Rosa mit einem Schulterzucken in die Hand gedrückt, dann gingen die drei weiter.

Die Anlage von *Balvenie* war sehr dazu geeignet, sich zwischen den einzelnen Gebäuden zu verlaufen. Der Ausstoß an Whisky war beträchtlich größer als der aller anderen Brennereien, die sie bisher besichtigt hatten. Es gehörte eine eigene Kupferschmiede für die immerhin zehn *Pot Stills* in den beiden *Still Houses* dazu und eine eigene Böttcherei – und gemälzt wurde auch noch. Eigentlich hatte man den Eindruck, ein dem Whisky gewidmetes Dorf zu betreten. Es war schon mehr eine Whiskyfabrik, aber eben eine *Malt-Whisky*-Fabrik mit fabelhaften Erzeugnissen in der Vergangenheit, Einzelabfüllungen aus bestimmten Fässern, von denen die Flaschen nun mit Gold aufgewogen wurden. Ein El Dorado für die Trüffelschweine unter den Whiskyexperten. Die älteste Abfüllung aus einem einzigen Fass war ein fünfzig Jahre alter Whisky. Murnau hätte hier ein ausgezeichnetes Betätigungsfeld vorgefunden. Kein Wunder also, dass ständig von ihm (nicht eben freundlich) die Rede war, was Regine bekümmerte.

Rohleff erhielt wieder eine Mail von Sandra, er schaute kurz drauf, sie hatte noch etwas über die Frau Fürbringer herausgefunden. Offensichtlich war sie damals sehr sportlich gewesen.

Rechts und links von Rohleff ragten die *Wash Stills* auf, blank geputzte, kupferne Ungetüme, in denen sich das Licht spiegelte. Ein Foto von einem Sportereignis war der Mail angehängt, aber wegen der Spiegelreflexe konnte er kaum Einzelheiten erkennen. Nachdenklich schaltete er das Handy erst einmal aus. Das Foto hatte etwas mit Golf zu tun, und er wusste noch nicht genau, was er davon halten sollte.

Von *Balvenie* wollten sie alle zu Fuß zur *Glenfiddich*-Brennerei laufen, sie war ja kaum einen Kilometer entfernt, ein netter, beschaulicher Spaziergang. Es blieb sogar genug Zeit, sich im Örtchen noch ein wenig umzusehen. Es gab da einen Whiskyshop, der sich lohnte. Ein Shop, der nur Whisky feilbot, war sicher gesellschaftsfähiger als einer mit zweihundert Sorten Kondomen, wie Rohleff ihn von der Hamburger Amüsiermeile kannte.

Einige wollten allerdings doch nicht hinein, sondern um die Burgruine herumspazieren, die Gruppe teilte sich also auf, wichtig war ja nur, rechtzeitig bei *Glenfiddich* einzutreffen.

Rohleffs Handy meldete sich wieder, es war eine weitere Mail von Sandra eingetroffen, mit einem Foto, diesmal ging es um die Einbruchserie in Steinfurt. Auf dem Foto war ein Teil der Beute zu sehen: Schmuck und teure Uhren, alles bei einem der Festgenommenen sichergestellt.

Birgit war neben Rohleff stehen geblieben und schaute ihm über die Schulter. Rasch wechselte er das Foto, es war nun das vom Sportereignis zu sehen. Frau Fürbringer mit einer Medaille um den Hals, eine sehr junge Frau Fürbringer, die in die Kamera strahlte.

»Woher hast du das Foto?«, fragte Birgit und nahm ihm das Handy aus der Hand, eher er es wegstecken konnte.

Die anderen waren längst weitergegangen, nur noch Eileen befand sich in der Nähe, sie war im Begriff, mit Robert und Kevin zusammen davonzugehen, vielleicht wollten die drei die weitere Reiseroute besprechen.

»Ach das«, wehrte Rohleff ab, »das zeigt nur …«

»Das ist Rosa«, sagte Birgit bestimmt und sah sich das Foto sehr genau an, »natürlich ist sie darauf sehr viel jünger.«

»Das ist nicht Rosa«, widersprach Rohleff, »wie kommst du denn darauf?«

»Ich erkenne sie, du nicht?«

»Diese Frau ist dunkelhaarig und schlank, und überhaupt, du musst dich irren.« Rohleff war unwillkürlich laut geworden und leicht aggressiv im Ton.

Eileen, Robert und Kevin blieben stehen. »Gibt es Probleme?«, fragte Robert misstrauisch.

Rohleff streckte den Arm lang aus und hielt den dreien das Foto hin. »Birgit behauptet, das sei Rosa, ich weiß nicht, warum. Erkennt ihr Rosa in der Frau?«

Die drei traten zögerlich näher, Robert und Kevin schüttelten den Kopf, Eileen runzelte die Stirn. »Ich weiß nicht. Eigentlich nicht. Wieso ist das wichtig?«, erkundigte sie sich.

»Es könnte wichtig sein. Aber das ist nicht Rosa.«

»Doch, das ist sie«, erklärte Birgit beharrlich. »Rosas Haare sind gefärbt, ist dir das noch nicht aufgefallen?«

Eileen nickte unbehaglich. »Mir schon.«

Rohleff schaute von einer zur anderen. »Ihr seid verrückt. Wieso beharrst du darauf, dass das Rosa ist, Birgit?«

»Weil ich in Gesichtserkennung ausgebildet bin. Das war ein Spezialgebiet von mir beim BND. Ich kann aus einer Menge ein Gesicht herausfiltern. Ich bin oft eingesetzt worden und hab mich nie geirrt, ich werde auch heute immer noch gelegentlich dafür angefordert. Rosas Gesicht ist auf dem Foto schmaler, sie muss auch einige Kilos leichter gewesen sein. Aber glaub mir, das ist sie. Sie trägt übrigens Kontaktlinsen, ihre normale Augenfarbe ist nicht Blau, sondern wahrscheinlich Hellbraun mit einem Stich von Grün.«

Das Foto verschwamm ein bisschen vor Rohleffs Augen. Die junge Frau auf dem Foto hielt einen Golfschläger in der Hand. Sandra hatte ihm gemailt, dass Frau Fürbringer einige Wettkämpfe im Golf gewonnen habe. Und ihr Vorname laute Rosemarie.

»Dann hätte ich ein paar Fragen an sie«, sagte er langsam und überaus bedrückt. Jetzt gab es kein Entkommen mehr für ihn. Er musste handeln. »Wo ist sie denn überhaupt?«

Seine Beine fühlten sich auf einmal bleiern an. Er sah auf und schaute sich um.

»Sie wollte mit Gustav gehen. Die beiden kümmern sich noch ein bisschen um Elvis«, antwortete Birgit.

»Tommy«, korrigierte Rohleff mechanisch. »Tommy-Elvis.«

»Ach ja, schau«, Birgit vergrößerte einen Ausschnitt des Fotos. »Siehst du die Ohrclips? Sie hatte sie damals schon. Perlen in etwas Gold gefasst. Gustav hat einen von ihnen gefunden, er hatte ihn in der Tasche, als Rosa ihm Elvis gegeben hat. Er hebt ja überall Zeugs auf, aber das weißt du ja.«

Rohleff zwinkerte heftig.

Eileen fasste ihn am Arm. »Ist dir etwas ins Auge gekommen?«

Seine Augen tränten.

»Ich erinnere mich nur an etwas.« Er erinnerte sich an Gustav, der etwas vom Boden aufklaubte, das er nicht weit vom toten Rainer Fietzig entfernt im Fasslager von *Glenkinchie* gefunden hatte und nach dem er ihn dummerweise nie gefragt hatte. Er hatte es sogar einige Male ganz kurz gesehen, etwas Kleines, Rundes mit etwas Gold, das Gustav immer mal wieder in die Luft warf und auffing. »Hat er gesagt, wo er das gefunden hat?«

Birgit verneinte. Rosa würde es wissen und fürchten, dass sich Gustav irgendwann daran erinnerte.

»Das auf dem Foto ist eine Frau Rosemarie Fürbringer«, erklärte Rohleff hastig, »deren Kind, ein kleiner Junge namens Thomas, in Fietzigs Gartenteich ertrunken ist. Die Eltern haben Fietzig deshalb vor Gericht gebracht, aber er ist von der Anklage wegen fahrlässiger Tötung freigesprochen worden. Er hat sich laut Gericht in keiner Weise am Tod des Kindes schuldig gemacht. Wohin wollte Gustav mit Rosa? Wir sollten ihn rasch finden.«

»Ruf ihn an, er hat doch bestimmt sein Handy mit.«

»Aber das ist meistens ausgeschaltet.« Rohleff versuchte trotzdem, ihn zu erreichen. Vergeblich.

Birgit fragte nicht weiter und zog ihr Handy heraus. Sie tippte hektisch. »Ich sag Detlev Bescheid, er soll sich mit Regine auf dic Suche nach Gustav machen. Er hat die Nummer von Eckart, er wird die Nachricht weitergeben. Was soll ich ihm sagen?«

»Nichts weiter, als dass Gustav von mir gesucht wird. Wer ihn findet, soll mir umgehend Bescheid geben und bei ihm bleiben, bis ich da bin.«

»He, Detlev ...« Birgit hatte Winkler erreicht.

Kevin hielt ebenfalls sein Handy in der Hand. »Ich hab die Nummer von Köster und den Wichmanns gespeichert.«

Eileen machte sich mit Robert auf die Suche, Kevin spurtete schon davon, zurück zur Brennerei. Rohleff schlug mit Birgit den Weg in die Stadt ein. Blieb aber nach wenigen Minuten stehen. »Hier muss es einen Bach geben.«

»Den Fiddich, nach ihm ist die Brennerei benannt.«

»Dann lass uns dort suchen. Und gib das weiter an Detlev, die anderen sollen in der Stadt ausschwärmen, wir wissen ja nicht genau, wohin sie sich gewandt haben. Aber Rosa lässt Elvis gern am Wasser spielen, er mag das.«

Und ein großes, schnell fließendes Gewässer bot für eine entschlossene Frau, die einen gefährlichen Mitwisser loswerden wollte, zumal einen ahnungslosen, sehr gute Möglichkeiten.

Sie liefen rascher, Birgit hatte keine Mühe, mit Rohleff Schritt zu halten. »Ich muss gerade an den Vorfall auf dem Golfplatz denken. Was meinst du? Ist es jetzt fraglich, ob Gustav zufällig von einem Golfball getroffen worden ist?«

Sie bogen in einen schmalen Fußweg ein.

»Ich habe einen Schläger im Gebüsch auf dem Golfplatz von St. Andrews gefunden, es muss ihn jemand weggeworfen oder dort versteckt haben. Ich hoffe, er ist noch dort. Es müssten Fingerabdrücke darauf zu finden sein.«

»Warte mal! Wie dumm von mir«, Birgit blieb stehen, »ich habe doch auch Rosas Nummer. Ich rufe sie an.«

Rohleff wurde mulmig zumute.

»Rosa?«, rief Birgit munter in ihr Telefon. »Wo steckst du denn? Wir wollen in der Stadt eine Kleinigkeit essen, bevor wir die nächste Brennerei besichtigen.«

Birgit stellte das Telefon laut, sodass Rohleff die Antwort mithören konnte.

Aus dem Lautsprecher klang ihnen ein Stöhnen entgegen. »Ja, gern«, ließ sich Rosa dann gepresst vernehmen, »aber ich glaub, ich habe mir die Wade gezerrt.« Sie lachte angestrengt. »Blöd, nicht wahr? Ich mag gar nicht mehr richtig auftreten. Gustav ist hinter Tommy her, der den Bach entlangläuft. Ich sehe ihn gar nicht mehr. Aber weit kann er nicht sein. Melde dich wieder, wenn ihr im Lokal seid, und sag mir dann, in welchem. Ich denke, wir kommen nach, Gustav und ich.«

Rohleff nickte. Er hatte richtig getippt, die beiden waren bereits am Bach. Nun mussten sie sich beeilen. Birgit beendete das Gespräch, rief aber sofort Detlev an. Rohleff versuchte unterdessen, Eckart zu erreichen, was ihm zum Glück auf Anhieb gelang. Er blieb kurz stehen, um zu erläutern, um was es ging.

Sie hatten das Ende des Fußwegs beinahe erreicht, als am Rand mitten im Gras etwas auffällig Rotes aufleuchtete. Birgit lief darauf zu, bückte sich und hielt es hoch.

»Gustavs Mütze!«, sagte sie und schwenkte sie in der Luft.

Gleich darauf kam der Bach in Sicht, aber weder Gustav noch Rosa und erst recht nicht der Winzling Elvis. Es war auch fraglich, wo genau sie die drei suchen sollten. Bachauf- oder -abwärts? Am Ufer wuchs so viel Buschwerk, dass nur ein kleiner Teil des Bachlaufs zu überblicken war. Rohleff rief nun Kevin an und bat ihn, sich direkt von der Brennerei aus ans Bachufer zu begeben und von dort die Suche zu beginnen. Sie würden dann aufeinander zulaufen in der Hoffnung, die richtige Richtung eingeschlagen zu haben.

»Gustav!«, rief Birgit, so laut sie es vermochte.

Rohleff rannte weiter.

»Da!« Birgit deutete voraus.

Ein Stück vor ihnen kämpfte Gustav, mit den Armen wedelnd, mit seinem Gleichgewicht, während er dicht am Wasser entlangtaumelte.

»Gustav!«, rief Birgit außer sich.

Er drehte sich schwerfällig um, hob ungeschickt einen Fuß, und es sah so aus, als würde er nun rückwärts in den Bach fallen. Rohleff rannte schneller. Im gleichen Augenblick, als Kevin aus der anderen Richtung auftauchte, entdeckte er Rosa, die aus den Büschen auftauchte und auf Gustav zueilte.

Rohleff legte noch einen Zahn zu, aber es sah so aus, als würde Rosa vor ihm Gustav erreichen. Mit Unbehagen hatte er sofort bemerkt, wie rasch der Bach floss, wie breit er war und wie viele große Steine er in seinem Bett umstrudelte. Es war lebensgefährlich hineinzufallen. Kevin musste das auch klar geworden sein. Er schrie Rosas Namen, und einen Augenblick wandte sie sich um.

Gustav rutschte recht langsam mit einem Bein die Böschung hinunter, immer noch rückwärts, aber noch aufrecht.

Rosa schlug einen kleinen Haken, sie hatte ihr Vorhaben immer noch nicht aufgegeben, obwohl auf der Hand lag, dass sie nichts mehr zu gewinnen hatte. Sie drehte sich etwas zu langsam um, und da konnte ihr Rohleff den Weg abschneiden.

»Bleib stehen, es ist aus«, presste er unter Atemnot hervor. So gerannt war er schon lange nicht mehr.

Gehetzt sah Rosa von einem zum anderen, von Kevin zu Rohleff, der Birgit hinter sich wusste, die nun auch gleich Gustav erreicht haben würde, dann rannte sie auf Rohleff zu und stieß ihn beiseite.

»Gustav, ich …«, schrie sie. Weiter kam sie nicht, Birgit stellte sich ihr entgegen und griff nach ihr, bekam aber nur den Rucksack zu fassen, den Rosa über einer Schulter hängend trug. Mit einer geschmeidigen Bewegung glitt sie aus dem Gurt, machte einen Ausweichschritt, hatte aber zu viel Schwung und fiel der Länge nach hin.

Gustav war auf die Knie gesunken und hielt sich an ein paar Grasbüscheln fest, um das weitere Abgleiten aufzuhalten.

»Kann mir mal einer aufhelfen?«, fragte er.

Rohleff sah, dass sich Birgit um Rosa kümmerte, und hoffte, dass sie ihr nicht nur aufstehen half, sondern sie auch festhielt. Tatsächlich setzte sie sich erst einmal auf sie drauf und presste sie mit aller Kraft ins nasse Gras. Das war gar nicht mal blöd.

Er selbst bückte sich und langte nach Gustavs Arm, da sah er Elvis unten in den Bach tauchen. Die Strömung riss den Kleinen mit.

»Kevin!«, schrie er. »Fisch den Kater raus!«

Kevin sprang die Böschung hinab, man hörte ein Aufplatschen. Nun kamen auch Eckart und Liliane herbei, weiter oben am Bach sah Rohleff die Kösters, die Wichmanns, Robert und Eileen, die alle hektisch zu winken begannen.

Rohleff zog Gustav auf die Füße und stützte ihn, weil er benommen wirkte und nicht zu begreifen schien, was der Auflauf zu bedeuten hatte.

Rosa hatte Birgit abgeschüttelt, sich auf Hände und Knie hochgearbeitet und schaute gehetzt um sich. Dachte sie noch ans Weglaufen?

»Ist Birgit verrückt geworden?«, fragte sie stattdessen mit unnatürlich hoher Stimme, stand auf und zupfte sich einige Grashalme vom Umhang. »Seht euch doch an, was sie angerichtet hat! Ich bin ganz voller Dreck.«

»Ich hab ihn«, schrie Kevin. Triumphierend hielt er den Kater hoch.

Ohne Rosa aus den Augen zu lassen, ging Rohleff die paar Schritte zu Birgit hinüber, die gerade mit ein bisschen Mühe aufgestanden war, und reichte ihr sein Handy. »Ruf Fraser an, er soll sofort jemanden herschicken oder selbst kommen. Hier gibt es noch etwas für ihn zu tun. Seine Nummer hab ich gespeichert.«

Birgit nickte, trat zurück und machte sich ruhig dran, den Kontakt zu Fraser herzustellen.

»Du kannst doch Englisch?«, legte Rohleff besorgt nach.

»Besser als du.«

Inzwischen war Rosa von allen Seiten umringt. Rohleff bat Eckart mit einer Geste, sich Gustavs anzunehmen, damit dieser nicht doch noch im Bach landete.

»Was ist das hier? Eine Versammlung? War das abgesprochen? Ich hab nichts davon gewusst«, meldete sich Rosa wieder.

»Ich nehme dich fest«, kündigte Rohleff ruhig an und betrachtete sie voller Kummer. Ihre Frisur hatte sich zwar aufgelöst, aber die Haare fielen ihr nun in weichen Locken auf die Schultern. Sie trug wieder die grüne Seite ihres Wollumhangs und sah trotz der Grashalme, die sie noch nicht entfernt hatte, beinahe so hübsch und adrett wie immer aus. Es tat ihm weh, dass ihn die Umstände zwangen, aus ihr eine Gefangene zu machen, mit allem, was das zu bedeuten hatte: Verhöre, Gerichtsverhandlung, Verurteilung und zum Schluss die Haftstrafe. Und das alles, weil sie mit dem größten Leid ihres Lebens nicht fertig geworden war.

»Was?«, sie lachte nervös auf. »Was fällt dir denn ein? Was meinst du mit festnehmen?«

»Das möchte ich aber auch wissen«, meinte Gustav hinter ihm.

Rohleff wandte sich an ihn, ohne den Blick von der Frau vor ihm zu lösen. »Gustav, hat sie dir etwas zu trinken gegeben?«

»Nein, wieso?«

Rohleff war irritiert. »Und wieso taumelst du hier herum und bist beinahe in den Bach gefallen?«

»Wieso?«, antwortete Gustav und schloss in den Kreis auf. »Na, weil im Gras lauter Steine liegen, die man nicht sieht, über die man aber stolpert. Ist das wichtig?«, fragte er aufgebraucht.

Rohleff war erleichtert, auf einmal fühlte er sich ruhiger. »Nein, es geht hier um etwas anderes«, antwortete er bedächtig. Er sah Rosa an.

Eckart war an Gustav herangetreten, Liliane fasste ihn auf der anderen Seite unter.

Ohne Absprache schlossen die Kösters, Wichmanns, Eileen und Robert den Ring um Rosa dichter. Es gab nun kein Entkommen mehr.

Rohleff ging auf sie zu. Wieder sah es einen Augenblick so aus, als wollte sie davonlaufen, aber dann nahm sie Abstand davon und straffte sich, eine Hand in die Hüfte gestützt.

»Also, mir reicht es jetzt, kann mal jemand Karl zur Vernunft bringen?« Diesmal klang ihre Stimme beherrscht und ruhig.

»Vielleicht klärst du uns jetzt über die ganze Sache einfach auf, Karl«, schlug Köster vor.

»Schön, aber behaltet Rosa im Auge, ihr beiden.« Er nickte Köster und Wichmann zu. Leider hatte Kevin nun auch die Gruppe erreicht und wusste erst einmal nicht, wem er den tropfenden Kater übergeben sollte. Seine Hosenbeine trieften auch.

»Gib ihn mir«, sagte Gustav, aber auch Rosa streckte die Hand nach Elvis aus. Diplomatisch setzte Kevin den Kleinen ins Gras, wo er sich sofort das Fell zu lecken begann.

Aus den Augenwinkeln beobachtete Rohleff, dass Birgit inzwischen lebhaft telefonierte. Hoffentlich mit Fraser.

»Also, was ist jetzt?«, fragte Köster noch einmal.

»Ja, das möchte ich auch wissen«, blaffte Rosa. Elvis, von der Stimme erschreckt, machte einen Satz auf Gustav zu. »Du hast ja nun deinen Onkel gefunden, ich weiß nicht, warum ihr anderen alle hier seid, ich geh jetzt jedenfalls.« Sie machte zwei Schritte vorwärts.

Langsam wurde Rohleff die Sache leid. »Rosa, das Spiel ist aus«, sagte er bedächtig, aber mit Nachdruck.

»Was für ein Spiel?«, fragte sie ungläubig und schüttelte den Kopf.

»Du hast Fietzig erst mit einer Mischung von Doxylaminsuccinat und Whisky betäubt und dann so heftig gegen das Fass gestoßen, dass er sich das Genick gebrochen hat.«

Die Buchstaben R und F hatte er falsch gedeutet, der Flachmann, den Rosa im Fasslager aufgehoben und ihm überreicht hatte, gehörte ihr, nicht Fietzig. Nicht von Rainer Fietzig, sondern von Rosemarie Fürbringer leiteten sich die Buchstaben ab. Schade, dass er nicht früher darauf gekommen war. Eigentlich war es ihm ergangen wie Fietzig. Der hatte in der rundlichen, erblondeten Rosa Wurm nicht die Rosemarie Fürbringer wiedererkannt, die mal seine Nachbarin gewesen war. Das hatte sie geschickt hinbekommen. Der albern klingende Name *Rosa Wurm* (Wurm war sicher ihr Mädchenname, den Fietzig nicht kannte) hatte prächtig zur Tarnung beigetragen.

»Mein Gott, habt ihr das gehört?« Rosa schaute empört in die Runde. »Ich soll etwas mit Fietzigs Tod zu tun haben? Ich kannte den Mann doch kaum.« Sie ging nun auf Köster zu. »Und ich hab die Nase voll. Es regnet außerdem.«

Als sie Köster passieren wollte, hakte der sich bei ihr unter und zog sie zurück in die Kreismitte. »Aber das bisschen macht dir doch nichts aus«, redete er verschwörerisch auf sie ein. »Es mag ja bekloppt klingen, aber ich wüsste gern den Rest. So eine gute Geschichte lässt man sich doch nicht entgehen.«

Ärgerlich riss sie sich los. »Dreht ihr nun alle durch?«

Köster wanderte zurück an der Kreisrand.

»Rosa«, wandte sich Rohleff wieder direkt an sie. Gerade war ihm das Schmuckstück wieder aufgefallen, das sie um den Hals trug und das bei der Rangelei mit Birgit wieder aus dem Ausschnitt geglitten war. »Da, in deinem Medaillon hast du ein Foto von deinem Sohn Thomas, nicht wahr? Du trägst es immer bei dir.«

Er trat näher an sie heran. Es kam nun darauf an, sie so zu beeinflussen, dass sie das Leugnen aufgab. Dabei wand er sich innerlich. Wenn es ihm doch nur nicht so widerstrebte, was er tun musste.

Unversehens wurden ihre Augen feucht. »Du weißt es?«, fragte sie mit heiserer Stimme und legte die Hand auf das Medaillon.

»Ich weiß, dass er in Fietzigs Gartenteich ertrunken ist. Er war gerade einmal zwei Jahre alt.«

Rosa atmete schwer, während sie die Augen schloss und aufschluchzte. Inzwischen nahm der Regen zu. »Warum sagst du das?«

Köster räusperte sich, Rohleff hob rasch die Hand, um ihn am Reden zu hindern. Der Regen kam schon sehr ungelegen.

»Du hast Fietzig gebeten, den Gartenteich zuzuschütten, nicht wahr? Das steht so im Prozessprotokoll.«

»Ja, und?«

Sie war doch härter, als er dachte. »Nun, er hat es nicht getan, wie wir wissen. Thomas ist über den Zaun geklettert, und es hieß dann, du hättest deine Aufsichtspflicht …«

Schlagartig verfinsterte sich ihr Gesicht.

»Meine Aufsichtspflicht? Das wagst du zu sagen? Ich hätte meine Aufsichtspflicht vernachlässigt? Du hast keine Kinder, du hast keine Ahnung!« Sie holte tief Luft »Angefleht habe ich ihn, meinen lieben Nachbarn, den Großarchitekten Fietzig! Immer wieder, ich habe ihm angeboten, das Zuschütten zu bezahlen, aber er fand, dass es nicht zumutbar wäre, den Teich zuzuschütten, das würde die ganze Gartengestaltung ruinieren, ich hätte ihm eine neue bezahlt, was hätte ich sonst noch tun sollen?«

»Und er?«

»Hat mich ausgelacht.«

»Und deshalb hast du ihm erst Doxylaminsuccinat verabreicht, gemischt mit Whisky, und sobald die Betäubung einsetzte, hast du ihm einen Stoß versetzt, der ihn so zu Fall gebracht hat, dass er sich das Genick brach«, wiederholte Rohleff beharrlich.

Voller Hass starrte Rosa ihn an. Dann lachte sie auf. »Bist du verrückt? Nein, das habe ich nicht getan.«

Der Regen klatschte nun heftiger herunter, aber niemand rührte sich von der Stelle. Nur Gustav bückte sich schwerfällig, hob Elvis auf und steckte ihn in seine Tasche. Rohleff wusste, was er als Nächstes vorbringen musste, schon um die anderen bei der Stange zu halten. Sie waren als Zeugen wichtig.

»Du hast im Fasslager von *Glenkinchie* einen Ohrclip verloren. Und Gustav hat ihn aufgehoben und eingesteckt, ohne zu ahnen, dass er dir gehört. Er lag beinahe direkt neben der Leiche Fietzigs. Und als dir klar geworden war, dass es dieses Indiz gab und es sich in Gustavs Besitz befand, hast du versucht, ihn mit einem Golfball auszuschalten.«

Was er nicht sagte, war, dass er sogar selbst beobachtete hatte, wie Gustav den Clip aufhob, nur hatte er nicht gewusst, um was es sich handelte, geschweige denn, welche Bedeutung es hatte, aber das hob er sich für später auf.

»Verrückt«, sagte Wichmann, »sie hat doch gar nicht gespielt. Golf, meine ich.«

»Da hörst du's!«, rief Rosa, das Wasser lief ihr aus den Haaren und übers Gesicht, hektisch wischte sie sich über die Augen und schrie auf. »Meine Kontaktlinse, ich hab die verdammte Kontaktlinse verloren!«

Es sah schon ein wenig seltsam aus, dass ihre Augen nun verschiedene Farben hatten, das eine Braun und das andere Blau. Köster zog laut die Luft ein vor Überraschung. Rohleff fühlte immer stärkeres Mitleid mit ihr. Warum nur hatte er sich vorgenommen, Rosa zu überführen? Und noch dazu vor allen anderen?

»Ja, ich erinnere mich!«, schaltete sich Gustav da ein. »Jaa«, fuhr er bedächtig fort. »Ich hab das Ohrdings gefunden und ihr vorhin gegeben, aber da wusste ich nicht mehr, wo ich es gefunden habe, jetzt schon.«

Rohleff erinnerte sich auch an etwas. Er hatte am Morgen, nachdem er die Nacht bei Rosa verbracht hatte, den Flachmann mit den Buchstaben R und F wieder an sich genommen, den sie in ihrem Koffer versteckt hatte, nachdem sie ihn in Pitlochry aus seinem Zimmer geholt hatte. Sie hatte die Gelegenheit genutzt, als er mit Gustav und Birgit in der Stadt unterwegs gewesen war und die Fischtreppe besichtigt hatte. Es war sicher nicht schwierig gewesen, den Zimmerschlüssel an der Rezeption zu erhalten und ihn später zurückzugeben. Er hatte doch gemerkt, dass ihr Zimmer durchsucht worden war – und vermutlich nicht nur einmal. Wahrscheinlich hatte sie auch den Ohrclip gesucht. Wie gut, dass sie die Schlüssel nun immer bei sich trugen. So war der Flachmann mit den Buchstaben R und F wieder sicher bei ihm verwahrt.

Unvermittelt griff er Rosa in die Tasche und zog einen Flachmann daraus hervor, bevor sie sich wehren konnte.

Sie schrie auf. »Was soll das?«

Rohleff ließ sich nicht beirren. Dieser Flachmann hier musste Rainer Fietzig gehört haben, und er wusste nun, wie der Austausch in *Glenkinchie* vor sich gegangen war. Schon öfter hatte er beobachtet, dass es unter Whiskytrinkern üblich war, die Feldflaschen für einen anerkennenden Schluck zu tauschen. Er steckte den Flachmann vorsichtig ein. Eine Untersuchung nach Fingerabdrücken würde wohl keine von Fietzig ergeben, dafür war die Flasche zu lange in Rosas Besitz gewesen. Aber man konnte nie wissen.

»Können wir nicht woanders hingehen, bevor wir alle bis auf die Haut nass werden?«, erkundigte sich Robert und nieste.

»Nein, wir bleiben«, erwiderte Liliane streng und zog sich mit einer entschiedenen Geste den karierten Hut tiefer ins Gesicht. »Wir stehen das durch.«

Rohleff war froh über diese Antwort und zog Rosa nun dicht an sich heran. »Zeig mal her.« Dann sah er sich das braune Auge an, murmelte: »Das hab ich gleich.« Er drückte einen Finger sanft aufs Unterlid und schob behutsam unter voller Konzentration die verrutschte Linse an die alte Stelle. »Ich hoffe, ich hab dir nicht wehgetan.« Er hatte nun selbst Tränen in den Augen, es konnten aber auch Regentropfen sein.

Rosa schlang einen Arm um seinen Hals und weinte hemmungslos.

»Fietzig hat sich nichts daraus gemacht, dass mein Kind ertrunken ist, er war nur froh, ohne Verurteilung davongekommen zu sein«, erklärte sie unter lautem Schluchzen. »Er hat sich nie entschuldigt, er fühlte sich ja so im Recht! Ich hab zwanzig Kilo zugenommen, alle meine Freunde verloren, am Ende ist auch meine Ehe zerbrochen, weil ich mit Tommys Tod nicht fertig wurde. Auf einmal hatte ich niemanden mehr. Ich konnte auch meinen Beruf nicht mehr ausüben, er war mit zu vielen schmerzlichen Erinnerungen behaftet. Kannst du verstehen, dass ich Fietzig so hasste, dass ich ihn umbringen musste?« Mit Tränen in den Augen sah sie ihn an. »Ich habe es für Tommy getan, vor allem für ihn.«

Das hätte sie nicht sagen dürfen, Rohleff überlief es eiskalt, diese Selbstgerechtigkeit, die so leicht zu Selbstjustiz führte, hatte er immer schon verabscheut. Und doch blieb eine Menge Mitleid für Rosa übrig. Bei den anderen, wie er gleich darauf feststellte, auch. Bis auf Birgit. Mit strenger Miene hatte sie direkt neben ihm Position bezogen, das Handy auffällig in der Hand haltend. Zunächst verstand er nicht, was sie gerade damit machte, bis ihm schlagartig aufging, dass sie das Geständnis aufgenommen hatte!

Außer ihm hatte das niemand bemerkt, denn alle anderen standen triefend vor Regen mit gesenkten Köpfen bedrückt herum.

»Und dann hast du noch Gustav ausschalten wollen, weil er deinen Ohrclip neben der Leiche gefunden hatte? Du hast doch den Golfball geschlagen, der ihn am Ohr getroffen hat.«

Rosas Augen blitzten empört auf. »Das glaubst du? Wie kannst du nur denken, ich könnte Gustav was antun! Niemals! Ja, ich hab mehrfach versucht, an meinen Clip heranzukommen, und war in eurem Zimmer, aber das ist nun auch egal. Er hat mir den Clip vorhin einfach so ausgehändigt, zusammen mit anderem Zeug, das er in der Tasche hatte. Und ich soll versucht haben, ihn mit einem Golfball zu erledigen? Das ist einfach lachhaft. Ja, ich spielte Golf und hab mal den dritten Preis bei einem lokalen Wettkampf gewonnen. Aber ich spiele doch nicht so gut, dass ich über eine größere Entfernung auf einen Schlag …« Sie stockte.

Und sie wollte ihn auch nicht in den reißenden Bach stoßen, ging Rohleff auf, sondern ihn davon wegziehen, als sie alle gerade auftauchten und ihr in die Quere kamen. Die Frage war: Sagte sie die Wahrheit? Und warum hatte er mehrmals an Anschläge auf Gustav geglaubt, überlegte Rohleff. Dann wusste er es: Es waren diese verdammten Ängste Gustavs, die er am Ende übernommen hatte. Sie hatten ihn vollkommen verblendet und ihn zu seinen Verdächtigungen geführt. Jetzt erschien ihm das wie blanker Irrsinn. Die Verwundung durch den Golfball war Zufall, und an ihrem Abenteuer im Wald von Faskally hatten die Umstände, zu denen starker Regen und umherstreifende Tiere und Jäger gehörten, ihren Anteil – aber nicht Rosa.

»Komm, Liebes, es wird Zeit zu gehen«, sagte Birgit nun freundlich und überraschte ihn damit erneut, »ich denke, es kommt gleich jemand, der dich abholt.«

Damit hatte sie recht. Durch den prasselnden Regen eilten im Laufschritt uniformierte Beamte auf sie zu, darunter eine Frau, der sie Rosa zur Festnahme übergaben. Rohleff erläuterte, unterstützt von Eileen mit ihren Übersetzungskünsten, knapp den Sachverhalt und stieg zusammen mit ihr in eines der Polizeifahrzeuge ein, die an der Straße geparkt waren.

Auf der Wache widerrief Rosa vehement das Geständnis, das sie am Bach gemacht hatte, aber das würde ihr nichts nützen. Es gab ja den Mitschnitt und außerdem die Zeugen. Rohleff übergab die Feldflasche Fietzigs zur kriminaltechnischen

Untersuchung, und die andere, die mit den Initialen, würde er noch nachreichen.

Fraser traf gegen Abend ein, Rohleff redete sehr lange mit ihm. Er erfuhr auch, dass der Golfschläger im Buschwerk von St. Andrews tatsächlich gefunden worden war, er hatte darum gebeten, ihn zu suchen. Sollte er doch auf Fingerabdrücke überprüft werden, das Ergebnis schaffte Klarheit, so oder so. Fraser arbeitete doch rascher und effektiver, als er angenommen hatte. Auf die Sache am Faskally-Loch kam Rohleff erst gar nicht zu sprechen, alle Spekulationen über einen Anschlag kamen ihm nur noch abwegig vor.

Blieb das herabgefallene Schild in *Blair Castle.* Da war Fabian nun wirklich das wahrscheinlichere Ziel, wenn man von einem Anschlag ausging.

Er kam auf Rosa zurück.

Der Vorsatz, sich an Fietzig zu rächen, musste lange in ihr gegärt und alle anderen Regungen überwuchert haben, ihn hatte sie mit beträchtlichem Aufwand umgesetzt. Sie hatte sich unauffällig mit der Whiskyszene vertraut gemacht, Fietzigs Reisepläne herausbekommen und sich schließlich für diese Reise angemeldet. Vielleicht hatte sie sich dafür verschuldet, vielleicht hatte sie aber auch von der Summe, die sie vermutlich nach der Scheidung im Zuge der Gütertrennung erhalten hatte, noch genügend übrig.

Ihr Koffer war im Hotel beschlagnahmt worden, Rohleff war sicher, dass sich unter ihren Sachen das Betäubungsmittel finden lassen würde.

Mit ihrem Rucksack hatten sich die Polizisten sofort beschäftigt, aber außer einem Fläschchen mit Baldriantropfen nichts Verdächtiges gefunden. Rosa wurde in Untersuchungshaft genommen und erst einmal nach Edinburgh überstellt, wo sich inzwischen auch Boris und Victor Murnau befanden.

Gegen Abend endlich, noch rechtzeitig zum Essen, kehrten Rohleff und Eileen, die ihm bei den Unterredungen die ganze Zeit zur Seite gestanden hatte, ins Hotel zurück.

»Was passiert jetzt mit ihr?«, erkundigte sich Gustav als Erster.

Diese Frage wurde Rohleff am Abend noch öfter gestellt. Dabei konnte er sie nicht genau beantworten. Er ging aber davon aus, dass Rosa nach Deutschland überstellt und dort gegen sie Anklage erhoben werden würde, bis dahin musste noch einiges an Aufklärungsarbeit geleistet werden. Er selbst würde seine Aussagen wiederholen müssen, und Gustav und einige andere, die zur Aufklärung beitragen konnten, würden ebenfalls befragt werden. Und das Geständnis, das mit dem Handy aufgenommen wurde, würde den Akten als Beweismittel beigefügt, samt den Zeugenaussagen.

Alles, was er über Fietzig, den Gartenteich und den ertrunkenen Jungen wusste, hatte er den anderen Mitgliedern der Reisegruppe, von denen ja nicht alle am Bach dabei gewesen waren, mitgeteilt. Die Meinungen über Rosas Rache an Fietzig gingen auseinander, aber irgendwie hatten die meisten für ihre Tat Verständnis.

»Lebenslanger Knast?«, fragte Kevin. »Den hat sie sich doch redlich verdient.«

»Nicht unbedingt«, antwortete Detlev, »Fietzigs Ableben könnte als Tötung im Affekt beurteilt werden. Außerdem hat sie nicht sicher damit rechnen können, dass der Schubs, dem sie ihm verpasste, gleich diesen vollen Erfolg hatte.«

»Und kurz bevor sie ihn spontan gegen das Fass geschubst hat, hat sie ihn ebenso spontan mit ihrem Whiskycocktail beruhigt?«, stichelte Birgit kühl. »Das glaubst du ja selbst nicht.«

»Woher hatte sie das Zeug überhaupt? Gibt es das in schottischen Apotheken?«, fragte Eckart.

»Sie hat in der Apotheke ihres Mannes mitgearbeitet, sie kannte sich mit diesen Mitteln aus und hat es bestimmt vorsorglich mitgebracht«, erklärte Rohleff.

Es ging noch eine Weile hin und her, Rohleff hörte zu, inzwischen hatte er beschlossen, nichts von diesem Eisenrohr zu sagen, das griffbereit als Sekundärwaffe im Fasslager von *Glenkinchie* bereitgelegen hatte. Der halb betäubte Fietzig hätte wohl kaum eine Chance gegen Rosa gehabt. Rohleff lag ganz und gar nichts daran, dazu beizutragen, dass Rosa die Höchststrafe erhielt.

Zur dringend benötigten Aufheiterung waren die noch übrig gebliebenen Mitglieder der Reisegruppe wieder in die Kneipe vom Vorabend gezogen. Irgendwann hielt Kevin Rohleff sein Handy mit einem Foto unter die Nase, auf dem Elvis zu sehen war, wie er im schäumenden Wasser herumpaddelte.

»Wann hast du das gemacht?«, fragte Rohleff verblüfft.

»Bevor ich ihn aus dem Bach gefischt habe, was denkst du denn?«

Rohleff sagte lieber nichts dazu. Immerhin war Elvis ja nicht ertrunken. Gedankenverloren wischte er über das Display, um sich weitere Fotos anzusehen.

Kevin streckte die Hand aus, um das Smartphone wieder an sich zu nehmen, aber er wehrte ab.

»Lass doch mal sehen, was du noch so draufhast.«

Kevin ließ ihn gewähren, er sah ihm sogar über die Schulter und gab hin und wieder einen Kommentar ab. Rohleff hatte die Absicht, sich die Fotos vom Fasslager in *Glenkinchie* anzusehen, vielleicht waren aufschlussreiche dabei. Er erinnerte sich daran, wie Kevin herumgewandert war und fotografiert hatte.

»Warum diese vielen Fotos von Fässern?«

»Nur so, mich fasziniert die Struktur. Ich studiere Design in Düsseldorf, die Fahrt nach Schottland ist nur ein Ferienjob.«

Auf den wenigsten Fotos waren Personen abgebildet, nur manchmal im Hintergrund. Rohleff blätterte weiter und weiter, dann hakte etwas bei ihm ein. Langsam blätterte er zurück und hielt schließlich Kevin ein Foto zur Begutachtung hin.

»Sehe ich das richtig? Das hast du in *Dalwhinnie* aufgenommen?«

»Ja, stimmt«, bestätigte Kevin erstaunt.

Rohleff steckte das Handy ein.

»He, was soll das denn?«

»Das erkläre ich dir später, vertrau mir, es ist wichtig, dass ich das Handy in Verwahrung nehme. Es ist jetzt ein Beweismittel.« Das war auch eine kleine, befriedigende Revanche dafür, dass Kevin erst ein Foto vom lebensbedrohlich im Wasser treibenden Elvis gemacht hatte, anstatt ihn sofort zu retten.

»Du spinnst. Bin ich jetzt auch verdächtig?«

»Nein, im Gegenteil, du hast alles richtig gemacht. Morgen erfährst du es als Erster, wenn ich recht habe mit meiner Vermutung.«

»Aber ich brauche mein Handy.«

»Heute nicht mehr«, sagte Rohleff streng.

Irgendwann am Abend kamen sie wieder auf Fabian zu sprechen.

»Ich hoffe nur, es klärt sich auf, wer für *seinen* Tod verantwortlich ist, das war aber nicht Rosa?«, fragte Liliane zögernd.

»Ich denke nicht, dass sie etwas damit zu tun hat«, äußerte Rohleff, ließ sich aber zum Ärger der anderen nichts Näheres entlocken. Sie würden es schon noch erfahren.

»Dann weißt du, wer es war?«, fragte ihn Eileen leise, als er aufstand, um ihr ein neues Getränk von der Bar zu holen.

»Abwarten«, antwortete er vage.

Es war wieder einer dieser hübschen Cocktails, an denen er inzwischen Gefallen gefunden hatte, ein *Gloom Lifter*. Danach hatte die Kneipe geschlossen, aber noch wollte niemand ins Bett, daher saßen sie wenig später, wie inzwischen üblich, an der Hotelbar zusammen und knabberten Erdnüsse, um die Wirkung des Alkohols zu verzögern.

Was den Nachschub betraf, war die Bar recht gut sortiert. Angemessen, fand Eileen, schließlich befanden sie sich in Dufftown. Dufftown war das »Dorf des Glücks«, das nämlich bedeutete der Name, und auf bescheidene Weise glücklich waren sie nun alle und tranken nochmals darauf. Auf die Hoffnung, mit dem Rest der Mannschaft, der nicht tot oder verhaftet war, das Heimatland wieder heil zu erreichen.

Tröstliches gab es genug. Mehr Whisky als in Dufftown war an keinem Ort der Welt zu finden, nicht der Menge und schon gar nicht der Vielfalt nach. So ergab es sich von selbst, dass sie die ganze Speyside-Tour, die in den nächsten Tagen erst noch stattfinden sollte, schon mal vorweg begossen.

Rohleff hatte drei Gläser mit *Cask Strength* unterschiedlicher Herkunft (*Glenfiddich, Glenburgie, Glenallachie*) intus, auf Anraten Kösters, nachdem er ein paar Mal auffällig gehustet hatte. Der Alkohol sollte etwaige Viren vergiften, die ihm sonst eventuell eine Lungenentzündung beschert hätten. Vielleicht auch nur eine Bronchitis.

Während die anderen sich im Hotel von innen und außen aufgewärmt hatten, hatte er in seinem nassen Dufflecoat stundenlang im Polizeirevier gesessen und irgendwann mächtig gefroren.

»Morgen, wenn ich wieder nüchtern bin.« So viele Erdnüsse konnte er gar nicht mehr essen, um den Alkohol in Schach zu halten. Die folgende Nacht blieb Gustav bei ihm, zusammen mit Elvis, der sich aber manierlich benahm. Er machte nur einmal auf den Frotteelappen, der vor der Badewanne lag, der wurde ja sowieso bald gewaschen.

Morgens, ziemlich zeitig, kam Fraser ins Hotel und brachte Rohleff Rosas Rucksack. Da sich keine verdächtigen Gegenstände in ihm befanden, durfte er ausgehändigt werden, nun hatte Elvis seine Notunterkunft wieder. Rohleff übergab Fraser dafür den anderen Flachmann, den von Rosa mit den hübsch eingravierten Initialen.

Auf dem Golfschläger hatte man nur ganz unten am Schaft alte, verwischte Fingerabdrücke gefunden, die man nicht zuordnen konnte. Ohnehin spielten die meisten Golfer mit Handschuhen. Rosa hatte, soweit er sich erinnerte, auf der ganzen Reise keine dabeigehabt.

Und Rohleff zeigte Fraser die Fotos, die Kevin aufgenommen hatte und die ihm aufgefallen waren. Sie zeigten einen bestimmten Gebäudekomplex der Brennerei von *Dalwhinnie.* Anscheinend war es Kevin auf die Lichtverhältnisse und die Strukturen der Gebäude angekommen, das Interessante verbarg sich im Hintergrund, dazu musste man diesen ausschnittweise vergrößern.

Auf einem der Fotos war Fabian, auf dem nächsten Murnau zu erkennen, beide, wie sie auf die Tür zustrebten, hinter der der Raum mit den Gärbottichen lag, den Victor angeblich gar nicht betreten hatte. Es würde nicht schwer sein, genau festzustellen, wann die Fotos aufgenommen worden waren, die Uhrzeiten würden klarmachen, dass Murnau Fabian nachgegangen war. Damit war Murnau noch nicht überführt, aber leicht festzunageln.

»Vielen Dank, Herr Kollege«, äußerte sich Fraser jovial und gab damit endlich zu erkennen, dass er über Rohleff und seinen Beruf informiert war. Vermutlich waren alle Mitreisenden schon vor Reiseantritt überprüft worden. »Ich hab mir schon gedacht, dass es nützlich sein könnte, dass Sie die Reise mitmachen.« Das war's dann aber auch. Rohleff verstand, dass er ja nicht offiziell involviert war und Fraser darauf bedacht war, allen Ruhm bei der Aufklärung selbst einzuheimsen.

»Dürfen wir denn die Reise überhaupt fortsetzen?«, erkundigte er sich.

Fraser tat so, als würde er die Frage ernsthaft erwägen, dabei war sich Rohleff sicher, dass darüber längst entschieden war.

»Bis auf Weiteres schon. Die Reiseroute, die Hotels und die ganze Reiseplanung sind uns natürlich bekannt. Sie bleiben ja auch mehr oder weniger in der Gegend. Wenn wir noch Fragen haben, werden wir uns melden.«

Eine Frage hatte Rohleff noch. »War Lady MacDonnell in die Ermittlung einbezogen?«

»Aber keineswegs.« Er lächelte freundlich.

»Und Dr. Fischer?«

»Den hatten wir gebeten, mit Ihnen Kontakt zu halten, das schien uns nützlich, da er ja nun schon mal in den Fall hineingeraten war. Aber eigentlich sind ja nun zwei Fälle daraus geworden.«

Mehr gab es dazu im Augenblick nicht zu sagen. Rohleff würde sich später noch mal mit Fischer in Verbindung setzen. Erst einmal hatte er mit Wehmut zu kämpfen – Rosas wegen – und mit Erleichterung, wegen Gustav. Was es mit den Drohbriefen und der toten Katze auf sich hatte, ließ sich nur zu Hause klären.

Dann mussten sie aber doch einen langen Vormittag damit verbringen, ihre Zeugenaussagen zu Protokoll zu geben. Jeder, der am Bach Rosas Geständnis gehört hatte, musste das mit Unterschrift bekunden.

Erst am Nachmittag brachen sie mit Verspätung auf.

- 9 -

Die restliche Reise verlief unspektakulär. Sie besuchten wie vorgesehen noch einige Brennereien, beäugten Sehenswürdigkeiten wie weitere Kirchenruinen, Männer in Kilts, grandiose Regenbögen nach Wolkenbrüchen, einige Reiseteilnehmer spielten ein paarmal Golf. Am vorletzten Tag husteten fast alle, und Rohleff schärfte weiter seine Geschmacksnerven, sodass er tatsächlich einen zwölfjährigen rauchigen Highland-Whisky eindeutig von einem milden süßen Lowland-Whisky und diesen wiederum von einem nach Salz und Seeluft schmeckenden Islay-Whisky unterscheiden konnte, obwohl sie diese Region gar nicht bereist hatten.

Den letzten Tag verbrachten sie wieder in Edinburgh, diesmal hatten sie den ganzen Tag zur freien Verfügung und sahen eine Menge mehr als bei ihrem ersten Aufenthalt. Am Abend ging er zusammen mit Eileen, Birgit, Gustav, Dr. Fischer und dessen reizender Gattin essen. Es wurde ein sehr nettes Beisammensein, voll von Erinnerungen, aber das Beste kam danach.

Als sie die Fischers verabschiedet hatten und Birgit und Gustav zurück ins Hotel wollten, hielt Eileen Rohleff zurück, weil sie ihm unbedingt noch etwas zeigen wollte. Wie sich herausstellte, war es das Apartment, dass sie während der Vorlesungszeit in Edinburgh bewohnte. Er blieb die ganze Nacht über, fand das Bett für zwei zwar etwas schmal, aber das störte gar nicht sonderlich. Im Gegenteil.

Sehr früh morgens zwang sie ihn, die Wohnung zu verlassen und mit ihr auf den Calton Hill zu steigen, von dem aus sie das wunderbare Panorama bewunderten, das sich im Frühlicht darbot: Die Sicht am Balmoral Hotel vorbei bis zur Burg und darüber hinaus auf die umliegenden braun-goldenen Hügel, eine heroische Landschaft, auf die sie einen *Drambuie* tranken, den Eileen mitgebracht hatte. Auf nüchternen Magen genossen, entzündete der Likör ein Feuer, dass nur mit Zärtlichkeit zu löschen war.

»Das werde ich aber alles sehr vermissen«, sagte Rohleff, sobald er wieder zu Atem kam, und deutete mit ausgestrecktem Arm auf die Sehenswürdigkeiten ringsum. Ihm war schon klar, dass es galt, Abschied zu nehmen. Eileen hatte nicht eine Sekunde erkennen lassen, dass die gemeinsam verbrachte Nacht zu größerer Hoffnung berechtigte. Er hatte sie sogar gefragt, wie er zu der Ehre gekommen sei. Und sie hatte geantwortet, dass es ihr darum gehe, den schlechten Eindruck, den Schottland möglicherweise mit all den Mordgeschichten bei ihm hinterlassen habe, zu korrigieren. Denn die Schotten seien von Natur aus friedlich, tolerant und großzügig. Letzteres konnte er nach dieser Nacht nur bestätigen.

»Und sonst vermisst du nichts?«, fragte Eileen empört.

Ein Taxi brachte Rohleff rechtzeitig zum Frühstück ins Hotel. Er aß Rühreier auf Toast, danach geräucherten Lachs auf Toast und danach Bacon mit geschmorten Tomaten und Champignons auf Toast, danach war sein Magen nicht mehr bereit, weiteres Fett zu sich zu nehmen, er begnügte sich zum Abschluss mit einem kleinen, runden *Oat Cake,* einem Haferkeks. Auf Orangenmarmelade hatte er keinen Appetit.

Eileen kam noch zur Abfahrt des Busses, verabschiedete sich sehr herzlich von allen und gab Rohleff einen freundschaftlichen Kuss auf die Wange, bevor er endlich einstieg. Sie winkte dem Bus hinterher, bis er stadtauswärts abbog.

Vorm Einchecken auf die Fähre gab es noch eine Überraschung für Rohleff. Ein uniformierter Polizist wartete auf ihn.

»Haben Sie alles dabei, was Sie für die Überfahrt brauchen, Sir? Ich habe den Auftrag, Sie aufs Schiff zu bringen.«

Rohleff verstand nicht, warum. Der Mann sah sich suchend um und deutete schließlich auf Rosas Rucksack, den Gustav sich umgehängt hatte.

»Gehört das nicht auch zu Ihnen, Sir?«

Da endlich begriff Rohleff. Er nahm Gustav den Rucksack ab, Elvis mauzte leise, aber das war der einzige Zwischenfall. Der Polizist begleitete mit unbewegter Miene Rohleff an allen Kontrollen vorbei aufs Schiff und verabschiedete sich dort von ihm, richtete ihm aber noch Grüße von Chief Inspector Fraser aus.

Auch beim Anlegen in Rotterdam gab es keine Probleme, die Glückskatze Elvis reiste ungehindert wieder nach Deutschland ein. Natürlich war längst klar, dass Gustav ihn bei sich aufnehmen würde, es war die beste Lösung für beide, darüber waren sich alle bei einer intensiven Diskussion am Abend auf der Fähre einig geworden.

Mehrfach hatte Rohleff darüber nachgedacht, warum Rosa den Kater auf die Reise mitgenommen hatte. Wie er Rosa kannte, war es gut möglich, dass sie Tommy-Elvis, der Glückskatze, die Rolle zugedacht hatte, Schicksal zu spielen: Kam sie mit ihr ungehindert durch alle Kontrollen nach Schottland, war das ein Zeichen, dass ihr Vorhaben gelingen würde

– vielleicht sah sie darin sogar einen Beweis für die Berechtigung ihres Mordplans. Er hoffte sehr, dass ihr Richter ein gnädiges Urteil sprechen würde.

Eckart hatte beschlossen, Liliane zu heiraten, das hatte er an diesem Abend Rohleff anvertraut. Der wusste nicht, was er davon halten sollte, und sprach erst auf der Zugfahrt nach Steinfurt mit Gustav darüber.

»Dann muss er sich aber vorher scheiden lassen«, gab dieser zu bedenken, »und seine Frau kennen wir ja gar nicht, wir wissen nicht, ob sich der Tausch überhaupt lohnt. Ich halte nicht viel davon. Mit einer Frau verheiratet zu sein, ist eine Sache, eine Geliebte zu haben, eine ganz andere. Meist geben Geliebte gar keine guten Ehefrauen ab.«

»Das musst du ja wissen, du könntest ihm deinen Expertenrat in einer E-Mail mitteilen.«

»Birgit und ich haben jedenfalls keine weiter reichenden Pläne«, fuhr Gustav besonnen fort. »Übrigens war sie es, die mich veranlasst hat, die Nacht bei ihr zu verbringen, als du mit Rosa dein kleines Intermezzo hattest. Das ging nicht auf meine Initiative zurück.«

Zunächst hatte Rohleff ein bisschen Probleme, den Sinn der Aussage zu entschlüsseln. Ein Intermezzo mit Rosa? Was genau meinte er damit? Aber schließlich ging ihm auf, dass Gustav auf die Nacht anspielte, in der ihn Rosa zu sich in ihr Zimmer eingeladen hatte. Sein One-Night-Stand. Bloß war das einer gewesen? Die Frage war immer noch nicht geklärt. »Aha«, sagte er nur.

»Birgit hat sich nämlich Sorgen gemacht. Sie hatte so ein Gefühl, dass es besser war, wenn ich nicht allein bliebe.« Er grinste verschmitzt.

In dieser besagten Nacht war Rohleff aufgewacht, weil ihm Elvis wie ein Benzinrasenmäher ins Ohr gebrummt hatte.

Nun fiel es ihm wieder ein. Rosa hatte das Zimmer verlassen, als sie glauben musste, dass er, von ihrem Schlummertrunk betäubt, fest schlief. Ja, sie hatte auch ihm Doxylaminsuccinat vermischt mit Whisky aufgedrängt.

Wahrscheinlich hatte sie seinen Zimmerschlüssel aus der Jacketttasche genommen und hatte sich in Rohleffs und Gustavs Zimmer geschlichen. Es schien ihm sicher, dass sie noch einmal nach ihrem Ohrclip suchen wollte, und bestimmt war sie erleichtert, das Zimmer leer vorzufinden. Gustav hatte ihm nach der Festnahme Rosas erklärt, dass er das Schächtelchen mit den Fundstücken in seinem Kulturbeutel mitgeführt hatte.

Und noch etwas ging ihm auf, das ihn nachträglich wütend machte. Seine erotische Anziehungskraft auf Rosa war nicht sehr ausgeprägt gewesen, das stand nun fest. Mit dem Doxylaminsuccinat hatte sie ihn k.o. geschlagen, *bevor* er irgendetwas aufregend Leidenschaftliches mit ihr anstellen konnte, nicht *hinterher*, was ja netter gewesen wäre. Wie schön, dass Eileen, die gute Seele, durch die Nacht mit ihr sein Selbstbewusstsein wieder aufgerichtet hatte.

Und nun endlich meldete sich auch die Erinnerung an die seltsame Beobachtung auf der Fähre von Rotterdam nach Newcastle. Da hatte er eventuell den ersten Mordversuch beobachtet. Er sah noch deutlich dieses Paar Hände, das sich auf die Gestalt an der Reling zubewegte. Damals hatte Rohleff das anvisierte Opfer für Gustav gehalten, aber es hatte sich vermutlich um Fietzig gehandelt. Und wie umsichtig Rosa vorgegangen war! Sie hatte ihren Umhang von der grünen Seite auf die viel dunklere, blaue gewendet, um möglichst unauffällig die Sache anzugehen.

Nur hatte er die Szene ja gar nicht zu Ende beobachten können. Rosa musste den Versuch so rechtzeitig aufgegeben haben, dass Fietzig nichts gemerkt hatte, er kehrte ihr ja den Rücken zu. Wahrscheinlich waren die anderen aus der Reisegruppe aufgetaucht, als Rohleff die Sicht vor den Augen verschwamm.

»Ich hoffe, du hast dich bei Birgit für ihre Fürsorge bedankt. Willst du mit ihr nun gar keinen Kontakt mehr halten?«

Gustav schmunzelte.

»Vielleicht kommt sie Elvis mal besuchen. Weißt du, sie mag den Kater ganz gern. Obwohl sie sich besser mit Hunden auskennt. Ihr Mann hat im Forstamt gearbeitet, er ist Oberforstrat a.D. Daher geht er auch so gern wandern.«

Aus Sympathie für ihn hatte Birgit den Jagdschein gemacht? Oder hatten sich ihre Wege erstmals in Ausübung ihrer Berufe gekreuzt? Sie war hinter einem Spion her, überlegte Rohleff, der illegal über die grüne Grenze wollte, und er hinter einem Wildschwein?

Um den Kater ging es auch, als er beschloss, diesen samt Gustav, fünf Whiskyflaschen und weiterem Gepäck in seinem Wagen auf die Fränkische Alb zu fahren. Rohleffs Urlaub war ja noch lange nicht vorbei, er konnte sich den Abstecher leisten.

Es war schön, das alte Haus wiederzusehen und den nun leicht verwilderten Garten, in dem er als Kind viele herrliche Sommer zugebracht hatte. Elvis fühlte sich in der neuen Umgebung sofort heimisch.

Am Nachmittag des dritten Tages erhielten sie einen überraschenden Besuch. Eine gut aussehende, stattliche Frau Mitte vierzig stand vor der Tür mit einem etwa sechzehn Jahre alten Jungen, der seine roten Haare an den Seiten sehr kurz trug, vorn über der Stirn waren sie zu einer Art Hahnenkamm hochgebürstet. Die aktuelle Mode der Jugend. Beinahe noch auffallender war die äußerst betretene Miene des Jungen.

Die Frau, die sich Rohleff als Frau Hartmann vorstellte, schob den Jungen vor. »Adrian hat Ihnen etwas zu sagen, Herr Doktor.«

Blitzartig überkam Rohleff eine Erkenntnis. Er fragte höflich, ob sie nicht erst einmal einen Kaffee zusammen trinken sollten, dann würde es sich besser reden lassen. Die Frau hatte keine roten, sondern goldblonde Haare, die sich über den hübschen, kleinen Ohren ringelten, die so ganz anders aussahen als die Segelohren des Sohnes.

Gustav musste bei der Geburt des rothaarigen Bürschchens Mitte sechzig gewesen sein. Da der liebe Onkel im reifen Alter von einundachtzig der Erotik noch nicht völlig abgeschworen hatte, war er mit fünfundsechzig ja noch geradezu heißblütig gewesen.

»Nein, nein, das ist alles so schon peinlich genug. Ich muss mich für meinen Sohn schämen.«

»Kann ich mir gar nicht denken, wieso denn?«, fragte Gustav.

Es wurde ein regelrechtes Verhör mit dem Delinquenten geführt, bei dem herauskam, dass das Bürschchen zu viel dem alten Dorfklatsch gelauscht, ihn für bare Münze genommen und daraus völlig falsche Schlüsse gezogen hatte.

»Und lern mal richtig tippen, und deine Rechtschreibung ist auch eine Katastrophe«, urteilte Gustav mit bösem Blick.

Rohleff war fasziniert. Unablässig wanderte sein Blick zwischen Frau Hartmann, Sohn Adrian und dem alten Onkel hin und her. »Das nennt man auch Erpressung«, warf er aufgekratzt ein. »Ich bin Kriminalkommissar und offiziell damit beauftragt, die Sache mit den Drohbriefen zu untersuchen. Solche Briefe sind keine Kleinigkeit. Darauf steht mehr als nur eine Ordnungsstrafe, für die du ein paar Euro berappen musst. Das nehmen wir bitterernst.«

So spaßig hätte er es in Vernehmungen gern öfter. Kurz musste er an das denken, was ihm Eileen in einer Mail mitgeteilt hatte. Sie hatte erfahren, dass bei den Vernehmungen in Schottland nebenbei herausgekommen war, dass Boris die Aufhängung des Schilds im *Blair Castle* manipuliert hatte. Dazu habe er erklärt, mit dem herabfallenden Schild nur Fabian erschrecken zu wollen, und überhaupt habe er gar nicht damit gerechnet, dass sich der Schild tatsächlich von der Wand lösen würde. Hoffentlich kauften ihm das die Richter nicht ab. Dieser Armleuchter. Und das Wichtigste war: Murnau hatte den Mord an Fabian gestanden, nachdem zu Kevins verräterischen Fotos als Beweise noch Murnaus Fingerabdrücke an der *Wash Back* gekommen waren.

Rohleff kehrte zur gegenwärtigen Verhandlung zurück und hatte das dumme Gefühl, etwas versäumt zu haben. Ging da nicht etwas zwischen Frau Hartmann und Gustav vor? Was war das für ein Blick, den die beiden gerade austauschten?

Adrian sackte immer mehr in sich zusammen. Dann kam endlich die Sprache auf die tote Katze. Da ergab sich aber kein Zusammenhang. Der alte Nero musste sich aus eigenem Antrieb auf die Straße geschlichen haben und war dort wahrscheinlich von einem Trecker erwischt worden. Frau Hartmanns Sohn war daran nun nicht schuld, er hatte nur den toten Kater Gustav als kleine Zutat zum letzten Brief vor die Tür gelegt.

Frau Hartmann schlug die Hand vor den Mund, warf ihrem Sohn einen bösen Blick zu und holte mit der Hand aus. Aber dann ließ sie sie wieder sinken, sie hatte es sich anders überlegt. Auch auf der Fränkischen Alb waren in pädagogischer Hinsicht neue Sitten eingekehrt.

So weit, so gut, aber da war doch mehr an der Sache.

Diese Frau erinnerte ihn an jemand.

Rohleff überlegte, wie aus der Geschichte Gewinn zu schlagen sein mochte.

Der lebende Kater Elvis kam durch die offen stehende Tür ins Wohnzimmer, wo die Besprechung stattfand, trippelte näher und beäugte abwartend die Besucher.

Adrian erhob sich lässig von der Stuhlkante und beugte sich hinab, um Elvis zu streicheln. Elvis schrie auf und tat etwas, was er bisher noch nie getan hatte: Er kratzte dem Jungen über die Hand.

Rohleff blickte zur Decke und verkniff sich mit einiger Anstrengung ein Grinsen. »Lass dir das bloß eine Lehre sein, der Kater reagiert furchtbar empfindlich auf Drohbriefschreiber.«

Gustav stand auf. »Dann geh ich mal Jod holen, der Kratzer muss gründlich desinfiziert werden.«

Rohleff hörte vergnügt zu, wie Adrian über die Behandlung mit der extrastarken Jodtinktur jammerte. Geschah ihm wirklich recht. »Und so einfach kommst du natürlich nicht davon«, verkündete er. Dann vereinbarte er mit dem jugendlichen Straftäter, dass er seine Schuld zwei Wochen lang mit Gartenarbeiten abtragen sollte. Gleich am nächsten Tag solle er um neun Uhr früh zum Rasenmähen antreten. Das würde Gustav Gelegenheit geben, sich mit Adrian näher zu befassen. Rohleffs Ansicht nach wurde das höchste Zeit. Der Junge lechzte doch nach dessen Aufmerksamkeit.

Die Strafe wurde ohne Einspruch angenommen.

Später dann tranken sie mit der Mutter doch noch Kaffee – sie hatte ihren Sohn nach Hause geschickt.

Nun fühlten sich alle entspannter.

Frau Hartmann beteuerte unnötigerweise, dass der Junge ganz auf seinen Vater komme, der habe nämlich die gleichen Segelohren, die vererbten sich in der Familie.

Rohleffs Verdacht erhärtete sich mit jeder Minute, die er die beiden beobachtete. Da war wieder so ein Blick, den die beiden, Frau Hartmann und Gustav, austauschten. Ein beinahe zärtlicher, hintergründig humorvoller Blick. Und Rohleff fiel immer mehr auf, es war das reinste Vergnügen. Es gab da eine gewisse Übereinstimmung in Gestik und Mimik der beiden, da lag eine Ähnlichkeit der Gesichter vor, die sich kaum fassen ließ. Und als sich Gustav von Frau Hartmann verabschiedete, war es der liebevolle Blick eines Vaters, den er auf die Frau gerichtet hielt.

Und Adrian? Vermutlich hatte er sich dafür rächen wollen, nicht in das Familiengeheimnis eingeweiht zu sein, und wollte auf seine perfide Weise endlich Klarheit schaffen.

Es war Abend geworden, und da das schöne Wetter in Deutschland gehalten hatte, saßen sie unter einem alten Kirschbaum, der großzügig weiße Blütenblätter auf sie herabrieseln ließ, im Garten. Rohleff dachte an die schneebedeckten Gipfel der Grampians, und überhaupt war da diese leise Sehnsucht nach Schottland zu spüren. Beinahe vermisste er das miese Wetter, das ihnen so viel Widerstandskraft abgetrotzt hatte.

»Und wann hast du mal wieder Urlaub?«, erkundigte sich Gustav taktierend.

»Warum?«, fragte Rohleff misstrauisch. »Dieser ist ja noch nicht zu Ende.«

»Aber man kann ja schon mal den nächsten planen.«

Mitten auf dem Tisch stand der grüne Buddha, der beim Umpacken im Koffer geblieben war, und nickte weise.

KBV KRIMINALROMAN

Thomas Kastura (Hg.)

SCOTCH AS SCOTCH CAN

Taschenbuch, 304 Seiten
ISBN 978-3-942446-89-1
10,95 EURO

Whisky-Tastings mit tödlichem Ausgang

Whisky – flüssiges Gold mit uralter Tradition, mythenumrankt und inspirierend für Leser wie für Schriftsteller. Ob rauchig, würzig oder weich – der Geschmacksreichtum des »Lebenswassers« (uisge beatha) begeistert seit jeher Genießer in aller Welt. Die besten deutschsprachigen Krimiautoren haben tief in die Flasche geschaut und spannende Geschichten rund um den Whisky destilliert. Jede der Geschichten hat eine berühmte Whiskymarke zum Thema. Da gibt es »Frauen, die Strathisla trinken«, es geht »Durch die Nacht mit Glenfarclas« und auf den Spuren von James Bond sogar ins »Casino Fatale« in den schottischen Highlands. Ein Fest für jeden Whiskykenner, ein wärmendes kriminelles Vergnügen für lauschige Abende vorm Kamin!

Die Autoren: Jürgen Alberts, Richard Birkefeld, Nina George, Brigitte Glaser, Peter Godazgar, Carsten Sebastian Henn, Tatjana Kruse, Karr & Wehner und viele andere mehr.

KBV KRIMINALROMAN

Ulrike Dömkes

PUB DER TOTEN DICHTER

Taschenbuch, 272 Seiten
ISBN 978-3-95441-318-8
10,95 EURO

Ein Half Pint und einen Mord, please!

Boris de Beers geht im idyllischen Kent den Geheimnissen der Vinotherapie auf den Grund und stolpert über eine Leiche.

Das Grape & Dragon ist ein kaum noch zu findendes Original, mit abgewetzten Holztischen, zugigen Sitzecken, einem rauchenden Kamin und fettigem, leicht versalzenem Essen. Hier ist der Schriftsteller Jeremiah Hell stets mit von der Partie, wenn es wieder einmal hoch her geht.

Als die Anstreicher ihn eines Tages aus seinem kleinen Cottage vertreiben, quartiert er sich in Rose Hill Manor ein, dem Wellnesshotel seines Freundes.

Auch den Wein-Journalisten Boris de Beers hat es nach Rose Hill Manor gezogen, in dem als Nebenprodukt des lokalen Weinanbaus eine Vinotherapie mit Traubenkernöl für Publicity sorgt. Darüber möchte er eigentlich einen Artikel verfassen, doch was ihm guttut, hat für den Fantasyautor fatale, tödliche Folgen. Jeremiah Hells nackte Leiche wird auf einer Massagebank gefunden.

Zwischen der lieblichen Landschaft Kents und den rauen Gezeiten der Küste Cornwalls begeben sich Boris de Beers und seine Begleiterin Gianna nun auf Spurensuche.

Ralf Kramp

IHR MORD, MYLORD

Taschenbuch, 240 Seiten
ISBN 978-3-95441-319-5
10,95 EURO

Sorry, Sherlock und Miss Marple –
Hier kommt seine Lordschaft!

Verteufelt britisch, diese Kriminalgeschichten! Ein waschechter Lord ermittelt mit Tweedkappe und Stiff Upper Lip.

Er ist ein übergewichtiger Snob und kann bisweilen eine richtige Nervensäge sein. Trotzdem ist Reginald Lord Merridew unbestritten einer der klügsten Köpfe Großbritanniens. Mit seinem ausgeprägten Sinn für hintergründige Rätsel und trickreiche Kriminalfälle hat er sich einen Namen als ausgefuchster Privatdetektiv gemacht. Seine Fälle sind allesamt very british, und er löst sie ganz ohne die Hilfe von Computer oder Handy, denn wir befinden uns mitten in den sechziger Jahren.

Egal, ob jemand nach Shakespeare-Manier meuchelt oder Leichen oberirdisch auf dem Friedhof abgelegt werden, ob die Lösung zum Rätsel im Pie-Rezept verborgen ist, oder ob eine gestohlene Oscar-Statuette als Mordwaffe dient – Lord Merridew ist seinem Freund und Begleiter Nigel Davison stets um mehrere Nasenlängen voraus. Und auch den Lesern, die diese mit augenzwinkerndem Humor erzählten Kriminalgeschichten lieben werden.

KBV KRIMINALROMAN

KBV KRIMINALROMAN

Sabine Gronover

WÖLFE IM MÜNSTERLAND

Taschenbuch, 360 Seiten

ISBN 978-3-95441-430-7

13,00 EURO

Wenn die Angst durchs Land schleicht …

Der Fund einer toten Ziege verstört die Bewohner des beschaulichen Ortes Oelde im Münsterland. Der Wolf ist zurückgekehrt! Mirela Schulze Brinkhoff, die alte Mutter eines Großgrundbesitzers, prophezeit, dass mit dem Wolf auch das Unglück Einzug hält, und es sieht so aus, als würde die gebürtige Rumänin mit ihren Befürchtungen Recht behalten.

Ihre Schwiegertochter wird tot auf der Pferdeweide gefunden, mit zerbissener Kehle. Sie hatte in der Nacht nach dem Wolf Ausschau gehalten. Die Untersuchungen ergeben jedoch, dass sie vor den Bissen erschlagen wurde. Allen wird klar, dass ein gewissenloser Mörder in Oelde sein Unwesen treibt.

Die Stadt steht kopf, die Eltern der Kinder des Waldkindergartens verbreiten Panik, der Bürgermeister mahnt zur Ruhe. Kommissar Schmitt und der junge Polizist Dirk Kemper ermitteln unter Hochdruck. Dabei fühlt sich Schmitt nicht einmal sonderlich geeignet für die Ermittlungen rund um den Wolf, denn er hat eine ausgesprochene Angst vor jedem Tier, das größer ist als ein Beagle.

»Wir sagen: Kaufen Sie sich das Buch und entdecken Sie eine aufregend gewobene Geschichte.« (Antenne Münster zu »Todgeweiht im Münsterland«)